Le Noël de l'amour

*

Un Noël à Florence

*

Retrouvailles sous le gui

FIONA HARPER

Le Noël de l'amour

Traduction française de
MARIE VILLANI

HARLEQUIN

Titre original :
CHRISTMAS WISHES, MISTLETOE KISSES

Ce roman a déjà été publié en 2017

HARPERCOLLINS FRANCE
83-85, boulevard Vincent-Auriol, 75646 PARIS CEDEX 13
Service Clients — www.harlequin.fr
ISBN 978-2-2805-1198-8

Édité par HarperCollins France.
Composition et mise en pages Nord Compo.
Imprimé en octobre 2024 par CPI Black Print (Barcelone)
en utilisant 100% d'électricité renouvelable.
Dépôt légal : novembre 2024.

FSC www.fsc.org
MIXTE
Papier issu de sources responsables
FSC® C159065

Pour limiter l'empreinte environnementale de ses livres, HarperCollins France s'engage à n'utiliser que du papier fabriqué à partir de bois provenant de forêts gérées durablement et de manière responsable.

1

La plupart des femmes auraient tout donné pour être à la place de Louise, mais cette dernière était dans ses petits souliers, au sens propre comme au figuré. Tout droit sortis des podiums parisiens, les souliers en question étaient des talons aiguilles d'une hauteur vertigineuse, maintenus par de délicates lanières d'argent entrelacées. Un accessoire qui était loin de captiver les foules, car l'attraction principale de la soirée était comme toujours l'homme attablé face à elle. Celui-là même qui, la semaine précédente encore, avait été classé premier au palmarès des acteurs les plus sexy de la scène hollywoodienne.

Les yeux fixés sur la nappe, Louise écoutait distraitement les conversations des tables voisines. La vie des autres était une distraction comme une autre.

Son compagnon de table remua, et le talon de sa botte heurta de plein fouet le petit orteil de son pied droit. Elle sursauta et se pencha aussitôt pour le frictionner.

— Merci beaucoup, Toby ! protesta-t-elle, le foudroyant du regard par-dessous la table.

Toby cessa de lorgner les deux blondes décolorées qui passaient en ondulant des hanches près de leur table, puis se tourna à demi vers elle, les sourcils arqués.

— Quoi encore ?

— Rien, marmonna Louise.

Se redressant, elle croisa ses deux chevilles l'une sur l'autre et les ramena prudemment sous sa chaise. Son orteil lui faisait mal.

Le serveur apporta leurs plats artistiquement présentés, et les sourcils de Toby reprirent leur aspect habituel — « ténébreux et sexy » — tandis qu'il entamait seul sa pintade.

Pour une fois, il n'avait fait aucun commentaire sur le contenu de son assiette — des spaghettis carbonara. Ni sur sa silhouette. Mais que s'imaginait-il ? Huit ans après la naissance de Jack, comment pouvait-il encore croire qu'elle perdrait un jour les kilos pris lors de sa grossesse ? Et qu'elle porterait de nouveau les robes haute couture taille trente-six remisées au fin fond de sa penderie ?

De toute façon, Toby ne s'investissait plus dans leur mariage depuis un moment déjà. Elle sauvegardait les apparences pour le bien de Jack, posait et souriait comme si de rien n'était aux journalistes de la presse people, et niait farouchement toute rumeur de difficultés entre eux. Bien sûr, Toby ne lui avait jamais dit qu'il ne l'aimait plus, mais c'était tellement évident ! Elle le voyait surtout aux attentions qu'il n'avait plus, à ce qu'il ne disait plus. Et il y avait aussi la dernière rumeur en date...

Contrariée, elle s'empara de ses couverts et attaqua ses pâtes.

— Du calme, Lulu ! Personne ne va te les voler, ces pâtes ! murmura Toby, sans même lever les yeux de sa propre assiette.

Lulu. Au début de leur idylle, elle trouvait émouvant qu'il utilisât ce surnom, né des vains efforts de son plus jeune frère pour prononcer son prénom lorsqu'il était enfant. Lulu était exotique, exaltant... et nettement moins commun que l'insipide Louise. Elle adorait être Lulu, à l'époque.

Aujourd'hui, elle espérait simplement qu'il voie de nouveau Louise. Elle cessa de manger, le regarda, attendant qu'il lève la tête, qu'il la gratifie d'un sourire, de l'impertinent clin d'œil qui était sa marque de fabrique, n'importe quoi...

Il héla le serveur, commanda une deuxième bouteille de vin. Puis il coula un regard en biais aux deux blondes, à présent assises à quelques tables de la leur. Dix minutes s'écoulèrent. Pas une seule fois, il ne lui accorda le moindre regard. A croire qu'elle était devenue invisible.

— Toby ?

— Quoi ?

Il daigna enfin tourner les yeux vers elle. Mais là où, autrefois, elle avait cru voir la concrétisation de tous ses rêves, il n'y avait plus qu'un grand vide.

Il frotta de l'index l'une de ses dents de devant, provoquant un léger, mais exaspérant, crissement.

Louise hésita. Les mots ne venaient pas. Comment formuler ce qu'elle s'apprêtait à dire ? Si seulement elle pouvait l'exprimer avec ses yeux ! Lorsqu'elle était mannequin, les photographes s'extasiaient invariablement sur « l'intensité » de son regard. Mais ce regard pouvait-il traduire le vide en elle, la force magnétique qui la maintenait tant bien que mal près de lui, l'étincelle d'espoir qui, quoique ténue, ne s'était pas encore tout à fait éteinte ? Pour peu qu'il se donne la peine, rien qu'une fraction de seconde, d'entrer en communication avec elle...

— Nom d'un chien, Lulu ! s'exaspéra-t-il. Ne fais pas cette tête d'enterrement, tu veux...

La sonnerie de son portable l'interrompit. Il le sortit de sa poche, le garda légèrement sous la table, la main en visière autour de l'écran. Il restait impassible. Seule sa lèvre inférieure dessina une légère incurvation. Puis, tout à coup, il la regarda vraiment, sans doute à l'affût d'une réaction de sa part, avant de replacer son portable dans sa poche, et de reporter son attention sur son assiette.

Louise attendit.

Il haussa les épaules et marmonna :

— Le boulot. Tu sais bien...

Oui, elle savait, malheureusement. Et cette certitude lui fit mal tout au long du repas tandis qu'elle portait une bouchée après l'autre à ses lèvres, sans rien savourer.

La rumeur était donc vraie.

Tout l'après-midi, après la conversation téléphonique qu'elle avait eue avec son amie, elle s'était bercée d'illusions, se répétant que cette histoire était forcément le fruit des spéculations d'un journaliste. Après tout, ce n'était pas la première fois que ça arrivait. Six ans plus tôt, lorsque les journaux à scandale s'étaient fait l'écho de l'idylle secrète de Toby avec sa partenaire féminine du moment, elle n'en avait pas cru un mot, et s'était forcée à donner interview sur interview pour dénoncer farouchement ces mensonges. Lors du deuxième « incident », elle avait agi de la même façon et sa performance devant les médias était restée tout aussi imperturbable. Mais elle n'avait pu s'empêcher d'inventorier en elle-même tout ce qui ne collait pas : les conversations téléphoniques étouffées, les innombrables rendez-vous avec son agent. Jamais assez pour le confondre, mais suffisamment pour la faire mourir un peu plus chaque fois qu'elle secouait la tête devant les journalistes en affirmant que tout cela n'était qu'inventions.

Les yeux clos, elle occulta un instant le restaurant grouillant d'activité. Il était hors de question qu'elle revive ce cauchemar. Et plus encore, que Jack le subisse. Les premières fois, il était bien trop jeune pour comprendre mais à présent, il savait lire, et très bien lire, même. Et s'il tombait sur l'un des gros titres des journaux ? Elle crispa les mâchoires. Quel message donnerait-elle à son fils en mentant au monde entier et en permettant à Toby d'user d'elle comme d'un paillasson ? Quel genre d'homme Jack deviendrait-il si c'était là son exemple ?

— Oh mon Dieu ! C'est Tobias Thornton ! Je peux avoir un autographe, s'il vous plaît ?

Louise ouvrit les yeux. Deux femmes étaient en extase devant son époux, bavant d'admiration. Lui, tout sourires, étalait déjà, avec la grâce à la fois nonchalante et provocante pour laquelle ses admiratrices l'adoraient, sa signature ostentatoire sur une serviette de table. Agacée par ce manège, Louise soupira ostensiblement.

Les deux femmes daignèrent enfin lui accorder un regard. Mais à l'évidence, elle ne méritait pas plus qu'un fugitif froncement de sourcils, et c'est à peine si les indiscrètes se donnèrent la peine de baisser la voix alors qu'elles s'éloignaient, leur précieux trésor en main. Elle entendit même clairement l'une d'elles s'extasier :

— Qu'est-ce qu'il est canon !

Toby ouvrit la bouche mais, une fois encore, son portable s'imposa. Il en consulta l'écran, esquissa l'ombre d'un sourire, puis indiqua d'un geste à Louise que cette fois, il allait devoir répondre.

— Mon agent, articula-t-il tout en s'éloignant en direction du bar.

Mais bien sûr ! pensa Louise, tandis que le serveur débarrassait l'assiette de pâtes qu'elle avait à peine touchée.

Elle observa du coin de l'œil son mari. Avec force sourires et éclats de rire, il se recoiffait devant l'immense miroir qui servait de mur au bar. Non, décidément, Toby ne pouvait pas être en pleine conversation avec son imprésario, un petit homme chauve, aussi large que grand, la cinquantaine bien tassée.

Louise sentit quelque chose se flétrir en elle. Elle se raidit contre le dossier de son siège, puis accrocha résolument le regard de Toby. Sa conversation était maintenant achevée et il revenait vers elle d'un pas nonchalant. Cette fois, il la gratifiait d'un sourire — un sourire aussi éclatant que factice qui, couplé à son regard, clamait haut et fort qu'elle était ce qu'il avait de plus précieux au monde.

S'asseyant face à elle, il lui prit la main droite et la caressa. Elle se pencha vers lui avec, sur les lèvres, ce sourire éblouissant que seul un ancien mannequin pouvait maîtriser. Et comme Toby se penchait à son tour, à l'évidence certain que, ce soir, il aurait, en plus du gâteau, la cerise qui allait dessus, elle lui susurra d'une voix éraillée :

— Toby...

Elle marqua une pause, ajoutant mentalement tous les épithètes qu'elle savait ne pouvoir prononcer tout haut, puis assena :

— Je veux divorcer.

Une forte brise agitait les eaux du fleuve, et le canot tanguait fortement. Ben parvint néanmoins à l'amarrer à l'anneau rouillé d'une jetée en pierre. Il considéra le nœud, en exécuta un deuxième, au cas où, puis remonta la jetée et s'engagea sur l'étroit sentier caillouteux qui menait à la colline boisée.

Quel plaisir de siffloter en marchant, et de s'arrêter de temps en temps pour inspirer à pleins poumons ! L'air était pur, légèrement salé en provenance du fleuve, et les cris des mouettes se faisaient écho dans le ciel. Au premier abord, cet endroit avait tout de la campagne anglaise, mais ici ou là, un détail rappelait qu'on était loin de la nature à l'état sauvage. C'était un jardin si exotique, autrefois entretenu avec amour, où les bambous se cachaient parmi les chênes et où les palmiers côtoyaient saules pleureurs et bouleaux.

Au bout de dix minutes à peine, les arbres s'espacèrent, et il se retrouva à la lisière d'une vaste pelouse dominée par un majestueux manoir géorgien.

Ben eut un pincement au cœur, comme chaque fois qu'il voyait l'impressionnante bâtisse. Même sans connaître son histoire, et sans savoir que sa dernière propriétaire était décédée deux ans plus tôt, il aurait deviné que Whitehaven était désert. Car il régnait, derrière les hautes fenêtres qui contemplaient, par-delà la cime des arbres, le fleuve et la campagne environnante, une sinistre impression de vide.

Il s'approcha sans hâte du perron, arracha une branche de lierre qui s'enroulait autour d'un des épais piliers de marbre blanc. Près d'un mois s'était écoulé depuis sa dernière visite, et la propriété était si vaste ! Difficile de contenir le débordement de la végétation ! Trop de plantes rampantes et de ronces envahissaient, et revendiquaient, peu à peu les lieux.

Pauvre Laura ! Elle aurait détesté être témoin de la graduelle capitulation de son cher jardin. Il imaginait sans peine sa réaction — le brusque hochement de sa tête aux cheveux de neige, l'implacable lueur de détermination de son regard gris acier. Armée d'un sécateur, elle se serait bravement lancée à l'assaut, même si ses mains percluses d'arthrite n'auraient guère été efficaces.

A quatre-vingt-douze ans, c'était encore une très grande dame, tout à fait digne de l'endroit exigeant et magique qu'était Whitehaven. Sans doute était-ce pour elle qu'il venait là les dimanches, les week-ends où Jasmine était chez son ex-épouse. Sans doute était-ce pour elle aussi qu'il s'occupait des lis et des plantes carnivores de la serre, et tondait la pelouse.

Les mains dans les poches, il secoua tristement la tête, puis s'engagea sur l'allée de gravier qui contournait la demeure, en direction des écuries. Oui, il maintenait la propriété en état en souvenir de Laura. Et il le ferait jusqu'à ce qu'un nouveau propriétaire prenne la relève. Alors, il pourrait enfin passer ses dimanches après-midi chez lui à paresser devant des matchs de rugby à la télévision, tout en s'efforçant d'ignorer à quel point la maison paraissait vide en l'absence de son ouragan de fille.

Parvenu devant une arcade, il inclina légèrement la tête et pénétra dans le jardin clos, ceint d'un mur de briques rouges moussues et longé sur tout un côté par une serre. A cette époque de l'année où les plantes insectivores hibernaient, mieux valait s'assurer qu'elles allaient bien et que la température, derrière les anciennes parois vitrées, n'était pas trop froide.

Il s'activa ainsi un bon quart d'heure, inspectant pots et feuilles. Soudain, un craquement le fit sursauter. Pivotant aussitôt, il se tourna vers le visiteur, renversant au passage une sarracénie.

— Sortez ! Sortez immédiatement de ma propriété !

La première chose qu'il vit furent ses yeux — immenses, sombres et orageux. L'inconnue se tenait devant lui, la tête droite. Elle gardait visiblement ses distances et triturait les ourlets de manche de son manteau. Il leva les mains en l'air, et recula d'un pas. Ne voyait-elle pas qu'il ne lui voulait aucun mal ?

— Navré, rétorqua-t-il. J'ignorais que quelqu'un avait...

— Vous êtes sur une propriété privée !

Ben hocha la tête. Techniquement, c'était exact. Sauf qu'il ignorait encore quelques secondes plus tôt que quelqu'un s'en souciait, hormis une ancienne vedette de cinéma décédée qui avait aimé cet endroit aussi inconditionnellement que les enfants qu'elle n'avait jamais eus.

— J'ai promis à l'ancienne propriétaire, alors qu'elle était au plus mal, que je m'occuperais du jardin jusqu'à ce que la propriété soit vendue, expliqua-t-il.

L'inconnue le fixa sans un mot. A présent que son cœur reprenait peu à peu un rythme normal, il avait tout loisir de la détailler plus attentivement. Toute vêtue de noir — bottes noires, pantalon noir, et long manteau noir — elle avait de longs cheveux, presque noirs eux aussi. Et, derrière une épaisse frange, des traits d'une farouche et provocante beauté.

— Eh bien, reprit-elle enfin. Elle vient de m'être vendue. Vous pouvez donc disposer.

Ben se pinça les lèvres. Que pouvait-il bien répondre à cela ? Soudain, la perspective de quitter Whitehaven sans jamais y revenir s'abattit sur lui comme un lourd nuage de pluie. La toute nouvelle dame des lieux, aussi saisissante soit-elle, n'avait pas l'air d'être du genre à s'activer dans une serre ou à désherber les massifs de fleurs.

Il s'empara de sa gabardine, déposée derrière lui sur un banc, puis prit la direction de la sortie.

— Navré de vous avoir dérangée. Je ne reviendrai plus.

Il avait quasiment atteint l'extrémité de la longue et étroite serre lorsqu'elle l'appela.

— Attendez !

Il s'immobilisa et se retourna très lentement, une étincelle de défi dans les yeux, tandis qu'elle avançait de quelques pas, puis s'arrêtait, les deux mains jointes devant elle.

— A en croire l'agent immobilier, le manoir n'est plus occupé depuis plusieurs années. Pourquoi continuez-vous à venir ? s'enquit-elle.

Ben haussa les épaules.

— Une promesse est une promesse.

Elle fronça légèrement les sourcils, le regarda puis hocha la tête. Un long silence s'installa. Ben resta là sans bouger. L'inconnue semblait vouloir lui dire quelque chose. Mais elle finit par détourner le regard, sans doute sa façon de le congédier.

Il allait partir pour de bon, lorsqu'elle reprit la parole.

— La connaissiez-vous vraiment ? Laura Hastings, je veux dire.

Ben se tourna de nouveau vers elle, puis répondit, non sans une légère nuance d'irritation :

— Oui.

Pour une raison inexplicable, il l'avait surestimée. En fait, elle ne valait pas mieux que tous ces curieux friands de la moindre rumeur à propos d'une célébrité.

— Je dois vraiment partir, reprit-il. Et je pense ce que j'ai dit : vous ne me reverrez plus ici.

Il ouvrit la porte de la serre. L'air était vif en cette journée d'octobre. Il prêta l'oreille. Elle courait derrière lui ! Les talons de ses bottes claquaient sur le carrelage, du moins avant que la porte ne se referme et en étouffe le son.

— Hé ! Vous partez du mauvais côté !

Ce n'était pas le cas. Mais il n'était pas plus d'humeur à le lui expliquer qu'à bavarder.

Elle n'abandonnait pas pour autant. Courir après lui en talons aiguilles devait pourtant être un supplice. Elle maintenait néanmoins la cadence, probablement grâce aux interminables jambes qu'il avait devinées sous son manteau. Et elle devait être sacrément en colère, car des ondes de chaleur émanaient d'elle au fur et à mesure qu'elle comblait la distance qui les séparait. Il sortit du jardin clos, emprunta l'un des sentiers qui descendait la colline en direction de son canot.

— Je vous ai dit de sortir de ma propriété !

Il s'arrêta net, pivota, et manqua sursauter en la découvrant nez à nez avec lui. Bien sûr, elle n'égalait pas son mètre quatre-vingt-huit, mais elle disposait de l'avantage de ses talons et d'une légère pente.

Elle recula d'un pas, sans que son regard perde la moindre nuance de férocité.

Il ne se sentait pas la patience d'affronter crises et sautes d'humeur. Il avait déjà eu sa dose avec son ex-épouse ces temps-ci. Et ne venait-il pas à Whitehaven pour se détendre ?

— C'est précisément ce que je suis en train de faire, aussi vite que je peux, rétorqua-t-il calmement.

Quel culot ! songea-t-il. Après tout, c'était elle l'intruse, c'était *elle* qui troublait la tranquillité du seul endroit parfait au monde.

Elle esquissa une petite moue, qu'il aurait peut-être trouvée attrayante si sa présence en ces lieux ne l'indisposait pas tant.

— La route est par là, décréta-t-elle, avec un geste du pouce dans la direction opposée.

— Je sais, concéda Ben.

Sans toutefois apporter la moindre précision supplémentaire, du moins sur le moment. Singulièrement, il se sentit coupable. Ne faisait-elle pas les frais de la frustration que lui inspirait une autre femme ? Malheureusement, celle qui se tenait devant lui paraissait être exactement de la même étoffe, et il peinait à juguler sa réaction instinctive.

Il prit une profonde inspiration, puis reprit :

— Mais mon canot est amarré près du hangar à bateaux.

Sur quoi il cligna des yeux, dans l'attente d'autres paroles lapidaires.

— Parce que j'ai un hangar à bateaux ?

Une nouvelle fois, l'atmosphère changea brusquement. L'inconnue affichait de nouveau cet air mélancolique et rêveur, et cette beauté bien trop pure pour être vraie. Le regard perdu au-delà de la cime des arbres, elle murmura derrière lui :

— Ainsi il existe ? Ce n'était pas un simple décor de cinéma ?

Il haussa les épaules, puis reprit sa progression. Ses traits se durcirent. Allait-elle cesser de le suivre ?

— Quoi encore ? lâcha-t-il par-dessus son épaule. Je m'en vais, que vous faut-il de plus ?

— Je veux voir le hangar, lança-t-elle derrière lui.

Voilà qu'il devrait donc la supporter pendant tout le trajet du retour ! D'ordinaire, il appréciait de redescendre la colline et surtout d'admirer les splendides teintes des feuilles en automne. Mais, cette fois, il ne s'arrêta même pas pour contempler les traînées de fumée qui s'échappaient des cottages de la petite bourgade de Lower Hadwell, de l'autre côté du fleuve. Tout ce qu'il entendait, c'étaient ces pas derrière lui. Tout ce qu'il voyait, bien qu'elle fût à quelques mètres derrière, c'était ce regard sombre et hautain. Enfin, il aperçut les marches inégales qui conduisaient à la jetée. Ouf, ce n'était pas trop tôt !

Alors qu'il posait le pied sur la première marche, il entendit derrière lui un hoquet. Instinctivement, il pivota et tendit un bras. Elle n'avait toutefois pas trébuché, ni même remarqué son geste. Une main sur la bouche, elle s'était immobilisée, les yeux pleins de larmes. Il ne manquait plus que ça ! Les pleurs, à présent ! Il fallait qu'il parte d'ici, et vite !

Dévalant l'escalier aussi vite que possible, il s'élança sur la jetée et entreprit de détacher l'amarre du canot, ignorant délibérément la lente descente de l'inconnue derrière lui. Juste au moment où il s'apprêtait à sauter dans l'embarcation, son portable, dans la poche arrière de son jean, se mit à sonner. Il l'aurait volontiers ignoré, mais c'était peut-être Megan, son ex-femme. Et s'il était arrivé quelque chose à leur fille ?

Dans la mesure où l'inconnue n'était qu'à quelques pas de lui, et ne faisait rien d'autre que contempler sans un mot l'ancien hangar de pierre, il lui colla l'extrémité de l'amarre dans la main, puis fouilla dans sa poche à la recherche de l'appareil.

— Papa ?

Ce n'était pas Megan, mais Jasmine.

— Qu'y a-t-il, mon petit sucre d'orge ?

Il y eut, à l'autre bout du fil, un reniflement de dédain.

— Pourquoi m'appelles-tu encore comme ça ? J'ai presque douze ans. C'est ridicule, tu sais !

Les traits de Ben se crispèrent. Vingt-quatre heures à peine loin de lui, et voilà que Jasmine commençait déjà à parler comme sa mère !

— Maman ne peut pas me ramener ce soir, poursuivit Jasmine. Elle a quelque chose de prévu. Tu viens me chercher ?

Ben consulta sa montre. Jasmine devait rentrer pour 5 heures, et il était déjà un peu plus de 3 heures de l'après-midi.

— A quelle heure ? demanda-t-il. Après tout, ce n'était pas plus mal qu'il quitte Whitehaven plus tôt que prévu.

Certes, il lui faudrait, un certain temps pour retraverser le fleuve, récupérer sa voiture au cottage, et effectuer les quinze kilomètres qui le séparaient de Totnes.

Il attendit, sa fille s'entretenait à voix basse avec sa mère.

— Maman dit qu'elle doit être partie pour 4 heures.

Tout à coup, Ben se surprit à arpenter la jetée.

— Je ne pourrai pas, Jas.

Il continua à marcher de long en large tandis que Jasmine relayait l'information à Megan, puis entendit :

— Maman veut te parler.

Il y eut un blanc. Puis la voix de son ex-femme reprit :

— Ben ? Je n'arrive pas à croire que tu joues à ce petit jeu-là ! Je sais que tu as encore un faible pour moi, mais il est temps pour toi de passer à autre chose ! Ton attitude est puérile, vraiment !

Ben ouvrit la bouche pour protester qu'il n'y avait rien de puéril à ne pas être en mesure d'accomplir l'impossible, mais son ex-femme ne lui en laissa pas le loisir :

— Tout doit toujours se faire selon tes désirs, n'est-ce pas ? Tu serais prêt à n'importe quoi pour saboter ma nouvelle vie !

— J'espère que notre fille n'entend pas cette conversation, gronda-t-il d'une voix plus brusque qu'il ne le souhaitait. Elle a déjà été témoin de suffisamment de disputes !

— Vas-y, change de sujet, comme d'habitude ! reprocha son ex-femme avec un soupir.

— Megan, je suis à Whitehaven, expliqua sèchement Ben. Mon refus n'a rien à voir avec toi ! Je ne serai tout simplement pas en mesure d'être là pour 4 heures.

— Si tu le dis ! Puisque tu es trop égoïste pour venir la chercher, je n'ai plus qu'à l'emmener dîner avec moi et mon… ami. Je te la ramènerai pour 9 heures ! décréta Megan.

Après quoi elle coupa net la communication. Ben serra le poing, se retenant de jeter son portable dans les vagues couleur gris ardoise. Et dire qu'elle avait toujours le même effet sur lui ! Elle était capable de le mettre dans un véritable état de rage. Ce qui n'était pas du tout dans ses habitudes.

Il verrouilla le clavier d'un doigt rageur, replaça l'appareil dans sa poche, et retourna en direction du canot.

— Merci pour la discrétion ! dit-il d'un ton sec à la femme qui se tenait, maussade, près de l'embarcation.

Elle lui décocha ce que sa grand-mère aurait qualifié de « regard de travers », puis agita sous son nez l'extrémité de la corde. Comment pouvait-elle rendre ce geste tout simple aussi sarcastique ?

— Avais-je le choix ?

Ben passa les deux mains dans ses cheveux ébouriffés. Il était temps de se calmer. Après tout, ce n'était pas contre cette femme qu'il était en colère, du moins, pas réellement.

— Désolé.

Alors qu'il ne s'y attendait pas du tout, elle esquissa l'ombre d'un sourire.

— Divorcé ?

Il hocha la tête, et elle précisa :

— Moi aussi. Je n'ai pas tout entendu, mais ce genre de conversation m'évoque quelques souvenirs, et pas des meilleurs.

— Des enfants ? demanda-t-il, lui retournant malgré lui son demi sourire.

— Un garçon, répondit-elle d'une voix étrangement voilée, avant d'enchaîner, comme il jetait un coup d'œil inquisiteur en direction du manoir : il est avec son père le temps que j'emménage.

Elle se détourna brusquement, demeura quelques instants silencieuse, le regard perdu sur la colline, puis lui fit de nouveau face, un sourire aux lèvres, et demanda :

— Que savez-vous de ce hangar à bateaux ?

Ben joua le jeu. Ce sourire factice, il ne le connaissait que trop bien. Même si, heureusement, il y avait de moins en moins souvent recours.

— D'après ce que je sais, dit-il, il a été construit bien avant le manoir, dès le XVIe siècle, selon certains. Et, évidemment, il a servi de décor dans *Liaison d'été*, mais ça, vous le savez déjà.

L'air penaud, elle contempla un instant les algues luisantes échouées sur un rocher voisin, puis lui jeta un regard en biais de sous sa longue frange et confessa :

— Vous m'avez percée à jour. J'adorais ce film, enfant, et lorsque j'ai vu le descriptif de la propriété, je me suis interrogée à son sujet. J'ignorais qu'il était réel, poursuivit-elle, se tournant pour contempler la pittoresque bâtisse de pierres et de bois. Je pensais qu'il n'était fait que de fibre de verre et de papier mâché, ou autre...

— Il est tout à fait réel. Je dois... y aller, à présent.

Elle hocha la tête.

— Et moi, je vais jeter un coup d'œil à ce hangar.

Ben s'attarda quelques instants, son amarre en main, alors qu'elle gravissait les quelques marches qui menaient à la porte d'entrée, au niveau supérieur. L'endroit n'était plus utilisé depuis longtemps ; bien des années avant son décès, Laura n'était déjà plus en mesure de descendre la colline jusque-là.

Il sauta dans le canot, histoire de prendre de la distance, mais continua à regarder dans sa direction. Le plancher de bois pouvait être vermoulu. Mieux valait qu'il reste là quelques minutes encore afin de s'assurer qu'elle ne passerait pas au travers.

Sa main hésita au-dessus du moteur. Il le démarrerait d'une seconde à l'autre, à présent.

Le hangar comportait deux étages. Le rez-de-chaussée, au

niveau de la jetée, ouvrait par un grand portail sur un espace qui abritait de petites embarcations. Au premier se trouvait une pièce dotée d'un balcon longeant la façade. Elle émergerait sans doute d'un instant à l'autre, les mains sur la rambarde, ses longs cheveux soufflés par la brise aux effluves de sel et d'algues.

Une minute s'écoula. Elle n'apparaissait toujours pas. Mais que faisait-elle donc ?

Avec un soupir, il sortit du canot, planta ses bottes sur le béton de la jetée, puis cria :

— Est-ce que ça va, là-haut ?

Aucune réponse. Au moment où il s'apprêtait à réitérer son appel, elle passa la tête à l'angle du mur, haussa les épaules et cria à son tour, la mine exagérément déconfite :

— Pas de clé !

Ben sentit son système d'alarme s'affoler. Il fallait déguerpir au plus vite et ne pas s'en mêler. Whitehaven ne relevait plus de sa responsabilité, à présent. Mais avant de comprendre ce qu'il était en train de faire, il se surprit tout à coup à ré-amarrer le canot et à se diriger vers le hangar.

Il la rejoignit en bas de l'escalier.

— Vous savez où est cette clé ?

A l'aide de ses ongles, déjà noircis par le riche terreau des plantes de la serre, il gratta autour d'une pierre légèrement saillante, à la base de la toute dernière marche. Etait-ce bien là ? Au bout de quelques secondes, la pierre remua et resta dans sa main. Dans le trou, il distingua un éclat de métal noir. C'était bien la cachette secrète dont Laura lui avait parlé ! Au cas où...

Bien sûr, il aurait pu se contenter de transmettre l'information en la lui criant depuis le canot. A quoi bon s'impliquer personnellement ? Mais puisqu'il était là, il se contenta de lui tendre la clé, sans un mot.

Mission accomplie.

L'espace de quelques secondes, sa main s'attarda, mais il se reprit et la glissa très vite dans sa poche.

2

— Merci, dit-elle, secouant sa longue frange jusqu'à ce qu'elle recouvre encore un peu plus ses yeux.

Elle monta les dernières marches, inséra la clé dans la serrure et la tourna. Il s'attendait presque à ce que la porte chute à terre, mais elle pivota en un arc gracieux, les invitant à entrer. Ou plutôt, l'invitant à entrer, *elle*. Mais la curiosité était trop forte, et il ne put s'empêcher de la rejoindre pour jeter un coup d'œil à l'intérieur.

Quelle surprise ! Il avait imaginé trouver étagères, rames et pots de peinture. Mais les rais de clarté grisâtre filtrés par la saleté des vitres révélèrent une tout autre scène. Des fauteuils et un sofa en rotin étaient placés autour d'une cheminée victorienne au manteau de faïence bleu et blanc et, dans un coin, devant l'une des fenêtres en arcade se trouvaient un bureau et une chaise.

Elle s'approcha du bureau et effleura du doigt, dans une sorte de révérence, la poussière qui le maculait.

— Venait-elle souvent ici ? Mme Hastings, je veux dire.

Ben sursauta. Que faisait-il encore là, à monter la garde sur le seuil telle une sentinelle ? Il avait tenu sa promesse à Laura, et sa présence n'était plus requise, alors...

Comme il ne répondait rien, elle se tourna vers lui, et il haussa les épaules.

— Pas à l'époque où je l'ai connue. Elle était bien trop âgée pour descendre jusqu'ici, mais elle en parlait avec nostalgie.

Elle clignait des paupières et continuait à le fixer, impassible. Certes, il n'était pas obligé de bavarder coûte que coûte, mais il n'avait pas l'habitude des femmes qui laissent délibérément des blancs dans la conversation. Les mains dans les poches, il se mit à creuser la poussière du plancher avec le bout de sa botte. Tout était trop tranquille. Il finit par marmonner :

— Pas vraiment le genre d'endroit pour une femme comme vous, hein ?

Elle releva brusquement le menton.

— Qu'est-ce qui vous fait penser que vous savez quoi que ce soit sur la femme que je suis ?

D'un coup, la tristesse qui paraissait l'envelopper était devenue carapace et dans la pièce, chaque molécule paraissait s'être chargée d'électricité. Elle marcha jusqu'à l'ouverture creusée au centre du mur, en ouvrit la porte-fenêtre, puis sortit sur le large balcon.

Elle lui signifiait son congé.

Louise fixait depuis si longtemps le champ de moutons, de l'autre côté du fleuve, que les petits points blancs semblaient maintenant fusionner. Elle ne les quitterait pas des yeux, pas tant qu'elle apercevrait cet homme dans son champ de vision.

Quand il disparut enfin, elle se détourna avec un soupir et s'appuya contre la rambarde.

Il ne pouvait pas savoir de quoi il avait eu l'air, ainsi debout à quelques pas au-dessous d'elle, lorsqu'il lui avait offert cette clé. C'était l'une des scènes de *Liaison d'Eté* qu'elle préférait — celle où Jonathan venait retrouver Charity dans le hangar, le sanctuaire où elle se cachait des horreurs de son existence. Même s'il ne se passait pas grand-chose entre eux à ce moment-là du film, les sous-entendus, la passion contenue en faisaient l'une des scènes cinématographiques les plus romantiques qu'elle ait jamais vue.

Et il avait fallu qu'il gâche cette sensation exquise — la sensation que, peut-être, tous les hommes n'étaient pas des goujats — en lui remémorant qui elle était.

Louise se redressa, puis pénétra de nouveau dans le boudoir. Après tout, elle n'avait aucune intention de se remettre à fréquenter quelqu'un de sitôt, alors pourquoi se préoccupait-elle de ce jardinier ? Lentement, elle referma la porte-fenêtre, puis sortit du hangar et en referma la porte, avant de replacer la clé dans sa cachette.

Le soleil commençait à se coucher et elle se dépêcha de remonter le sentier, attentive à ne pas s'égarer, tout en méditant la question. Non, ce n'était pas qu'elle s'était prise d'un goût soudain pour les hommes un brin débraillés en gabardine, mais l'espace d'un instant, elle avait cru à… une certaine éventualité. Quelque chose dont elle s'était toujours languie. Mais les rêves ne devenaient-ils pas réalité qu'entre les pages d'un roman ou sur un écran ?

Elle rejeta ses cheveux en arrière. A quoi bon se bercer d'illusions ? Finalement, ce jardinier avait bien fait de lui rappeler que la vie n'avait rien d'un conte de fées. Sans doute était-elle émotive parce qu'elle ne reverrait pas Jack pendant quinze jours. Toby lui avait fait toute une scène, mais ils étaient finalement tombés d'accord. Une fois qu'elle serait installée à Whitehaven, leur fils viendrait y vivre avec elle et fréquenterait l'école publique locale.

Son ex-mari ne lui avait pas fait de cadeaux tout au long de leur procédure de divorce. Et c'était bien étonnant, vraiment, qu'il lui consacre depuis leur séparation tant de temps et d'énergie. S'il avait pris la peine de lui accorder autant d'attention au cours des cinq dernières années, ils n'en seraient certainement pas là aujourd'hui !

L'immense vestibule du manoir était vide de tout mobilier, mais elle en franchit le seuil en souriant. Seules deux pièces au rez-de-chaussée, et deux chambres et une salle de bains à l'étage étaient en état d'être occupées lorsqu'elle avait acheté l'endroit. Quelques coups de peinture, un grand nettoyage, et elle pourrait s'y installer. Enfin ! Les meubles ne seraient livrés que mercredi mais d'ici là, elle disposait d'un matelas gonflable et d'un sac de couchage. Sans parler du sofa un rien défraîchi qu'elle avait déniché pour le séjour, dans le dépôt-vente local.

Elle avait tout laissé à Toby, ce qui avait d'ailleurs grandement déçu ce dernier. L'envie de se quereller le démangeait, mais elle ne lui avait pas donné cette satisfaction. Pour une fois que c'était lui qui restait dans l'attente d'une quelconque réaction de sa part ! Elle n'avait souhaité conserver aucun meuble, de toute façon, ni aucun lien avec son ancienne vie. Rien d'autre que Jack.

Et puis, aucun de ces meubles minimalistes et ultramodernes n'auraient eu sa place ici. Alors qu'elle si, songea-t-elle avec un sourire. Whitehaven n'était pas le premier bien immobilier qu'elle acquérait, mais c'était le premier endroit où elle se sentait entièrement à l'aise depuis qu'elle était partie du modeste pavillon qu'elle partageait autrefois avec son père et ses frères et sœurs. Elle savait, aussi sûrement que lorsqu'elle avait glissé pour la première fois son pied dans un escarpin haute couture, qu'il lui irait parfaitement.

L'horloge de la cuisine indiquait 8 h 20. Assis à la vieille table de chêne, une tasse de café instantané tiède en main, Ben tâchait de se concentrer sur la section sport du journal plutôt que sur la seconde aiguille de l'horloge.

Megan était différente lorsqu'ils étaient mariés. Certes, elle était parfois un peu égocentrique, mais jamais elle n'avait fait preuve de cette flagrante indifférence pour l'emploi du temps, les contraintes, ou les sentiments d'autrui. Et il n'était pas certain d'apprécier la nouvelle Megan telle qu'elle s'était « découverte ». Ni ce nouveau petit ami dont il n'était pas supposé connaître l'existence.

Vingt minutes plus tard, alors que l'envie de décrocher le téléphone pour hurler commençait à réellement le démanger, une portière claqua au-dehors. Jasmine franchit le seuil puis, avant qu'il ait le temps de lui demander si sa mère allait daigner apparaître, et s'excuser, des pneus crissèrent sur le gravier sur fond d'un rugissement de moteur qui s'éloigna peu à peu.

— Alors, ce dîner ?

Tournant une page de journal, il s'efforça de ne pas songer au ragoût de bœuf qui, dans le four, refroidissait peu à peu. En déguster une portion en solitaire n'aurait pas eu l'effet de réconfort attendu d'un bon repas.

Jasmine haussa les épaules, puis répondit :

— Comme un dîner…

Ce qui était visiblement le mieux qu'une adolescente de onze ans-frisant-les-quinze lui en dirait.

— As-tu fait tes devoirs ?

— Presque.

Certes, il aurait pu trouver mieux comme conversation, mais tant qu'il serait de cette humeur, mieux valait qu'il s'en tienne à des sujets neutres. Au cours de ces deux dernières années passées en tant que père célibataire, il avait appris que les transitions entre les deux vies de Jasmine n'étaient pas faciles, et que c'était son rôle d'apaiser les tensions, et de rétablir un équilibre.

Aussi reprit-il, pliant le journal et se redressant :

— Définis le terme « presque », s'il te plaît.

Jasmine lâcha un sac de bric-à-brac sur la table, puis posa son manteau sur le dossier d'une chaise.

— Il me reste deux exercices de maths, et avant que tu dises quoi que ce soit...

Ben referma la bouche.

— ... Ils ne sont pas à rendre avant jeudi. Est-ce que je peux les faire plutôt demain ? S'il te plaît, papa ?

Elle le regarda avec ses grands yeux noisette, et cligna des paupières, une fois seulement. Elle était si jolie avec ses cheveux blonds et sa coupe au carré un rien asymétrique au niveau des épaules. Comme le temps passait vite ! Elle était loin, l'époque où elle le suppliait de la pousser sur la balançoire, encore et encore.

— Soit, concéda-t-il. Demain.

— Merci, p'pa.

Elle le gratifia d'une brève accolade tout en s'emparant, sur la pile d'objets divers déversés sur la table, d'un magazine à la couverture criarde.

— Lecture détente, annonça-t-elle, pivotant aussitôt dans l'évidente intention de s'échapper avant qu'il ait le temps d'inspecter plus attentivement l'objet.

Mais Ben n'était pas encore sénile au point de ne plus avoir le moindre réflexe, et le magazine passa des doigts de Jasmine aux siens avant même qu'elle ne se soit entièrement dégagée de son étreinte.

— Qu'est-ce que c'est que ce torchon ?

— Il est à Maman, se défendit Jasmine. Elle l'a lu, et elle a dit que je pouvais le prendre.

Ben fronça les sourcils. *Buzz Magazine*. Et puis quoi encore ? A en juger par les slogans de couverture, c'était encore un de ces journaux à scandale autour des célébrités. L'article principal paraissait traiter de cellulite. Charmant. Où Megan avait-elle la tête ? Ignorait-elle donc à quel point Jasmine, à son âge, était influençable ?

— Je ne crois pas que ce genre de lecture te convienne.

Jasmine leva les yeux au plafond.

— Mais c'est super ! Toutes mes amies le lisent !

Il arqua un sourcil.

— Toutes ?

Le hochement de tête qui suivit n'aurait convaincu personne, pas même Jasmine.

— C'est bien ce que je pensais. De toute façon, il n'y a rien de vrai, là-dedans. Ce ne sont que de vagues rumeurs...

Il feuilleta quelques pages au hasard, et reprit :

— Un ramassis de...

Tout à coup, il cessa de feuilleter, tétanisé. Incapable d'émettre un son, il déposa le magazine grand ouvert sur la table, et contempla sans un mot plusieurs clichés.

— Tu vois que c'est intéressant, commenta Jasmine avec un petit sourire satisfait.

— C'est...

— Louise Thornton, l'informa sa fille, penchée par-dessus son bras, d'un ton étonnamment désinvolte. Maman pense qu'elle est nullissime.

— Louise *qui* ? lâcha Ben d'une voix sourde.

Jasmine lui décocha un coup de poing dans le bras.

— Houh ! hou ! papa ! Tu vis encore à l'âge de pierre ou quoi ? Tu sais bien... Elle a épousé Tobias Thornton, l'acteur !

— Qui ?

— On l'a vu dans le film d'action le week-end dernier. Celui avec la bombe dans le jet privé !

— Oh. Celui-là...

Le cliché n'était pas très net, sans doute pris à l'aide d'un téléobjectif de la taille d'une navette spatiale. Impossible de se méprendre, pourtant, sur la farouche expression du regard qu'elle lançait à l'importun tout en protégeant le visage de son fils serré contre elle. Il avait, quelques heures plus tôt à peine, été lui-même l'objet de ce regard, et il en avait encore des frissons.

— Et elle est célèbre ? demanda-t-il avec le plus grand détachement possible.

— Disons, célèbre parce qu'elle est mariée à quelqu'un de célèbre, c'est tout, décréta Jasmine.

Mariée. N'était-ce pas une raison suffisante pour condamner immédiatement la revue à la poubelle à recycler ? Seulement… elle avait dit être divorcée et, aux rares moments où il l'avait surprise à baisser sa garde, il avait su qu'elle disait la vérité. D'ailleurs, le gros titre outrageusement étalé en travers du cliché paraissait confirmer cette conviction instinctive : *Louise vit un enfer depuis la rupture !*

Ben jeta un dernier regard au cliché, ému. Subir un divorce était déjà assez pénible sans que le monde entier soit témoin de la moindre prise de bec ! Pas étonnant qu'elle ait paniqué en découvrant un inconnu dans sa serre !

Refermant le magazine, il plongea son regard droit dans celui de sa fille.

— Navré, Jas, mais j'estime que ce genre de publication est une atteinte à la vie privée. Je préférerais que tu ne la lises pas.

La lèvre inférieure pincée entre ses dents, Jasmine semblait hésiter entre la décence et la curiosité. Heureusement, elle lui retourna un petit sourire, puis haussa les épaules. Il avait eu raison de contrer tant bien que mal le jargon pseudo-psycho auquel sa mère la soumettait depuis leur séparation !

Il sourit.

— C'est bien, ma chérie.

— Puisque je viens d'obtenir un bon point, reprit alors Jasmine avec un tout autre sourire, je peux avoir quinze livres pour la sortie au théâtre de l'école demain ?

Ben leva les yeux au ciel. Qu'avaient donc les femmes à toujours réclamer de l'argent ? La moindre B.A. paraissait nécessiter une récompense, de préférence sous la forme d'une paire de chaussures. Sans doute devait-il se féliciter qu'il s'agisse cette fois d'un projet éducatif ! Les chaussures viendraient plus tard, sans aucun doute.

— Un instant, que je trouve mon portefeuille. Qu'est-ce que vous allez voir, déjà ?

— *La Mégère Apprivoisée.*

Ben hocha la tête avec approbation, tout en parcourant du regard les plans de travail de la cuisine, à la recherche de son portefeuille en cuir. Quelques secondes plus tard, il fouillait dans un tiroir. Où diable avait-il mis ce fichu portefeuille ?

— Jas, je viendrai t'apporter les sous dès que j'aurai retrouvé mon portefeuille, d'accord ? annonça-t-il, luttant contre un tiroir débordant de bric-à-brac qui refusait de se refermer.

— D'accord.

— Et, Jas... ?

Jasmine pivota sur le seuil de la porte qui ouvrait sur le salon.

— Cette Louise Thornton. Est-ce que tu penses qu'elle est « nullissime », toi aussi ?

— Maman dit qu'une femme qui accepte tout et n'importe quoi et qui fait passer le bonheur d'un homme avant le sien est TBPV. Trop bête pour vivre, explicita Jasmine, consciente comme elle paraissait toujours l'être qu'il n'était pas tout à fait au diapason de son étrange langage de préadolescente.

Le son de la télévision dans la pièce adjacente accompagna sa quête du portefeuille pendant les dix minutes qui suivirent. Il chercha dans son manteau, dans sa voiture, dans la cuisine de nouveau puis, alors qu'il se creusait la tête pour revivre le déroulement de la journée, l'évidence le frappa. Il savait, et voyait même très clairement, où était son portefeuille.

Un banc de bois, éclairé au travers de vieux carreaux victoriens par des rayons de soleil de fin d'après-midi et, à côté, sur une étagère, entre deux pots de fleurs, un carré de cuir d'où dépassaient cartes de visite et tickets de caisse.

Il se laissa tomber sur une chaise, les sourcils froncés. Trop épais dans la poche arrière de son jean, son portefeuille l'avait gêné. Il l'avait déposé sur cette étagère et...

Il soupira. S'il n'avait encore contenu que ces cartes et quelques reçus... Car il était inutile d'espérer que sa tête soit la bienvenue à Whitehaven avant un bon quart de siècle au moins. Malheureusement, s'y trouvait aussi une de ses photographies favorites de Jas et lui ensemble, prise à l'époque où elle avait encore des anglaises et plus aucune dent de devant, et où lui-même n'avait pas encore, sur le front, les plis soucieux qui paraissaient ne plus le quitter ces temps-ci.

Impossible d'y couper : il fallait retourner là-bas.

Ben frappa deux coups à la porte. Suffisamment pour être entendu, mais pas pour paraître impatient. Puis il attendit. Le ciel n'était plus aussi clair que la veille, et une brume humide ternissait toutes les couleurs de chaque côté du fleuve. Il remonta les pans de sa gabardine, il commençait à pleuvoir.

Alors qu'il levait le poing pour frapper de nouveau, il aperçut un mouvement dans son champ de vision, derrière la fenêtre du salon. Il pivota, scruta les carreaux. Tout était tranquille.

Les mains dans ses poches, il grimaça. Il avait au moins un point commun avec Louise Thornton : ni l'un ni l'autre n'étaient ravis de sa présence ici.

— Navré pour cette intrusion, madame...

Il s'apprêtait à ajouter « Thornton », mais cela aurait été étrange d'utiliser son nom alors qu'elle ne s'était pas personnellement présentée.

— Ce n'est pas que je tienne à vous déranger de nouveau, mais...

Il pressa l'oreille contre la porte, certain qu'elle hésitait derrière.

— ... J'ai oublié quelque chose et...

Un cliquetis retentit, et la porte s'entrouvrit suffisamment pour qu'il aperçoive une moitié de son visage. Elle ne portait pas de talons, aujourd'hui — non qu'il soit dans ses habitudes de remarquer les chaussures des femmes mais, alors qu'elle était presque à son niveau lors de leur première rencontre, elle levait maintenant les yeux sur lui, l'expression indéchiffrable.

— J'ai laissé mon portefeuille dans la serre, expliqua-t-il avec ce qu'il espéra être un sourire d'autodérision.

Elle se borna à le dévisager sans un mot.

Il aurait aimé détourner le regard, mettre un terme à la maladresse de l'instant, mais elle avait des yeux extraordinaires. Enfin, un œil, du moins, car c'était le seul qu'il pouvait voir pour l'instant. Ce n'était pas le maquillage : ce matin, aucune trace de ce truc noir. Ni même les nuances noisette et vert olive de ses iris, qui ressemblaient aux teintes changeantes des feuilles d'automne. Non, c'était son regard. Elle avait beau tout faire pour se barricader, il reconnaissait quelque chose dans la profondeur de ces yeux. Non pas une sorte de familiarité, ou de similarité, mais plutôt le reflet de quelque chose qu'il savait exister au plus profond de lui-même.

Secouant la tête, il baissa les yeux vers ses bottes. Ce n'était pas le moment de verser dans la sensiblerie. Il n'était là que pour une raison, et une seule.

— Si vous voulez bien me permettre de le récupérer, je promets de vous laisser tranquille aussitôt.

Elle le regarda encore une fois de haut en bas, puis lâcha la poignée de la porte.

— Attendez là. Je vais chercher la clé.

Plusieurs minutes s'écoulèrent. Ben descendit les marches du perron, fit quelques pas dans l'allée, faisant crisser les graviers de manière presque assourdissante dans le silence de ce matin d'automne. Louise Thornton réapparut au moment où il venait enfin de trouver un endroit où les cailloux ne remuaient pas sous son poids. Ses longs cheveux étaient rassemblés en queue-de-cheval, mais l'incontournable frange dissimulait encore une bonne partie de son visage. Vêtue d'un jean et d'un pull, elle aurait *dû* ressembler à n'importe quelle jeune mère de famille attendant son enfant à la sortie de l'école, et pourtant…

Il la suivit derrière le manoir, en direction de la serre. Ses mouvements étaient délicats, précis, comme si elle redoutait d'être accusée de prendre trop d'espace. Megan et ses amies avaient atteint un âge où leur langage corporel trahissait une certaine assurance, une aisance vis-à-vis de leur corps. Mais en dépit de son style de vie fastueux et des millions sur son compte en banque, cette femme en manquait totalement.

De nouveau, il éprouva un involontaire élan de sympathie. Bien sûr, il pourrait la rattraper, lui affirmer qu'un jour, tout irait mieux, qu'il y avait encore une vie après le divorce. Mais, dans la mesure où il n'était pas exactement lui-même le parfait exemple du joyeux fêtard, n'était-il pas préférable de se taire ?

Elle déverrouilla la porte de la serre, puis s'écarta de plusieurs pas. Elle ne resta pas dehors, toutefois : il entendit ses pas derrière lui et quand il se retourna, il vit qu'elle le surveillait attentivement.

Son portefeuille était exactement là où il le pensait, en retrait sur l'étagère à côté d'une plante carnivore au feuillage éclatant. Il s'en empara, le fourra dans la poche de sa veste, puis se pencha pour ramasser la sarracénie victime de leur rencontre inattendue de la veille, et qu'il avait complètement oubliée après l'apparition de Louise Thornton.

Il la replaça sur l'étagère, retassa le terreau de ses doigts. En dépit de ces soins, cependant, les tiges persistaient à pencher de côté. Il faudrait rapporter de chez lui un tuteur et...

Non. Il ne rapporterait plus rien de chez lui, désormais...

Il s'écarta, désigna la plante.

— Cette plante a besoin d'un tuteur. Il y en a peut-être ici, quelque part...

Ayant jeté à tout hasard un coup d'œil sous le banc, il se mit à arpenter l'allée, regardant derrière les pots.

— Qu'est-ce que ça peut vous faire ?

Une telle question ne méritait même pas qu'il se retournât pour répondre, et il lança :

— C'est une plante magnifique. Ce serait une honte de la laisser mourir.

Il trouva enfin ce qu'il cherchait, entre le rebord d'une fenêtre et une rangée de pots puis, lorsqu'il pivota, la surprit en train de palper une des délicates feuilles aux teintes crème et mauve de la plante meurtrie.

— Ainsi, vous êtes réellement jardinier ?

Il passa devant elle, récupéra, sur un crochet près de la porte, un rouleau de fil de jardin, puis revint vers la plante.

— Vous pensiez que je m'amusais juste à tripoter la terre ?

Silencieuse, elle le regarda enrouler une ample longueur de fil autour de la plante, de manière à ce qu'elle soit soutenue par le tuteur sans y être trop étroitement fixée, puis commenta :

— D'après mon expérience, la plupart des hommes sont de

grands enfants. Alors, oui, vous pourriez tout aussi bien tripoter la terre pour vous amuser.

Il y avait, dans ces paroles, une ironie désabusée qui leur ôtait un peu de leur tranchant et, si Ben n'esquissa pas tout à fait un sourire, sa voix prit un ton amusé lorsqu'il répondit :

— Le contact de la terre est très agréable, et le jardinage est une activité qui a beaucoup de sens. Les plantes ne se contrôlent pas. Vous ne faites qu'en prendre soin, et leur donner ce dont elles ont besoin.

Elle détourna le regard, le laissant errer près des plantes alignées tout près d'elle.

— Celles-là n'ont pas l'air de devenir grand-chose, lui fit-elle remarquer. N'êtes-vous donc pas un bon jardinier ?

Ben résista à l'envie d'éclater de rire.

— Elles sont en hibernation, expliqua-t-il. Elles reprendront de la vigueur lorsque les conditions climatiques leur conviendront mieux.

L'espace de quelques secondes, il l'observa tandis qu'elle regardait au-dehors, en direction du jardin, puis reprit :

— Puisque j'ai ce que j'étais venu chercher, je vais vous laisser tranquille, à présent, comme promis.

Sur quoi il relâcha son souffle, puis s'éloigna à grandes enjambées. Il était à mi-chemin de la pelouse, lorsqu'il l'entendit crier après lui :

— Alors promettez-moi de revenir.

3

Ben envisagea de ne pas répondre. Après tout, il avait amplement eu sa dose d'exigences féminines, mais…

Elle se tenait là, sur la pelouse, les cheveux plaqués sur son visage par le vent et, une fois encore, ses yeux le retenaient captif. Pas par leur beauté, mais par ce quelque chose, dans leur profondeur, qui paraissait le supplier. Ses amis avaient raison : il ne savait pas résister à une demoiselle en détresse. Il avait beau le nier farouchement, c'était maintenant une évidence.

Elle ôta de sa bouche une mèche de ses longs cheveux noirs, puis précisa :

— Le jardin. Quelqu'un doit s'en occuper. Vous avez raison : ce serait une honte de…

Une fois encore, l'ensorcelant regard le suppliait. Il ne lui restait plus qu'à placarder l'écriteau « poire » sur son front.

Parce qu'il le ferait. Pas pour elle, mais pour Laura, et seulement tant qu'il n'aurait pas la certitude que la nouvelle propriétaire serait disposée à prendre réellement soin des lieux. Après quoi il passerait le flambeau à une de ses équipes, et lui facturerait le service au prix fort. Après tout, la vie était déjà bien assez compliquée sans avoir à cultiver aussi le jardin des autres.

Quinze jours plus tard, Louise mettait la touche finale à la chambre de Jack. Elle consulta sa montre. Encore cinq petites heures, et Jack serait là. Ses yeux s'embuèrent tandis qu'elle lissait la housse de couette, s'assurant que tout était parfait.

Ces trois semaines sans son fils avaient duré un siècle ! C'était la première fois qu'ils étaient séparés aussi longtemps. Toby se plaignait souvent qu'elle ne voyageait plus avec lui, et sans doute était-ce l'une des raisons pour lesquelles leur mariage n'avait pas tenu. Même les plus solides des relations étaient sous pression lorsque mari et femme passaient plusieurs semaines d'affilée l'un sans l'autre. Mais comment aurait-elle pu abandonner leur fils ? Jack était tout pour elle, et il le serait toujours.

Dieu merci, Toby était d'accord pour qu'il vive avec elle, même s'ils avaient tous deux la garde partagée. Son ex-mari partait si souvent en tournage qu'il aurait été injuste de laisser Jack dans leur ancienne propriété du Gloucestershire sous la garde d'une gouvernante. C'était du bon sens, même Toby le reconnaissait.

Jack verrait donc son père pendant les vacances scolaires et un week-end sur deux, mais ce soir, il serait enfin auprès d'elle, à Whitehaven.

Elle passait devant la fenêtre lorsqu'un éclat, dans les buissons, la fit se plaquer contre le mur. Elle inspira profondément, se pencha pour risquer un discret coup d'œil par la fenêtre. Encore ces fichus paparazzi ! C'était bien leur genre de rôder précisément le jour du retour de Jack !

Un autre éclat ! Là !

Une fois encore, elle s'aplatit contre le mur, puis se frappa le front avec la paume de sa main. Ce n'était pas un téléobjectif, qu'elle venait d'apercevoir dehors, mais la bêche de Ben, le jardinier. C'était dimanche, et il était là, tout comme les deux dimanches précédents. Elle était si exaltée par l'arrivée imminente de son fils, qu'elle avait complètement oublié qu'il devait venir !

En fait, elle ne le voyait jamais réellement arriver. A un moment ou un autre de l'après-midi, elle constatait qu'il était là, l'entendait siffloter aux alentours, ou percevait, au loin, un ronronnement de tondeuse.

Alors pourquoi se recroquevillait-elle ainsi contre ce mur ? C'était tout simplement ridule ! Elle avait tout de même encore le droit de circuler dans sa propre demeure !

Elle descendit dans la cuisine. La pièce avait besoin d'un sérieux rafraîchissement, avec ses placards en pin qui viraient peu à peu à l'orange, mais elle disposait d'un superbe carrelage en tomettes, et paraissait toujours chaleureuse — sans doute parce que dans l'âtre de l'antique cheminée inutilisée trônait désormais un majestueux poêle à bois. Superbe, il évoquait les réunions familiales autour du déjeuner dominical. Dommage qu'elle ne sache pas l'utiliser !

Enfin, elle savait quand même faire chauffer la bouilloire. Et, à ce moment précis, il n'y avait pas meilleure idée ! Elle remplit donc la vieille bouilloire en fer blanc, ôta le couvercle d'une des plaques, et l'y déposa.

Si seulement Jack pouvait aimer cet endroit autant qu'elle ! Que ferait-elle s'il n'appréciait pas de vivre en pleine campagne, loin de la demeure huppée qu'elle partageait jusque-là avec Toby ? Après tout, c'était le seul foyer que son fils ait jamais connu. Du moins, avec l'appartement de Londres, et aussi la villa de Beverly Hills. Le charme pittoresque de Whitehaven n'avait rien à voir avec la sophistication de leurs précédentes habitations.

Tout en réfléchissant, elle avait ouvert les placards, et s'aperçut qu'elle avait mis deux sachets de thé dans deux tasses. Habitude qu'elle avait gardée quelque temps encore après sa séparation d'avec Toby, mais qu'elle avait perdue depuis des mois, maintenant.

Sa première impulsion fut de replacer tasse et sachet dans le placard, puis une idée la frappa.

Pourquoi ne pas en offrir une à Ben ? Ce ne serait qu'une risible compensation pour toute la peine qu'il se donnait, se dit-elle le sourire aux lèvres. La pelouse était sensationnelle, et même les buissons et les bordures, aux abords du manoir, perdaient peu à peu leur aspect sauvage.

Elle avait bien entendu l'intention de le rémunérer, mais aborder le sujet l'embarrassait. Elle s'était conduite en véritable diva, le tout premier jour de leur rencontre, et elle ignorait comment rectifier cette regrettable première impression.

Comme par projection de ses pensées, un crissement de graviers retentit au-dehors. Un instant plus tard, Ben passait devant la fenêtre de la cuisine, probablement en chemin pour la serre.

Une tasse de thé serait une piètre offrande de paix, mais c'était tout ce dont elle disposait dans son arsenal pour l'instant. Elle remua le sachet dans l'eau bouillante, puis hésita. Sucre ou pas ?

D'instinct, elle versa une cuillérée de sucre dans la tasse, puis remua encore. Tout jardinier qu'il était, Ben avait tout l'air d'être un homme à apprécier un peu de douceur.

Lorsqu'elle atteignit la serre, cependant, elle s'aperçut qu'elle avait un problème. Ses deux mains occupées par les tasses, elle ne pouvait ni ouvrir la porte, ni frapper contre celle-ci. Laisser sa propre tasse dans la cuisine aurait été ridicule : le temps qu'elle apporte celle de Ben, discute rémunération avec lui, puis revienne, son thé aurait été complètement froid.

Elle jeta un coup d'œil dans la serre, et s'efforça de le repérer. La structure occupait tout le pan nord du mur, de manière à bénéficier du maximum d'ensoleillement possible, et débordait de spécimens de toutes sortes. Au centre de l'allée carrelée, entre deux larges feuilles vert sombre, elle aperçut une jambe. Elle frappa contre la porte à l'aide de la sienne. La jambe, qui se balançait, s'immobilisa brusquement.

Elle retint son souffle. Quelle expression afficher ? Certainement pas la suspicion avec laquelle elle l'avait accueilli la toute première fois. D'un autre côté, un sourire trop avenant ne conviendrait pas non plus. Finalement, elle n'eut pas à décider entre tranquille indifférence et cordialité professionnelle car Ben se tenait maintenant devant elle. Il frottait ses mains pour en ôter le reste de terre et regardait dans sa direction.

Elle leva une tasse en l'air puis, comme il lui retournait un grand sourire, relâcha son souffle. Il devait mourir de soif, car il s'élança vers la porte, qu'il ouvrit en grand. Elle lui tendit la tasse, sans se préoccuper de la petite quantité de liquide brûlant que son geste trop brusque déversait sur sa main.

Il en avala une longue gorgée.

— Fantastique. Juste comme je l'aime. Merci !

— C'est la moindre des choses, répondit-elle, avant de siroter à son tour une gorgée.

Il s'appuya contre l'une des étagères, but une deuxième gorgée, l'air tout à fait à l'aise dans cet environnement. Elle s'efforça de l'imiter, sans y parvenir tout à fait.

— A propos de… hum… votre rémunération…, débuta-t-elle.

Il arqua un sourcil.

— Je ne peux pas vous laisser faire tout ça sans…

— J'aime cet endroit, coupa-t-il avec un haussement d'épaules. La seule chose que je regrette, c'est de ne pas pouvoir faire davantage.

Il ne lui facilitait pas la tâche. Tout ce qu'elle voulait, c'était convenir avec lui d'une tarification, et lui signer un chèque. Et non qu'il soit complaisant à son égard. En général, les hommes complaisants avaient toujours une idée en tête.

Aussi insista-t-elle :

— Si vous pouviez tout de même m'indiquer combien vous facturez d'ordinaire pour ce genre de prestations…

Il termina sa tasse, plongea dans le sien un regard beaucoup plus sérieux, puis répondit :

— Je ne peux pas vraiment dire que mes prestations « ordinaires » sont de ce genre-là.

C'était donc là son petit jeu : prétendre noblement ne rien vouloir, puis l'assommer au bout du compte avec une facture exorbitante. Peut-être s'attendait-il aussi à ce qu'elle le remercie avec effusion ?

Elle croisa les bras, pour les décroiser tout aussitôt comme il lui tendait sa tasse vide.

— Rien ne presse, mais si vous y tenez absolument, je vous enverrai une facture, reprit-il avec un sourire qui n'avait rien des connotations prédatrices auxquelles elle s'attendait après une telle conversation. Merci pour le thé.

Sur quoi il se détourna et reporta son attention sur une large plante aux feuilles tombantes.

S'il y avait bien quelque chose qu'elle ne supportait pas, c'était d'être ignorée. C'était l'esquive favorite de Toby lorsqu'il répugnait à aborder un sujet, et elle s'était promis de ne plus jamais se laisser intimider par aucun homme, quel qu'il soit.

Elle toussota.

— Si ça ne vous ennuie pas, je préférerais régler ce détail dès maintenant.

Il se redressa de nouveau.

— Soit. C'est juste que je sais que vous venez d'emménager, madame Thornton et...

L'hésitation fut juste assez perceptible pour trahir qu'il n'avait pas eu l'intention de prononcer son nom. Pour la première fois depuis le début de leur entretien, il détourna les yeux.

Louise se raidit.

— Pourquoi êtes-vous si complaisant avec moi ?

L'expression qu'il afficha était l'innocence même. Et dire qu'elle s'était laissé prendre à ses manières franches et terre à terre. Il savait qui elle était depuis le début, et espérait quelque chose d'elle. Peut-être pas de l'argent, mais quelque chose. Tout comme les autres.

D'un doigt, il se gratta machinalement une aile du nez.

— Je suppose que j'éprouve le besoin de me rattraper pour ma... maladresse du premier jour. J'étais furieux contre quelqu'un d'autre, je m'en suis pris à vous, et je n'en suis pas particulièrement fier.

Un homme qui s'excusait ! Aucun doute à présent : c'était trop beau pour être vrai !

Quand bien même, elle était disposée à jouer le jeu pour l'instant. Il abattrait bien ses cartes à un moment ou à un autre.

— Eh bien, puisque vous ne tenez pas à professionnaliser la chose, peut-être ferais-je mieux de me mettre en quête d'un autre jardinier dans les pages jaunes.

— A votre aise, répliqua-t-il avec désinvolture, avant de se détourner de nouveau.

Une fois encore, il l'ignorait ! Comment osait-il ? C'était *son* jardin, *ses* plantes qu'il tripotait !

— Donnez-moi au moins votre carte !

Là, il se redressa, sortit son portefeuille de sa poche.

— Je ne suis pas certain d'en avoir encore une... ah, si. Tenez.

Elle prit la carte de visite en relief qu'il lui tendait, puis recula d'un pas pour la déchiffrer. *Oliver Paysages*. Plutôt pompeux pour un simple jardinier.

— Vous êtes libre de ne plus recourir à mes services, mais à moins que vous ne m'appeliez d'ici là, je viendrai comme prévu dimanche prochain.

Cette fois, plutôt que de se détourner pour reprendre sa tâche, il la dévisagea. Non pas avec la curiosité à peine masquée, l'envie, ou encore l'adoration excessive auxquelles elle était habituée. Non, c'était complètement différent. Il la regardait comme si elle était… transparente.

Comment pouvait-elle réagir à cela ?

— Venez, lâcha-t-elle enfin, avant de s'enfuir en abandonnant sa tasse de thé tiède sous les feuilles d'un ficus.

Louise ne put s'empêcher de sourire en sortant de la voiture. Pourtant, le temps était infect et elle s'apprêtait à embarquer sur un minuscule ferry pour traverser un fleuve aux eaux agitées. Mais heureusement, elle apercevait leur destination, le village de Lower Hadwell, à quelques minutes à peine de distance sur la rive opposée.

La portière arrière s'ouvrit, et Jack sortit à son tour, ajustant le col de son tout nouvel uniforme d'écolier, l'air légèrement mal à l'aise. Grand pour son âge, il ressemblait trait pour trait à son père, et la moitié des élèves de sa classe précédente — la moitié féminine, bien sûr — s'était effondrée en pleurs lorsqu'il leur avait dit qu'il déménageait.

Mais Jack ne s'en souciait pas le moins du monde. Il ignorait encore que ses cheveux blonds un peu hirsutes étaient davantage qu'une tignasse à discipliner chaque matin. Il avait beau avoir le physique avantageux de son père, il n'avait heureusement rien de son arrogance, et mieux valait qu'il en reste dépourvu longtemps.

— Prêt ?

Jack hocha la tête, puis serra son cartable contre sa poitrine. Louise l'aurait bien serré dans ses bras. Il était si courageux. Intégrer une nouvelle école était toujours difficile pour un enfant, mais pour Jack, ça l'était plus encore. Elle avait pris rendez-vous avec la directrice pour en discuter et toutes deux s'étaient mises d'accord pour que Jack soit traité comme n'importe quel autre élève de l'école. Il ne bénéficierait d'aucune faveur particulière, mais ne devait pas non plus être harcelé de questions sur son père, ou être désigné comme fournisseur de bonbons et autres friandises sous prétexte que ses parents étaient fortunés. Elle posa une main rassurante sur son épaule. En petit garçon tout à fait normal qu'il était, Jack ne pleurnicherait pas en public.

A cette heure de la matinée, il y avait des départs réguliers, et ils s'avancèrent sur la jetée de pierre. Le passeur ne leur accorda pas la moindre attention autre que celle nécessaire pour encaisser son argent, et elle exhala un soupir de soulagement. Lower Hadwell était une petite communauté et la nouvelle de son emménagement devait certainement s'être répandue. Restait à espérer que tous les habitants seraient à l'image de celui-là, c'est-à-dire complètement indifférents.

Le temps qu'ils atteignent l'autre rive, ses cheveux ébouriffés par le vent devaient s'être chargés d'une tonne de sel. Qu'importe. Elle s'était délibérément vêtue d'un survêtement et d'une casquette de base-ball, avec l'espoir de se fondre ainsi parmi les autres mères devant le portail de l'école.

Jack trouva la traversée « extra », et sauta allègrement sur la jetée opposée. Louise l'imita, même si son retour sur la terre ferme fut loin d'être aussi gracieux.

L'école devait assurément se trouver au sommet de la plus haute colline du Devonshire ! Comme ses mollets lui faisaient mal ! Elle se traîna péniblement le long d'un pub, puis de cottages aux tons crème et rose pâle, et enfin de quelques boutiques. A mi-chemin, Jack se tourna vers le fleuve.

— Allez, Jack ! l'encouragea-t-elle dès qu'elle retrouva suffisamment d'oxygène pour parler.

Il la regarda avec toute l'assurance que peut avoir un enfant de huit ans, puis déclara :

— Marche à reculons. Ça fait moins mal.

Incapable de déterminer si c'était là la plus sensée, ou la plus stupide, des suggestions, elle regarda son fils reprendre l'ascension avec, cette fois, son cartable face au sommet. Et puis zut ! Elle aurait fait n'importe quoi pour apaiser le feu qui ravageait ses mollets.

Elle pivota donc de 180 degrés, et imita Jack. Quel soulagement, en effet ! Du moins jusqu'à ce qu'elle se heurte à un grand corps tiède, qui laissa échapper un bruyant « ouïe ! »

Les yeux clos, Louise marmonna des excuses, puis courut en

direction de son fils, parvenu à destination. Certes, elle s'enfuyait, et il n'y avait pas de quoi être fière. Mais elle ne pouvait pas prendre le risque d'être reconnue dans la rue. Cela l'aurait inévitablement retardée. Elle atteignit à son tour les abords de l'école. La cloche allait bientôt sonner.

Jack s'était arrêté juste devant les grilles au charme un peu vieillot de l'école du village. Pliée en deux, Louise s'efforça de reprendre sa respiration. Elle devinait au brasier qui enflammait ses joues qu'elle devait être cramoisie, et son dos était humide de sueur. Dire qu'avec ses séances de fitness régulières, elle croyait être en forme !

La sonnerie d'une vieille cloche de cuivre retentit, couvrant les cris et les rires des enfants, dans la cour. Elle se redressa, posa les deux mains sur les épaules de son fils, plongea son regard dans le sien, puis répéta :

— Prêt ?

Les lèvres pincées, Jack hocha brièvement la tête. Elle lui sourit, puis prit la direction du portail.

— Alors allons...

Tout à coup, un violent flash l'éblouit. Prise au dépourvu, elle ne comprit pas tout de suite ce qui se passait, mais l'homme qui surgissait de derrière une voiture muni d'un énorme appareil photo la renseigna aussitôt. Instinctivement, elle attira Jack à elle et se mit à courir.

Quelle idiote ! Elle aurait dû se douter que les tabloïds chercheraient à se procurer des photos de l'entrée de Jack à sa nouvelle école, désespérés qu'ils étaient d'obtenir la moindre bribe d'information à son sujet ! Alors que Toby était intarissable sur sa nouvelle conquête, elle avait délibérément gardé le silence sur sa nouvelle vie.

Le temps qu'ils se réfugient sous les arcades de pierre du bâtiment, Jack était en pleurs. Et il en fallait beaucoup pour faire pleurer son petit homme !

Elle lutta elle-même pour refouler ses larmes. Peut-être avait-elle eu tort de ne pas accorder d'interview à l'un ou l'autre des magazines. Son refus de jouer selon les règles avait rendu ce genre d'incident inévitable.

Jack s'accrochait à elle, le visage enfoui sous son aisselle. Elle lui caressa tendrement les cheveux.

La colère l'emporta. Toby et elle étaient des proies consentantes. Cette vie, ils l'avaient choisie, mais Jack, non. Dès qu'elle aurait remis son fils aux soins de son institutrice, elle sortirait retrouver ce photographe de malheur, et lui enfoncerait son appareil photo si profondément dans la gorge qu'il en recracherait des morceaux de pellicule pendant des semaines !

4

Ben descendait tranquillement la rue principale, tout à ses affaires, ou presque : il venait de repérer dans la vitrine de l'agence immobilière un cliché du cottage des Wilkinson, et y accordait en fait davantage d'attention qu'à la direction que prenaient ses pas. Megan et lui avaient toujours rêvé d'acquérir ce cottage.

Pouvait-il se le permettre avec ses revenus actuels et la pension alimentaire qu'il devait à Megan ? Peut-être.

Avant qu'il ait pu procéder à quelques calculs mentaux, toutefois, un imbécile qui remontait la colline à reculons le heurta et lui coupa le souffle. C'est à peine s'il eut le temps de lâcher un « ouïe » ! La silhouette en survêtement s'enfuyait déjà !

Une minute ! Cet imbécile, ou plutôt *cette* imbécile, il la connaissait !

Du coup, hypnotisé par un postérieur rose sur lequel s'étalait en toutes lettres l'inscription « moelleux », il manqua être renversé une seconde fois par un homme en anorak au regard un peu fou, muni d'un impressionnant appareil photo.

Ben haussa les épaules. C'était un peu tard dans la saison pour l'observation des oiseaux, mais qu'en savait-il, après tout, avec le réchauffement climatique et le reste ? Ça ne l'empêcherait pas, en tout cas, d'aller acheter son quotidien chez la marchande de journaux avant son rendez-vous du matin.

Malheureusement, Mme Green, propriétaire du commerce depuis les trente dernières années et principale pourvoyeuse des commérages locaux, était d'humeur bavarde. Vaillamment, Ben s'efforça bien de coincer son journal sous le bras et de déposer la monnaie dans sa main, mais les bras de l'épicière demeurèrent fermement croisés sur son ample poitrine, et il n'eut d'autre choix que d'attendre, la main en suspens au-dessus du comptoir, alors que l'inquisition débutait.

— A ce que j'ai entendu, une autre célébrité vient de racheter Whitehaven, monsieur Oliver. Que pensez-vous de ça ?

Les yeux rétrécis, elle jaugeait la réaction qu'il s'efforçait tant bien que mal de ne pas avoir, mais quelque chose dut le trahir, car elle reprit :

— Evidemment, je suppose que vous êtes au courant. Après tout, vous étiez déjà particulièrement proche de Laura Hastings, n'est-ce pas ?

— En fait, je ne faisais qu'aider à l'entretien du jardin, nuança Ben, avant de secouer de nouveau les pièces dans l'espoir que leur éclat la distraie.

— Certes, mais si la propriété avait été rachetée, vous le sauriez, n'est-ce pas ?

— Pas nécessairement, répondit Ben, sans trop savoir pourquoi il cherchait à protéger Louise Thornton.

Sur quoi il tendit de nouveau sa monnaie avec détermination. L'épicière avançait à son tour une main pour l'accepter, lorsqu'elle suspendit son geste et désigna un présentoir d'un signe de tête.

— Le magazine que votre Jasmine attendait est arrivé, indiqua-t-elle. Vous le prenez aussi, je suppose ?

Les lèvres pincées, Ben replaça les pièces dans sa poche, puis battit en retraite en direction du présentoir. Etait-ce *Pink!* ou *Girl Chat!* qu'affectionnait sa fille ? Le premier offrait en cadeau un gloss à lèvres, et il n'était pas certain d'apprécier cela, aussi choisit-il le second.

Soudain, la porte de la boutique s'ouvrit à la volée, et un courant d'air froid pénétra à l'intérieur. Une silhouette toute vêtue de rose la referma vivement, puis fonça droit derrière l'étagère à papeterie.

— Louise ?

— Shhh ! fit la silhouette accroupie, rabattant davantage encore sa casquette de base-ball sur ses yeux.

Puis elle se figea, et tourna lentement la tête vers lui.

— Ben ?

Ce dernier ne répondit rien. Son identité était évidente.

— Vous êtes en costume, commenta alors Louise Thornton, se redressant à demi.

Juste à ce moment-là, l'ornithologue au regard fou apparut derrière la vitrine. Louise dut l'apercevoir du coin de l'œil, car elle se plaqua vivement contre l'étagère, renversant une boîte de stylos à bille.

— Est-ce qu'il m'a vue ? s'affola-t-elle avec, dans le regard, une lueur un peu démente, elle aussi.

D'un air faussement désinvolte, il scruta la rue, ce qui n'était pas facile en raison de l'accumulation d'affiches et de petites annonces diverses sur la vitrine.

— Je crois qu'il est parti.

Louise Thornton tendit à son tour le cou.

— Vous êtes sûr ?

Il hocha la tête.

— Il descendait vite. Avec une telle pente, il ne s'arrêtera pas comme ça. Pourquoi vous inquiète-t-il à ce...

Oh ! A sa place, Jasmine se serait traitée d'idiote en se frappant le front du plat de la main. Un paparazzi, évidemment ! Une espèce rare à Lower Hadwell !

— Ne pourriez-vous pas tout simplement le laisser prendre un cliché, histoire qu'il vous fiche la paix ?

Sa suggestion lui paraissait des plus raisonnables, pourtant elle le fixa comme s'il venait de lui recommander de poser nue sur la jetée par moins vingt degrés.

— Vous plaisantez ! Dans mon état de colère, je ne réponds même plus de mes actes, expliqua-t-elle. Ce sale type nous a fait une peur bleue, à Jack et à moi, alors que nous nous rendions à l'école !

Son fils était donc là ? Parfait. Peut-être allait-elle enfin perdre la drôle de lueur qui hantait son regard. Celle qui le suppliait de venir à sa rescousse tel un chevalier servant. Cette armure, il l'avait rangée au placard le jour où il avait signé ses papiers de divorce, et il ferait mieux de ne pas l'oublier.

Avec un soupir, elle se redressa légèrement, puis se passa une main sur le visage, poursuivant :

— Un cliché volé de nous deux est déjà assez gênant. Un autre de moi en harpie insultant copieusement un paparazzi ne ferait que mettre le feu aux poudres et d'ici à la fin de la semaine, il y en aurait toute une meute en ville. Heureusement, j'ai réussi à me calmer un peu lorsque je me suis aperçue qu'il me suivait toujours !

Elle cessa de parler, le détailla de la tête aux pieds.

— Vous êtes en costume, commenta-t-elle de nouveau. Et très élégant, qui plus est.

— Vous l'avez déjà dit.

— N'allez-vous pas le salir ?

— Eh non, répondit Ben, désinvolte.

Elle le foudroya du regard.

— Ne faites pas exprès de ne pas comprendre, voulez-vous ?

Il se retint d'éclater de rire, ce n'était visiblement pas le moment, aussi précisa-t-il :

— Je sais que vous ne me croyez bon qu'à désherber les massifs, mais en fait, je ne suis pas jardinier de profession. Du moins, pas exactement. Je suis paysagiste : j'aménage parcs, jardins publics ou privés… Ce matin, j'ai rendez-vous avec lord Batterham, un grand propriétaire foncier des environs, il souhaite restaurer le jardin à la française de sa propriété.

Elle cligna des paupières. Deux fois. Puis elle referma la bouche, qu'elle maintenait ouverte sans qu'un seul son n'en sorte depuis plusieurs secondes.

— Oh !

Elle paraissait ne plus se souvenir du photographe, aussi décida-t-il de continuer à faire diversion.

— Vous avez l'air différente aujourd'hui, vous aussi.

Disparus, les élégants vêtements aux tons sobres. Tout de rose vêtue, le visage démaquillé et les pommettes rosies de contrariété, elle avait une apparence un peu échevelée qui lui allait à ravir et la rendait plus… approchable.

Elle recula d'un pas.

— Un vrai désastre, marmonna-t-elle. Et évidemment, il a

fallu qu'un de ces sales individus me surprenne ainsi ! Il faut croire qu'ils ont un radar pour ça !

— Vous êtes très bien.

La tête inclinée de côté, elle lui décocha un regard las.

— Vous venez de dire que j'étais « différente », lui fit-elle remarquer. Croyez-moi, ça en dit long.

— Je voulais dire… différente de d'habitude.

Elle le dévisagea sans un mot et il retint un soupir. Megan lui reprochait souvent ce qu'elle appelait son « manque de tact et son invraisemblable insensibilité ». Décidément, certaines femmes étaient impossibles à satisfaire.

— Là, vous comprendrez mieux ! reprit-elle tout à coup, saisissant un magazine sur le présentoir et le lui brandissant sous le nez.

Il lui fallut quelques secondes pour s'aviser que l'image un peu floue qui figurait en couverture était un cliché de Louise elle-même, en train de jouer en maillot de bain sur une plage, en compagnie d'un petit garçon. Il n'y aurait rien vu de choquant s'il n'y avait eu, autour de son ventre et du haut de ses cuisses, un gros cercle rouge avec, en titre à côté : *Célébrités et Cellulite* !

— Visiblement, enchaîna-t-elle, je me suis beaucoup laissée aller ces temps-ci ! Vous ne le saviez pas ?

Cette aptitude à l'autodérision prit Ben au dépourvu. Il éclata d'un rire franc, auquel elle se joignit une ou deux secondes plus tard.

C'était un rien surréaliste, de se trouver ainsi dans cette petite boutique de campagne, à se cacher des paparazzi et à s'esclaffer en compagnie de Louise Thornton. Elle était si belle, lorsqu'elle riait, que c'était tout juste s'il ne regrettait pas que ce fichu photographe ne fût pas là pour capturer ce moment.

Peu à peu, leur hilarité se tarit, et la beauté distante, presque glaciale, reprit ses droits.

— Je vous vois dimanche ? demanda-t-elle avec un sourire qui n'atteignait pas tout à fait ses yeux. Je vous promets de ne plus vous obliger à désherber des massifs.

— Et moi, je vous promets de vous facturer le prix fort et de siroter jusqu'à la dernière goutte de votre thé, repartit-il. Cette fois, elle lui décrocha un discret, mais véritable, sourire.

— Marché conclu, monsieur le paysagiste. A propos, enchaîna-t-elle en consultant sa montre. N'aviez-vous pas rendez-vous ?

Lord Batterham !

Ben se hâta de retourner en caisse régler la marchande de journaux. Celle-ci, plantée derrière son comptoir avec un magazine en main — celui-là même où figurait Louise — regardait tour à tour cette dernière, puis la couverture du magazine, puis de nouveau Louise. Pour la première fois en trente-trois ans, aucun son ne sortait de sa bouche. Sans demander son reste, Ben déposa sa monnaie sur le comptoir, puis saisit Louise par la main et l'entraîna dehors.

— Maman ? Est-ce qu'on peut sortir, maintenant ? Il ne pleut plus.

Louise plaça la bouilloire sur la plaque du fourneau pour la cinquième fois. Elle n'avait pas vraiment envie d'une autre tasse de thé, mais quelqu'un d'autre, à un moment ou à un autre de l'après-midi, en aurait peut-être envie.

— S'il te plaît, m'man ?

Jack se précipita vers la porte d'entrée pour l'ouvrir, laissant pénétrer à l'intérieur l'air humide de novembre. Elle le rejoignit, et passa la tête dehors. De la pluie dégoulinait encore des feuilles, mais les nuages étaient à présent gris perle, et au loin, on aurait dit qu'il y avait même un coin de ciel bleu.

Un peu d'air frais lui ferait du bien, et c'était toujours mieux que d'attendre. Ou de se demander pourquoi il était en retard. En fait, il ne l'était pas vraiment, car ils n'avaient jamais établi d'horaires précis, mais il était en tout cas plus en retard que d'habitude.

La pelouse était encore trempée, mais cela n'empêcha pas Jack de décréter qu'une partie de football était le moyen idéal de dépenser un peu d'énergie. Enfant, elle n'avait jamais été très douée à ces jeux, trop épuisée qu'elle était à servir de mère de substitution à ses quatre frères et sœurs et d'infirmière à son père invalide. Jack s'agitait autour d'elle. Soudain, il rata un tir, et le ballon s'envola dans les airs jusqu'à la lisière du bois. Elle courut après, l'arrêta de l'extrémité de sa botte. C'était là une occasion inespérée de marquer au moins un but contre les sept de son fils avant qu'ils abandonnent et retournent dans la cuisine se régaler d'un bon chocolat chaud.

Elle allait tirer dans le ballon lorsqu'elle se retrouva sans comprendre les quatre fers en l'air, à contempler le ciel. A quelques pas d'elle, Jack s'esclaffait bruyamment.

— Attends voir ! hurla-t-elle, riant elle aussi.

Elle cessa de rire, cependant, à la seconde où elle tenta de se redresser.

— Aïe !

— Attendez.

Elle reconnut instantanément sa voix grave et suave. Ainsi que cette puissante main aux doigts fins qui entra tout à coup dans son champ de vision. Comment pouvait-elle d'ailleurs reconnaître les mains de Ben Oliver ?

Elle grimaça comme il l'aidait à se remettre sur ses pieds, et il l'entendit demander :

— Où avez-vous mal ?

— A votre avis ? répondit-elle, peu désireuse d'attirer l'attention sur son postérieur un peu trop grassouillet selon certains et certainement boueux à présent.

— Voulez-vous que je jette un coup d'œil ?

— Non ! se récria-t-elle. Ne me dites pas que vous êtes « presque médecin », en plus d'être « presque jardinier ».

Il rit, et elle leva les yeux vers lui, toute irritation évanouie. Ce ne fut qu'alors qu'elle remarqua la fillette debout derrière lui. Les cheveux couleur miel jusqu'aux épaules, elle n'avait rien de la tignasse brune de son père, mais ses yeux étaient bel et bien ceux de Ben.

Ce dernier agrippa la main de sa fille et la propulsa devant lui.

— Louise, je vous présente ma fille, Jasmine.

— Ravie de te rencontrer, Jasmine. Tu peux m'appeler Louise, précisa-t-elle. Ton père m'aide pour le jardin.

— Je sais, lâcha Jasmine dans ce qui n'était qu'un murmure à peine audible, avant de s'empourprer jusqu'à la racine des cheveux.

Son père avait beau ignorer qui était Louise Thornton lors de leur première rencontre, ce n'était visiblement pas le cas de

Jasmine. Louise avait, toutefois, l'habitude de ce genre de réaction, et n'avait pas dû mieux réagir elle-même la première fois où Toby l'avait présentée à une actrice récemment primée à Hollywood !

— Viens, je vais te présenter mon fils, Jack, reprit-elle. C'est un dingue de football, mais vous devriez vous entendre.

Haussant les épaules, Jasmine la suivit, tandis que Ben fermait la marche. Au premier regard qu'adressa Jack à Jasmine, Louise sut qu'il l'acceptait. En tant qu'enfant d'un couple célèbre, son fils disposait d'un curieux radar pour distinguer les parasites des véritables amis. Instinctive, sa décision était immédiate, et il se trompait rarement. Dommage qu'elle n'en soit pas dotée elle aussi !

Son ballon sous le bras, Jack prit la direction de la porte de service de la cuisine.

— Il y a du gâteau à l'intérieur. T'en veux ?

Jasmine hocha la tête avec enthousiasme, puis s'élança derrière lui. Ben s'avança lui aussi et tous deux emboîtèrent le pas à leur progéniture.

— Navré, j'ai été obligé de l'emmener avec moi, dit-il. J'espère que ça ne vous ennuie pas ?

— Bien sûr que non, répliqua Louise. Pour qui me prenez-vous ? La fée Carabosse ?

— C'est que... vous êtes un peu féroce, par moments, répondit-il avec un sourire narquois.

Elle en resta bouche bée. Qu'était-il advenu de la timide Louise d'autrefois, celle dont les longs bras maladroits dépassaient toujours de plusieurs centimètres de sa veste d'uniforme d'écolière ?

— Si je l'étais tant que ça, finit-elle par répondre, vous ne seriez pas là.

Il éclata de rire de nouveau. Comme son rire était plaisant ! Pouvait-elle l'inciter à le reproduire ? Jusqu'ici elle ne l'avait entendu que par hasard, alors qu'elle n'essayait même pas d'être drôle.

— Exact. Initialement, je n'avais pas prévu de l'emmener mais...

Hésitant, il se passait une main dans les cheveux. Elle ajouta :

— Croyez-moi, je sais ce que c'est. Un problème ?

Il regarda au loin, et elle s'immobilisa, consciente qu'il était préférable que les deux enfants ne soient plus à portée de voix.

— Mon ex-femme, Megan. C'est une bonne mère, je n'en doute

pas, mais ces temps-ci, elle a d'autres priorités, et j'ai l'impression que Jasmine se sent un peu négligée. Suite à des projets de dernière minute, Megan a annulé leur après-midi ensemble et...

— Combien de temps?

— Depuis le divorce? Deux ans.

— Deux mois en ce qui me concerne, précisa-t-elle à son tour. Même si je l'ai mis dehors il y a plus d'un an déjà... Les filles ont besoin de leur mère à cet âge.

Et elle en savait quelque chose! La sienne lui avait cruellement manqué au cours de ces années ingrates de l'adolescence. Il lui avait fallu s'en sortir seule, mais cela lui avait permis ensuite de pouvoir conseiller ses jeunes sœurs. Si sa mère avait été en vie à l'époque, aurait-elle été à ce point éblouie par Toby? Certes, il l'avait aimée au début. Mais il n'était, cependant, pas un très bon choix à long terme, et le conseil d'une mère lui aurait sans doute été bénéfique.

Après plusieurs années à s'occuper de tout et de tout le monde — payer les factures, cuisiner, moucher des nez et changer des couches — un beau et riche jeune homme était venu l'arracher à son pénible quotidien, comme dans les contes de fées. Quelle jeune fille de dix-sept ans n'aurait pas saisi une telle chance?

— Jasmine est la bienvenue ici, affirma-t-elle. Je comprends tout à fait.

— Merci, répondit-il avec un sourire presque gêné. Il est temps que je me mette au travail maintenant, avant qu'il ne fasse trop sombre.

Ben frappa doucement à la porte de service. Aucune réponse. Hésitant, il regarda un instant l'imposante poignée de cuivre, puis la tourna. Etonnamment, la porte s'ouvrit sans même grincer sur ses gonds.

— Louise?

Elle se tenait devant le vieil évier, et regardait par la fenêtre, les yeux dans le vague. De la mousse débordait. Une seconde plus tard, elle saisit une assiette de sa pile de vaisselle et se mit à frotter. Il toussota.

Elle ne tourna pas la tête, mais curieusement, il sut que son attention ne se portait plus au-dehors. Elle savait qu'il était là.

Tout à coup, elle plaça avec soin l'assiette sur l'égouttoir, et pivota pour lui faire face, s'essuyant les mains sur un torchon.

— Terminé pour la journée ?

Ben hocha la tête. Il avait bien quelques bribes d'amorces de conversation dans la tête, mais les banalités n'avaient jamais été son fort, et Louise ne paraissait pas en attendre. Elle le regarda un instant, sans vraiment sourire, mais avec une vague expression de bienvenue, puis entreprit de remplir la bouilloire.

Ben exhala un soupir de soulagement. Avec Megan, il s'était créé tout un arsenal de platitudes à réciter dès qu'il franchissait le seuil de la maison. Sa femme avait toujours besoin qu'il lui parle, qu'il lui accorde toute son attention, qu'il lui donne l'impression de ne pas être ignorée.

Louise se contenta de lui indiquer d'un geste où s'asseoir, puis se mit à la recherche de quelque chose dans un placard. D'après ce dont il avait été témoin l'autre jour, elle devait en avoir plus qu'assez d'être remarquée, aussi ne fit-il rien pour briser la merveilleuse tranquillité qui l'entourait. Quelques secondes plus tard, elle lui tendit une chope de thé sucré à la perfection, puis s'activa de nouveau ici et là.

Mais il était inutile d'espérer que les enfants respectent ce silence. Jasmine et Jack entrèrent en coup de vent dans la cuisine au moment où le tout dernier nœud de tension de ses épaules se dissipait.

— M'man, j'ai faim !

Même lorsqu'elle souriait tendrement, elle gardait cette élégance, cette assurance toute particulière. Au début, il avait cru y voir de la condescendance, et même si ce n'était que de la simple réserve, il comprenait que ceux qui la considéraient comme une bimbo en quête de reconnaissance puissent l'accuser de snobisme. Louise Thornton était, décidément, un intrigant mélange de contradictions.

— Tu as toujours faim, répondit-elle d'un ton moqueur à son fils.

— Oui, mais là, on a des invités, non ? Est-ce qu'on peut avoir du gâteau ? S'il te plaît ?

Ben partit d'un petit rire. Quand il était enfant, lui aussi avait toujours le ventre creux, et la requête de Jack n'était sans doute pas tout à fait altruiste. Mais côté gourmandise, il n'était pas en reste, aussi se borna-t-il à attendre la réaction de Louise.

Elle leva les yeux au plafond, puis sortit un moule du four. Incroyable, elle avait tout prévu ! Un délicieux arôme de cannelle et de noix, comme celui de ces chaleureuses soirées d'hiver près de la cheminée, lui chatouilla les narines. Elle lui tendit une assiette. Il mordit de bon cœur dans une généreuse tranche de gâteau et cette fois, le savoureux goût des noix mêlé à celui des épices lui taquina les papilles. En deux bouchées déjà, il avait englouti la moitié de sa part. Serait-ce impoli d'en réclamer une autre ? Il jeta un coup d'œil à Jack, qui arborait tout autour de la bouche une quantité non négligeable de miettes, et dont l'assiette était déjà vide. Avec un peu chance, le garçon allait le devancer.

Jack ouvrit la bouche, et Ben engloutit sa toute dernière bouchée, certain que son assiette ne demeurerait pas vide très longtemps.

— M'man ? Jasmine dit qu'il y a un feu d'artifice en ville ce soir, pour la commémoration de la mort de Guy Fawkes. Est-ce qu'on peut y aller, dis ?

Les sourcils froncés, sa mère rangea le moule à gâteau dans le four. Déçu, Ben sentit ses épaules s'affaisser.

— Je ne sais pas, Jack, hésita-t-elle. Et si on le regardait plutôt du grenier ?

L'enfant esquissa une petite moue.

— Jasmine dit qu'il y aura aussi des hot dogs sur la place du village. Est-ce qu'on ne peut pas aller en manger, rien qu'un ?

Louise secoua la tête, l'air tout aussi peinée que son fils.

— Désolée, mon chéri, mais après cet incident avec le photographe lundi, je... Il vaut mieux que nous ne sortions pas en public.

Le petit visage de l'enfant grimaça. Il avait l'air si triste ! Ben sentit son cœur se serrer. C'était criminel qu'une mère et son fils ne puissent pas assister à quelque chose d'aussi banal qu'un feu d'artifice sans être pourchassés ! A moins que...

Il bondit sur ses pieds.

— J'ai une idée !

5

— Venez avec moi, ordonna-t-il à Louise.

Comme elle demeurait immobile, perplexe, il l'agrippa par la main et l'entraîna en direction de l'entrée, où il la planta devant l'élégant miroir mural tout en dorures. Il ôta du portemanteau un épais chapeau en laine et son écharpe assortie, la coiffa du couvre-chef de manière à ce que l'ourlet en crochet soit au niveau de ses sourcils.

C'était mieux, mais elle ressemblait toujours à Louise Thornton. A cause des cheveux ! Ces longs cheveux noirs, étincelants, qui la caractérisaient et la rendaient reconnaissable entre toutes.

Il se saisit de l'écharpe, l'enroula une, deux, trois fois autour de son cou. La partie supérieure recouvrait le bas de son visage, mais c'étaient à présent ses yeux qui la trahissaient, et malheureusement, lui faire porter des lunettes de soleil un soir d'automne ne ferait qu'attirer davantage l'attention sur elle.

— Voilà !

Immobile, elle croisa son regard dans le miroir.

— Je porte un chapeau et une écharpe. C'est ça votre idée de génie ?

— Personne ne vous remarquera dans la foule, argumenta-t-il. Et puis, il fera quasiment nuit. Mettez un long manteau sombre et vous aurez l'air d'être exactement comme nous.

— Je *suis* exactement comme vous, rétorqua-t-elle.

Bien sûr, les célébrités étaient des gens comme les autres. Pourtant, Louise Thornton avait ce petit quelque chose qui la distinguait de toutes les personnes qu'il avait rencontrées jusqu'à présent. Et pas seulement parce qu'elle était célèbre.

Ils se dévisagèrent longuement à travers le miroir. Sous ses mains, qui s'étaient attardées sur les épaules de Louise, il sentait le rythme de sa respiration.

— Maman, regarde !

L'enchantement se brisa, et il s'écarta alors que Jack et Jasmine, eux aussi emmitouflés dans écharpes, chapeaux et manteaux, bondissaient dans le vestibule. Jack était grand pour son âge, et Jasmine plutôt petite, aussi paraissaient-ils tous deux de la même taille. D'ailleurs, il ne s'aperçut pas tout de suite que les cris surexcités de Jack provenaient de sous le chapeau et l'écharpe de Jasmine.

Louise s'esclaffa, puis tira sur le pompon du bonnet à oreillettes qui recouvrait à demi les yeux de son fils.

— Sans ta voix, je ne me serais même pas aperçue que vous aviez échangé vos manteaux !

— Est-ce qu'on peut y aller, m'man, Est-ce qu'on peut ?

De nouveau, Louise leva les yeux au plafond, puis concéda avec un soupir :

— D'accord.

Les hurlements de joie des deux enfants résonnèrent jusqu'en haut du majestueux escalier de pierre.

— Mais gardez vos propres manteaux ! leur lança Louise alors qu'ils retournaient en courant dans la cuisine.

Le silence revenu, elle se tourna vers Ben.

— Vous croyez que ça marchera ?

— Tout le monde regardera en l'air, de toute façon, lui fit-il remarquer. Et puis, soyons franc : ce sera toujours un meilleur déguisement que celui que vous portiez la dernière fois !

Elle ôta le chapeau, puis l'écharpe.

— Il était nul à ce point ?

S'abstenant tant bien que mal de sourire, Ben hocha la tête.

— Vous aviez l'air d'une célébrité qui s'efforce désespérément de ne pas avoir l'air d'en être une, commenta-t-il. Drôle d'idée, cet ensemble rose avec l'inscription « moelleux » sur votre... hum, bas du dos.

Elle lui décocha un regard entendu.

— Ah ? Vous avez remarqué ça aussi ?

S'il avait été du genre à rougir, il aurait été en cet instant plus rose encore que le postérieur en question ce jour-là. Mais heureusement, son corps était bien trop raisonnable pour manifester de tels débordements d'émotion. Il la regarda à la manière d'un directeur d'école qui surprend une écolière à mâcher du chewing-gum en classe, puis rétorqua :

— Le contraire aurait été difficile !

— Quand est-ce que le feu d'artifice commence ?

Louise jeta un regard inquiet autour d'elle, et serra un peu plus fort la corde tendue devant elle. Le parc du village bordait le fleuve en amont de la jetée, et les installations avaient été disposées sur la plage de galets, clairement délimitée afin d'empêcher les enfants surexcités de s'approcher.

— Dans vingt minutes, répondit Ben d'une voix tranquille. Ne vous tracassez pas.

Facile à dire, pour lui. Personne ne surgissait sans crier gare pour l'éblouir d'un flash dès qu'il abaissait sa garde !

— M'man, est-ce que je peux avoir un hot dog ?

Perdue dans ses pensées, Louise cligna des paupières. Il y avait dans l'air une bonne odeur d'oignons caramélisés sur le gril, à l'extrémité de la pelouse. Sans parler des herbes aromatiques et de la viande.

— Jack, arrête de me tirer le bras, tu vas me déboîter l'épaule ! Laisse-moi une seconde, que je réfléchisse.

Elle était à l'abri ici, tout à l'avant de la foule. Dans la pénombre, personne ne distinguait son visage, tandis que là-bas, près du gril, la clarté de plusieurs lampadaires paraissait aussi vive que celle des projecteurs braqués sur les podiums qu'elle foulait autrefois.

— C'est que...

Ben s'empara de la main de son fils, puis suggéra :

— Si nous laissions ta mère garder notre place ici pour aller chercher ces hot dogs tous les trois ? Si ça ne vous ennuie pas, bien sûr, ajouta-t-il tranquillement à son adresse.

Soulagée, elle le remercia d'un sourire.

Ben et les enfants disparurent dans la foule. Mince, elle aurait dû lui demander de lui ramener un hot dog, à elle aussi. Elle ouvrit la bouche pour crier, puis se ravisa, et rabattit davantage l'ourlet de son chapeau, jusqu'au niveau de l'arête de son nez. Trop de visages autour d'elle.

Il y en avait d'ailleurs toujours trop à son goût, ces temps-ci. Pourtant, autrefois, elle appréciait cet aspect de sa vie dorée en compagnie de Toby. Son père avait eu besoin de beaucoup d'assistance lorsqu'elle était au lycée et, après avoir été si souvent absente que la plupart des élèves de l'école ne savaient même plus qui elle était, elle avait trouvé agréable d'être reconnue.

Elle avait eu sa première montée d'adrénaline lorsqu'un découvreur de talents s'était présenté à elle un samedi après-midi où elle travaillait au supermarché local. En quelques semaines à peine, elle s'était retrouvée à écumer l'Europe pour des séances photos, des soirées huppées...

Comme son père était fier d'elle, alors ! A tel point qu'elle s'était empressée d'étouffer la culpabilité qu'elle éprouvait à laisser Sarah, sa cadette dans la fratrie, endosser ses haillons de Cendrillon pendant qu'elle-même s'envolait pour un monde enchanteur où l'horloge ne frappait jamais les douze coups de minuit.

Puis elle avait rencontré son prince charmant — Tobias Thornton, une étoile montante du cinéma britannique. Et le reste avait suivi. Sa famille avait enfin eu de quoi se nourrir décemment, et disposait même d'un toit où chacun avait sa chambre, excepté elle-même. Les uniformes d'école n'étaient plus des secondes mains, données par les institutions de charité et, mieux que tout, son père avait gagné à ses côtés une infirmière à plein temps.

C'était d'ailleurs cette infirmière qui se tenait près de lui lorsqu'il était mort seulement six mois après que Toby et elle s'étaient dit « oui » sur une île privée des Caraïbes.

Les larmes lui picotèrent les yeux, et les flammes du feu de joie, devant elle, se muèrent en une masse floue, qu'elle fixa jusqu'à ce que sa vision redevienne plus nette.

— Vous aviez l'air affamée, vous aussi.

Elle se tourna vers Ben, lequel brandissait, entre deux tranches de pain, une juteuse saucisse dégoulinante d'oignons frits et de ketchup.

— Evidemment, ajouta-t-il, j'ai entendu dire que les mannequins ne se nourrissent que de salade et donc, si vous n'en voulez vraiment pas, je suis prêt à me sacrifier et à en manger deux.

— Ex-mannequin, décréta-t-elle, s'emparant du hot dog et le mordant à pleines dents avant qu'il ait eu le temps de réagir.

Renversant la tête en arrière, il éclata d'un rire franc, auquel elle se joignit sitôt cette première bouchée avalée. Une vague de chaleur l'envahit, là où, depuis trop longtemps, tout était resté inerte et glacial.

Non. Pas maintenant. Pas ici. Pas avec cet homme.

Certes, Ben Oliver était tout à fait digne d'intérêt. Après tout, il était séduisant, prévenant et gentil. Un bon père. Bref, tout ce qu'une jeune fille devrait placer en tête de sa liste du prince charmant idéal ! Et il avait aussi cette présence, ce charisme tranquille qui le distinguait, même au milieu d'une foule et vous donnait l'impression que vous pourriez lui confier votre vie.

Non, c'était juste que le moment était mal choisi. C'était un temps, pour Jack et elle, de cicatrisation, de reconstruction. Et puis, cette étincelle, elle l'avait déjà ressentie. Sa vie, elle l'avait déjà confiée à Toby. Pendant quelque temps, il l'avait fait scintiller, puis il l'avait estimée indigne d'une attention durable.

En ces temps de transition difficile, Jack méritait toute la sienne, et tout son amour aussi. Et il n'aurait à partager ni l'une ni l'autre !

Dans l'obscurité éclata bientôt une pluie de couleurs, qui se refléta dans les eaux tranquilles du fleuve. L'effet était magique, et Louise se surprit à lâcher des « ooh » et des « aah » admiratifs à l'unisson de la foule. De temps à autre, alors qu'elle épiait la réaction de son fils, elle croisait, avant de se détourner aussitôt, un chaleureux regard brun.

Lorsque la toute dernière, et spectaculaire, gerbe d'étincelles retomba gracieusement en une myriade d'étoiles à terre, elle ferma les yeux et soupira. Des plaisirs simples…

Comme c'était curieux, pourtant. Elle avait longtemps cru que l'argent et la gloire rendraient le plaisir plus facile à trouver, mais en fait, cela n'avait fait que compliquer les choses. Le bonheur pur, la joie sans contraintes manquaient cruellement à sa vie. Depuis quand les avait-elle perdus ? Et quand était-elle devenue aveugle au point de ne pas réaliser dans quel triste état elle se trouvait ?

— Venez...

Elle sentit la main de Ben sur son épaule et rouvrit les yeux. Ces instants magiques s'éparpillaient déjà telles les étincelles d'un feu de joie.

— Je vous raccompagne.

— Est-ce qu'on va encore prendre le canoë ? demanda Jack, tout excité.

— Ce n'est pas un « canoë », Jack, c'est un « canot », rectifia Jasmine d'un ton supérieur.

Ben secoua la tête.

— Non, je vous reconduis en voiture. Je préfère ne pas emprunter le canot avec les enfants la nuit, expliqua-t-il.

Il ne lui avait pas laissé le temps de protester que le détour jusqu'au pont de Darthmouth lui prendrait plus d'une demi-heure, sans parler de la distance qu'il leur resterait ensuite à parcourir jusqu'à Whitehaven. Il ajouta :

— Et Jack et vous auriez à gravir la colline en pleine nuit.

Là, il l'avait convaincue : elle se perdait encore dans son propre jardin en plein jour ! Inutile qu'elle prenne ce risque avec son fils d'à peine huit ans. Ben devait savoir depuis le début qu'ils ne seraient pas en mesure de retraverser le fleuve. Cela expliquait pourquoi il s'était brièvement absenté à leur arrivée pour, soi-disant, déplacer son véhicule dans une petite rue tranquille, à l'écart des endroits où la foule refluait à présent en masse.

Ben luttait pour maintenir les yeux sur la route. Avoir Louise Thornton comme passagère dans sa voiture s'avérait être une puissante distraction, et malheureusement pas du genre « oh-mon-Dieu-j'ai-une-célébrité-dans-ma-voiture » ! Celle-là, il aurait pu la gérer sans problème.

Et ce n'était même pas non plus parce qu'elle se trouvait être la plus belle femme qu'il ait jamais vue. Louise Thornton et lui n'étaient vraiment pas du même monde, de toute façon.

D'ailleurs, à la voir si droite et distante, quelques minutes plus tôt, n'importe quel observateur l'aurait trouvée hautaine. Mais il avait vu, lui, la manière dont ses mains gantées s'agrippaient à la corde de délimitation comme s'il s'agissait d'une bouée de sauvetage. Il avait perçu la panique, dans ses yeux, lorsqu'elle s'était crue sur le point de devoir affronter la foule, au risque d'être reconnue. Et il avait senti la véritable Louise se recroqueviller sur elle-même, se dissimuler derrière une solide carapace. Depuis quand était-elle ainsi ?

Puis, au fur et à mesure de la soirée, il l'avait vue décrocher ses mains de la corde, échanger avec son fils ces moments de tendresse. Il l'avait entendue rire, s'extasier à chaque explosion de couleurs.

Or ces détails-là, il aurait préféré ne pas les remarquer. Ni noter à quel point son rire était profond et chaleureux, ou à quel point elle était tendre et douce malgré les apparences. Oui, il se serait bien contenté des apparences.

Mieux valait qu'il se remémore les faits, et rien que les faits : son divorce était récent, encore douloureux, et la dernière chose dont Jasmine et lui avaient besoin dans leur vie ces temps-ci était une autre femme au fardeau bien trop lourd à endosser.

Le trajet se déroula en silence. Dès qu'il s'engagea enfin dans la longue allée qui desservait Whitehaven, Louise remua sur son siège, comme si elle s'apprêtait à sauter de la voiture en marche. Parfait. Si s'attarder en sa compagnie l'indisposait, à son aise.

— Je peux avoir une dernière part de gâteau en rentrant, m'man ? demanda Jack.

Ben réprima un sourire. Son propre estomac grondait, tout à coup, tant il avait d'excellents souvenirs de ce gâteau-là.

— Ça fait longtemps que tu devrais être au lit, Jack, argua Louise. Alors, non, il est hors de question que tu...

— Les gâteaux !

Tous trois se tournèrent vers Jasmine qui, les yeux écarquillés et une main sur la bouche, venait de fondre en larmes. Ben se précipita aussitôt pour lui ouvrir sa portière.

— Jasmine ? Qu'est-ce qu'il y a ?

— Les... les gâteaux, répéta la fillette, la lèvre inférieure tremblante. Ma classe devait en préparer pour les personnes âgées de la maison de retraite. Maman devait m'aider, mais…

Ben s'efforça de ne pas laisser son irritation transparaître. Megan pouvait bien s'envoler pour Tombouctou si ça lui chantait, mais que son insouciance affecte Jasmine était tout autre chose !

— Il faut que j'en ramène au moins un pour mardi, sinon je n'aurai pas de bonne note, gémit encore Jasmine. Tu peux m'aider, papa ?

— Hum…, hésita Ben.

Il ne demandait que cela, mais il doutait fort que ses essais — et ce serait malheureusement le terme exact — en pâtisserie valent à sa fille la moindre bonne note.

— Je peux, moi.

Jasmine et lui pivotèrent vers Louise, ses traits étaient sans expression. Il devait avoir mal entendu et se tourna de nouveau vers sa fille.

— Ne peux-tu pas les préparer toi-même ? Je superviserai.

Il entendit, en provenance de la banquette arrière, un reniflement de dédain, mais l'ignora. Jasmine arborait l'air de fin du monde commun à tous les enfants de onze ans lors d'une crise.

— J'en sais rien, se désola-t-elle. Je ne sais jamais s'il faut commencer par mélanger les œufs et la farine et…

— Les œufs et le sucre, intervint Louise d'un ton excessivement tranquille.

Ton qui, selon l'expérience de Ben, n'était peut-être qu'apparent. Il soupira.

— On pourrait peut-être en acheter ?

Jasmine secoua la tête, puis se remit à sangloter.

— Je peux aider, répéta alors Louise d'un ton plus insistant, cette fois.

— A cuisiner des gâteaux maison ?

— Que pensiez-vous manger un peu plus tôt ? rétorqua-t-elle alors. Du pâté pour chien ?

Ben eut tout à coup l'impression de marcher dans le vide.

— C'est vous qui avez fait ce gâteau ?

Il comprit, à l'expression qu'elle affichait, qu'il venait probablement de saboter l'unique chance de sa fille.

Louise le foudroya du regard, puis rétorqua :

— Non, c'est la fée des gâteaux qui l'a déposé sur mon paillasson !

Soit, il l'avait bien mérité.

Pour tout arranger, Jasmine, qui essuyait ses yeux du revers de sa manche, mit à son tour les pieds dans le plat :

— Je pensais plutôt que vous les achèteriez au supermarché, si Jack en avait lui aussi besoin pour l'école.

Louise plaqua une main sur sa bouche puis, alors qu'il s'attendait à ce qu'elle bondisse comme une furie hors de la voiture et en claque la portière, elle partit d'un rire tonitruant.

Bientôt, ils furent tous les quatre pliés de rire, à tel point que Louise, qui était sortie du véhicule, dut s'appuyer contre la portière. Lorsqu'elle put enfin reprendre son souffle, ce fut pour lâcher dans un souffle :

— Si... si je n'ai vraiment pas le temps, c'est ce que je fais !

Ce qui ne fit que les faire redoubler d'hilarité. Lorsque, enfin, il retrouva un minimum de raison, Ben eut l'impression d'avoir couru un marathon. Nom d'un chien, le seul fait de respirer lui faisait mal !

Louise exhala un long soupir de contentement. Ses traits étaient détendus, ses pommettes rosies par l'émotion. Heureusement que les enfants étaient là, car il eut soudain la stupide envie de l'embrasser.

Cette pensée le dégrisa aussitôt.

— Vous êtes sûre ? insista-t-il. Je sais que vous êtes très occupée, et nous nous en voudrions de vous déranger, n'est-ce pas, Jasmine ?

Sans répondre, Jasmine le supplia du regard, mais Louise répliquait déjà :

— Occupée à quoi ? La décoration de la maison est pratiquement terminée et je ne peux pas passer le reste de ma vie à ne faire que ça, vous ne croyez pas ? dit-elle avec ironie, en lui adressant un clin d'œil — un véritable clin d'œil, à lui, Ben Oliver. Je serais enchantée d'aider Jasmine. Vous nous avez offert une si merveilleuse soirée.

Ben soupira. C'était précisément là le problème : dans son esprit, cette soirée était une toute dernière initiative de sa part pour que Louise se sente à l'aise dans le voisinage, après quoi il comptait prendre ses distances. Comment allait-il pouvoir le faire s'il la découvrait dans sa cuisine à son retour le lendemain ?

Après avoir mis Jack au lit ce soir-là, Louise comprit qu'elle ne parviendrait pas à s'endormir, et n'essaya même pas. Pelotonnée dans le salon sur un des sofas devant un bon feu, la télécommande en main, elle zappa de chaîne en chaîne en quête d'un programme à regarder. Là... qu'est-ce que... ?

Elle cessa de presser le bouton, revint plusieurs chaînes en arrière. C'était bien ce qu'elle pensait : des images de Laura Hastings, non pas dans un de ses films, mais en train de monter dans un avion. Un documentaire, apparemment et, bien qu'elle n'en ait pas vu le début, elle s'installa plus confortablement pour la contempler. Laura avait été si belle dans sa jeunesse. Ses cheveux blond pâle, son teint de pêche et ses yeux bleu glacier étaient décidément spectaculaires sur les pellicules Technicolor des années 50.

Et elle avait eu une vie si palpitante ! Deux mariages ratés, un soupçon de scandale. Louise se sourit à elle-même. Rapporté ainsi, cela paraissait très glamour, mais elle savait d'expérience que le vivre était tout aussi douloureux que pour le reste de l'humanité, et elle s'identifiait facilement à la précédente propriétaire de Whitehaven. Laura Hastings y avait-elle été heureuse, au moins, à la fin ?

La suite du documentaire ne lui apporta pas réellement de réponse. L'actrice avait mordu dans la vie à pleines dents, saisi toutes les opportunités qui lui étaient offertes. Et c'était bien là toute la différence entre elles. Certes, elle avait saisi celle de devenir mannequin et d'épouser l'homme dont rêvaient toutes les femmes mais, lorsque les choses s'étaient gâtées, elle s'était accrochée à la coquille vide de ses espoirs, trop effrayée pour lâcher prise. Elle avait été lâche, tout simplement, et il avait fallu que Toby continue à la tromper, pratiquement sous son nez, pour qu'elle se décide enfin à le quitter. Tout ça parce qu'elle avait eu peur de sombrer, de tomber en chute libre sans personne pour la rattraper.

Il lui arrivait encore d'avoir l'impression de tomber, tomber...

Une image de Whitehaven apparut à l'écran, et elle se redressa. Elles avaient été tournées en noir et blanc et Laura, à présent âgée d'une cinquantaine d'années mais toujours aussi époustouflante, flânait dans son jardin, dans lequel paraissait régner une harmonie qui n'existait plus vraiment dans l'état actuel où il se trouvait.

Manoir et jardin avaient beau être splendides alors, la voix off, sur l'écran, spécifiait que la vie de Laura Hastings s'était brisée dix ans plus tôt, lorsqu'elle était tombée amoureuse des lieux, en même temps que de son partenaire masculin lors d'un tournage à Whitehaven même.

Avait suivi une torride liaison, mais l'acteur n'était pas libre et par déception, Laura, divorcée, s'était alors mariée avec quelqu'un d'autre. Quelques années plus tard, l'étincelle de cette romance adultère s'était ravivée et Laura, certaine que le bonheur était enfin à sa portée, s'était séparée de son second mari, dans l'attente que son amant se libère à son tour. L'attente s'était transformée en désillusion et la désillusion en chagrin d'amour.

Louise sentit une larme rouler sur sa joue, et elle serra contre elle un coussin. Certains choix de l'actrice s'étaient révélés peu judicieux, mais quel courage !

Le documentaire s'acheva, et fut suivi par *Liaison d'Eté*, le film tourné à Whitehaven. C'était l'histoire d'une jeune domestique dont s'était épris le riche maître des lieux. Bien que l'alchimie entre Laura et son partenaire masculin fût évidente, à présent que Louise en connaissait l'issue, chaque caresse, chaque baiser lui parurent vibrer d'une certaine amertume.

L'une des scènes, au milieu du scénario, avait été tournée sur le balcon du hangar à bateaux. Un pique-nique y avait été installé sur un guéridon recouvert d'une nappe à carreaux rouges et blancs. Le soleil étincelait et de timides mais brûlants regards étaient échangés entre les deux héros.

Louise soupira. C'était ainsi que devrait être l'amour, songea-t-elle, étouffant de la main un bâillement. Plein de couleurs et toujours sans nuages, sous un soleil éclatant, avec juste ce qu'il faut d'électricité dans l'air. Et la manière dont il la regardait, comme s'il lisait droit dans son âme ! Oui, vraiment, c'était ainsi que l'amour *devrait* être, se dit-elle avec nostalgie tandis que le héros entraînait l'héroïne à l'intérieur du hangar. Mais malheureusement, il n'était comme cela que dans les vieux films à l'eau de rose.

Avant même que Ben n'ouvre sa porte d'entrée, ses narines furent assaillies par les plus merveilleux des arômes : beurre fondu, cannelle, sucre et vanille. Il entra, poussa la porte de la cuisine, et trouva ce qu'il craignait : un véritable chantier ! A l'extrémité de la pièce, enveloppées d'un nuage de sucre glace qui tournoyait autour d'elles comme de la neige, deux femmes pouffaient de rire.

Voir ainsi dans sa cuisine une Louise Thornton couverte de sucre glace avait quelque chose de troublant. Elle paraissait, non plus trop belle pour être approchée, ou encore excessivement vulnérable, mais réelle. Tout simplement réelle.

Elle jeta un regard par-dessus son épaule, l'aperçut.

— Il est temps de commencer à ranger, Jas, dit-elle avec un sourire. Ton père est là.

Ben se tourna vers sa fille. Loin de ronchonner, elle hochait la tête, tout en s'activant à replacer farine, sucre et œufs dans leurs placards respectifs. Il secoua la tête, puis décida de mettre la bouilloire à chauffer, histoire de détourner son attention de l'appétissante rangée de gâteaux alignés sur le comptoir et qui semblaient lui faire de l'œil.

Quelques secondes plus tard, alors qu'il pivotait dans l'intention d'offrir à Louise une tasse de thé, il découvrit cette dernière juste derrière lui, un plateau de petits gâteaux individuels à la main.

— Je peux vous en offrir un ?

Si Jasmine lui avait fait cette offre, il aurait aussitôt été suspicieux. Mais sa fille était en train de gagner son auréole devant l'évier débordant d'eau de vaisselle, aussi se contenta-t-il d'acquiescer d'un signe de tête.

— Muffin au citron et à la framboise, ou à la confiture d'airelles ? demanda encore Louise.

Les yeux de Ben s'arrêtèrent sur une pâtisserie jaune d'or recouverte de sucre glace.

Elle sourit.

— Muffin à la confiture d'airelles, donc, décréta-t-elle, en levant les yeux vers lui. En fait, pour être franche, je suis en train de vous soudoyer.

— Tiens donc ?

— Oui, je... j'ai vu un reportage à la télévision hier soir, à propos de Laura Hastings et de Whitehaven et... Le jardin y était splendide et je me demandais si... si vous, hum, vous pourriez envisager de le restaurer pour moi.

Ben en resta bouche bée. Cela faisait des années qu'il rêvait d'avoir les mains libres à Whitehaven !

— C'est bien le genre de choses que vous faites, n'est-ce pas ?

Elle le regardait étrangement, et il hocha la tête en silence. Certes, il bénéficiait d'une excellente réputation dans son domaine, et sa société était prospère. Mais associer son activité professionnelle et Louise Thornton...

— Parfait, reprit-elle. Dans ce cas, peut-être pourrions-nous en discuter un autre jour, pendant vos heures de travail. Je ne voudrais pas que vous sacrifiiez vos...

Un pli creusa son front. Elle le fixa quelques secondes en silence, puis baissa de nouveau les yeux sur le plateau et demanda :

— Vous en voulez toujours ?

Le muffin était encore tiède lorsqu'il s'en saisit. Il mordit dedans et, dans sa bouche, la confiture d'airelles mêla sa délicieuse acidité à la riche texture de la pâte. Un pur délice. Louise se contenta de hocher la tête. De toute évidence, elle savait pertinemment à quel point elle était bonne cuisinière, et combien ses gâteaux le faisaient saliver !

Il se redressa de toute sa hauteur, résistant à la folle envie de lécher le sucre sur ses doigts. Pâtisseries mises à part, il était dans un sacré pétrin, il le savait. Car même si sa raison lui criait que Louise Thornton n'était pas une femme pour lui, il commençait à penser qu'elle lui conviendrait peut-être tout à fait, au contraire.

Ben frémit. Jusqu'ici, le mois de décembre avait été particulièrement doux, mais vu le tranchant des bourrasques qui secouaient le fleuve, il fallait s'attendre à une vague de froid. Voûtant les épaules, il s'efforça de protéger sa nuque, tout en manœuvrant le frêle canot au travers des vagues déchaînées. Dans leurs imperméables — le sien kaki, celui de Jasmine d'un vif violet — sa fille et lui étaient les seules touches de couleur sous le ciel gris reflété par les flots.

— Crois-tu qu'il va neiger, papa ? demanda Jasmine à ses côtés.

— Je ne sais pas, mais ce serait amusant, tu ne crois pas ? La dernière fois que nous avons eu un Noël blanc, j'étais encore adolescent, précisa-t-il en serrant sa fille tout contre lui, tandis qu'ils approchaient de la jetée de Whitehaven. Nous verrons.

Le dimanche était désormais officiellement son jour préféré de la semaine. Bien sûr, il aurait pu charger l'un des membres de son équipe de s'occuper des plantes de la serre, mais il continuait à venir personnellement. Heureusement, Louise ne lui demandait pas pourquoi ; elle devait savoir que la serre n'était qu'un prétexte. Chaque semaine, ils passaient de plus en plus de temps à discuter et à flâner ensemble dans le jardin. Et il n'avait jamais bu autant de thé de sa vie ! Mais si ces tasses géantes lui permettaient de s'appuyer contre le rustique plan de travail de sa cuisine, pendant qu'elle s'activait en fredonnant, tout en lui souriant de temps à autre, comment s'en plaindre ?

Soudain, les arbres s'espacèrent. Il l'aperçut, et ce fut comme si tout son sang se mettait à bouillonner dans ses veines. Elle pourchassait Jack, qui courrait devant elle. Mais dès qu'elle le vit, elle s'arrêta, rejeta ses cheveux en arrière, et agita la main dans sa direction.

Il se trouvait désormais à portée de voix. Ses mains jusqu'à présent glacées étaient tout à coup devenues moites dans ses poches, et il en sortit une pour répondre à son geste. Louise sourit, et il sentit ses entrailles se soulever de joie. Les éclats de rire, dans ses yeux bruns, valaient toutes les paroles de bienvenue du monde.

Autant se l'avouer : il était bel et bien dans un sacré pétrin !

6

Certes, Louise avait convaincu Jack de l'aider à confectionner des décorations en pain d'épice pour le sapin de Noël. Mais elle avait à l'évidence surestimé la capacité d'attention d'un garçon de huit ans une semaine à peine avant les fêtes : Jack s'était esquivé aussitôt après avoir consommé une quantité impressionnante de pâte à biscuit. Et cela faisait déjà deux fois qu'elle lui demandait de ne pas utiliser la rampe d'escalier comme toboggan.

Avec précaution, elle retira une plaque d'anges bien dorés du four, puis la remplaça par une autre, d'étoiles cette fois. Un peu plus tard dans l'après-midi, lorsque Jack se serait un peu calmé, ils décoreraient ensemble le grand sapin du salon. Elle avait hâte de voir son petit visage s'illuminer de joie lorsque, la nuit tombée, la guirlande électrique scintillerait de tous ses feux.

D'ici là, il lui restait douze minutes à tuer, le temps que cette fournée de biscuits soit cuite. Tout en ôtant un par un les anges de la plaque afin de les déposer sur un plateau, elle se mit à rêver…

C'était une douce journée d'été, et un grand plaid de pique-nique était étendu dans le jardin. Au loin, des enfants riaient. Les yeux clos, elle se vit sur les genoux de Ben, qui enroulait d'un doigt une mèche de ses cheveux. Ralenti, le temps ne paraissait désormais s'égrener que par les bourdonnements des abeilles dans les pieds de lavande.

Tout à sa vision, elle s'installa sur une chaise, les coudes sur la table, le menton en appui sur ses mains croisées. A présent, Ben la contemplait, une expression d'admiration éperdue sur ses traits. Il voyait au plus profond d'elle ! Elle en perdit le souffle. Pendant longtemps, tout ce qu'elle avait lu dans les yeux des hommes était une sorte de faim vorace. Ils admiraient la surface, mais rares étaient ceux disposés à se donner la peine d'aller plus loin. Et ceux qui l'avaient fait, comme Toby, l'avaient finalement trahie.

Louise secoua la tête. C'était l'instant de sa rêverie où Ben se penchait pour l'embrasser, et il était hors de question qu'elle gâche ce moment par de telles pensées. Toby n'avait plus aucune place dans son jardin secret !

Juste au moment où son Ben imaginaire occultait la clarté du soleil de ses épaules, et où elle sentait son souffle sur sa peau... le téléphone, sonna, bien réel.

Zut !

Louise bondit de sa chaise. Evidemment, rien ne l'empêchait de laisser le répondeur s'enclencher. Mais si la personne qui cherchait à la joindre rappelait et l'interrompait de nouveau ? A contrecœur, elle décrocha le téléphone.

— Bonjour, Louise.

Elle aurait reconnu entre toutes cette profonde voix masculine. Abeilles, lavande et soleil furent balayés de son esprit par un raz-de-marée d'irritation.

— Bonjour Toby...

Elle n'avait aucune intention de lui demander comment il allait. Cela ne lui importait plus, pour tout dire, pas plus qu'elle ne se souciait de sa toute récente conquête d'à peine vingt-trois ans, merci bien !

Toby ne répondit rien, et elle fut tentée de raccrocher. C'était son habitude : l'obliger à prendre l'initiative de la conversation, poser les questions, bref, lui tirer les vers du nez en permanence. Eh bien, c'en était fini de ces petits jeux-là. S'il l'appelait, c'était qu'il avait quelque chose à lui dire. Qu'il le crache donc de lui-même !

Il toussota, encore une de ses stratégies. Pas question cependant de mordre à l'hameçon, pas même pour maugréer : « Qu'est-ce que tu veux ? ». Elle n'avait plus rien à lui offrir.

— Louise ? Je souhaitais te parler de Noël.

Elle s'appuya contre le comptoir et attendit.

— Vois-tu... j'ai droit à un petit extra — une escapade en

Laponie — et je me demandais si tu verrais un inconvénient à ce que Jack vienne avec moi.

Elle sentit son sang se glacer. Elle s'était efforcée tant bien que mal de ne pas penser au fait que Jack devait passer le jour de Noël ainsi que la semaine suivante avec son père. Ce serait son tout premier Noël sans lui. Mais la Laponie... Jack allait être fou de joie !

— Je n'y vois pas d'inconvénient, Toby, répondit-elle. Je mettrai des vêtements chauds dans sa valise. Viens-tu toujours le chercher le vingt-cinq au matin ?

Elle sentit, à l'autre bout du fil, un inconfortable silence.

— Toby ?

— Les places sur le vol ont été réservées pour le vingt-deux.

Lundi ? C'était trois jours plus tôt que prévu !

— Tu ne peux pas les changer ? demanda-t-elle, incapable de masquer la nuance de panique dans sa voix.

— Navré. C'est ça ou rien.

— Je...

— Voyons, Louise, coupa son ex-mari avec irritation. La Laponie ! Jack va adorer, et ça m'a manqué de ne pas le voir le mois dernier à cause du tournage. Il n'y aura que lui et moi, en tête à tête, entre père et fils. Il en a besoin.

Malheureusement, Toby avait raison : son père manquait cruellement à Jack depuis la séparation.

— Juste toi et Jack ? Et cette... Miranda ? se força-t-elle à demander, alors que ce seul prénom lui écorchait les lèvres.

Il y eut, au bout du fil, un soupir, puis :

— Miranda est... en fait, Miranda, c'est de l'histoire ancienne.

Louise arqua les sourcils. Vraiment ?

— Tu me manques, Lulu, enchaîna Toby de cette voix suave et presque grivoise qui, autrefois, la faisait fondre tout entière.

— Navrée, Toby, mais il faudra t'y faire, décréta-t-elle.

Elle frissonna. Retourner vers lui était hors de question. Peu importait que les journaux à scandale la prétendent irrémédiablement déchue ou même, pour certains, au bord du suicide. Elle savait, au plus profond de son cœur, qu'elle était libre, et plus heureuse aujourd'hui qu'elle ne l'avait été ces vingt dernières années.

La pauvre Miranda ne s'était probablement pas rendu compte à quel point une vedette plus âgée qu'elle de quinze ans pouvait se montrer exigeante. Qui plus est, une vedette habituée depuis longtemps à n'en faire qu'à sa tête !

Un pincement de culpabilité l'étreignit. C'était en partie sa faute. Elle l'avait toujours laissé faire, s'était même convaincue que c'était par amour, alors qu'en réalité, elle redoutait seulement qu'il voie plus loin que son apparence glamour et la rejette, elle, telle qu'elle était, pour peu qu'elle ne satisfasse pas en tout point à ses exigences.

C'était ce qu'il avait fait, d'ailleurs, et elle avait survécu. Mais plus jamais elle ne laisserait Tobias Thornton user d'elle comme d'un paillasson ! Pour l'instant, cependant, il ne s'agissait pas d'elle, mais de leur fils.

— D'accord, reprit-elle. Tu peux emmener Jack en Laponie, mais en échange, je veux le garder davantage à Pâques.

— Merci, répondit Toby avec un soupir de soulagement. Je viendrai le chercher demain après-midi. Nous décollons très tôt de Gatwick lundi matin.

A cette précision, Louise sentit la contrariété l'envahir plus profondément, et plus douloureusement encore.

— Soit, concéda-t-elle d'un ton morne. A demain donc.

Sur quoi elle raccrocha sans plus d'égards et prit une profonde inspiration. Tout ce qui lui restait à faire à présent était d'annoncer la nouvelle à Jack sans éclater en sanglots.

Une étrange voiture était garée devant le perron du manoir. Ben la remarqua immédiatement en sortant de la forêt. Il ne l'avait jamais vue. Quelle personne saine d'esprit pouvait bien conduire une voiture de sport aussi basse dans la campagne environnante ? Pour peu qu'il pleuve trop fort, et il ne donnait pas cinq minutes à son propriétaire pour que le moteur se noie ou qu'une roue patine dans une ornière détrempée.

Que pouvait-elle bien faire là ? Louise interrompit ses pensées. Elle émergeait de la maison avec Jack dans ses bras. Indifférente à tout ce qui l'entourait, elle le serrait convulsivement dans ses bras. Un homme sortait derrière elle, entièrement vêtu de noir, des lunettes de soleil sur les yeux. C'était bien un jour à mettre des lunettes ! Il n'y avait pas le moindre rayon de soleil au travers des nuages.

L'homme ôta ses lunettes pour les fourrer dans une poche, et ce n'est qu'alors qu'il le reconnut. Les stars n'étaient-elles pas censées être plus petites et plus laides dans la réalité que sur l'écran ? Hélas, non seulement Tobias Thornton n'était ni l'un ni l'autre, mais il ressemblait en tout point aux héros de film d'action qu'il incarnait. Il sourit à son ex-femme, déposa un baiser sur sa joue. Un baiser un peu trop long, mais Louise lui sourit en retour, désinvolte.

Eh bien, en tout cas, inutile de demeurer planté là comme une souche. C'étaient des affaires de famille, strictement privées. Et il était là pour s'occuper de la serre, comme tous les dimanches après-midi.

Dans la serre, cependant, il tailla excessivement la première plante à laquelle il administra ses soins, accaparé qu'il était par cette vision de Louise en compagnie de son ex-mari devant le perron. Elle lui rappelait tous ces clichés que Jasmine persistait à lui brandir sous le nez. Jusqu'à présent, alors qu'il savait pertinemment que Louise était Louise Thornton, la femme des magazines et la jeune mère célibataire qui cuisinait des gâteaux étaient bizarrement restées à ses yeux deux personnes totalement distinctes. Mais tout à coup, ces deux univers étaient comme entrés en collision, et il en chancelait encore.

Il passa autant de temps qu'il le pouvait à arroser et à nourrir les plantes, puis il entreprit de balayer le sol. Mais l'image de Louise tout sourires, ses lèvres étirées, ses dents d'une blancheur immaculée, le hantait. Il cessa finalement de balayer, s'appuya sur le manche du balai et…

Tout à coup, l'évidence le frappa. Ce sourire s'était arrêté là. Les yeux de Louise avaient gardé la même expression vague que celle qu'il avait remarquée dans les magazines. Elle simulait. Pour Jack !

Ben sourit. Le crépuscule commençait à tomber, et il était plus que prêt pour une tasse de thé !

Il atteignit la porte de service, mais elle était fermée. Aucun arôme de cuisson ne filtrait au travers des interstices. Aucune lumière, aucun bruit, rien. Il essaya la porte de devant, mais là non plus, aucun mouvement dans le salon ou la bibliothèque. Les portes-fenêtres, sur le côté, ne révélaient rien d'autre qu'une pièce plongée dans la pénombre avec, dans un coin, un sapin nu.

Où était donc Louise ? Etait-elle partie avec *lui* ? Si c'était le cas, qu'est-ce que cela pouvait bien lui faire, après tout ? Puisque sa tâche était terminée, autant rentrer. De toute façon, Megan devait déposer Jasmine une heure et demie plus tard.

C'est à peine s'il prit la peine de regarder le paysage tandis qu'il redescendait la colline en direction de la jetée. Il remarqua, toutefois, la pierre décalée à la base de l'escalier du hangar lorsqu'il passa devant. S'il la laissait ainsi, quelqu'un allait découvrir la clé qui se cachait derrière. Aussi la replaça-t-il soigneusement.

Tandis qu'il sautait dans le canot, et se penchait pour détacher l'amarre, il remarqua une lueur diffuse derrière les fenêtres du premier étage. Quelqu'un se trouvait là, et il devinait qui. La question était : pourquoi ? Pourquoi se cachait-elle dans un vieux hangar poussiéreux alors qu'elle disposait d'une superbe demeure géorgienne de vingt-cinq pièces au sommet d'une colline ?

Il n'y avait qu'un moyen de le découvrir.

Il rattacha l'amarre, parcourut la jetée en sens inverse, puis gravit deux à deux les marches de l'escalier et frappa discrètement à la porte.

— Louise?

Aucun bruit. Il avait dû se tromper. Une lampe était sans doute restée allumée quelques jours plus tôt, et il ne l'avait pas remarquée en arrivant. Ses doigts se refermèrent sur le cuivre de la poignée.

Une voix lasse s'éleva alors de l'intérieur.

— Allez-vous-en !

Ben esquissa l'ombre d'un sourire. Non, son instinct ne l'avait pas trompé : elle se cachait !

Il abaissa la poignée et poussa la vieille porte. Tout était tranquille à l'intérieur. Elle ne remua pas d'un pouce, pas même pour le regarder et, sur le coup, il fut trop distrait par les transformations opérées pour discerner exactement où elle se trouvait. L'intérieur du hangar évoquait à présent une cabane de pionnier !

Le vernis craquelé, sur les planches à rainure, avait cédé la place à de la peinture crème. L'âtre était toujours le même, ainsi que le mobilier de rotin, mais ce dernier, rafraîchi, avait un air plus accueillant. Du tissu à carreaux blancs et bleus recouvrait les coussins des chaises, et une lampe à pétrole trônait sur le bureau, ajoutant sa clarté à celle des flammes.

Un mouvement attira son attention et il tourna la tête. Louise était assise en tailleur sur ce qui paraissait être un croisement entre un sofa et un châlit en métal. Elle détourna son regard du feu et le regarda, les traits livides. Inutile qu'elle ouvre la bouche : chaque partie de son corps lui demandait de partir !

Il n'était pas du genre à s'incruster, mais il se surprit, plutôt que de tourner les talons, à traverser la pièce pour s'installer à l'autre extrémité du sofa, espérant que son pantalon ne maculerait pas de boue le plaid en patchwork qui le recouvrait.

— Qu'est-ce qui se passe ?

Louise reporta son regard sur les flammes.

— Noël est annulé.

Il gigota, gêné par la multitude de coussins de différentes tailles éparpillés un peu partout. A son tour, son regard dévia vers le feu.

— Ça explique le sapin, commenta-t-il.

Elle émit un drôle de son, qui pouvait être plus ou moins interprété comme une interrogation, aussi précisa-t-il :

— Ce sapin, nu comme un ver dans votre salon.

Un autre son, lequel cette fois donnait la nette impression d'être une exclamation de dérision.

— Je ne voyais pas l'intérêt de le décorer, expliqua-t-elle d'une voix morne. Jack est parti en Laponie.

— En Laponie ?

Elle tourna son brûlant regard vers lui.

— Oui, la Laponie ! Vous savez, le Père Noël, les rennes ! Qui pourrait rivaliser avec ça ?

Il haussa les épaules.

— Vous avez de la chance. La Laponie, au moins, vaut le coup d'être abandonné. Tout ce avec quoi je rivalise, moi, ce sont quelques jours dans les Cotswolds en compagnie de Maman et de son onctueux petit ami.

Cette fois, il hérita d'un reniflement qui ressemblait à un gloussement.

— Bravo, Ben, votre Noël est encore plus pourri que le mien ! Joignez-vous donc à moi pour la soirée des lamentations ! Vous n'êtes pas du genre à faire des manières, n'est-ce pas ?

— Eh non ! répondit-il avec un rictus. Comment ça s'organise, ce genre de soirée, à Noël ? De la même manière que d'habitude ou avec un peu plus de clinquant ?

Contre toute attente, Louise partit d'un grand rire, au point qu'elle en eut bientôt les larmes aux yeux. Elle les chassa d'un revers de manche.

— Quel traître vous faites, Ben Oliver ! Vous venez de ruiner l'unique événement social de mon agenda au cours des deux semaines à venir ! Il va me falloir le reprogrammer, maintenant ! Que diriez-vous du 25 ?

C'était si bon de la voir sourire. Il savait par expérience à quel point passer un Noël sans son enfant était douloureux et aussi, que le premier était toujours le pire.

Il se redressa et lui fit signe de la main.

— Venez. J'ai à la maison un gigot d'agneau qui pourrait nourrir vingt personnes. Venez dîner chez moi.

Elle ne bougea pas.

— Est-ce que ça n'ennuiera pas Jasmine ?

— L'ennuyer ? Elle sera tellement invitée par ses copines après ça que j'aurai de la chance si je la revois avant ses douze ans ! ironisa-t-il. Je vous laisserai même pleurer au-dessus de votre assiette, si c'est vraiment ce que vous voulez.

Elle secoua la tête, l'ombre d'un sourire aux lèvres.

— Ça, ça m'étonnerait.

— Vous ne me croyez pas ?

— Pour citer quelqu'un que je connais : « eh non » ! rétorqua la jeune femme. Croyez-en mon expérience, la plupart des gens affirment vous vouloir « au naturel », mais c'est faux. Ça implique toujours que vous restiez à la hauteur de leurs attentes. Et j'ai appris très tôt que les décevoir a toujours un prix...

Ben tendit de nouveau la main.

— Je sais déjà à quel point vous pouvez être grincheuse. Je ne vous en voudrai donc vraiment pas si vous me décevez sur ce point.

Elle souriait malgré elle. Les flammes de l'âtre se reflétaient dans ses yeux. Et voilà qu'elle plaçait ses longs doigts fins entre les siens.

— Vous n'abandonnez pas facilement, n'est-ce pas ?

La réponse était si évidente qu'elle les fit tous deux sourire avant même qu'il ne la prononce.

— Eh non !

Il referma la main autour de la sienne, puis la hissa sur ses pieds. Derrière lui, des braises crépitaient. Le temps s'était-il arrêté ? Ni l'un ni l'autre n'avaient pris la moindre inspiration depuis qu'il lui avait pris la main. Mais, abaissant sa longue frange sur ses yeux, elle finit par dégager ses doigts des siens et murmura :

— Vous êtes mon ange gardien, Ben Oliver. Vous paraissez toujours être là pour me remettre les idées en place.

Quel délice de l'entendre prononcer entièrement son nom ! Curieusement, cela lui paraissait plus intime et non plus formel. Il la suivit en direction de la porte, derrière laquelle elle récupéra son manteau. Ainsi Louise Thornton avait peut-être besoin de lui !

La porte verrouillée, elle replaça la clé dans sa cachette et tous deux empruntèrent la jetée en silence. Puis, alors qu'elle s'apprêtait à descendre dans le canot, elle s'immobilisa un bref instant. L'espace d'une fugitive seconde, il sentit son souffle chaud alors qu'elle se penchait vers lui et déposait un léger baiser sur sa joue.

— Merci, Ben.

L'évidence le frappa alors avec autant de force que les vagues qui bousculaient la frêle embarcation. Il *voulait* devenir ce dont elle avait besoin. Le devenir, et le rester. Mais ce n'était pas si simple ! Pourrait-il remplir ce rôle ? Après tout, Louise n'avait nul besoin d'un homme dans sa vie. Ce dont elle avait réellement besoin, c'était d'un ami. Et une chose était sûre : ce rôle-là, il pouvait aisément l'assumer.

Même de l'extérieur, le manoir paraissait vide sans Jack. Peut-être avait-elle eu tort de s'installer à la campagne. A Londres, elle se serait plongée dans la frénésie de dernière minute du réveillon sur Oxford Street, et même amusée à repérer lequel, des clients masculins, arborait l'expression la plus désespérée.

De toute façon, elle n'entrait que pour rassembler quelques affaires et se préparer une tasse de thé. Depuis quelques jours d'ailleurs, elle passait la majeure partie de son temps au hangar. Elle préférait largement son confort simple aux lugubres échos qui paraissaient résonner au manoir.

Cette nuit encore, elle y dormirait, bien au chaud sous un duvet, avec le feu et un bon livre pour seule compagnie. Avec un peu de chance, ce bon vieux Père Noël ne l'y débusquerait pas et passerait son chemin.

Elle s'activa, de la cuisine à sa chambre, puis de sa chambre dans la cuisine, en quête de ce qu'il lui fallait. Tout du long, elle s'occupa l'esprit avec sa rêverie du moment, en rapport avec Noël, cette fois. Dans son imagination, elle était tellement moins seule !

Le feu crépitait et de vives lumières scintillaient sur un majestueux épicéa devant la fenêtre du confortable salon d'un cottage. Il était encore tôt, et Jasmine et Jack se chamaillaient pour déterminer lequel d'entre eux distribuerait les cadeaux. Ben et elle riaient.

Puis, sur fond d'éclats de rire et de bruits de papier cadeau déchiré, Ben lui présentait une petite boîte argentée entourée d'un élégant ruban de velours blanc, qu'elle se voyait déballer avec autant d'enthousiasme que les enfants un peu plus tôt. Avant d'ouvrir la boîte, elle relevait sur lui un regard plein d'amour, se mordillait la lèvre inférieure, puis ôtait le couvercle et...

C'était toujours là qu'elle hésitait. Que pouvait-il y avoir dans la boîte ? Elle n'appréciait pas particulièrement les bijoux et un set de lait corporel et de perles pour le bain serait un peu trop... pouah !

Elle se figea, un épais pull dans les mains, et contempla son reflet dans le miroir. Décidément, elle perdait la tête ! Toute cette rêverie à propos de Ben n'était-elle pas allée un peu trop loin ?

Sans doute, mais c'était tellement réconfortant, un peu comme un onctueux chocolat chaud en plein hiver. Et elle avait tant besoin de réconfort ces temps-ci ! Et puis, c'était cent pour cent sans calories ! A cette pensée, elle adressa un sourire effronté à son reflet.

Son double lui retourna alors un regard qui signifiait : « mais bien sûr ! » Elle lui tourna le dos, zippa son sac fourre-tout et le jeta en travers de son épaule. La pendule, sur le manteau de la cheminée, indiquait 16 heures. Mieux valait ne pas s'attarder si elle ne voulait pas se retrouver à piétiner les feuilles détrempées du sentier dans l'obscurité.

Elle flâna cependant un peu en chemin. Il y avait quelque chose d'envoûtant dans la beauté de son jardin en hiver. Alors qu'elle n'était plus qu'à quelques centaines de mètres de sa destination, cependant, il se mit à pleuvoir, des gouttes cinglantes, presque glacées. Il fallait vite se mettre à l'abri !

Elle gravit les marches de l'escalier à toute vitesse, pénétra en coup de vent dans le boudoir et... s'arrêta net sur le seuil, la porte grande ouverte derrière elle, tandis qu'une malicieuse bourrasque s'engouffrait à sa suite.

Que... ?

Elle ne pouvait en croire ses yeux. Qu'était-il arrivé à son sanctuaire pendant son absence ?

Partout, absolument partout trônaient des bougies. Enfin, pas des bougies, mais des cierges, comme ceux des églises ! Crépitant, le feu dévorait avec avidité les bûches fraîches qui lui avaient été apportées, et sur la cheminée étaient disposées des guirlandes de lierre et de houx. Et dans un coin, près de l'une des fenêtres...

Elle éclata de rire. Comment était-ce possible ?

Un sapin de Noël ? Oh, pas très grand, mais d'un mètre cinquante au moins, aux branches entièrement nues à l'exception d'une étoile d'argent à son sommet. Elle s'en approcha, et découvrit à ses pieds un carton de décorations prêtes à y être suspendues. De teinte rouge, violette et or, les boules seraient d'un effet spectaculaire dans la clarté des flammes. Elle en saisit une, l'effleura d'une caresse.

Comment... ? Qui... ?

Ses questions ne demeurèrent pas très longtemps en suspens :

soudain, un moteur de hors-bord rugit au-dehors, et elle se précipita sur le balcon.

— Ben !

Déjà, le canot s'écartait de la jetée, et il levait les yeux vers elle, un sourire presque penaud sur le visage. Une main en l'air, il lui hurlait quelque chose, mais ses paroles furent emportées par le vent.

En temps normal, elle serait restée là, mais la pluie, qui se transformait rapidement en neige fondue, la bombardait des pieds à la tête, et elle rentra se réfugier à l'intérieur.

Ne sachant que faire d'autre, elle s'assit en tailleur devant le feu. Les carreaux de céramique bleus et blancs semblaient danser devant ses yeux. Cet homme était-il réel ? Jamais personne n'avait pris tant de peine pour lui offrir quelque chose de spécial. Sans doute son père l'aurait-il fait s'il en avait été capable, mais il était d'une santé si fragile, et c'était son rôle à elle, de veiller sur les autres, de les encourager et de les soutenir au travers des difficultés.

Quant à Toby, il était plutôt adepte des cadeaux tape-à-l'œil — diamants, voitures, et même une fois une villa à Majorque. Mais aucun de ces présents luxueux n'arrivait à la hauteur de celui-là.

Bouleversée, elle porta une main à sa bouche.

Finalement, loin d'être inoffensives, ses rêveries s'étaient retournées contre elle. Désormais, non seulement son esprit ne se focalisait plus que sur Ben Oliver, mais toutes ses pensées dérivaient constamment vers lui, à n'importe quel moment de la journée ! A présent que son cerveau y était accoutumé, il commençait à réclamer plus, bien plus que d'innocentes rêveries, tout particulièrement lorsqu'il agissait ainsi. Et voilà qu'elle aspirait maintenant à ce que tous les moments qu'elle répétait inlassablement dans son esprit se concrétisent !

Voilà ce qui restait de ses promesses de ne plus jamais vivre dans l'ombre d'un homme ! Ben Oliver était une substance addictive, et elle en était devenue dépendante. Pourquoi prendre le risque de se perdre de nouveau alors qu'elle avait déjà parcouru tant de chemin ? Depuis quelque temps, elle avait enfin l'impression d'être, non plus l'épouse de Tobias Thornton, mais tout simplement elle-même. Comme ce serait facile d'assumer le rôle de la femme amoureuse de Ben Oliver, et rien d'autre.

Facile et… dangereux !

Elle parcourut la pièce du regard. Manifester son indépendance impliquait de remballer immédiatement cierges, décorations et autres et de tout laisser derrière la porte. Mais comment s'y résoudre ? Si elle le faisait, le hangar paraîtrait vite aussi austère et désert que le manoir, et n'était-elle pas venue là pour y échapper, justement ?

Empilées dans le carton, les décorations étincelantes paraissaient la supplier de les laisser remplir leur office. A quoi bon résister ? Elle accrocha donc consciencieusement chacune d'elles aux aiguilles de pin, avec l'espoir que ces gestes répétitifs lui permettent de se ressaisir. Cette tâche achevée, elle ôta le plaid du sofa, le drapa autour de ses épaules, puis s'assit devant le feu, le dos contre un des fauteuils en rotin. Dans le silence, elle n'entendait que le son de sa propre respiration et le joyeux crépitement des flammes. Elle n'était pas assise depuis plus de quelques minutes, cependant, qu'un coup retentit à la porte.

Elle fixa celle-ci sans réagir.

On frappait de nouveau, et elle devinait bien sûr de qui il s'agissait. Lentement, elle se redressa, le plaid toujours sur ses épaules, et alla ouvrir. Il se tenait là, ses cheveux trempés collés à son visage, un grand sac en papier brun dans une main et un sac à dos dans l'autre.

— Ben.

Bravo, très éloquent ! se reprocha-t-elle aussitôt.

— Louise.

Apparemment, ils étaient tous deux affligés de la même maladie !

Il brandit le sac en papier.

— Je peux ?

Elle s'écarta, et il lui tendit le sac, dont s'échappaient des effluves d'épices exotiques.

— En fait, je ne devrais même pas vous laisser entrer, commenta-t-elle alors d'une voix neutre. Ne vous êtes-vous pas déjà rendu coupable d'une effraction aujourd'hui ?

Alors qu'il était en train d'ôter son imperméable, il suspendit son geste.

— Vous n'aimez pas ? Oh, Louise ! Je suis navré, j'essayais seulement de...

Elle tira sur l'arrière du vêtement et sourit.

— Vous avez réussi.

Le soulagement, sur ses traits, était presque palpable.

— Ouf ! J'ai notre dîner, là-dedans, et je n'ai aucune envie de retraverser le fleuve pour aller le déguster froid chez moi !

Louise jeta un coup d'œil dans le sac.

— Du curry ? Ce n'est pas très traditionnel !

Il s'empara du sac, et en déballa le contenu sur la petite table basse.

— Au contraire ! Je suis certain d'avoir lu quelque part que le poulet tikka masala remplaçait désormais le rôti comme plat national.

Louise sortit d'un panier pique-nique assiettes et couverts et quelques instants plus tard, ils se régalaient de différentes variétés de curry de volaille et de riz pilaf, accompagnées de *bhajis* aux oignons, à saucer dans un condiment à base de mangue.

Tout en grignotant, elle observa Ben. Il était absorbé par son repas, l'air pensif. Soudain, il releva les yeux, et se figea.

— Quoi ?

Comment exprimer ce que tout cela représentait pour elle ? Les mots ne suffisaient pas, aussi se contenta-t-elle d'un sobre et élégant :

— Merci, Ben. Pourquoi... je veux dire, pourquoi toute cette... peine ?

— Je me suis dit que vous aviez besoin de réconfort. Je me souviens de mon premier Noël sans Jasmine. C'était affreux ! Si vous préférez, mettez ça sur le fait que je suis un pauvre père célibataire avec trop de temps à tuer ! enchaîna-t-il avec un rictus. Jasmine n'est pas là, mes parents vivent en Espagne, désormais, et ma sœur est partie rendre visite à sa belle-famille. Je ne peux même pas me plonger dans le travail : qui voudrait d'un jardinier à cette époque de l'année ?

— Certes, mais... de là à... à faire tout ça !

Tout à coup, elle fut prise d'un horrible doute. Personne n'était entièrement désintéressé, et il devait espérer quelque chose en retour !

— Je ne coucherai pas avec vous, lâcha-t-elle, étourdie.

Avant de se le reprocher aussitôt, les joues en feu. Oh non, avait-elle réellement dit ça ?

Les traits durcis, il se redressait lentement

— Si c'est ce que vous pensez, je ferais mieux de partir.

Elle bondit aussitôt sur ses pieds.

— Non ! Je suis navrée ! Je ne sais pas ce qui m'a pris de dire ça alors que vous avez été si…

Il lui tournait déjà le dos pour endosser son imperméable, et elle posa une main sur la manche trempée, ses yeux embués de larmes.

— Je vous en prie, Ben ! C'est que…

Elle s'interrompit, la gorge nouée par l'émotion.

— Personne ne fait jamais rien pour moi sans réclamer quelque chose en échange et… je… je n'ai pas l'habitude.

Il lui fit face, l'expression un peu adoucie.

— Personne ? Vraiment ?

Elle secoua la tête, gênée. Comment avouer à un homme que personne n'avait jamais eu suffisamment d'estime pour elle pour se donner ce genre de peine ? Il lui avait toujours fallu mériter l'amour des autres, être celle qui donnait, donnait et donnait encore. Même Toby n'était resté auprès d'elle que parce que c'était préférable pour son image, rien de plus. Quant à ses frères et sœurs, ils avaient grandi avec la conviction qu'elle n'avait besoin de rien. Aujourd'hui, ils avaient leur propre vie, et elle s'en serait voulu de leur imposer ses problèmes.

Le visage dans les mains, elle se laissa tomber sur la chaise la plus proche.

— Oh, je suis vraiment nulle !

Ben hésita. Comment pouvait-il réagir ? Elle avait décidément le don de lui faire tourner la tête, de l'inciter à prendre des initiatives extravagantes, presque malgré lui. Il balaya du regard le lierre, les cierges, ce stupide sapin. Elle avait raison : il en avait trop fait !

C'est alors qu'un éclat ramena son regard vers le sapin, lequel croulait presque sous les décorations. Il avait failli les accrocher lui-même lorsqu'il avait vu Louise sortir des bois. Mais il s'était dit qu'il valait mieux qu'elle ne le trouve pas là, à sourire comme un idiot. Pendant son absence, cependant, elle avait pris la relève. Ce sapin, elle l'avait décoré elle-même ! A cette pensée, il sentit l'espoir renaître en lui. Peut-être son idée n'était-elle pas si stupide, après tout !

Elle était assise, recroquevillée sur elle-même, les yeux à terre. De toute évidence, elle était de ces personnes qui ne savent pas recevoir. Certes, elle donnait constamment de sa personne, cela, n'importe qui pouvait le voir. Mais elle avait oublié que donner n'était que la moitié de l'équation. A moins qu'elle ne l'ait jamais su.

Au cours des deux derniers mois, il avait compris d'après leurs conversations qu'elle n'avait pas eu une enfance facile. Elle avait toujours dû assumer, porter les autres à bout de bras. Rien d'étonnant à ce qu'elle ne sache pas recevoir ce qui lui était offert sans contrepartie. Son existence depuis ne l'avait en rien libérée : à ses yeux, tout bienfait s'accompagnait de contraintes.

Il ôta son imperméable, le raccrocha à la patère, derrière la porte. Elle le regardait maintenant, bouche bée.

Visiblement, elle ne s'attendait pas à ce qu'il reste. Pas même après ses larmoyantes excuses. Pourquoi avait-elle si peu d'estime pour elle-même ?

Plutôt que de tenter de répondre par des paroles aux interrogations qui devaient se lire sur son visage, il retourna s'asseoir sur la chaise qu'il venait de déserter.

— Je ne sais pas pour vous, dit-il, mais j'apprécierais volontiers un dessert.

— Un… dessert ?

Un sourire aux lèvres, il se pencha sur le sac à dos déposé près de sa chaise et en sortit une bouteille de vin rouge. Rien d'extravagant, juste un petit cabernet acheté à l'épicerie du village.

Louise, alors, lui rendit son sourire, puis alla chercher dans le panier pique-nique deux timbales, qu'elle déposa sur la table. La bouteille débouchée, il les servit généreusement, puis déclara, tandis qu'ils trinquaient :

— A Noël !

Louise s'esclaffa.

— Ça me fait tout drôle, mais... à Noël !

Ben sirota une première gorgée de vin, sans répondre. Il avait une raison précise de formuler leur toast ainsi : Noël, c'était l'époque où l'on donnait, et recevait en retour. Comme c'était triste que Louise ne connaisse pas cette joie, celle de laisser quelqu'un vous témoigner de l'affection. C'était peut-être là ce qu'il pourrait lui offrir pour Noël : lui prouver que tous les cadeaux n'étaient pas des pièges, et que les recevoir pouvait être un plaisir.

Louise Thornton avait besoin d'un ami, d'un véritable ami. N'était-ce pas précisément le genre de cadeau qu'un ami pouvait se permettre de faire, sans aucun risque ?

Ils savourèrent le contenu de la bouteille, parlant de tout et de rien, avant de se retrancher dans un confortable silence... Dehors, le crépuscule tombait, et la température fraîchissait peu à peu.

Il était peut-être temps pour lui de rentrer. Mais Louise reprit tout à coup :

— Je crois que je ne sais plus qui je suis.

Oh, oh. Les attentions, les initiatives, il savait faire. Les discussions intimes, en revanche, c'était loin d'être son fort. Heureusement, Louise paraissait n'attendre rien d'autre de lui qu'un peu d'écoute.

— Il n'y a pas si longtemps, je n'étais rien de plus que l'épouse de Tobias Thornton.

— J'avais cru comprendre que vous étiez mannequin, avant de le rencontrer ?

Elle hocha la tête, le regard perdu dans le vague.

— Je l'étais, et au début, ce n'était pas un problème. Mais ce n'est pas évident d'entretenir une relation lorsque l'un et l'autre époux sont sur des continents différents plusieurs semaines d'affilée. Et puis, Jack est arrivé, et il m'a paru plus juste de lui offrir un foyer stable...

Pourquoi se culpabilisait-elle pour cela ? s'interrogea-t-il alors qu'elle contemplait la pluie, derrière la fenêtre, perdue dans ses pensées. C'était tout à fait son genre, de placer les besoins de sa famille avant les siens. Mais peut-être était-il temps qu'elle fasse quelque chose pour elle-même, pas par pur égoïsme, mais parce qu'elle le méritait.

Il se frotta le menton, pensif. Restait à découvrir ce à quoi elle aspirait.

Comme si elle avait été brusquement arrachée à sa rêverie, elle tourna la tête vers lui, et ce qu'il lut dans son regard le fit frissonner.

Non... il devait se faire des idées. Ce regard, bien des femmes le lui avaient lancé, mais jamais il ne se serait attendu à le recevoir d'*elle* ! Non, c'était impossible qu'elle le désire, *lui*, Ben Oliver !

Son cœur s'affola. Voilà qui plaçait son projet d'être ce dont Louise Thornton avait besoin sur un tout autre plan !

7

Louise secoua la tête. Il fallait absolument qu'elle cesse de regarder Ben comme s'il était un cadeau de Noël qu'elle aurait hâte de déballer !

Etincelantes, les décorations, sur le sapin, reflétaient les flammes des cierges disposés tout autour de la pièce. Ce n'était pas tout à fait le décor de sa rêverie, mais il y avait le sapin, le feu, la sensation que quelqu'un pensait enfin à elle...

En fait, la réalité était même mieux. Le repas, le vin, la compagnie avaient été un bien plus beau cadeau que celui, aussi séduisant soit-il, contenu dans la boîte argentée de sa rêverie. Et, même si celui-ci manquait, un détail d'importance demeurait le même : Ben.

Il fallait également qu'elle cesse à tout prix de s'épancher ainsi. Ceci dit, cela tenait à distance d'autres besoins, alors pourquoi pas ?

— Voilà donc ce que je suis, reprit-elle avec un faible sourire : une femme qui ne se définissait que par son mari et qui, aujourd'hui, est complètement à la dérive, perdue, sans but dans la vie !

Il était sur le point de protester, mais elle était lancée, et elle poursuivit :

— J'ai suffisamment d'argent, et je n'ai donc pas besoin de travailler, mais j'éprouve le besoin de faire davantage que m'occuper de Jack et... — elle désigna d'un geste la pièce nouvellement réaménagée — décorer. Malheureusement, en dehors de savoir faire la moue devant les objectifs, je n'ai aucune qualification. Je n'ai même pas eu mon bac.

Là. Voilà qui allait le décourager. Après ça, il allait sans doute penser qu'elle n'était qu'une bimbo. Mais lorsqu'elle osa relever les yeux, elle lut tout autre chose sur son visage.

— Oh, j'ai bien essayé toutes sortes d'activités lorsque j'étais mariée, reprit-elle. Toby m'encourageait toujours à imiter les épouses de ses amis. Je me suis investie dans toutes les causes possibles et imaginables et ensuite, j'ai même fait un essai pour présenter une émission de mode, à la télévision. J'ai dû être particulièrement mauvaise, parce qu'ils ne m'ont jamais rappelée, précisa-t-elle avec un petit rire qui sonna creux. J'ai même lancé ma propre collection de lunettes de soleil.

Elle le regarda, dans l'attente d'une réaction. Il haussa les épaules, l'air de dire *« et alors ? »*

Et alors ? En effet. C'était ce que la clientèle avait dû penser, elle aussi, car cela avait été un lamentable échec.

Elle prit une profonde inspiration. Quel autre exploit futile pouvait-elle encore évoquer pour meubler le silence ? Rien ne venait. Quel gâchis ! A trente et un ans, voilà tout ce qu'elle avait accompli dans la vie ! Pathétique !

— Pourquoi n'avez-vous pas eu votre bac ?

Elle regarda de nouveau Ben, s'attendant à trouver sur ses traits la même expression de condescendance qu'affichaient la plupart des gens lorsqu'elle leur livrait cette information. Tout le monde savait que les mannequins n'avaient guère de consistance, n'en était-elle pas la preuve éclatante ?

— Louise ? Que s'est-il passé ?

Il paraissait réellement curieux de le savoir. Elle détourna la tête, embarrassée. En dehors de Toby, il était la première personne à le lui demander.

— L'état de mon père s'est particulièrement dégradé à partir de mes quinze ans. Certains jours, il fallait absolument que je reste auprès de lui à la maison. Les services sociaux nous aidaient un peu, bien sûr, mais nous vivions dans un quartier pauvre et mal desservi. Lorsqu'il allait vraiment mal, je restais auprès de lui. De toute façon, ça n'aurait servi à rien que j'aille en classe, je n'aurais jamais pu me concentrer.

Il se pencha pour lui saisir la main. Mince, voilà qu'elle avait de nouveau la voix enrouée et les yeux embués ! Mais comment s'arrêter ? Il y avait si longtemps qu'elle gardait tout ça pour elle !

— L'année du bac, son état a encore empiré. J'avais manqué tellement de cours que je m'imaginais mal me présenter. Papa souffrait tant que souvent, il déversait sa frustration sur moi, jamais physiquement, mais...

A présent, Ben lui caressait lentement le dos de la main avec son pouce, et elle sentit quelque chose s'effriter en elle. Les larmes se mirent à couler sur ses joues, et elle dégagea sa main pour les essuyer avec un mouchoir. Il était temps d'égayer un peu l'atmosphère.

— Quoi qu'il en soit, Cendrillon a eu sa fin heureuse, reprit-elle sur un ton le plus gai possible. Un peu avant mon dix-septième anniversaire, j'ai été repérée par le chasseur de têtes d'une agence et le reste, comme on dit, c'est de l'histoire ancienne.

Il lui tendit la boîte de mouchoirs en papier, et elle en prit un.

— Qu'est-il arrivé à votre famille ?

Louise se moucha bruyamment, puis répondit :

— Mon salaire a permis d'acheter une nouvelle maison, et de payer les frais d'université et autres. Sarah, ma cadette, qui est aujourd'hui avocate, a émigré en Australie il y a cinq ans et cette année, tout le monde est parti lui rendre visite, sauf moi, parce que je ne voulais pas abandonner Jack trop longtemps. Billy et Charlotte vivent à Londres, il est gérant d'un restaurant, et elle coiffeuse. Quant à Charlie, le plus jeune, il vient tout juste de finir l'université. Il veut devenir acteur, précisa-t-elle en levant les yeux au plafond. Il faut croire que certains ne tirent jamais de leçon de rien !

Curieusement, sa main était revenue d'elle-même dans celle de Ben, qui la caressait de nouveau.

— Et votre père ?

Bon sang ! Pourquoi fallait-il toujours qu'il lise dans ses pensées ?

— Il est mort moins d'un an après mes premiers pas sur un podium, lâcha-t-elle dans un souffle.

Elle plongea son regard dans le sien, désespérément anxieuse. Quelqu'un allait-il enfin la comprendre ? Puis elle éclata en sanglots, en véritables sanglots. Elle voulut parler, mais aucun son ne sortit de sa bouche.

Alors, lentement, sans qu'elle s'en aperçoive vraiment, deux bras fermes l'enveloppèrent. Le temps parut se suspendre tandis qu'elle sanglotait contre sa poitrine, mais peut-être cela ne dura-t-il que quelques minutes à peine, impossible de le dire.

— Vos plans pour un joyeux Noël viennent de tomber à l'eau, c'est le cas de le dire, n'est-ce pas ? ironisa-t-elle après un certain temps. Merci quand même d'avoir essayé. Il n'y avait pas grand-chose à faire de toute façon pour une femme qui ne sait même plus qui elle est.

Il lui prit le menton d'une main, la forçant à relever les yeux vers lui. Personne ne l'avait jamais regardée ainsi, comme si elle était infiniment précieuse, délicate.

— Louise, murmura-t-il d'une voix grave, éraillée. Vous êtes... je...

Pour un homme qui savait toujours quoi dire, il paraissait curieusement à court de mots. Ce ne devait pas être bon signe. Il paraissait tout à coup embarrassé, comme s'il luttait contre lui-même.

Dites quelque chose ! le supplia-t-elle intérieurement. *Dites-moi qui vous croyez que je suis ! Je dois savoir !*

Il ne la regardait plus, à présent. Les yeux dans le vague, il semblait confus. Mais lorsqu'il abaissa de nouveau les yeux sur elle, elle sentit son cœur s'arrêter. Dans son regard brun luisait un regain de détermination, il avait quelque chose à lui dire. Il hésitait.

Ce regard, alors, dévia sur ses lèvres, et elle les entrouvrit légèrement, le souffle court.

Il allait l'embrasser !

L'effleurement de ses lèvres sur les siennes fut délicieusement tendre, aussi léger qu'un murmure. Elle ferma les yeux, et abandonna tout espoir de maintenir rêverie et réalité séparées.

C'était encore plus exquis qu'elle ne l'avait imaginé. Il était d'une telle douceur, d'une telle délicatesse ! Il l'attira tout contre lui, puis se laissa aller contre les coussins, une main entremêlée dans ses cheveux.

Ils s'embrassèrent lentement, tendrement, comme si le temps

n'existait plus pour eux. Les lèvres de Ben s'égaraient paresseusement sur son menton, son cou, le lobe de son oreille. Bientôt, elle se sentit frissonner de tout son être. L'air, entre eux, semblait crépiter à l'unisson des bûches dans la cheminée.

N'avait-elle pas dit, à un moment ou un autre de la soirée, qu'elle ne savait plus ce qu'elle désirait de la vie ? En cet instant, tout était très clair : elle désirait Ben Oliver, de tout son être, ici et maintenant.

Inspirant profondément, elle s'attaqua au premier bouton de sa chemise, frissonnante.

Il n'y avait jamais eu d'autre homme que Toby, et ce dernier l'avait délaissée pour d'autres femmes. Et si elle n'était vraiment pas douée ? Si elle le décevait ?

Elle sentit Ben se figer, alors qu'il déposait une pluie de baisers sur son épaule. Tremblante, elle s'attaqua au deuxième bouton, ses doigts rendus gauches par l'impatience. Ben referma une main sur ces derniers, qui bataillaient en vain, puis murmura :

— Nous avons tout notre temps.

Voilà qu'il s'efforçait de se comporter tant bien que mal en parfait gentleman, afin de lui laisser une échappatoire ! Elle emprisonna son regard.

— Peut-être pas, nuança-t-elle.

Il prit alors son visage entre ses deux mains, puis l'embrassa avec une douceur inégalée jusque-là. Sa main libérée, Louise parvint enfin à ôter le second bouton de sa chemise. Il agrippa de nouveau ses doigts, plus fermement encore.

— Vraiment, Louise. Je m'en voudrais de profiter de toi alors que tu es si vulnérable. Ce n'est peut-être pas le meilleur moment pour prendre ce genre de décision.

— Pourquoi ne me laisses-tu pas décider de ce dont j'ai besoin ? protesta-t-elle.

Un tel moment était comme Noël : aussi éphémère que magique. Le lendemain, elle le savait, une fois l'émerveillement évanoui, le quotidien reprendrait ses droits, gris, froid, et peut-être encore plus solitaire qu'avant.

Un lent et doux sourire éclaira le visage de Ben. Quelle farouche intensité dans son regard ! Elle ne put s'empêcher de lui sourire en retour.

— Fais-moi confiance, murmura-t-il. Inutile de se hâter. Je ne m'enfuirai nulle part.

Elle exhala un soupir tremblant. Comment croire que tout ceci perdurerait au-delà de l'aube ? Son regard dut la trahir, car il inclina la tête pour déposer sur ses lèvres un baiser plus tendre encore.

Après quoi il s'étendit derrière elle. Leurs deux corps s'emboîtaient maintenant, et sa tête reposait sur son bras. Il ramena le plaid sur eux, et ils demeurèrent étendus en silence, à regarder les flammes, puisant réconfort et chaleur l'un dans l'autre.

Les paupières de Louise papillonnèrent. Elle avait la tête encore pleine de flammes crépitantes, de vin épicé, et d'écrins argentés enrubannés de blanc. Elle s'étira, étendit un bras. C'était la meilleure nuit qu'elle avait passée depuis...

Elle n'était pas seule ! L'esprit encore brumeux, tous ses sens étaient en éveil. Un corps chaud niché tout contre elle, une respiration régulière, un lit inconnu et... un *sapin de Noël* dans sa chambre ?

Le sapin de Noël !

Cette fois, elle ouvrit grands les yeux. Elle était, à présent, tout à fait réveillée. Ce corps chaud, collé au sien, était celui de Ben Oliver. Lentement, elle se détendit. Elle n'osait plus bouger, de crainte que ce ne soit un autre rêve, et qu'il s'évanouisse aussitôt. Ben murmura quelque chose dans son sommeil, puis la serra plus fort encore.

Elle sourit. C'était là le bonheur parfait. Elle en avait oublié le goût, la saveur.

Elle parcourut la pièce du regard. Le feu était éteint, de même que plusieurs des cierges, mais même avec les quelques rares flammèches qui tenaient encore, il régnait dans la pièce une étrange clarté, aux teintes curieusement bleutées.

Certes, elle n'était jamais venue ici si tôt dans la matinée, et elle n'avait aucune idée de l'heure qu'il était. Peut-être était-ce tout simplement la couleur de l'aube aux abords d'un fleuve.

Il fallait qu'elle jette un coup d'œil par la fenêtre ! Une jambe passée en dehors du sofa, elle voulut remuer, mais Ben marmonna de nouveau, et la ramena contre lui, le nez enfoui contre son cou.

Ainsi endormi, il paraissait très câlin, mais peut-être ne serait-il pas dans les mêmes dispositions une fois les yeux ouverts. Après la manière dont elle s'était humiliée la veille, l'atmosphère, entre eux, risquait d'être maladroite. Tout était souvent si différent à la froide lumière du jour ! Et à propos de lumière du jour, justement...

Sa curiosité eut raison d'elle, et elle se dégagea. A peine jeta-t-elle un coup d'œil par la porte-fenêtre qu'elle se précipita pour l'ouvrir, et s'avança sur le balcon.

De la neige !

Toute fraîche, immaculée, et partout ! Comme si l'univers entier, enseveli sous un manteau de pureté, avait fait table rase du passé pour se renouveler.

Une lame de parquet craqua derrière elle et, de nouveau, elle se retrouva dans l'étreinte des bras de Ben, qui drapa le plaid autour d'eux.

— Joyeux Noël, Louise.

Elle tourna la tête pour le regarder, embarrassée. Comme elle s'apprêtait à ramener sa frange sur ses yeux, il l'en empêcha d'un geste tendre.

— Ne fais pas ça.

Il lui sourit et, tout à coup, tout vestige d'embarras s'évapora. Il y avait tant de luminosité et de chaleur dans son regard, tant de promesses, qu'elle sentit ses lèvres s'étirer à leur tour en un radieux sourire. Et ils demeurèrent là à se sourire longtemps, sans rien se dire ou plutôt, à tout se dire, au contraire, jusqu'à ce qu'elle se hisse sur la pointe des pieds.

Embrasser Ben sur un balcon couvert de neige un matin de Noël fut l'une des initiatives les plus romantiques qu'elle ait jamais prises. Non seulement ce baiser fut parfait, mais l'air froid et piquant, sur ses joues, et le fait que ses orteils étaient un rien gelés, ne firent qu'accentuer son impression de brûler de l'intérieur.

Derrière elle, les eaux du fleuve reflétaient un ciel floconneux et, au-delà, de la fumée émergeait des cottages du village. Aussi loin que portait la vue, les collines étaient d'une blancheur immaculée.

Peu importait que l'hiver les ait privées de leurs chaleureuses teintes automnales. A ses yeux, ce matin au moins, la vie ne se déclinait plus en noir et blanc, mais en Technicolor.

Ils passèrent Noël coupés du monde. Réfugiés dans le hangar, ils parlèrent, rirent, s'embrassèrent et rêvèrent aussi, se retenant d'exprimer à voix haute leurs souhaits les plus intimes.

Mais toutes les bonnes choses n'ont-elles pas une fin ? Lorsque le crépuscule tomba, la réalité vint peu à peu lacérer la toile parfaite qu'ils s'étaient créée.

Louise était assise dans l'un des fauteuils en rotin, près du feu, un livre sur les genoux. Elle regardait Ben. Etendu sur le sofa, il luttait pour ne pas somnoler. Tout à coup, il redressa la tête.

— Louise ?

Le cœur de Louise fit un ridicule petit bond. Parviendrait-elle un jour à contrôler ses émotions ? Elle ne se souvenait pas avoir connu de Noël si parfait. Pas même le tout premier Noël de Jack, que Toby avait d'ailleurs gâché en se soûlant et en les abandonnant pour terminer la soirée dans un night-club quelconque en compagnie d'un de ses soi-disants amis parasites.

— Oui ? répondit-elle, inquiète.

Il s'appuya sur un coude.

— Qu'est-ce qu'on fait ?

— Eh bien, je suis censée lire cette biographie de Laura que je t'ai empruntée et toi, prétendre que tu n'as pas touché à cette toute dernière part de pudding à la prune.

Mince, ça ne le faisait pas rire. Il sauta du sofa, approcha une chaise de son fauteuil et s'installa face à elle.

— Non, je veux dire, toi et moi.

Elle ferma le livre, le déposa sur la table basse. L'insouciant sourire de Laura Hastings, sur la couverture, paraissait se moquer ouvertement d'elle. A sa place, Laura n'aurait certainement pas été troublée le moins du monde. Elle aurait lancé l'une de ses reparties spirituelles, et son amant se serait pâmé d'admiration à ses pieds. Seulement, Ben n'était pas tout à fait son amant, et c'était plutôt elle, qui paraissait être sur le point de défaillir à tout instant. Tout cela était si soudain que par moments, cela lui paraissait aussi effrayant que merveilleux.

— Serais-tu en train de me demander de devenir ta petite amie, Ben Oliver ?

Voilà. C'était le plus spirituel dont elle était capable. Mais sa réponse ne fut pas beaucoup plus sophistiquée, puisqu'il se pencha pour murmurer :

— Je suppose, oui.

Elle l'agrippa par le col, l'attira à elle pour un long, profond baiser.

— C'est juste que..., reprit-il quelques secondes plus tard, le front appuyé contre le sien.

Que quoi ? s'alarma-t-elle silencieusement, le cœur battant. Elle aurait dû se douter que tout était trop parfait, et que quelque chose devait mal tourner.

— Jasmine rentre demain et...

Elle hocha la tête. Cela avait été un moment hors du temps. Mais dès demain, il leur faudrait retourner à leurs véritables vies, des vies parallèles, qui ne fusionneraient peut-être plus jamais.

— Je comprends, Ben.

Il la dévisageait.

— Non... non, Louise. Ce que je voulais dire, c'est... qu'allons-nous dire aux enfants ? Allons-nous garder le secret ou le crier sur les toits ? C'est une situation délicate, et il faut que nous décidions comment la gérer.

Elle soupira. Quel soulagement ! Mais il avait raison... Qu'allaient-ils dire aux enfants, en effet ? Jack était incapable de tenir sa langue.

— Tiens-tu vraiment à le dire à qui que ce soit ? demanda-t-elle, les sourcils froncés. Tu as conscience que si ça se sait, nous attirerons probablement l'attention des médias ?

Une expression de totale stupéfaction s'afficha sur les traits de Ben, comme si cet aspect de la situation lui était totalement sorti de l'esprit. Elle en éprouva la folle envie de l'embrasser de nouveau avec fougue. D'habitude, tout le monde ne voyait en elle que le côté glamour.

— Crois-moi, tu n'apprécieras nullement d'avoir des photographes plantés vingt-quatre heures sur vingt-quatre sur le pas de ta porte. Pourquoi crois-tu que j'ai choisi de vivre dans un endroit aussi reculé ? Au village, Jasmine et toi serez des proies faciles.

— Jasmine ? répéta-t-il avec une nuance de panique dans la voix. Parce que tu crois qu'ils iraient jusqu'à prendre des photos de Jasmine ?

Génial ! Voilà qui tuait ce début de relation dans l'œuf ! Elle le connaissait suffisamment à présent pour savoir que créer une existence normale à sa fille était ce qui lui importait le plus.

Elle lui effleura le bras d'un geste de réconfort.

— Qui sait ? Les paparazzi sont imprévisibles, mais je crois que nous devons envisager cette éventualité.

Ils se dévisagèrent en silence, pensifs.

La réponse à ce dilemme n'était pas évidente. La seule manière de protéger réellement Jasmine et son père était de mettre fin dès maintenant à leur relation.

Elle détourna les yeux. La seule perspective de sacrifier Ben lui était douloureuse, physiquement douloureuse. La peur la transperça. Elle ne pouvait envisager de le perdre car... Oui, elle était tombée amoureuse de Ben Oliver !

Il passa la main sous son menton, l'incitant à relever le visage.

— Hé, fit-il, avec une telle tendresse qu'elle sentit ses yeux s'embuer. Je te l'ai déjà dit : je ne m'enfuirai pas.

La douloureuse sensation l'étreignit de nouveau, tandis qu'il poursuivait :

— Voilà mon idée : nous le dirons à Jack et à Jasmine, parce qu'ils le devineront tôt ou tard de toute façon, mais à personne d'autre pour l'instant. Ça nous laissera un peu de temps pour réfléchir et nous y accoutumer.

Tout à fait sensé. Mieux valait attendre, au cas où ça ne marcherait pas.

— Jasmine doit rentrer demain vers midi, et tout sera calme, au village, au lendemain de Noël. Si tu viens vers 13 heures, par le sentier et non par la rue principale, personne ne te verra. Nous rentrerons ta voiture dans le garage.

Louise sourit. Tout compte fait, peut-être aurait-elle la chance de vivre son rêve un peu plus longtemps que prévu, avant qu'il ne s'écroule.

8

Un ronronnement de moteur se rapprochait. Inutile d'espérer que ce soit Megan et Jasmine. Megan venait d'appeler pour annoncer qu'elle serait « un peu en retard ». Et pour Megan, être « en retard » ne signifiait pas l'être de dix minutes : il aurait bien de la chance s'il revoyait Jasmine avant l'heure du thé !

Le ronronnement cessa brusquement, et il se rua dehors. Ce devait être Louise, s'avisa-t-il en consultant sa montre. Cinq minutes en avance.

Il la guida à l'intérieur du garage, et referma la porte derrière elle. A peine eut-elle abaissé sa vitre qu'il l'attira à lui pour lui donner un langoureux baiser.

Sa seule présence le renversait ! Mais ne prenait-il pas un risque ? Après tout, il fallait davantage qu'une excellente alchimie pour qu'une relation dure. Louise avait beau ne pas être la femme à haut standing pour laquelle il l'avait prise au premier abord, elle gardait encore les séquelles d'un divorce douloureux. Seul un idiot s'emballerait et, idiot, il ne l'avait jamais été !

— Bonjour à toi aussi, lui dit-elle avec un sourire en sortant de la voiture. Où est Jasmine ? Je pensais que tu voudrais lui parler de nous, avant de prendre le risque qu'elle nous surprenne.

Ben grimaça.

— Megan est en retard, alors je t'ai toute à moi pendant une heure ou deux. Viens.

Il la prit par la main et l'entraîna dans le jardin, où quelques carrés blancs s'attardaient encore. Un tiède vent d'ouest avait fait fondre la neige, et le village avait repris son aspect habituel.

La porte de service franchie, ils se jetèrent dans les bras l'un de l'autre, le cœur battant.

Louise paraissait différente, ce matin, plus calme, plus sereine. La veille de Noël et le lendemain, elle s'était comportée comme une jument apeurée, sursautant au moindre bruit, comme à l'affût d'un danger. Aujourd'hui, ce n'était plus le cas, il le percevait à la manière dont elle l'embrassait, au son de sa voix, à ses gestes.

Sans cesser de l'embrasser, il la débarrassa de son chapeau et de son écharpe, qu'il jeta n'importe où. Elle riait tout contre ses lèvres et murmura :

— Ce n'est pas juste. Toi, tu ne portes qu'une couche de vêtements.

Elle eut une brève seconde d'hésitation, puis passa les mains sous son pull. Il tressaillit. Ses doigts glacés parcouraient sa peau tiède, mais la sensation était loin d'être désagréable. Au contraire, tous ses sens étaient comme exacerbés. Il la plaqua contre lui, l'embrassa avec fièvre. Quelle ardeur ! Voilà qu'elle remontait maintenant son pull sur son dos ! Un courant d'air froid enveloppa son torse, tandis qu'une lave incandescente semblait se déverser dans ses veines.

Elle s'écarta de lui, plongea son regard dans le sien. L'espace d'interminables secondes, égrenées par la pendule de la cuisine, ils demeurèrent immobiles, puis il leva les bras, et le pull alla rejoindre chapeau et écharpe au sol.

— Ce n'est pas juste, dit-il, parcouru de frissons qu'il savait pertinemment ne pas devoir au froid. Toi, tu portes encore trop de vêtements.

Il s'attaqua aux boutons de son manteau, l'ôta de ses épaules, puis effleura son beau visage d'une caresse. Parfaits, ses traits délicats lui donnaient une beauté farouche. Mais derrière se dissimulait une femme vulnérable, affligée de nombreuses cicatrices, qu'il s'était promis d'apaiser.

L'humour disparut de son regard et tout à coup, l'instant lui parut crucial. Devait-il s'arrêter là ? Etait-elle réellement prête pour ça ? Ce que Louise *voulait* et ce dont elle avait *besoin* n'étaient peut-être pas du tout la même chose.

— Louise...

Elle le bâillonna d'un baiser, puis murmura :

— Tu dois me laisser prendre mes propres décisions, Ben. Il s'empara de ses lèvres avec ardeur, puis s'écarta pour la regarder, avec l'espoir que transparaisse dans son regard la tempête d'émotions qui le secouait.

— Tu sais que je t'aime, n'est-ce pas ? lâcha-t-il d'une voix rauque.

Elle devait le savoir. Il l'exprimait dans chacun de ses regards, chacune de ses caresses.

Les lèvres tremblantes, elle tenta d'esquisser un sourire, cependant qu'une grosse larme roulait sur sa joue.

— Non, je l'ignorais, avoua-t-elle avant d'effleurer ses lèvres d'un baiser qui en disait long, lui aussi. Mais je le sais, à présent.

Des doigts, elle traça les contours de ses pectoraux, qu'il sentit palpiter en réaction.

— Prouve-le-moi, Ben. Prouve-moi à quel point...

Il chancela. Pourquoi essayait-il encore de se contrôler ? Il ne lui restait maintenant plus qu'une chose à faire : s'exécuter, afin qu'elle ne doute jamais plus, pas même une seconde, qu'elle était à ses yeux la personne la plus rare, la plus précieuse au monde.

Ecartant du pied le manteau tombé à terre, il la souleva et l'emporta dans le vestibule. Il venait de poser le pied sur la première marche de l'escalier qui menait à l'étage lorsque le carillon de l'entrée retentit.

— Ohé !

Ils se figèrent. Cette exaspérante exclamation, il ne la connaissait que trop bien. Megan !

Sautant de ses bras, Louise courut se réfugier dans la cuisine. La tête blonde de Megan se devinait derrière le panneau de verre heureusement craquelé qu'elle s'efforçait de scruter. Le carillon retentit de nouveau impatiemment, et il sursauta.

— Ben ? Est-ce que c'est toi, là derrière ?

Impossible d'ouvrir dans cet état ! Il fonça lui aussi dans la cuisine. Fichu pull ! Pourquoi, en situation d'urgence, les ouvertures de la tête et des bras paraissaient-elles ne plus se trouver à leur place ? Il parvint enfin à passer la tête là où il le fallait et alla ouvrir la porte.

— Me voilà !

— Il était temps ! marmonna son ex-femme tout en franchissant le seuil sans plus de façon. Entre, Jasmine.

Elle s'avança dans le vestibule, suivie de Jasmine et de sa valise à roulettes Belle au Bois Dormant. Dans un sursaut d'adrénaline, Ben claqua la porte, puis s'élança devant elles pour arriver le premier à la porte de la cuisine.

Megan le dévisagea d'un air suspicieux.

— Qu'est-ce que tu mijotes, Ben ?

Une main dans les cheveux, Ben s'appuya nonchalamment au chambranle.

— Rien.

Le problème, c'était qu'à force de se targuer de toujours être franc, il n'avait guère l'habitude de mentir et d'ailleurs, Megan ne paraissait nullement dupe.

— Café ? proposa-t-il à contrecœur.

Dans un effort pour maintenir un minimum d'harmonie entre eux, il proposait toujours quelque chose à boire à Megan lorsqu'elle ramenait Jasmine. La plupart du temps, son ex-femme était bien trop débordée par sa nouvelle vie trépidante pour perdre son temps à discuter de tout et de rien avec lui, mais aujourd'hui, à l'évidence peu pressée de partir, elle répondit sèchement :

— Merci.

Sur quoi elle poussa la porte de la cuisine.

Louise, son chapeau sur la tête et son écharpe autour du cou, s'apprêtait à sortir par l'arrière tout en enfilant son manteau, lorsqu'elle entendit la porte s'ouvrir. Elle suspendit en hâte son manteau à une patère déjà surchargée. Puisqu'elle ne pouvait plus disparaître, il ne lui restait qu'à prétendre qu'elle venait juste d'arriver.

— Louise !

Traversant la pièce tel un boulet de canon, Jasmine vint lui enlacer la taille.

— Regarde, maman ! Louise est là !

— C'est ce que je vois, en effet, commenta la femme qui entrait en compagnie de Ben.

L'ex-épouse de Ben ne ressemblait en rien à l'image qu'elle s'en était faite. Rien à voir avec la ménagère type qu'elle s'était imaginée. Megan avait tout de la jeune mère dynamique ! Ses longs cheveux blonds, disciplinés, tombaient bien au-delà de ses épaules, et elle portait un trois-quarts haute couture, de style militaire, qui la serrait à la taille. Ses bottes à talons hauts crissèrent comme des ongles sur un tableau noir lorsqu'elle traversa la pièce carrelée dans sa direction, main tendue.

— Bonjour.

Pas très original, mais courtois et parfaitement neutre. Jasmine, encore tout excitée de son long trajet en voiture, la lâcha brusquement pour s'élancer vers son père.

— Attends de voir les cadeaux vraiment cool que j'ai eus pour Noël, papa ! Est-ce que je peux les sortir du coffre, m'man ?

Hochant la tête, Megan lança à sa fille un trousseau de clés sorti de sa poche. Le départ de Jasmine les plongea tous trois dans un inconfortable silence, qu'il était temps de rompre :

— Comme vous l'a fait remarquer Jasmine, je suis Louise. Ravie de vous rencontrer.

— Megan.

Voilà donc tout ce qu'elle obtiendrait en retour. Curieusement, cette femme ressemblait à un chat en train de se hérisser. Elle n'avait même pas pris la peine d'ôter son gant pour lui serrer la main. D'une certaine manière, cela allait lui faciliter la tâche. Etre l'épouse de Tobias Thornton l'avait habituée à ce genre de réactions de la part des autres femmes. Elle avait toujours été la menace, l'ennemie, et pas une semblable avec qui bavarder autour d'un cappuccino.

— Je m'occupe du jardin de Louise.

D'un même mouvement, elles se tournèrent toutes deux vers Ben, lequel fouillait bruyamment dans un placard.

— Euh, oui, s'empressa-t-elle d'enchérir. J'ai confié à Ben la dure tâche de dompter mon jardin. Nous étions sur le point de regarder ses plans, justement.

— Aujourd'hui ? Un lendemain de Noël ? s'étonna Megan, avant de les dévisager attentivement l'un après l'autre d'un regard clairement dubitatif.

— Je suis sûre que vous savez ce que c'est, Megan, reprit-elle. J'ai rarement une seconde à moi entre deux vols et, bref...

Vraiment, elle détestait jouer cette carte-là, mais c'était un cas de force majeure ! Elle partit d'un petit rire si superficiel qu'il lui retourna l'estomac, puis conclut :

— Je case mes rendez-vous où je peux !

— Je suis certaine qu'il fera un merveilleux travail, commenta alors Megan, sans remarquer le regard stupéfait que lui adressait son ex-mari. Ben a beaucoup de talent.

Sur quoi elle s'installa devant la table, les lèvres un peu trop pincées.

— Autant vous le dire : Jasmine ne parle que de vous depuis qu'elle vous connaît.

Louise jeta un regard anxieux à Ben, il s'activait à présent à préparer du café instantané.

— C'est que... Ben emmène parfois Jasmine avec lui à Whitehaven, expliqua-t-elle. Mon fils Jack n'a que quelques années de moins qu'elle et ça nous paraît tout naturel de les laisser jouer ensemble lorsque Ben s'occupe du jardin.

Megan hocha la tête, tandis que Ben déposait une tasse devant elle, inexpressif.

— Eh bien, Louise, je suis sûre que vous comprendrez que vous n'êtes pas la seule à avoir une vie particulièrement remplie. Ben et moi avons une affaire de famille à régler...

En prononçant le mot « famille », l'ex-femme de Ben posa ostensiblement une main sur le bras de ce dernier, puis conclut :

— Aussi, si vous voulez bien nous excuser...

— Papa !

Jasmine resurgit dans la pièce, les bras pleins de cadeaux.

— Regarde tout ce que j'ai eu !

Louise frémit. Elle brûlait d'envie d'enlacer Ben, de le réclamer comme sien. Mais ce n'était ni l'endroit ni le moment, malheureusement.

Ben se tourna vers son ex-femme avec irritation.

— J'avais rendez-vous avec Louise à 13 heures, Megan. Ce n'est pas à elle de partir.

Louise noua son écharpe autour de son cou.

— Ce n'est pas grave, Ben. Les affaires de famille passent avant tout. Je vous appellerai dès que j'aurai un autre créneau de libre. Au revoir, Jasmine. Megan.

Elle reprit son manteau sur la patère. Bizarrement, Ben l'escorta jusque dans le vestibule, et elle le suivit sans rien dire. Devant la porte, il lui saisit la main.

— Ne pars pas.

Elle se mordit la lèvre, secouant la tête tandis qu'il déposait un baiser dans le creux de sa main.

— Et puis, si tu sors ta voiture du garage, Megan va se douter de quelque chose, reprit-il. Si tu pouvais juste... je ne sais pas, faire un tour le long du fleuve pendant une petite demi-heure. Je vais voir ce qu'elle me veut, et dès que la voie sera libre, je t'appellerai. Tu as bien ton portable avec toi, n'est-ce pas ?

Louise hocha la tête en silence. La situation devenait délicate, tout comme elle l'avait craint alors que Ben n'était encore qu'un rêve éveillé. C'était le problème avec la réalité : tout y était si... compliqué ! Elle pouvait encore prendre le ferry, revenir plus tard chercher sa voiture et...

Une seconde plus tard, pourtant, elle griffonnait son numéro de portable sur le bloc-notes du téléphone.

Ben referma la porte derrière Louise, puis pressa le visage contre le carreau central. Sa silhouette fragmentée s'éloignait dans le jardin. Certains jours, il regrettait de n'avoir pas été capable de sauver son mariage, mais aujourd'hui n'était certainement pas l'un d'eux.

Quoi qu'il fasse pour Megan, ce n'était jamais assez ! Ça ne l'avait jamais été.

Lorsqu'elle l'avait quitté, il s'était senti vide. Pas vraiment parce qu'elle lui manquait — il était bien trop exténué alors pour éprouver autre chose que du regret pour Jasmine. Non, c'était plutôt comme s'il avait été vidé de son sang. Il pensait être un type plutôt bien, et il avait mis tout son cœur et toute son âme dans ce mariage. Mais au bout du compte, il avait dû accepter que le mieux qu'il pouvait faire n'était pas encore assez.

Megan voulait toujours plus. Elle était si vorace ! Il l'avait compris depuis. Aveuglément, il avait cru qu'il pourrait l'aider à mûrir, et à se construire. Megan, toutefois, était le genre de femme en constant besoin d'attention, de flatterie, et il n'avait tout simplement pas été très doué en la matière.

Et il ne l'était toujours pas. Avec un soupir, il se frotta le visage de ses mains, puis retourna dans la cuisine. Il allait lui falloir toute son énergie pour écouter sa dernière doléance en date sans l'envoyer au diable.

Contrairement à ce qu'il espérait, la jeune femme désemparée qu'il avait rencontrée ne s'était pas épanouie en une mère sereine et confiante. Megan était toujours en butte aux mêmes insécurités. Le peu de confiance qu'elle avait en elle ne s'était pas mué en estime de soi, non, mais durci en individualisme. Megan se considérait comme le centre du monde, et quiconque n'était pas de son avis en payait le prix fort.

Il entra dans la cuisine. Mince, elle avait à peine touché à sa tasse de café. Il reprit donc place à son côté.

— Alors, Megan. Qu'y a-t-il de si urgent ?

Elle le foudroya d'un regard hautain, puis rétorqua :

— J'ai passé un excellent Noël, Ben, merci. Et toi ?

— Papa ? Regarde ce journal ! s'extasia Jasmine. Il a une clé électronique et un mot de passe ! Je peux y noter toutes mes pensées ! Maman dit qu'écrire un journal intime m'aidera à mûrir émotionnellement.

— Très intéressant, Jas, commenta Ben.

Non, ce n'était pas le moment d'exprimer sa désapprobation. Jasmine feuilletait déjà les pages du carnet, aux rubriques évocatrices et prétentieuses. L'une d'elles était intitulée « Les garçons qui me plaisent… » Vraiment n'importe quoi.

Reportant son attention sur son ex-femme, il arqua les sourcils. Megan jeta un coup d'œil à Jasmine, puis lui signifia d'un geste de la suivre à l'autre bout de la cuisine.

C'était un peu trop théâtral à son goût, mais moins pénible

que d'initier une dispute devant Jasmine. Il se leva donc et la suivit en soupirant.

— Je veux que Jasmine vienne vivre avec moi, débuta-t-elle sans préambule.

Ben secoua la tête. C'était hors de question ! D'ailleurs, ils s'étaient mis d'accord à ce propos lorsque Megan était partie. Et puis, Jasmine devait poursuivre sa scolarité à Lower Hadwell. Pour qui se prenait-elle ? Après tout, c'était *sa* décision d'emménager dans cette station très branchée du South Devon en vue de se « découvrir ». Il était déjà assez mécontent que Jasmine soit influencée par toute cette agitation à un si jeune âge. Sans parler de certaines amies de Megan...

Megan éleva la voix.

— Elle va entrer au collège l'année prochaine. J'estime qu'une jeune fille a davantage besoin de sa mère à cet âge-là.

Du côté de la table, les bruissements de papier avaient cessé. Il agrippa son ex-femme par le bras pour la propulser hors de la pièce, ignorant sa protestation.

— Dommage que tu n'aies pas pensé que Jasmine avait besoin de sa mère lorsque tu nous as quittés ! gronda-t-il dès qu'il estima être hors de portée de voix.

Nerveuse, Megan passait une main dans ses longs cheveux.

— Je sais aujourd'hui que c'était une erreur, mais il est encore temps de réparer les choses.

— Les réparer pour qui ? rétorqua-t-il.

Certainement pas pour lui, ni même pour Jasmine. Il ne s'agissait là que de ce que Megan voulait, de ce dont Megan avait besoin.

Un cri anxieux s'échappa de la cuisine.

— Papa ?

— J'arrive tout de suite, sucre d'orge, répondit-il, sans cesser de fixer son ex-femme de son regard le plus implacable.

— C'est ça, Ben, défile-toi, comme toujours !

— Megan, reprit-il les dents serrées, n'aurait-il pas été plus approprié de ne pas en discuter devant Jasmine ?

Elle était visiblement furieuse.

— Elle devrait pouvoir en décider elle-même, tu ne crois pas ?

Sois fort ! s'ordonna-t-il, avant de décréter :

— Nous n'en déciderons pas maintenant, un point c'est tout ! Tu vas prendre ton sac, dire au revoir à ta fille et partir. Je te téléphonerai dans la semaine pour que nous en discutions calmement.

Megan le foudroya du regard, puis repartit d'un pas furieux dans la cuisine, où elle suivit sa suggestion à la lettre, ce qui devait être une première. Quelques secondes plus tard, elle claquait la porte d'entrée derrière elle. Elle ruminerait l'incident pendant plusieurs jours, il le savait. Cela n'en rendrait la négociation que plus épineuse, mais comment discuter d'une question aussi cruciale en présence de Jasmine ?

Alors qu'il repartait pour la cuisine, prêt à accorder à sa fille toute sa tendresse et son attention, il entendit des pneus crisser sur le gravier.

Voilà qui allait définitivement convaincre Megan qu'il n'en pinçait plus pour elle. Il était temps !

Louise raccrocha. La voie était libre, mais apparemment, mieux valait laisser père et fille en tête à tête ce soir-là.

Enjambant le muret qui séparait la plage de galets du sentier, elle reprit la direction du cottage de Ben. Quelques instants plus tard, elle dut s'aplatir contre une haie alors qu'un 4x4 fonçait droit sur elle.

Megan était au volant, l'air furibond. En l'apercevant, elle ralentit légèrement, visiblement stupéfaite puis, parvenue à son niveau, elle accéléra brutalement, les traits déformés de rage, la laissant secouée par la quinte de toux provoquée par ses gaz d'échappement.

Le lendemain était un dimanche. Par textos interposés, Louise et Ben étaient tombés d'accord : ils se retrouveraient comme d'habitude à Whitehaven, et ils annonceraient à Jasmine qu'ils étaient ensemble.

Tandis qu'il manœuvrait le canot sur le fleuve, Ben ne put s'empêcher de sourire. Si quelqu'un lui avait dit six mois plus tôt qu'il tomberait follement amoureux d'une de ces gravures de mode, il s'en serait étranglé de rire. Ceci dit, à ses yeux, Louise n'était pas vraiment l'une d'elles, pas plus qu'elle n'était ordinaire.

C'était une personne unique, plus courageuse et plus forte qu'elle ne croyait l'être.

La montée en direction du manoir lui parut interminable, d'autant que Jasmine ne cessait de se plaindre qu'il allait trop vite. Enfin, il aperçut l'architecture blanche entre les arbres, et Jasmine le dépassa, probablement guidée par la perspective de trouver de quoi grignoter en cuisine.

Deux secondes plus tard, il s'élançait derrière elle.

Ce fut une vraie torture, de devoir passer d'abord à la serre s'occuper des plantes pendant que Louise et Jasmine confectionnaient des muffins à la banane. Mais ils s'étaient dit qu'un peu de complicité féminine faciliterait les choses.

A son retour, il ingurgita si vite son thé qu'il s'en brûla la gorge.

— Viens, Jas. Allons faire un tour.

— Pourquoi faire, p'pa ? protesta la fillette. Est-ce que ça ne peut pas attendre que je prenne un autre muffin ?

— Tu le mangeras à ton retour. Viens, répéta Ben tout en l'aidant à enfiler son manteau.

Par-dessus la tête de Jasmine, il adressa un clin d'œil à Louise, qui l'en récompensa par le plus doux des sourires.

Son cœur commença à s'affoler sitôt la porte refermée derrière eux, alors qu'ils prenaient la direction des anciennes écuries.

— Jas ? débuta-t-il doucement. Tu apprécies Louise, n'est-ce pas ?

Jasmine se penchait pour ramasser un bâton.

— Ouais. Elle est cool, et drôlement jolie, aussi !

Là, il n'allait pas la contredire, mais sa bouche, tout à coup, s'était asséchée.

— Que dirais-tu si... si nous...

Nom d'un chien ! C'était encore plus difficile que le jour où il avait fait sa demande en mariage à Megan !

— ... si elle devenait ma petite amie ? acheva-t-il avec précipitation.

— Cool ! lâcha Jasmine avec un sourire radieux. Est-ce que je peux aller manger mon muffin, maintenant ?

Sur quoi, sans attendre sa réponse, elle se rua de nouveau vers le manoir.

Ben secoua la tête, le sourire aux lèvres. Comme cela avait été facile ! Il s'était attendu à des larmes, à des « pourquoi maman et toi ne pouvez pas vivre de nouveau ensemble ? » Peut-être ne l'élevait-il pas si mal que ça, après tout.

Cela signifiait qu'il pouvait maintenant serrer Louise dans ses bras en présence de Jasmine ! Il courut en direction du manoir. Si seulement l'annoncer au reste du monde pouvait être aussi simple et naturel. Inutile de s'en inquiéter par avance, cependant : pour l'instant, c'était encore leur petit secret.

Il aurait pu deviner que quelque chose clochait à la seconde où il franchit le seuil de la boutique de la marchande de journaux. Au lieu des murmures de commérages, des bruissements de papier, et de la clochette du tiroir de l'antique caisse enregistreuse, il régnait un parfait silence, que seul le tintement du carillon d'entrée brisa.

Il y avait six clients dans la boutique. Et tous avaient cessé leurs activités pour le regarder alors qu'il se dirigeait vers le présentoir à journaux. Il y avait de quoi se sentir mal à l'aise. Une tête supplémentaire lui était-elle poussée pendant la nuit ? Qu'avaient-ils donc, tous ?

Comme il s'emparait de son journal habituel, il y eut comme un hoquet, une sorte de sursaut collectif. C'en était assez !

— Quoi ? Qu'est-ce qu'il y a ? lâcha-t-il.

Personne ne pipa mot mais, l'un après l'autre, ils regardèrent derrière son épaule, en direction d'une étagère. Sans même se retourner, il se sentit aspiré, comme si une trappe s'était ouverte derrière lui.

Lentement, il pivota et parcourut les magazines du regard tandis que les villageois reprenaient ostensiblement leurs bavardages. Plusieurs s'esquivaient sans rien acheter.

Que diable… ?

Il ferma les yeux, les rouvrit, histoire de s'assurer qu'il ne souffrait pas d'hallucinations. Une femme qu'il connaissait bien figurait en gros plan sur la couverture d'un tabloïd, l'air furieuse, les bras croisés sur sa poitrine. Seulement, ce n'était pas Louise, mais… Megan !

« LOUISE A MIS LE GRAPPIN SUR MON MARI ! » hurlait le

titre en lettres capitales blanches sur fond noir. En dessous figuraient deux clichés plus petits, l'un en forme de cœur de Megan et lui lors de leurs dernières vacances, zébré en son milieu par un éclair, et l'autre de Louise prise par en dessous, si bien qu'il lui donnait un air condescendant.

Ben arracha le magazine de l'étagère. A quoi diable jouait Megan ? Et si Jasmine tombait dessus ? Ou même une de ses camarades d'école ?

Ouf, il n'en restait que trois exemplaires, à moins que tous les autres n'aient déjà été vendus ! Il s'empara des trois et marcha à grandes enjambées jusqu'au comptoir, où il lâcha une pièce de deux livres sans intention d'attendre sa monnaie.

— Vous devriez avoir honte de vendre des torchons pareils ! lança-t-il à la commerçante.

Cette dernière lui retourna un regard impassible.

— C'est que, monsieur Oliver, nous savons tous que Megan est partie il y a quelque temps déjà, mais vous savez ce qu'on dit…

Non, il ne tenait absolument pas à entendre ce que les mystérieux « on » avaient à dire sur quoi que ce soit. Sans daigner répondre, il tourna les talons et prit la direction de la sortie. Ce qui força la vieille chipie à élever la voix pour qu'il ne perde rien de la perle de sagesse qu'elle lui réservait :

— Il n'y a pas de fumée sans feu !

Quel dommage que les écuries se soient détériorées à ce point, se désola Louise tout en ouvrant précautionneusement l'une des portes. La bâtisse était immense, avec un très haut plafond et de gigantesques arcades à une extrémité, assez grandes pour accueillir des carrosses. Quant à la section centrale, plus basse de plafond, elle contenait suffisamment de stalles pour un, deux, trois… dix chevaux environ.

Il y avait, à l'aplomb d'une des stalles abandonnées, une trappe. Sur quoi ouvrait-elle donc ? Ces lucarnes, dans le toit d'ardoises, devaient être là pour une raison précise. Louise avait hâte de le découvrir ou, du moins, de penser à autre chose qu'à ce courriel inopportun apparu ce matin dans sa boîte de réception. Oui, il lui fallait quelque chose de réconfortant, de prenant.

Dans un coin, elle trouva une échelle, à l'évidence pas d'époque géorgienne. Elle la traîna jusqu'en dessous de la trappe, la déplia en prenant soin de bien enclencher les crans de sécurité.

Elle gravit les barreaux en un clin d'œil puis, lorsqu'elle ouvrit la trappe, reçut un déluge de poussière, de saleté et probablement de petites bestioles. S'accrochant d'une main à l'échelle, elle s'épousseta les cheveux de l'autre.

Sa quinte de toux passée, elle passa la tête dans l'ouverture. La clarté qui filtrait par les lucarnes crasseuses était suffisante pour distinguer un vaste grenier aux superbes poutres. Elle regarda de l'autre côté. Incroyable, il devait s'étendre sur toute la superficie de la bâtisse. Quel superbe espace ce serait pour des chambres d'hôtes !

Et pourquoi pas ? La décoration du manoir et du hangar était achevée maintenant, et il lui fallait un autre projet.

Pensive, elle s'assit sur la tablette de l'échelle. Elle disposait déjà d'une demeure pleine de chambres dont elle ne savait que faire. A quoi diable une maison d'hôtes pourrait-elle lui servir ?

— Louise !

C'était la voix de Ben. Une seconde plus tard, il apparaissait sur le seuil de l'écurie, échevelé et à bout de souffle.

— Là-haut ! répondit-elle avec un frisson d'appréhension.

L'ayant repérée, il accourait au pied de l'échelle. Elle allait devoir tout lui dire. Mais comment lui annoncer la nouvelle ? Comment le préparer au goût amer de son univers ? Il allait la haïr.

— Qu'est-ce que tu fais là... peu importe. Descends, s'il te plaît.

Il lui tendit une main, et elle s'en servit pour ne pas perdre l'équilibre. Pourquoi affichait-il cet air pâle et sérieux et ces lèvres pincées ? Son cœur se mit à battre à tout rompre.

— Que se passe-t-il, Ben ? Est-ce que tout va bien ?

— Non ! Rien ne va, bon sang !

Il s'écarta d'elle, et se mit à marcher dans tous les sens.

Il était trop tard. Il savait déjà. Alors qu'elle s'attendait à ce qu'il sorte et disparaisse à jamais, il revint vers elle.

— Louise, je suis désolé. Ce n'est pas toi. Ce n'est pas à toi que j'en veux, mais je pourrais volontiers étrangler...

— Ben !

Ses propos étaient décousus, et cela ne lui ressemblait pas. Et si quelque chose — quelque chose de bien pire — s'était produit ? Elle déglutit péniblement.

— Commence par le début. Y a-t-il eu un accident ou...

Il la dévisagea, confus, puis secoua la tête.

— Non, mais...

Il sortit de la poche arrière de son jean un journal plié, et elle respira un grand coup. Sa première supposition devait être la bonne.

— C'est Megan. Elle s'est surpassée cette fois, et j'en suis tellement, tellement navré...

— Ben ?

— Je sors de chez la marchande de journaux. Tout le monde était là à me regarder et...

Elle s'efforça d'accrocher son regard, mais il se parlait à lui-même plus qu'il ne lui parlait, en proie à une vive émotion.

— Ben !

— Et dire que nous voulions garder tout ça secret, pour les enfants...

Elle l'agrippa par l'épaule, et il s'interrompit enfin pour la regarder.

— Ben ! Je sais.

Il cligna des yeux, abaissa un regard surpris sur le journal.

— L'agent de Toby m'a envoyé un courriel. Son agence de presse rassemble toutes les coupures qui le concernent.

Elle haussa les épaules, lui sourit pour tenter de l'encourager, puis conclut :

— La mèche a été vendue, semble-t-il.

Les plis de contrariété, sur son front, s'étaient creusés.

— Comment peux-tu être blasée à ce point ? Tu n'as donc pas lu ce qu'elle dit de toi, de nous ? Et l'impression qu'elle donne ?

Si, elle le savait. Elle savait que Megan avait dit à la presse qu'elle et Ben étaient sur le point de se réconcilier lorsque la sournoise Louise était venue le lui piquer. Le public la croirait.

Evidemment. Même après que les infidélités de Toby avaient fait la une, ses fans lui avaient pardonné et, c'était même plus ou moins devenu sa faute à elle. Elle était trop froide, trop distante. Incapable de lui offrir ce dont il avait besoin.

Eh bien, sur ce dernier point, ils avaient tout à fait raison. Ce dont Tobias Thornton avait besoin, c'était d'un bon coup de pied au derrière, mais elle n'alimenterait pas davantage la une des magazines en étant celle qui le lui donnerait. Ce qu'imprimaient les journaux ne lui importait pas. Enfin, pas tant que cela n'affectait pas les sentiments de Ben à son égard, et leur relation. Tout le reste n'avait aucune importance.

— N'en tiens pas compte, dit-elle.

Il fixa de nouveau le journal, puis le jeta par terre.

— Je ne peux pas !

Louise songea au premier article réellement déplaisant dont elle avait fait l'objet. Elle l'avait pris de plein fouet. Depuis, elle les ignorait, mais Ben n'avait pas l'habitude de tout ça. Son univers stable et ordonné en était sens dessus dessous.

Sans un mot, elle s'avança vers lui et l'enlaça. Il tremblait de rage. Tendrement, elle l'embrassa sur la joue, sur le nez, sur les lèvres, jusqu'à ce qu'il l'enlace à son tour pour l'embrasser à pleine bouche.

Peu importait ce que pensaient les gens. Il finirait par le comprendre.

— Ben, lui chuchota-t-elle à l'oreille, la seule chose qui compte est que je t'aime.

Il la fixa comme s'il cherchait à lire en elle.

— Tu m'aimes ? Tu ne l'avais encore jamais dit.

Elle s'empourpra, puis partit d'un éclat de rire.

— Eh bien, je le dis, à présent : je t'aime, Ben Oliver.

Tout à coup, ses pieds quittèrent le sol. Ben l'avait saisie à bras-le-corps et la faisait tournoyer, tournoyer, tout en riant aux éclats. Il l'embrassait maintenant, et cela l'exaltait tout entière, car ce baiser évoquait promesses, avenir et lendemains enchanteurs.

L'euphorie retombée, les plis réapparurent sur son front.

— Qu'allons-nous faire ?

— Faire ? Rien.

— Rien, répéta-t-il comme s'il ne comprenait pas le sens de ce terme. Comment ça, « rien » ?

Louise haussa les épaules.

— En ce qui concerne la presse, aucun commentaire. La moindre réaction de notre part ne ferait qu'alimenter la polémique.

— Mais je ne veux pas que les gens pensent ça de toi ! s'offusqua-t-il. Ce n'est pas la vérité !

Elle le bâillonna d'un baiser.

— Les paparazzi ne se soucient pas de la vérité. Ce qu'ils veulent, c'est le scoop, celui qui leur fera vendre le plus. Peu importe que ceux qui lisent ce torchon pensent que je suis une mangeuse d'hommes. Ce qui importe, c'est ce que nous pensons de nous-mêmes.

— Bien sûr, mais c'est tellement injuste, insista encore Ben.

— C'est ainsi et il faut faire avec, déclara-t-elle dans un long soupir. Il vaudrait mieux que tu éloignes Jasmine quelque temps, juste au cas où on chercherait à l'interviewer. Tu as vu ce dont ils sont capables !

Ben hocha la tête.

— Tu as raison. Je vais l'emmener quelques jours chez ma sœur à Exeter. Mais et toi ? Tu ne vas pas rester là, toute seule !

Elle lui prit la main. La lumière de cette matinée de fin décembre était douce. Le soleil était si bas dans le ciel qu'il affleurait à peine au-dessus de la cime des arbres.

— J'ai l'habitude des médias. Je les affronte depuis des années. Tout ce qui importe, pour l'instant, c'est de protéger Jasmine.

Sa voiture garée, Ben contourna le cottage et s'arrêta net. Une silhouette était recroquevillée sur son perron. C'était Megan ! Assise sur la dernière marche, elle avait le visage entre les genoux et semblait secouée de sanglots.

Bizarrement, il n'éprouvait plus vraiment de colère à son encontre, plutôt de la pitié. Elle devait vraiment être perturbée pour penser que vendre son histoire aux journaux lui apporterait davantage qu'une simple migraine !

A son approche, elle s'arrêta de renifler, et leva sur lui des yeux rouges et gonflés.

— Pourquoi, Megan ?

Les traits tirés, elle reniflait ostensiblement et s'essuyait le nez à l'aide d'un mouchoir en papier chiffonné.

— Depuis deux ans, j'essaie de suivre mon instinct, de découvrir ce qui me rendrait heureuse pour combler le vide que je sens, là, débuta-t-elle en désignant son cœur.

Il fourra les deux mains dans ses poches.

— Tu as sans doute eu raison de me quitter, commenta-t-il. Tu n'étais à l'évidence pas heureuse ici, avec Jasmine et moi.

Elle secoua la tête, manipula le mouchoir quasi désagrégé pour s'en servir une toute dernière fois.

— Non, je l'étais, enfin, en quelque sorte, mais ce n'était pas assez. Je voulais davantage. Le problème, c'est que je ne suis visiblement pas capable de déterminer ce qu'il me faut exactement, confessa-t-elle, ses yeux bleus fixés sur lui.

Il avait quasiment toujours sur lui un paquet de mouchoirs en papier, équipement indispensable avec un enfant. Il lui en tendit un, mais elle regardait à présent dans le vague, les yeux vitreux.

— Et ensuite, je me suis aperçue, oh, il n'y a pas longtemps, juste un mois environ, que non seulement je n'étais pas plus heureuse que lorsque nous étions ensemble, mais que je l'étais même moins ! Bref, que l'herbe n'était pas réellement plus verte dans le champ du voisin.

Apercevant le mouchoir, elle tendit la main mais, au lieu de s'en saisir, agrippa la sienne.

— Tu es un homme bien, Ben. Et j'étais trop aveugle pour m'en apercevoir.

Elle le regardait de ses grands yeux clairs. Mais qu'est-ce qui lui prenait soudain ? Il plaça le mouchoir entre ses doigts et retira sa main.

— Nous ne pouvons pas revenir en arrière, Megan. Tu ne m'aimes plus vraiment, de toute façon. Et je ne veux pas que tu sois avec moi par défaut, parce que tu ne trouves rien de mieux. Je mérite mieux, moi aussi, conclut-il, l'aidant à se relever.

Il la serra tendrement dans ses bras, puis conclut :

— Nous méritons mieux tous les deux, Meg. Ne l'oublie pas.

Elle déposa un baiser sur sa joue.

— Merci, Ben. Jasmine a de la chance de t'avoir comme père. Et à ce propos, je... je crois qu'il vaut mieux qu'elle reste avec toi pour l'instant, dit-elle avec un soupir tremblant. J'ai... j'ai quelques petites choses à régler dans ma vie d'abord.

9

Les virages étaient si serrés à l'approche de Whitehaven que Ben dut ralentir considérablement.

Il sentit son estomac se nouer. Cette semaine avait été riche en émotions, et ces sept jours de séparation lui avaient semblé une éternité.

Tout au long du trajet en provenance d'Exeter, il s'était senti comme détaché de la réalité. Louise le mettait sens dessus dessous. Quelques mois plus tôt seulement, il aurait trouvé ça pathétique, mais sans doute perdait-il l'esprit. Cela expliquerait peut-être la présence de cet écrin de satin dans sa poche, et surtout du solitaire qu'il recelait ! Il n'avait pas pu résister lorsqu'il l'avait aperçu dans cette vitrine de joaillier. Bien sûr, il n'avait pas l'intention d'en faire usage pour l'instant ; c'était bien trop tôt. Non, c'était seulement une sorte de porte-bonheur.

Qui plus est, il avait un autre cadeau pour elle, un cadeau bien moins conventionnel, qui lui prouverait sans l'ombre d'un doute qu'il l'aimait. C'était un pari, mais contrairement à Louise, il n'était pas prêt à baisser les bras. Il se battrait jusqu'au bout, pour eux, pour elle.

Au travers des branches remuées par le vent, ses phares éclairèrent les piliers du portail. Il remonta l'allée en direction du perron et se gara devant. C'était le réveillon du nouvel an, et ils avaient décidé, en guise de baptême du feu, de se rendre ensemble au bal que donnait lord Batterham pour l'occasion. Aussi nerveux qu'un adolescent lors de son premier rendez-vous, il sonna à la porte. Personne. Il tendit la main une nouvelle fois et remarqua un message sous le bouton : *Entre. Louise.*

Il sentit son cœur s'emballer. *Calme-toi*, s'ordonna-t-il. *Inutile de paniquer. Tu ne diras rien ce soir. C'est encore trop tôt.*

Louise inspira profondément. L'aiguille des minutes, sur l'horloge d'époque exagérément ouvragée, avançait peu à peu vers minuit. Elle avait l'impression d'émerger d'un cauchemar. Enfin, le passé était derrière elle, et elle pouvait aller de l'avant. Et pas seulement demain, mais aussi après-demain, et après, après-demain.

Quel soulagement quand elle s'était aperçue que la plupart des invités de lord Batterham n'avaient pas la moindre idée de qui elle était ! Apparemment, *Buzz Magazine* n'était pas la tasse de thé des gens de la haute société. Certes, certains étaient plutôt hautains et distants, mais la plupart lui avaient paru charmants.

Il était maintenant minuit moins cinq minutes et l'orchestre entamait une valse. Et Ben apparut tout à coup devant elle. Il avait jusque-là fait en sorte de danser avec d'autres femmes, mais il était là maintenant, prenant la pose.

— Fais attention avec tes grands pieds maladroits, avertit-elle avec un sourire. Cette robe est du grand Chanel !

— Je me suis entraîné pour cette danse-là, répondit-il fièrement. J'aurais aimé en apprendre davantage, mais Gaby, la femme de mon ami Luc, a refusé de m'enseigner quoi que ce soit d'autre, sous prétexte que c'était la seule que je serais capable de maîtriser.

Merci Gaby, pensa-t-elle. Ses orteils se souvenaient encore douloureusement des quelques tentatives qu'ils avaient faites ensemble au cours de la soirée. Mais dès les premières mesures, quelle surprise ! Certes, il ne gagnerait aucune compétition, mais au moins, sa robe ne risquait plus rien ! Quel délice de tournoyer et tournoyer encore autour de la vaste salle de bal ! Ainsi, c'était l'effet que cela faisait, de concrétiser tous ses rêves ? Parce que, en cet instant même, elle vivait à coup sûr un véritable conte de fées !

La musique s'estompa sans qu'elle s'en aperçoive, et le premier cri la fit sursauter.

— Dix…

Elle plongea le regard dans celui de Ben, qui souriait, à l'évidence très fier de lui.

— Neuf… huit…

— Quoi ? demanda-t-elle, perplexe.

— Sept… six… cinq…

Il leva les yeux en l'air. Au-dessus d'eux se trouvait une superbe composition florale, ornée d'une généreuse boule de gui.

Elle rit, puis cessa aussitôt. Le regard de Ben venait de prendre une curieuse lueur de gravité. Tremblante, elle sentit son cœur s'accélérer.

— Quatre… trois… deux…

— Un ! murmura-t-il, avant de s'emparer de ses lèvres en un baiser qui la secoua jusqu'à l'extrémité des orteils.

Etait-il de bon ton de formuler des vœux au nouvel an ? Autour d'eux, applaudissements et congratulations éclataient déjà. Ou n'était-ce que lors des anniversaires ou du passage d'une étoile filante ? En cet instant, elle ne souhaitait qu'une chose : que tout soit toujours ainsi, parfait, comme dans ses rêves.

Lorsque Ben s'arracha à ses lèvres, elle ne put supporter d'ouvrir les yeux, et se lova tout contre lui, les bras noués autour de sa nuque. L'oreille contre son cœur, elle entendit ce dernier s'affoler brusquement, tandis qu'il lui murmurait à l'oreille :

— Veux-tu m'épouser ?

Elle se raidit, comme tétanisée. Son rêve venait de voler en éclats. Pourtant, n'était-ce pas là le prélude parfait à un avenir radieux ? Une chose était sûre : elle était, tout à coup, terrifiée.

— Louise ?

Il y avait une trace de panique, dans la voix de Ben. Et c'était à cause d'elle ! Elle s'écarta de lui, lissant le devant de sa superbe robe de satin.

— Nous ferions mieux de partir, lâcha-t-elle sans oser le regarder. Elle était furieuse contre elle-même et, bizarrement, contre lui également.

Il se hâta derrière elle alors qu'elle se dirigeait d'un pas vif vers le vestiaire en vue de récupérer son étole. Cinq minutes plus tard, à l'abri dans sa voiture, ils franchissaient les grilles de la propriété des Batterham.

— C'est trop rapide, n'est-ce pas ? commenta Ben d'un air sombre. Je me suis laissé emporter.

— Es-tu en train de dire que ce n'était pas ton intention ?

— Non ! s'offusqua-t-il aussitôt, avant de reprendre d'un ton plus calme : je veux dire, non, pas du tout. Jamais je ne jouerais ainsi avec tes sentiments.

Peut-être pas intentionnellement, mais les hommes étaient prompts à promettre la lune dans l'ivresse de la passion. Ça ne durait pas éternellement pour autant, elle en savait quelque chose.

Elle sentit son sang se glacer dans ses veines. Il fallait qu'elle s'explique, mais c'était si difficile de soutenir son regard !

— C'est si récent, Ben. Comment pouvons-nous être certains de ce que nous éprouvons réellement ? Nous sommes en pleine idylle et nous avons besoin de temps.

Là. Voilà qui était plus raisonnable.

Il tourna vivement la tête vers elle.

— Parce que tu crois que ce que j'éprouve pour toi, ce n'est qu'une idylle ?

Elle l'avait mis en colère, alors que ce n'était pas du tout son intention. L'espace d'une interminable seconde, il la dévisagea durement, puis reporta son attention sur la route. N'aurait-elle pas dû, entre-temps, nier farouchement, protester, au moins ?

Tout à coup, il dévia sur le bas-côté, tira abruptement le frein à main, puis enclencha les feux de détresse. Elle déglutit péniblement. Elle avait toujours su que sous ses airs posés et pragmatiques, Ben Oliver était un homme passionné et profondément sincère.

— Peut-être est-ce le cas, si tu mets en face de cette définition le fait que je pense que tu es la plus merveilleuse des femmes et que je souhaite passer le reste de ma vie avec toi. Je croyais avoir trouvé celle qui serait ma moitié…

Ses yeux étaient restés fixés droit devant lui. Elle se retint de fondre en larmes. C'étaient de magnifiques paroles, mais pour peu qu'elle les analyse plus attentivement… Merveilleuse, elle ne l'était certainement pas, et c'était là la preuve qu'elle avait raison. Ils avaient besoin de davantage de temps. Pourquoi ne le voyait-il pas ?

Il se tourna vers elle, les yeux brûlants.

— C'est plus que ça, Louise.

Elle secoua la tête.

— Tu ne peux pas en être certain. Pas encore.

— Tu te trompes, ajouta-t-il, les mâchoires crispées. Je sais ce que je ressens, ce que je veux. Je n'en ai jamais été aussi certain. C'est *toi* qui as des doutes.

Mais comment être sûre ? La vraie vie n'avait rien des rêveries ou des vieux mélodrames, où l'évidence frappait en un éclair. Cette euphorie, elle l'avait déjà éprouvée, et ce n'avait été qu'un mirage ! Evidemment qu'elle avait des doutes !

— Tu ne me fais pas confiance, c'est ça ?

Sans attendre sa réponse, il redémarra.

Ben sentit son cœur se serrer. Louise le repoussait de toutes ses forces et c'était entièrement sa faute. Certes, il avait agi de manière précipitée, ce qui ne lui ressemblait pas du tout. Mais n'avait-il pas eu raison ? Après tout, il était à cent pour cent certain qu'elle se trompait. D'une manière ou d'une autre, il allait devoir le lui prouver.

A leur arrivée au manoir, il insista pour l'accompagner à l'intérieur. Pas question de la laisser seule ce soir, pour qu'elle se renferme encore derrière sa carapace. Elle n'accepta qu'à contrecœur, il le vit bien, et c'est avec une évidente irritation qu'elle lui servit un maigre brandy dans le salon.

— Pourquoi doutes-tu toujours de tout, Louise ? demanda-t-il en s'installant sur le sofa. Qu'est-ce qui s'est passé pour que tu aies tant de mal à te fier à tes sentiments ?

Assise face à lui, dans un fauteuil, elle prit une profonde inspiration, puis contempla longuement le feu.

— J'ai peur, avoua-t-elle au bout de quelques secondes. Je désire tant que ce soit vrai, Ben !

De toute évidence, il existait en elle des plaies trop anciennes, trop profondes pour être guéries en quelques semaines. Quel idiot ! S'il l'avait compris un peu plus tôt, il ne l'aurait pas brusquée ainsi. Ces derniers temps, pourtant, elle lui avait paru différente, plus gaie, plus libre…

Il attendit. L'interroger ne ferait que l'inciter à se barricader de nouveau. Lorsqu'elle reprit la parole, ce fut d'une voix si faible qu'il dut tendre l'oreille.

— Très jeune déjà, la vie pour moi consistait avant tout à faire passer les besoins des autres avant les miens. Ne te méprends pas, je ne considère pas que c'était regrettable mais… même lorsque je ne le souhaitais pas, je n'avais pas le choix. Alors j'ai pris l'habitude de rêver de la vie que je ne pouvais avoir tout en m'occupant de mes frères, de mes sœurs et de mon père. Une sorte de mécanisme de survie, je suppose, commenta-t-elle en tournant vers lui un regard si lourd de souffrance qu'il en frémit.

Elle se détourna de nouveau. C'était sans doute plus facile pour elle de ne pas le regarder.

— Un jour, reprit-elle, quelqu'un est venu m'offrir tous mes rêves, emballés dans un paquet cadeau étincelant : célébrité, succès, reconnaissance et suffisamment d'argent pour que je n'aie plus à m'inquiéter de n'avoir pour seuls vêtements que mon uniforme d'écolière, ou de voir les regards déçus des plus jeunes lorsque je leur servais pour la énième fois du pain rassis au goûter. Et l'amour, que j'avais cru trouver.

Il exhala un soupir. Louise avait eu le genre d'enfance dont il cherchait à tout prix à protéger Jasmine. A peine plus âgée que sa fille, Louise avait dû s'occuper de toute une maisonnée, étudier, veiller sur un parent malade. Qui lui jetterait la pierre pour avoir saisi sa chance ?

— Et j'ai été égoïste : pour une fois, je me suis offert quelque chose à moi…

Sur ces derniers mots, elle éclata en sanglots, et il se précipita pour la serrer dans ses bras. Il savait à présent qui la blâmait pour cela : elle-même ! Une par une, les pièces du puzzle se mettaient en place. Tous ces fragments d'aveux qu'elle lui avait faits ici et là, prenaient soudain tout leur sens : sa relation avec Toby, son père, la raison pour laquelle elle continuait à se punir elle-même.

— Tu ne peux pas te blâmer pour la mort de ton père, voyons, s'empressa-t-il d'affirmer. D'après ce que tu m'as dit, il était très malade.

Il aurait sans doute dû formuler ça différemment, car elle s'effondra complètement, secouée de si violents sanglots qu'elle avait peine à respirer. Des années de souffrance et de culpabilité, de chagrin qu'elle ne s'était jamais autorisée à exprimer, se déversaient d'un coup. Il la serra contre lui. Si seulement il pouvait la protéger !

— Je… je n'aurais pas dû… pas dû l'abandonner ! gémit-elle entre deux sanglots.

Et dire que beaucoup pensaient qu'elle était restée avec sa star de mari toutes ces années parce qu'elle n'aspirait qu'à la gloire et aux paillettes. Comme ils se trompaient ! C'était pourtant très clair, à présent : elle était restée malgré les infidélités répétées non pas parce qu'elle l'aimait envers et contre tout, mais parce qu'elle croyait qu'elle méritait tout ça, que Tobias Thornton était sa pénitence.

Il fut comme frappé par la foudre. Cette surprise, qu'il souhaitait lui offrir pour le nouvel an, il ne pouvait pas faire pire !

Louise ouvrit un œil. Des filets de lumière filtraient par la fenêtre, preuve qu'elle était bien trop exténuée la veille pour penser à tirer les tentures lorsqu'elle était montée se coucher aux premières heures de l'aube.

Ses yeux, sa tête, sa gorge même étaient douloureux, et une puissante nausée la tenaillait. Trop d'émotions, trop de larmes. Que devait penser Ben d'elle, à présent ?

A cette pensée, elle se dressa sur un coude. La dernière fois qu'elle l'avait vu, il était étendu sur le sofa, sous une couverture — ce qui était plutôt ridicule dans la mesure où elle disposait d'une dizaine de chambres vacantes.

Il n'y avait toujours aucun bruit au rez-de-chaussée lorsqu'elle sortit de sa salle de bains après une rapide douche. La veille, elle se serait ruée à sa rencontre. Aujourd'hui, elle n'était même pas certaine d'avoir envie de le voir. Il l'avait poussée trop loin dans ses retranchements, forcée à éprouver des émotions pour lesquelles elle n'était pas prête. Bien sûr, il l'avait fait avec les meilleures intentions du monde, mais de quel droit ? Qui croyait-il être, pour exhumer d'elle toute cette souffrance ?

Elle gagna sa coiffeuse, entreprit de démêler ses cheveux à grands coups de brosse puis descendit l'escalier. A quoi bon tergiverser plus longtemps ?

Dans la cuisine, un mot l'attendait : *Je ne serai pas long. Quelque chose à régler. Ben.*

Elle froissa le papier et le jeta dans la poubelle. Une tasse de thé la calmerait peut-être. Il fallait qu'elle mette les choses au point avec Ben, et vite ! De quel droit décidait-il de ce dont elle avait besoin ? C'était à elle de le déterminer, et ce dont elle n'avait certainement pas besoin, c'était qu'un autre homme s'engouffre dans la faille que Toby avait désertée pour régenter sa vie. Soit, Ben n'était pas Toby. Il était tellement plus prévenant ! Le problème, c'est qu'elle ne s'en sentait pas moins éclipsée et infantilisée.

Alors qu'elle buvait sa dernière gorgée de thé, un coup retentit à la porte de service. Ben était derrière le carreau, l'air lugubre. Elle alla ouvrir, puis tourna les talons avant qu'il ait le temps de la toucher.

Il entra et s'appuya contre le comptoir sans prendre la peine d'ôter son manteau.

— J'ai quelque chose à t'avouer, débuta-t-il sans préambule.

Elle réprima un rire sardonique. Qu'allait-il lui annoncer, à présent ? Qu'il avait une autre femme, folle à lier, emprisonnée dans son grenier ? Ce serait bien sa chance !

Elle se réfugia à l'autre extrémité de la cuisine, les bras croisés, et haussa un sourcil inquisiteur.

— J'avais prévu de donner une interview à un journaliste cette semaine. Pour lui parler de... nous.

Louise en demeura bouche bée. Il secouait maintenant la tête, les yeux fermés.

— Je sais, je sais. A ce moment-là, je croyais bien faire.

Il rouvrit les yeux, la regarda. Tous les reproches qu'elle s'apprêtait à déverser sur lui s'évaporèrent, tandis qu'il confessait :

— Je voulais me battre pour toi, dire au monde quelle femme merveilleuse tu es, leur faire comprendre que tu n'es pas ce que tout le monde pense de toi. Je voulais que tout le monde voie ce que je vois.

C'était très noble de sa part... et aussi particulièrement stupide.

— Je ne le ferai pas, reprit-il. Je viens d'annuler.

— Eh bien, en tout cas, merci de me prévenir ! lâcha-t-elle d'une voix dont le niveau de sarcasme la surprit elle-même.

— Ne sois pas comme ça.

— Et pourquoi pas, Ben ? rétorqua-t-elle. Pourquoi ne serais-je pas furieuse que tu aies décidé tout seul de ce qui est le mieux pour moi ? Ne crois-tu pas que tu aurais dû au moins m'en parler ? Il faut croire que ça devient une habitude, pour toi, de venir me secourir malgré moi. Eh bien, tu sais quoi ? Peut-être que je n'ai pas besoin d'être secourue !

Il s'avança vers elle.

— Ce n'est pas ce que tu crois, Louise. Je t'aime.

Elle recula, secouant la tête.

— Je ne suis pas une de tes plantes, Ben, quelque chose que tu peux cultiver et embellir. Tu ne peux pas me réparer. Je suis qui je suis et il faut que tu l'acceptes. Si tu n'en es pas capable, peut-être n'es-tu pas celui dont j'ai besoin.

Ben s'immobilisa. Comment la convaincre ?

— Je sais que j'ai tout gâché, Louise. J'ai été bien trop vite, j'en suis conscient, mais c'est parce que... parce que je n'ai jamais éprouvé de tels sentiments pour quiconque. Ça m'exalte, et ça me terrifie en même temps. Je ne veux pas te perdre, Louise.

Elle reculait encore, sans doute le contrecoup de la veille. Elle était à fleur de peau et se protégeait de la seule façon qu'elle connaissait.

La brusquer davantage ne servirait à rien. Cette erreur-là, il l'avait déjà faite. Et quel gâchis ! Il devait la laisser respirer un peu, mais avant ça, il devait absolument la convaincre de ce qu'il éprouvait pour elle. Il fallait qu'elle le croie.

Il aurait tout donné pour trouver les mots justes. De belles paroles, élégantes, poétiques — quelque chose qui puisse refléter ses sentiments, ne serait-ce qu'un peu — mais les mots ne venaient pas. Rien n'était à la hauteur. Si seulement elle parvenait à lire dans son regard, son corps, son être tout entier ! Il articula simplement :

— Je t'aime. Je t'aimerai toujours.

Sa carapace dut se fissurer car il entrevit un profond et ardent désir dans son regard, derrière la colère. Elle aspirait désespérément à le croire, mais quelque chose l'en empêchait encore.

La culpabilité !

L'ironie de la situation le frappa tel un coup de poing au plexus. Une fois encore, il offrait tout — son cœur, sa vie, son amour — à une femme, et ce n'était pas assez. Tant qu'elle entretiendrait cette culpabilité, rien de ce qu'il aurait à lui offrir ne suffirait.

Il n'avait pas le choix : il fallait la laisser partir. Cette seule pensée lui fit monter les larmes aux yeux, et il toussota délibérément pour se ressaisir.

Elle le regardait d'un air à la fois perplexe et confus, et il lui fallut toute la force de sa volonté pour ne pas l'approcher, goûter une toute dernière fois à ses lèvres. D'un pas lourd, il reprit la direction de la porte, l'ouvrit puis, sur le seuil, pivota une dernière fois et dit :

— Adieu, Louise.

Après quoi il referma la porte derrière lui.

10

Louise inspira à pleins poumons. L'air était doux. Les jonquilles disparaissaient. Et les travaux dans l'écurie étaient enfin terminés ! Le jardin lui aussi était fabuleux, mais peut-être plus triste qu'avant. L'équipe de Ben avait fait un travail formidable. Ben... Elle ne l'avait pas revu, pas réellement du moins, depuis le jour de l'an. Il faut dire qu'elle évitait dans la mesure du possible le village, et faisait désormais ses courses dans les villes voisines. Une fois ou deux, elle avait cru l'apercevoir au loin, mais chaque fois, elle s'était empressée de fuir.

Comment oser le regarder après toutes les horribles choses qu'elle lui avait dites ? Elle avait eu sa chance, et elle l'avait gâchée. Pire même, elle l'avait irrémédiablement fait voler en éclats.

Elle jeta un œil autour d'elle. Au moins, elle avait trouvé quelque chose à quoi se raccrocher !

Et c'était bien agréable, après le mois de janvier qu'elle avait passé ! Exhumer les pénibles souvenirs de son enfance n'avait pas été facile, d'autant que depuis l'adolescente, elle s'était bornée à avancer tant bien que mal, du mieux qu'elle pouvait. Pourquoi n'avait-elle pas été davantage aidée ? Toujours prompts à leur signifier que quelque chose n'allait pas, les services sociaux ne lui avaient guère été d'un grand secours d'un point de vue pratique.

Une semaine de répit de temps à autre, pourtant, aurait pu faire toute la différence. Elle en serait revenue revigorée, prête à persévérer. Et moins encline à rêver à d'impossibles contes de fées et autres chevaliers.

Avec un soupir, elle s'empara d'un trousseau de clés et prit la direction de l'écurie.

Au milieu de la cour pavée, devant la bâtisse, trônait une fontaine entourée de plantes en pots, et de bancs pour paresser au soleil. L'intérieur était encore plus spectaculaire : quatre chambres avec salle de bains. Quel plaisir elle avait eu à les décorer et à installer toutes les commodités nécessaires à une semaine de détente !

Et dire que son projet allait enfin se concrétiser ! A la fin de l'hiver, alors que les perce-neige affleuraient sur la colline, elle s'était mise en rapport avec une association caritative spécialisée dans les séjours au profit des jeunes en charge de parents malades ou handicapés. Ils étaient désespérément en manque de refuges où permettre à leurs protégés de décompresser et de rencontrer d'autres personnes dans leur cas. Une gouvernante les accompagnait, de manière à ce qu'ils n'aient pas à effectuer les mêmes corvées que chez eux, et un psychologue était à leur écoute.

Louise inspecta une nouvelle fois les chambres. Trois filles et un garçon arriveraient de Londres d'ici à une heure, et il fallait que tout soit parfait. Les larmes aux yeux, elle rembourra un coussin sur l'un des canapés de la salle commune du rez-de-chaussée, laquelle ouvrait sur une salle à manger et une cuisine. Elle prenait tout cela un peu trop à cœur, elle le savait, mais elle désirait tant que ces enfants bénéficient du meilleur ! Ils le méritaient bien !

Au final, heureusement, tout se passa fort bien. Les enfants semblaient heureux et dès la fin de la semaine, ils ne la dévisageaient plus fixement chaque fois qu'ils l'apercevaient. Ils étaient bien trop occupés à lui réclamer des gâteaux ou à la taquiner ! Jack appréciait lui aussi d'avoir de la compagnie. Le samedi matin, Kate, la gouvernante, et lui, emmenèrent trois de leurs hôtes visiter la propriété. Certes, ces derniers en avaient déjà exploré le moindre recoin mais apparemment, seul Jack connaissait les meilleurs arbres à escalader.

Seule Molly était restée. C'était une adolescente discrète, effacée qui, toute la semaine, s'était tenue à l'écart du groupe. Louise la trouva dans la cour alors qu'elle revenait chercher un moule à gâteau dans la cuisine.

— Salut, Molly ! Comment ça va ? lui demanda-t-elle avec un sourire.

Tête baissée, l'adolescente lui coula un timide regard de sous ses épais cheveux blonds.

— Ça va.

— Est-ce que tu t'amuses ?

— Euh, oui, répondit l'enfant avec une grimace, tout en gesticulant sur le banc. Dites, est-ce que je peux appeler chez moi ?

— Bien sûr. Mais n'as-tu pas déjà appelé ce matin ? s'étonna Louise. Ta famille va bien, tu sais. Quelqu'un de l'association te remplace toute la semaine auprès d'eux.

— Ils ne font peut-être pas les choses correctement, nuança l'adolescente d'un air dubitatif. Je préfère vérifier.

Elle eut soudain envie de passer un bras autour de ses frêles épaules, mais ne bougea pas. Elle n'était pas certaine que le geste serait le bienvenu. A quatorze ans à peine, Molly assumait déjà la lourde responsabilité de ses deux parents paraplégiques victimes d'un accident de voiture.

— Est-ce que tu veux bien m'aider ?

A cette suggestion, les traits de l'adolescente s'éclairèrent. Elle avait vu juste ! Molly se sentirait moins coupable, si elle était occupée.

— Vous avalez ces gâteaux plus vite que je ne peux les cuire ! J'avais prévu d'en faire un au chocolat, et un coup de main ne serait pas de trop.

Au fur et à mesure qu'elles mesuraient, mélangeaient puis rangeaient les ustensiles dans la cuisine du manoir, Molly se détendait. C'était peut-être le moment de lui parler.

— Tu as le droit de t'amuser, tu sais.

— Je sais, marmonna l'adolescente.

Cette fois, Louise céda à son impulsion et l'enlaça.

— Tu n'as pas à culpabiliser parce que tu es ici, en vacances. Le but du séjour, c'est que tu te détendes.

L'adolescente renifla.

— Je sais, répéta-t-elle, mais ça m'ennuie de laisser Papa et Maman seuls alors que je suis là, dans cet endroit génial, avec vous en plus. C'est... c'est trop.

De sa main libre, Louise tira sur un carré d'essuie-tout, et le lui tendit.

— Tu travailles dur toute l'année, Molly, bien plus dur que la plupart des enfants de ton âge...

Ah non, voilà que ses paupières la picotaient. Elle arracha un autre carré.

— Tu le mérites, vraiment. Et tes parents voudraient que tu en profites tant que tu le peux, et pas que tu passes ton temps à t'inquiéter et à te sentir coupable.

Alors qu'elle serrait l'adolescente tout contre elle, elle se remémora tout à coup le visage de son père. Quel bonheur dans ses yeux, lorsqu'elle était rentrée du supermarché tout excitée ce soir-là, pour lui annoncer qu'elle avait été repérée par une agence de mannequins. Il était si fier d'elle ! Pas une seule fois, ensuite, il n'avait dit quoi que ce soit qui lui donnât l'impression qu'elle l'avait sacrifié. C'était un homme si spécial, si bon.

Et pourtant, toutes ces années, elle s'était accrochée à la même émotion qui, en ce moment même, rongeait Molly. La jeune fille sanglotait entre ses bras, et elle la serra plus fort encore.

— Est-ce que je peux, vraiment ?

— Oui, tu peux, murmura Louise, la lèvre inférieure tremblante et les yeux embués.

C'était une piquante matinée de mai, et Ben venait d'entrer chez la marchande de journaux. Aussi douce qu'un agneau depuis l'incident de Noël, Mme Green était désormais l'une des plus fidèles alliées de Louise. Le vent ne tournait que lentement, mais du moins dans la bonne direction !

Ses pensées passèrent de Louise à Whitehaven et à ses somptueux jardins. Comme il aurait aimé voir ce qu'ils étaient devenus, et s'ils correspondaient bien à la vision qu'il en avait eue. Le plus extraordinaire serait sans doute les endroits qu'il n'avait pas touchés, les sous-bois éclatants de digitales et de jacinthes sauvages. Parfois, il fallait savoir quand cesser d'interférer, pour mieux laisser la nature retrouver sa beauté naturelle.

Il s'approcha du comptoir, et Mme Green lui tendit un journal sans même lui demander ce qu'il souhaitait. Après quoi elle lui tendit un magazine féminin, non pas un de ces journaux à scandale, mais une revue à l'aspect plutôt sérieux.

— Jasmine n'est pas encore assez mûre, madame Green, dit-il, lui retournant le magazine sans même le regarder.

La commerçante secoua la tête, le lui tendit de nouveau.

— Je me suis dit que ça pourrait vous intéresser.

Ben commençait à s'esclaffer, lorsqu'une paire de profonds yeux bruns, sur la couverture, l'incita à y regarder de plus près. Louise !

Il s'écarta du comptoir de manière à laisser place au prochain client et feuilleta le magazine jusqu'à ce qu'il tombe sur l'article, lequel était plutôt long.

Il le lut tout en redescendant la rue en direction de son cottage. Plus d'une fois, il s'arrêta en plein milieu pour secouer la tête, notamment lorsqu'il s'aperçut qu'il avait omis de payer Mme Green. Elle comprendrait.

Peu à peu, un sourire s'esquissa sur ses lèvres, alors même que la douleur qu'il croyait enfin disparue se ravivait dans sa poitrine. Stupéfiant. Il l'avait toujours su. Et voilà qu'elle y croyait, elle aussi, désormais. Et qu'elle le vivait !

Non seulement Louise avait fait de Whitehaven un endroit utile, mais elle donnait cette interview en faveur de l'organisation caritative qu'elle soutenait. Incroyable, elle avait accepté de parler à un journaliste, et même permis aux photographes de pénétrer chez elle ! Et elle s'était aussi épanchée, à propos de sa propre enfance et de son manque d'éducation, soucieuse d'éviter à d'autres enfants de vivre la même chose. La joie inonda son cœur lorsqu'il lut qu'elle comptait étudier à mi-temps en vue de devenir psychologue pour enfants.

Il atteignit sa porte d'entrée, rata par deux fois le trou de la serrure. Quelle nouvelle ! Il referma le magazine, en contempla la couverture. Oui, le regard brun était toujours aussi sombre, et aussi intense, mais il n'était plus vide.

C'était l'idée la plus idiote qu'il avait jamais eue. En dehors de sa précipitation du nouvel an, du moins, s'avisa Ben alors qu'il amarrait son canot à la jetée de Whitehaven. Peut-être ferait-il mieux de repartir aussi sec, car cela ne faisait vraiment aucun doute : c'était bel et bien l'idée la plus idiote qui soit !

Il était un peu plus de midi et cette journée d'été était vraiment splendide. Il hésita quelques secondes sur la jetée. Où pouvait être Louise à cette heure de la journée ?

Il sentit la tristesse l'envahir. Comme les choses avaient changé depuis la dernière fois qu'ils s'étaient vus ! Il n'était même plus capable de savoir où se trouvait Louise et découvrait tout juste combien sa vie avait changé. Comme il était fier d'elle ! Il avait décelé tout ce potentiel en elle, mais le concrétiser avait dû nécessiter beaucoup de force de caractère et de courage.

Quelque chose étincela sur le balcon du hangar à bateaux, et il tourna la tête dans cette direction. Le soleil venait de se réverbérer sur un des carreaux de la porte-fenêtre qui s'ouvrait sur... Louise !

Elle souriait, et ses longs cheveux noirs arboraient des reflets auburn sous le soleil. Il en demeura tétanisé. Il avait presque oublié à quel point elle était belle, à moins qu'elle ne soit devenue plus belle encore. Oui, il y avait en elle quelque chose de légèrement différent.

Les mains sur la rambarde, elle se penchait pour inspirer l'air vivifiant du fleuve.

C'est alors qu'elle le vit, et se figea, surprise. De là où il se tenait, il ne pouvait l'entendre, mais il fut certain de la voir articuler son prénom. Les clapotis de l'eau, les cris des mouettes, tout parut s'estomper alors qu'ils demeuraient comme enracinés sur place, à se contempler en silence.

Elle lui sourit, et tout à coup, il s'élança, le long de la jetée, puis à l'assaut des marches, jusqu'au seuil de la porte-fenêtre, sur lequel il hésita, de crainte qu'elle ne s'évanouisse en fumée pour peu qu'il s'approche trop près.

Mais elle était bien là, appuyée contre la rambarde, le dos au fleuve, sa longue jupe fleurie soufflée par la brise.

— Ben, répéta-t-elle avec un doux sourire empreint de tristesse. C'est bon de te revoir.

Le cœur battant, il s'avança sur le balcon. Il était à présent assez proche pour la toucher, mais il ne put s'y résoudre, pas encore.

— J'ai lu l'article, dans le magazine.

Elle hocha la tête.

— Quitte à être sous les projecteurs que ça me plaise ou non, autant que je choisisse où les braquer.

Elle baissa les yeux, puis releva le menton et reprit :

— Sous quel prétexte vous êtes-vous cette fois introduit sans permission dans ma propriété, Ben Oliver ?

— J'ai...euh... oublié de te donner quelque chose.

— Quand ça ? s'étonna-t-elle, les sourcils froncés.

— A Noël.

Ben sentit son cœur sombrer, tout à coup. En chemin, cette entrée en matière lui avait paru habile. A présent, elle semblait... ridicule.

— Noël était il y a longtemps.

— Je sais, concéda-t-il, les doigts refermés sur une boîte de la taille de la paume de sa main, dans sa poche, mais certains cadeaux ont leur propre saison, et celui-là aurait été prématuré à l'époque.

Elle se mordit la lèvre.

— Vais-je apprécier ce cadeau ?

C'était maintenant ou jamais, s'avisa-t-il, les genoux flageolants. Accrochant du doigt le ruban de l'emballage, il tira dessus pour sortir la boîte argentée de sa poche, et la déposa entre ses mains.

— Je ne suis même pas certain qu'il soit de saison même aujourd'hui, mais parfois, mieux vaut ne pas attendre trop longtemps et...

Peu importait que ses paroles n'aient guère de sens, parce qu'elle regardait le paquet si fixement qu'il sut qu'elle ne l'écoutait pas vraiment, de toute façon. Avec une lenteur atroce, elle tira sur le ruban, le laissa tomber à terre, puis ouvrit le couvercle.

— Oh.

Oh ? Etait-ce bon, ou mauvais signe ? s'affola-t-il.

— Oh, Ben ! s'exclama-t-elle, avec une petite grimace de confusion. Du gui ? Mais nous sommes en été !

Elle sortit la boule, ornée d'un très sophistiqué nœud de velours blanc à son sommet.

— Et il n'est même pas en plastique, mais authentique ! Comment as-tu…

— J'ai mes sources d'approvisionnement, précisa Ben avec un haussement d'épaules.

Elle caressa le feuillage, songeuse, puis reprit d'un ton plus sérieux :

— Qu'est-ce que ça veut dire, Ben ?

— Tu ne devines pas ?

Elle détourna le regard, hésitante.

— Veux-tu… m'embrasser ?

C'était son plus cher désir, en cet instant et pour l'éternité, mais il s'était promis de ne pas céder à cette tentation tant qu'il n'aurait pas obtenu d'elle une certaine réponse, aussi répondit-il :

— Je t'aime, Louise. Je t'aimerai toujours.

Elle secoua la tête.

— Après tout ce que je t'ai dit ! Je ne le mérite pas !

— Si, tu le mérites plus que n'importe qui.

Six mois plus tôt, il aurait lu le doute dans ses yeux. La femme qui se tenait devant lui aujourd'hui, toutefois, plongea son regard dans le sien puis, lentement, leva le bras jusqu'à ce que le gui se balance au-dessus de leurs têtes. Elle inspira profondément et ferma les yeux.

Voilà. C'était maintenant ou jamais, et Ben se crut au bord de la syncope. Louise attendait, les lèvres légèrement entrouvertes et, comme il ne s'exécutait pas, elle ouvrit une paupière.

Son murmure incertain le fit trembler de la tête aux pieds.

— Ben ?

Il désigna d'un signe, au-dessus de leurs têtes, la boule de verdure émaillée de baies blanches.

— Regarde mieux.

De ses doigts, il abaissa sa main jusqu'à porter la boule à hauteur de son regard, de manière à ce qu'elle voie le solitaire niché au creux du nœud blanc.

— Veux-tu m'épouser ?

Ouvrant brusquement les yeux, elle laissa tomber le gui à terre et porta les deux mains à sa poitrine. Le cœur de Ben se mit à battre la chamade. Il se pencha, ramassa gui et bague. Louise paraissait être en transe, mais au moins, elle ne s'était pas enfuie à toutes jambes. C'était le moment de jouer le tout pour le tout. Aussi, éleva-t-il de nouveau la boule au-dessus de leurs têtes.

— Louise, veux-tu...

— Oui ! Oui, Ben !

Elle se jeta à son cou, ce qui manqua les faire basculer tous deux par-dessus la rambarde.

— Es-tu un rêve, Ben Oliver ? s'écria-t-elle entre deux éclats de rire.

Il détacha délicatement la bague, la lui passa autour de l'annulaire, puis murmura tout contre ses lèvres :

— Joyeux Noël, Louise.

Après quoi, les lèvres scellées aux siennes, il l'entraîna à l'intérieur du hangar.

LUCY GORDON

Un Noël à Florence

Traduction française de
CHRISTINE DESRUMEAUX

HARLEQUIN

Titre original :
THE ITALIAN'S CHRISTMAS MIRACLE

Ce roman a déjà été publié en 2009.

Prologue

Alysa parcourut la pièce d'un regard satisfait. Une guirlande lumineuse scintillait dans l'arbre de Noël. C'était un sapin artificiel de petite taille, car son loft ne pouvait en contenir de plus grand. Elle avait toujours apporté le plus grand soin à son intérieur qui témoignait aujourd'hui de sa réussite professionnelle. Elle plaça une main sur son ventre et sourit avec contentement. Bientôt, plus rien ne manquerait à son bonheur.

Certes, l'endroit n'était pas idéal pour accueillir la venue d'un enfant. L'appartement de James était plus grand et beaucoup plus adapté. Mais dès qu'il apprendrait sa paternité toute proche, il s'empresserait de concrétiser leur projet de mariage. Elle lui annoncerait la nouvelle dans la soirée !

Pour apporter une touche finale à cette ambiance de fête, il lui restait à placer le cadre doré qu'elle avait acheté en rentrant du bureau. Une scène de nativité où l'on voyait Marie penchée au-dessus de son bébé, dans une attitude de pure adoration.

Elle le déposa sur un rayon de la bibliothèque, tout près de l'arbre. Les lumières illuminaient maintenant les traits du nouveau-né. Il levait ses grands yeux sur sa mère et, l'espace d'un instant, elle crut même voir se former un sourire sur ses lèvres, comme pour lui rappeler la promesse de son propre bonheur.

Mais curieusement, James se faisait attendre ce soir-là. Il avait déjà une heure de retard et ce n'était guère dans ses habitudes. Une fois encore, elle passa en revue chaque élément de la décoration avant de vérifier d'un œil critique les détails de la toilette qu'elle avait choisie pour l'occasion. Dans le miroir, elle examina d'un air songeur les longs cheveux qui retombaient sur ses épaules. Habituellement, ils étaient tirés en arrière pour former un chignon strict et impeccable. Elle envisageait régulièrement de les faire couper pour adopter un style plus austère et plus conforme à ses fonctions de cadre, mais remettait sans cesse sa décision à plus tard. Après tout, sa chevelure constituait un des atouts majeurs de son charme !

Elle ne s'était jamais trouvée jolie. Son visage était attirant, mais ses traits trop sévères à son goût.

Elle se trouvait aussi trop grande, trop mince. Ce qui avait pour don d'exaspérer son entourage.

— Trop mince ! soupiraient en chœur ses amies. Mais tu as une silhouette de mannequin !

— C'est bien ce que je dis, répondait-elle avec entêtement. Trop mince, presque trop maigre.

Seuls ses cheveux la réconciliaient avec son apparence. Ses mèches brunes, naturellement parsemées de reflets dorés et auburn, ondulaient gracieusement jusqu'à sa taille. James ne se lassait jamais de les caresser.

— J'adore leur parfum, lui avait-il confié une nuit. Et plonger mes mains dedans. J'ai rêvé de ça dès notre première rencontre.

— Je vois, avait-elle soupiré avec humour. Les hommes sont tous les mêmes. Moi qui croyais t'avoir subjugué par la finesse de mon esprit !

— On peut avoir les deux. D'ailleurs, tu ressembles un peu à la déesse Minerve, avait-il renchéri sur le même ton. Avec une chevelure encore plus voluptueuse que la sienne.

— Minerve ? Rien que ça ?

C'est ainsi que, depuis, il la surnommait dans l'intimité et c'est ainsi qu'elle voulait lui apparaître de nouveau aujourd'hui, pour lui annoncer son merveilleux secret.

Si seulement il se dépêchait un peu…

1

Alysa frémit. C'était là, à cet endroit baigné de la lumière froide de février, que quinze personnes avaient trouvé la mort dans un accident tristement célèbre. Depuis le bas de la falaise, les visiteurs levaient le même regard épouvanté en direction des nacelles suspendues par un câble au-dessus de la chute d'eau. Les sièges étaient flambant neufs. La municipalité venait sans doute de les installer, pour remplacer ceux qui avaient brusquement basculé dans le vide, projetant leurs occupants à la merci des eaux tourbillonnantes et contre les rochers.

Un an déjà s'était écoulé depuis le drame ! S'arrachant à son chagrin, elle concentra son attention sur la cérémonie, qui rassemblait les familles des disparus. Par respect pour les victimes originaires des quatre coins du monde, le prêtre s'exprimait alternativement en italien et en anglais.

— Gardons dans nos mémoires le souvenir de nos chers disparus ! Remercions le Seigneur de les avoir placés sur notre chemin et réjouissons-nous de les avoir connus...

Alysa exhala un soupir. Le sermon était maintenant terminé, et la foule se dispersait lentement, tandis que quelques anonymes s'attardaient le long du cours d'eau, incapables de quitter les lieux de l'accident qui avait si injustement et si brutalement ôté la vie à l'un de leurs proches. Les yeux toujours rivés sur l'installation meurtrière, ils cherchaient en vain à reconstituer les images de la tragédie. Bizarrement, elle resta immobile, comme si une force mystérieuse la retenait prisonnière.

Mais l'apparition d'un journaliste à ses côtés la tira soudain de ses pensées. Il lui tendait un micro et s'adressait à elle en italien.

— *Sono inglese*, répondit-elle rapidement. *Non parlo italiano.*

Comme il paraissait étonné de l'excellence de son accent, elle s'empressa d'ajouter :

— Ce sont les seuls mots que je connaisse dans votre langue.

— Puis-je vous demander les raisons de votre présence ici ? Avez-vous perdu quelqu'un dans l'accident ?

L'espace d'un instant, elle eut envie de lui répondre en toute sincérité. « Je suis ici pour pleurer l'homme que j'aimais. Et pourtant cet homme m'avait trahie, abandonnée, ainsi que l'enfant que je portais. »

Certes, il ignorait l'existence de l'enfant. Mais il avait bel et bien une maîtresse. Une maîtresse dans les bras de laquelle il était mort. Cette femme, pourtant, avait un mari et un enfant, mais elle les avait abandonnés, elle aussi.

Mais aucun mot ne franchit la barrière de ses lèvres. Depuis un an, elle n'avait partagé son chagrin avec personne, préférant s'enfermer dans une tour d'ivoire. Personne ne soupçonnait l'immensité de la souffrance qu'elle endurait. D'ailleurs, comment l'exprimer ? Elle avait déjà tant de mal à ne pas se laisser submerger par la peine et par la colère !

— Non, dit-elle d'une voix blanche. Je ne connaissais personne. Je suis là par simple curiosité.

Le journaliste n'insista pas. Il se contenta de soupirer.

— Je n'ai pas de chance, aujourd'hui. La seule personne qui semble liée à cette histoire est Drago Di Luca.

A ces mots, elle sursauta.

— Il est ici ?

— Oui, c'est l'homme que vous voyez là-bas, près de la fontaine.

Elle se tourna aussitôt et l'aperçut. L'image qu'il offrait était saisissante. Tout en lui paraissait sombre et inquiétant. Ses cheveux, tout comme ses yeux, étaient noirs. Et son allure, presque menaçante. Elle frissonna imperceptiblement. Son visage n'offrait que des lignes anguleuses que rien ne venait adoucir. Son nez était rectiligne, ses lèvres droites. Une dignité hautaine, presque suffisante, émanait de son être. Sa silhouette impressionnante semblait défier quiconque de l'approcher !

— Aussi aimable qu'une porte de prison, reprit le journaliste. Remarquez, on peut le comprendre. Il n'a pas eu de chance. Sa femme a perdu la vie ici et les mauvaises langues racontent qu'elle se trouvait en compagnie d'un autre homme.

Alysa resta silencieuse. Que pouvait-elle bien répondre à cela ?

— Les mauvaises langues ? répéta-t-elle comme un écho.

— Elle était avocate. On dit qu'elle était en déplacement pour rencontrer de nouveaux clients. C'est du moins la version officielle. Car si quiconque ose suggérer une autre histoire, Di Luca monte sur ses grands chevaux ! Vous savez, c'est un homme puissant. Un architecte en charge des grands projets de la ville. Il restaure aussi les monuments anciens.

Alysa regarda de nouveau l'intéressé. Il était grand, puissamment bâti, avec des épaules larges et des mains immenses.

— Je comprends qu'on puisse le trouver intimidant, observa-t-elle.

— Il est très respecté à Florence. Récemment, quelqu'un lui a même suggéré de se porter candidat aux élections municipales. Il paraît que l'idée l'a beaucoup amusé. Il faut dire qu'il a bien assez de pouvoir sur la ville sans avoir besoin de perdre son temps dans des réunions inutiles. D'ailleurs, il compte parmi ses amis tous les décideurs et les plus grandes fortunes du pays. Et bien sûr, il tire les ficelles en coulisses ! J'ai eu l'audace de vouloir l'aborder tout à l'heure. Mais il m'a violemment rabroué.

Comme doté d'un sixième sens, Di Luca illustra les propos du journaliste en lui lançant une œillade assassine. Alysa tressaillit de nouveau.

— Je... je dois partir, annonça-t-elle brusquement.

Elle s'éloigna sans attendre, tout en gardant l'architecte dans son champ de vision. Elle connaissait par cœur son visage grâce aux innombrables recherches qu'elle avait effectuées sur le Net. Lors de leur dernier tête-à-tête, James lui avait incidemment dévoilé le prénom de sa maîtresse. Trois semaines plus tard, la tragédie de Pinosa s'étalait à la une des journaux du monde entier. C'est ainsi qu'elle avait appris sa mort. Consultant la liste des disparus, elle était tombée sur le nom de Carlotta Di Luca, une jeune avocate promise à un brillant avenir. Sur le Net, elle avait alors trouvé plusieurs articles à son sujet et aussi d'innombrables portraits. Elle avait découvert une femme brune, pétillante, dotée d'une chaleur et d'un charme exceptionnels. L'une des photos la montrait en compagnie de sa fille, une enfant de quatre ans qui lui ressemblait énormément. A leurs côtés se dressait la silhouette de son époux, un homme sévère, âgé d'environ trente-cinq ans.

La dureté de son mari avait-elle poussé Carlotta dans les bras d'un autre homme ? A le voir aujourd'hui, ce n'était pas impossible.

Elle fut soudain assaillie par de nouvelles images, des images horribles qu'elle avait trouvées sur internet. Des photos intimes, choquantes, prises par des reporters sans scrupules, avides de détails terrifiants. L'une montrait les corps de Carlotta et de James recroquevillés l'un contre l'autre dans l'une des nacelles. S'étaient-ils enlacés pendant les derniers instants de leur vie ? Le visage de James était couvert de sang. Elle l'avait reconnu aux motifs de sa veste…

Elle ferma les yeux et tenta une fois de plus de chasser cette image obsédante de son esprit. L'abandon de James, sa fin tragique dans les bras d'une autre femme appartenaient désormais au passé. Elle devait s'efforcer de tourner la page.

Mais comment oublier ? Un soir, alors qu'elle fixait depuis des heures l'écran de son ordinateur, elle avait brusquement ressenti de violentes douleurs à l'abdomen. Elle avait titubé jusqu'à la salle de bains de son petit appartement, et, perdant connaissance, s'était effondrée de tout son poids sur le carrelage. A son réveil, elle avait aussitôt compris qu'elle venait de perdre l'enfant de James. Heureusement, personne n'était encore au courant de sa grossesse. Elle avait bien essayé de pleurer pour soulager sa peine, mais aucune larme n'avait franchi la barrière de ses paupières. Son être tout entier était comme paralysé par la souffrance. Nuit après nuit, elle était restée seule dans l'obscurité, les yeux dans le vague, sentant son cœur devenir peu à peu aussi dur que la pierre.

Peu à peu, elle avait entrepris de se reconstruire. Une journée dans les plus belles boutiques de prêt-à-porter londonien lui avait procuré une nouvelle garde-robe. Puis elle avait sacrifié sa belle chevelure, qui lui rappelait trop cette période sombre et révolue de sa vie. Ainsi transformée, elle pouvait tourner le dos au passé.

Alysa se passa une main sur le visage. Lui aussi avait changé, mais cela, elle préférait l'ignorer. Ses traits s'étaient durcis et des rides minuscules s'étaient formées de part et d'autre de sa bouche. Ses grands yeux, mis en valeur par sa nouvelle coupe, s'étaient teintés de mélancolie.

Refoulant au plus profond de son être le désastre de sa vie privée, elle s'était consacrée corps et âme à la réussite de sa carrière. Ses employeurs étaient d'ailleurs impressionnés et ne tarissaient pas d'éloges sur ses compétences professionnelles. Ils envisageaient même de lui proposer un statut d'associée.

Pourtant, malgré tous ses efforts, elle ne parvenait pas à oublier le naufrage de sa brève histoire avec James. Et voilà qu'elle était là, un an après sa mort, sur les lieux du drame...

— Pourquoi suis-je ici aujourd'hui? demanda-t-elle à son amour disparu. Pourquoi ne suis-je pas encore parvenue à t'oublier?

Le fantôme de James la hantait sans répit. Par ce voyage à Florence, elle avait espéré l'exorciser enfin. Pure illusion.

— Laisse-moi en paix, murmura-t-elle en fermant les yeux. Je t'en supplie, aie pitié de moi!

Seul le silence lui répondit. D'un pas de somnambule, elle se rendit sous un grand cèdre, où une stèle avait été érigée à la mémoire des disparus. Les noms des victimes y avaient été gravés. Celui de James figurait au bas de la liste.

— *Sapevi che lui?*

Une voix grave la tira soudain de ses pensées. Elle se retourna pour découvrir l'impressionnante silhouette de Drago Di Luca à ses côtés. Il était si grand, ses épaules si larges, qu'il lui bouchait toute la vue.

— *Sono inglese*, répondit-elle.

— Je vous ai demandé si vous connaissiez cet homme.

— Oui, avoua-t-elle, presque malgré elle. Je le connaissais.

— C'était votre ami?

— Cela ne vous regarde pas.

— Tout ce qui concerne cet homme me regarde, au contraire.

Elle se redressa et lui fit face avec défi.

— Parce qu'il est parti avec votre femme ?

Il cessa soudain de respirer.

— Comment osez-vous…

— James Franklin était mon fiancé, coupa-t-elle. Il m'a quittée pour une certaine Carlotta.

— Il vous a dit autre chose à son sujet ?

— Non. Son prénom lui a échappé lors d'une conversation puis il a refusé d'en parler davantage. Mais quand l'accident est survenu…

Elle haussa les épaules.

— Oui, poursuivit-il à sa place. Quand l'accident est survenu, chaque détail de cette histoire sordide a été exposé aux yeux du monde.

Voyant approcher un groupe de touristes, Drago lui prit le bras et la conduisit à quelques mètres de la stèle.

— Vous l'aimez toujours ? demanda-t-il encore.

Elle aurait pu s'offusquer de sa question. Mais elle n'en fit rien. Tous deux étaient marqués par la même tragédie.

— Je ne sais pas, répondit-elle simplement. Comment le pourrais-je ? Aujourd'hui, toute cette histoire devrait appartenir au passé et pourtant je n'arrive pas à l'oublier.

Il approuva d'un signe de tête et elle trouva dans son attitude un soulagement immense. Cet étranger était le seul au monde à pouvoir comprendre son chagrin.

— Ce sont les mêmes raisons qui vous ont amené ici ? demanda-t-elle.

— En partie. Je suis aussi venu pour ma fille.

Il désigna l'enfant assise sur un banc en compagnie d'une femme d'un certain âge. Elle reconnut immédiatement son visage. La petite fille n'avait guère changé depuis un an. Voyant son père tourné vers elle, elle sauta à terre et se mit à courir dans sa direction.

— *Papà ! Papà !* criait-elle.

Il se pencha aussitôt pour l'attraper, la fit tournoyer dans les airs et la serra tout contre lui en riant. Entre-temps, la vieille dame les avait rejoints.

— *Signora* Fantoni, annonça-t-elle d'un ton peu amène en lui tendant la main. Je suis la grand-mère de Tina.

— Alysa Dennis, fit-elle en répondant poliment à son geste.

Pendant ces présentations, Tina, par-dessus les épaules de son père, ne l'avait pas quittée des yeux. Quand Drago la reposa à terre, elle se dirigea immédiatement vers elle.

— Bonjour, *signorina* !

— Bonjour, répondit-elle dans un sourire chaleureux.

— On est venus ici à cause de ma maman, continua l'enfant dans un anglais parfait. Et vous, vous connaissez aussi quelqu'un qui est mort ?

Derrière elle, Alysa perçut immédiatement la tension de Drago. Des paroles aussi graves dans la bouche de sa fille avaient de quoi l'émouvoir.

— Oui, répondit-elle simplement.

Et là, elle eut la surprise de sentir les petits doigts de Tina serrer sa main dans un geste réconfortant.

— Et vous l'aimiez beaucoup ? demanda-t-elle encore.

— Oui, mais je... je n'ai pas le courage d'en parler davantage. Tu comprends ?

Drago se détendit. Sans doute avait-il redouté des paroles malheureuses de sa part.

— Je crois qu'il est temps de rentrer à la maison, fit-il à l'intention de la vieille dame.

— Je vais partir, moi aussi, glissa-t-elle.

— Non, ne partez pas ! s'exclama Drago d'un ton suppliant.

Elles se tournèrent toutes trois vers lui avec curiosité.

— J'aimerais que vous vous joigniez à nous pour le dîner, ajouta-t-il plus calmement.

Sa belle-mère fronça les sourcils.

— Je ne sais pas si en pareille occasion...

— Les victimes de cette tragédie et leurs proches forment une même famille, coupa Drago. *Signora*, acceptez, je vous en prie !

La voyant hésiter, il s'accroupit devant Tina.

— Retourne dans la voiture avec ta grand-mère, dit-il.

La *signora* Fantoni restait pourtant immobile, lui signifiant en silence sa désapprobation. Mais comme il la jaugeait d'un regard sévère, elle se résigna à lui obéir, prit le bras de l'enfant et l'entraîna en direction du parking.

— *Papà*, fit encore Tina en se retournant. Tu viendras vite, promis ?

— Promis, répondit-il tendrement.

Apparemment convaincue, la petite fille suivit sa grand-mère en trottinant.

— Depuis le décès de sa mère, il lui arrive parfois de craindre que je disparaisse à mon tour, expliqua-t-il.

— La plupart des mères auraient emmené leur enfant avec elles, observa Alysa.

— Oui, mais elle avait choisi de l'abandonner. Et je ne veux surtout pas qu'elle l'apprenne. Sa grand-mère l'ignore également. Elle pense, elle aussi, que Carlotta était en déplacement professionnel. A quoi bon lui dire la vérité ?

— Il n'y a pas de raison, en effet. Et dans ces circonstances, ma présence n'est pas souhaitable au milieu de vos proches.

— Je ne suis pas d'accord. Je vous fais totalement confiance. Allons, venez !

Alysa n'avait aucune envie de le suivre. Cet homme représentait à l'évidence un danger pour elle. Il menaçait l'équilibre encore précaire qu'elle tentait de reconstruire. Elle avait tout intérêt à fuir, à prendre le premier avion pour Londres et à oublier tous les protagonistes de cette sombre histoire.

— Je suis désolée, fit-elle. Mais je dois rentrer chez moi.

— Pas avant que nous ayons parlé, décréta-t-il d'un ton autoritaire.

Alysa sentit la peur la quitter. Pour qui se prenait-il ? Elle répondit aussitôt :

— Rien ne vous autorise à me donner des ordres, monsieur Di Luca. Nous nous connaissons à peine et vous agissez comme si vous pouviez décider de mes faits et gestes. Je m'en vais.

Elle essaya de se détourner, mais il resserra son bras avec fermeté.

— Comment osez-vous ? s'écria-t-elle, indignée. Lâchez-moi immédiatement !

— Réfléchissez, Miss Dennis ! Une telle occasion ne se

représentera sans doute jamais. Nous avons vous et moi mille choses à partager.

Elle hésita. Il n'avait pas tort. Un lourd secret les unissait.

— Quand vous m'avez aperçu tout à l'heure, reprit Drago, vous m'avez immédiatement reconnu, n'est-ce pas ?

— Oui.

— Comment ?

— Le journaliste avec qui je bavardais m'a dit qui vous étiez. Et puis, quand j'ai fait des recherches sur internet pour trouver des informations sur votre femme, je suis également tombée sur des photos de vous et de votre fille. J'avais besoin de savoir qui était la femme pour qui James m'avait laissée.

— Oui, vous aviez besoin de savoir. J'ai ressenti la même chose de mon côté. J'ignorais tout de l'homme avec qui elle était partie, sauf son nom. Mais ce seul renseignement ne m'a mené nulle part. Vous avez été en mesure de répondre à une partie de vos questions, mais vous rendez-vous compte que moi, je n'ai trouvé aucune réponse ? Il y a dans ma tête un énorme trou noir et je vis avec lui depuis un an.

— Je comprends ce que vous ressentez, mais je...

— Non, vous ne pouvez pas comprendre, coupa-t-il avec rage. Pour moi, c'est l'ignorance qui est le plus difficile à supporter. Ne pas savoir qui était cet homme qu'elle a même préféré à sa fille. Cela me rend fou.

Il inspira profondément pour tenter de recouvrer son sang-froid.

— Vous êtes la seule personne capable de me libérer de ce cauchemar. Alors, si vous croyez un instant que je vais vous laisser partir sans...

Elle se détendit. Cet homme était visiblement rongé par l'angoisse. Certes, il se montrait trop autoritaire avec elle. Mais qui, dans sa situation, n'aurait pas tout tenté pour la retenir ?

Lentement, il relâcha son bras.

— Je vous en prie, murmura-t-il. Je vous en supplie. Nous devons parler tous les deux.

— Oui, vous avez raison.

A quoi bon s'enfuir, après tout ? Nulle part elle ne trouverait le repos, pas plus à Londres qu'en Italie. Et qui sait, une conversation avec Drago Di Luca pourrait peut-être l'aider à éclairer les zones d'ombre liées au départ de James.

— Alors, suivez-moi !

Le chauffeur les attendait au volant de la limousine. Tina et sa grand-mère devaient guetter avec impatience leur arrivée dans le parking, car la petite fille poussa un cri de joie en apercevant la silhouette de son père.

Drago suggéra à sa belle-mère de s'installer à l'avant, tandis qu'il ouvrait la porte arrière pour inviter Alysa à partager la banquette avec lui et sa fille.

— Le voyage nous prendra environ une heure, expliqua-t-il encore. Nous habitons en dehors de Florence. Et vous, dans quel hôtel êtes-vous descendue ?

Elle lui donna le nom de son auberge et il approuva d'un signe de tête.

— Je vois où elle se trouve. Je vous raccompagnerai après le dîner.

Elle passa la plus grande partie du trajet à regarder par sa vitre la campagne qui défilait sous ses yeux. Une fois, elle tourna la tête en direction de Drago, mais il ne s'en rendit pas compte. Toute son attention était concentrée sur la petite fille tendrement blottie contre lui. Instinctivement, elle posa une main sur son ventre. Que serait-il advenu du bébé de James s'il avait vécu ?

Ils traversèrent un vieux village puis obliquèrent sur la droite, le long d'une allée bordée de peupliers. La villa apparut après quelques centaines de mètres, une grande demeure bourgeoise à trois étages, entourée d'un parc somptueux.

Pour pénétrer à l'intérieur, ils passèrent sous un porche et empruntèrent un couloir aux murs incrustés de mosaïques et au plafond recouvert de fresques aux couleurs vives. Quand ils atteignirent enfin le premier salon, Alysa dut réprimer un cri. Le visage de Carlotta était absolument partout. Au-dessus de la cheminée trônait un grand portrait de la jeune femme et une dizaine de clichés s'alignaient sur une console de bois doré. Ici, on la voyait avec Tina dans les bras. Là, en compagnie de son époux sur la grande terrasse bordée de lauriers-roses qui surplombait le parc. Là encore, au milieu d'un groupe d'amies.

— Regardez ! s'écria fièrement Tina en s'emparant d'une médaille dans un coffret recouvert de velours rouge. C'est la plus belle médaille que maman a gagnée.

— Ma femme était championne d'athlétisme à l'université, expliqua Drago.

— Elle courait très vite, hein, *Papà* ?

Il lui sourit avec tendresse.

— Oui, ma chérie. Elle était très douée. Maintenant, occupons-nous un peu de notre invitée !

Après l'apéritif, la gouvernante vint annoncer que le dîner était servi et Alysa suivit Tina dans la salle à manger. La fillette s'efforçait d'entretenir la conversation comme une parfaite maîtresse de maison.

— Où as-tu appris à parler l'anglais ? lui demanda Alysa, impressionnée par sa maîtrise de la langue.

— C'est grâce à maman. Elle était bi... bi...

— Bilingue, glissa son père. Ici, nous parlons tous anglais.

— Et vous, vous connaissez l'italien ? lui demanda Tina.

— Non, pas vraiment, répondit-elle. J'ai juste appris quelques rudiments en faisant des recherches sur internet.

— Des recherches sur quoi ? poursuivit la petite fille avec intérêt.

— Tina, murmura Drago en fronçant légèrement les sourcils. La curiosité est un vilain défaut.

— Pardon, répondit poliment la petite fille, sans parvenir pour autant à dissimuler sa déception.

Alysa soupira. Tina était décidément une enfant charmante et vivante. Et Drago était bien décidé à la protéger. Elle aurait agi exactement de la même manière avec son enfant si...

Elle refoula le triste flot de pensées qui l'assaillaient et remua son café en silence.

2

Pendant le dîner, Alysa s'efforça d'être courtoise, malgré l'atmosphère tendue qui régnait autour de la table. Le père et la grand-mère de Tina entretenaient une relation étrange, chargée de méfiance et d'agressivité. Elena maintenait de toute évidence son gendre à l'écart de la conversation, louant sans répit les qualités de sa fille. A l'entendre, Carlotta avait été une épouse et une mère irréprochables.

— Carlotta montrait beaucoup trop d'indulgence envers ses clients, expliqua-t-elle. Elle ne refusait jamais de prendre l'avion pour leur épargner un déplacement. S'ils avaient daigné venir la trouver à Florence de temps à autre, elle serait encore de ce monde aujourd'hui.

— Laissons cela pour ce soir ! soupira Drago avec impatience. Tina a besoin de se changer les idées.

— Comment le pourrait-elle après avoir visité le lieu du drame aujourd'hui ? Et puis, n'oubliez pas que nous allons au cimetière demain matin !

Alysa se tourna vers la petite fille, qui contenait ses larmes avec peine. Elle lui adressa le sourire le plus chaleureux dont elle était capable. L'enfant le lui rendit, les lèvres tremblantes.

— Tu as l'air fatigué, ma chérie, décréta Elena en se levant de table. Nous devons nous lever de bonne heure demain matin. Il est temps d'aller se coucher.

Elle tendit une main que l'enfant saisit avec obéissance.

— Tu viendras m'embrasser, *Papà* ? fit-elle avant de quitter la pièce.

— Pas ce soir, ma chérie, décida la vieille dame. Ton papa est occupé.

Drago s'interposa.

— Je monte avec vous, fit-il avec détermination.

— C'est inutile, insista Elena. Vous n'allez pas abandonner votre invitée pour…

— Ne vous inquiétez pas pour moi ! glissa-t-elle aussitôt. Drago, votre fille vous réclame.

Il lui lança un regard plein de gratitude et quitta la salle à manger. Restée seule, Alysa se mit à arpenter la pièce. Près de la fenêtre, sur une console de bois doré, se trouvait un nouveau portrait de Carlotta. Elle s'en empara et resta comme hypnotisée par le sourire rayonnant qui avait conquis le cœur de James.

Quand Drago reparut, il eut une moue amère en apercevant la photographie qu'elle tenait entre ses doigts.

— Allons dans mon bureau ! fit-il d'une voix tendue. Nous ne serons pas obligés de l'avoir constamment sous les yeux.

Le refuge de Drago formait un contraste étonnant avec les autres pièces de la villa. Le décor y était sobre et fonctionnel. Sur un plateau moderne en acier brossé s'alignaient un nombre impressionnant d'écrans d'ordinateurs.

Il servit deux verres de vin et l'invita à s'asseoir.

— Je suis désolé de vous avoir fait attendre, s'excusa-t-il.

— Vous avez bien fait d'accompagner votre fille. Votre belle-mère se montre un peu trop possessive avec elle.

— Comment l'en blâmer ? Elle est âgée et surtout très seule. Sa fille aînée vit à Rome, avec son mari et ses enfants. Elle ne les voit pratiquement jamais. Et puis, Carlotta était sa préférée. Sa disparition l'a anéantie. J'imagine qu'elle aimerait beaucoup s'installer ici, mais c'est impossible. Son mari est invalide, et il a besoin d'elle auprès de lui. Alors, elle s'arrange au mieux pour venir passer du temps avec nous.

— Vous aimeriez la voir s'installer chez vous ?

— Très franchement, non. Je comprends sa douleur et sa solitude, mais j'ai du mal à la supporter. Elle a une fâcheuse tendance à vouloir dicter sa loi et à donner dans mon dos des consignes au personnel de maison.

Puis, haussant les épaules d'un air résigné :

— Je prends mon mal en patience. J'imagine qu'elle s'adoucira avec le temps.

— A votre place, je n'en serais pas aussi sûre, glissa-t-elle.

— Que voulez-vous dire ?

— Tina a besoin de vous, c'est évident. Mais tout à l'heure, Elena a essayé de vous écarter. Et si elle vous réservait un mauvais tour ?

— Je ne comprends pas...

— N'aurait-elle pas l'intention de vous priver de votre fille ? Je veux dire... pour de bon ?

Drago semblait soudain sidéré.

— Vous ne parlez pas sérieusement ? Elle n'oserait pas...

— Je suis peut-être trop méfiante, mais pendant le dîner, j'ai remarqué qu'elle s'interposait souvent entre vous et Tina. Chaque fois que vous lui posiez une question, elle s'empressait de répondre pour elle. Tina n'a pas besoin que l'on s'exprime à sa place. C'est une enfant très intelligente.

— Je suis bien d'accord avec vous ! releva-t-il avec fierté. J'ai noté moi aussi les interruptions d'Elena, mais je n'y ai pas vraiment accordé d'importance.

Il resta un instant silencieux.

— Maintenant que j'y pense, reprit-il d'un air sombre, vous avez peut-être raison. Elena ne cesse de me répéter qu'une petite fille a besoin d'une présence féminine...

Il se laissa tomber dans son fauteuil.

— Je vous remercie d'avoir éveillé ma méfiance.

— Ne la laissez pas vous prendre votre enfant !

— Jamais de la vie ! De toute façon, quoi que je fasse, cette femme ne m'aimera jamais.

— Pourquoi ? demanda-t-elle, intriguée.

— Je ne suis pas assez bien pour elle. Sa famille appartient à la vieille noblesse italienne. Elle aurait préféré que Carlotta épouse un aristocrate. Mon père possédait une entreprise de bâtiment. Très prospère, il est vrai. Mais c'était un travailleur. Comme moi.

Aux yeux d'Elena, je ne suis qu'un parvenu déterminé à obtenir par un beau mariage un statut social plus élevé que le mien.

— On se croirait au XIXe siècle ! ajouta-t-elle, sidérée.

— Très juste. Cette histoire appartient à un autre âge. Tout comme Elena. Elle avait trouvé pour Carlotta un prétendant plus digne d'elle et tenté de me faire croire que sa fille lui était fiancée. Je n'ai rien voulu entendre et j'ai continué à courtiser la femme que j'aimais. Elle ne me l'a jamais pardonné.

— Comment avez-vous rencontré Carlotta ? demanda-t-elle avec curiosité.

— Au tribunal, dans une salle d'audience. Elle venait de devenir avocate. Elle plaidait sa première affaire et j'étais cité comme témoin. Quand on m'a appelé à la barre, j'ai fait exprès de ne pas comprendre les questions qu'elle me posait pour faire durer l'interrogatoire. Après la délibération du jury, je l'ai attendue sur les marches du palais. J'étais sûr qu'elle me rejoindrait. Et elle l'a fait.

— Le coup de foudre au premier regard ?

— Exactement. J'ai été subjugué par sa beauté et son caractère. Elle était si gaie et tellement rayonnante ! Tout ce que j'espérais trouver chez une femme, je le voyais vivre en elle. Je l'ai su tout de suite. Alors, quand Elena s'est opposée à notre union, cela s'est terminé par un enlèvement.

— Un enlèvement ?

— Il n'y avait pas d'autre solution. C'est Carlotta qui en a eu l'idée. Ma belle-mère n'a jamais voulu le croire. Comment un tel projet aurait-il pu germer dans l'esprit de sa petite fille chérie ?

Il marqua une pause. L'évocation du passé lui était apparemment encore très douloureuse.

— Je possédais un chalet à la montagne, reprit-il. C'est là que nous nous sommes réfugiés. Nous avons célébré nos noces dans la chapelle du village et nous avons passé loin du monde les deux semaines les plus heureuses de notre vie. Ensuite, nous sommes rentrés à Florence et nous avons annoncé notre mariage à la famille de Carlotta.

— Elena ne s'était doutée de rien ?

Drago secoua la tête.

— Elle croyait sa fille en déplacement. Pour ne pas éveiller ses soupçons, Carlotta l'appelait longuement chaque soir.

Alysa soupira. Décidément, Carlotta excellait dans l'art du mensonge. Pour tromper la vigilance de sa mère, elle avait soigneusement élaboré son scénario et entretenu très habilement sa tromperie. Et tout à son bonheur, Drago n'avait bien sûr pas imaginé être un jour victime de sa duplicité !

Elle leva les yeux vers lui. Il avait quitté son fauteuil pour se poster devant la fenêtre. Lui tournant le dos, il gardait le regard plongé dans les ombres du parc. Cet homme souffrait encore, et pour cause ! Les jeunes mariés avaient dû couler des jours paisibles dans leur retraite montagnarde... Drago était alors plus jeune qu'aujourd'hui, follement amoureux et aveugle aux signaux du danger. Soudain il fit volte-face, glissa rapidement jusqu'à son bureau, et tourna la clé du tiroir central pour en sortir un volume qu'il abattit presque violemment devant lui. Sans un mot, il regagna la fenêtre.

Elle souleva la couverture et découvrit une série de clichés soigneusement alignés, où l'on voyait un jeune couple à la sortie d'une chapelle villageoise. Une fois de plus, ses yeux s'attardèrent sur le sourire de Carlotta. Et une fois de plus, son cœur se serra. Quel homme n'aurait pas succombé au charme éblouissant de cette femme ?

Elle referma l'album, le reposa sur le bureau et tenta d'apaiser l'orage qui grondait de nouveau à l'intérieur de sa poitrine. Elle l'avait empêché d'éclater jusqu'alors. Et il était hors de question qu'elle se laissât submerger aujourd'hui !

La main de Drago se posa alors sur son épaule.

— Je suis désolé, murmura-t-il. Je n'aurais pas dû vous imposer cette épreuve.

— Pourquoi pas ? Je suis guérie maintenant.

— On ne guérit jamais de ce genre d'histoires.

Comme elle se détournait, il l'empêcha de s'éloigner.

— Regardez-moi, Alysa !

Elle obéit à contrecœur et il caressa ses joues à la manière d'un père cherchant à consoler sa petite fille.

— J'aurais dû réfléchir avant de vous montrer ces photos. Je ne voulais pas vous faire pleurer.

— Je ne pleure pas, nia-t-elle avec fermeté. Je ne pleure jamais.

— On dirait que vous y mettez un point d'honneur.

— C'est vrai, admit-elle en s'installant de nouveau sur son siège. J'ai décidé de continuer ma route, je refuse de me laisser hanter par le passé. Pour vous, c'est différent. Tina est là pour vous rappeler chaque jour le souvenir de votre femme. Et vous continuez à vivre dans la maison que vous partagiez avec elle. Il vous est impossible d'échapper au passé. Moi, je l'ai fait.

Il s'éloigna de quelques pas.

— Peut-être. Mais êtes-vous certaine d'avoir emprunté la bonne route pour y parvenir ?

— Que voulez-vous dire ?

— Eh bien, on dirait que vous avez décidé de renoncer à votre féminité pour survivre à cette épreuve.

— Pardon ? demanda-t-elle, stupéfaite.

— Vos cheveux sont coupés à la garçonne, vous vous habillez comme un homme...

Piquée au vif, elle bondit de sa chaise.

— Vous avez un point commun avec votre belle-mère, coupa-t-elle sèchement. Vous vivez à une autre époque. Savez-vous que les femmes portent des pantalons depuis bientôt un siècle ?

— Cela ne m'a pas échappé. Mais pourquoi diable avez-vous choisi de vous transformer en une créature asexuée, dénuée du cœur et des sentiments d'une femme ?

— Comment osez-vous ?

Elle serra les mâchoires pour s'empêcher de hurler. Cet homme ignorait tout de sa vie, et il se permettait de la juger !

— Chacun surmonte à sa manière les épreuves de la vie, ajouta-t-il sans merci. Mais à dissimuler ainsi votre détresse, êtes-vous bien sûre de ne pas vous infliger des dommages irréparables ?

— Je n'ai pas l'habitude d'exhiber mes blessures. Je ne pleure pas. Et alors ? Vous pleurez, vous ?

— Pas autant qu'autrefois, répondit-il posément.

C'était la dernière chose qu'elle s'attendait à entendre de la bouche d'un homme aussi imposant que lui. La surprise la cloua sur place.

— Les émotions ne sont pas le domaine réservé des femmes, observa-t-il avec douceur.

— Je n'ai aucune envie de me laisser submerger par le chagrin. J'ai tiré un trait sur le passé et c'est très bien comme ça.

— Si ce que vous affirmez est vrai, comment expliquez-vous votre présence à Pinosa aujourd'hui ? Si vous aviez vraiment tourné la page, vous n'auriez jamais entrepris ce voyage.

— Soit, concéda-t-elle. Il me restait encore quelques points à éclaircir. Cette histoire me trouble encore, je l'admets. Mais je suis bien décidée à l'oublier.

La compassion qu'elle lisait sur les traits de Drago lui devint soudain insupportable.

— Monsieur Di Luca, nous nous sommes éloignés de l'objet de ma visite. Je suis venue ici pour vous parler de James. Mes sentiments ne vous regardent pas.

Il approuva d'un signe de tête.

— Vous avez raison. Pardonnez mon indiscrétion ! Elena se plaint souvent de mon manque d'éducation et de délicatesse. Il semble que ce soir, je n'aie pas failli à ma réputation.

Elle haussa les épaules. Comment lui en vouloir ? Sa maladresse était visiblement involontaire.

— Vous cherchez à surmonter votre chagrin en essayant de comprendre celui des autres, reprit-elle. C'est votre manière de faire face.

— Ma méthode ne semble pas plus efficace que la vôtre. Je vous demande pardon. J'ai un peu oublié mes bonnes manières aujourd'hui.

— Vous faites allusion à la façon dont vous m'avez kidnappée ? dit-elle avec un sourire.

— Kidnappée ? Je n'irais pas jusque-là ! Je me suis montré un peu autoritaire, je l'avoue. Je vous présente mes excuses. Mais si vous acceptiez de me révéler la partie de l'histoire que vous connaissez, j'en serais soulagé.

— Vous en êtes sûr ? demanda-t-elle, inquiète. Certains détails sont parfois difficiles à entendre. Bien souvent, ils ne font que raviver la douleur.

Il approuva d'un signe de tête, comme s'il avait déjà longuement réfléchi à la question.

— Malgré tout, j'ai besoin d'en apprendre plus. Et si quelqu'un peut me comprendre, c'est bien vous.

— Vous ne savez vraiment rien au sujet de James ?

— Carlotta louait un studio à Florence. Le bail ne mentionnait pas le nom de votre fiancé. Je me suis rendu sur place pour en avoir le cœur net. Les voisins ont fini par m'apprendre que l'amant de ma femme s'appelait James Franklin. Ils ne m'ont rien révélé de plus.

— Pas même une autre adresse ?

— Si, à Londres, dans Dalkirk Street. Mais il l'avait quittée peu avant le drame.

— C'est là qu'il vivait quand je le fréquentais. Et l'appartement de Florence, savez-vous à quelle date votre femme l'a loué ?

— En septembre.

— Donc peu de temps après leur rencontre, murmura-t-elle comme si elle se parlait à elle-même.

— J'en suis arrivé à la même conclusion. Elle n'a pas attendu longtemps pour se mettre en quête d'un petit nid d'amour. Un lieu étrangement vide. A peine quelques affaires personnelles, un peu comme une chambre d'hôtel. J'imagine qu'ils passaient le plus clair de leur temps dans les bras l'un de l'autre.

— Sans doute, approuva-t-elle d'une voix blanche.

— Je n'ai rien trouvé à son sujet sur internet. Quel était son métier ? s'enquit Drago, les sourcils froncés.

— Il n'en avait plus vraiment. Quand je l'ai rencontré, il travaillait dans les services financiers de la ville de Londres. La municipalité avait fait appel à mon cabinet pour enquêter sur un fournisseur indélicat. Je suis expert-comptable. Et puis un jour, il a fait un héritage. Sans hésiter, il a donné sa démission pour se consacrer à la photographie. Il en rêvait depuis toujours. Il s'est mis à faire des reportages aux quatre coins du pays et parfois même à l'étranger. A plusieurs reprises, il m'a demandé de l'accompagner. Malheureusement, mon travail ne me laissait guère de loisirs. J'avais prévu de le suivre à Florence, mais au dernier moment, une urgence m'a retenue au bureau.

— Une urgence qui comptait plus à vos yeux que votre fiancé ? demanda Drago sans paraître comprendre.

— C'est exactement ce qu'il m'a reproché, avoua-t-elle tristement. Mais j'avais travaillé si dur pour arriver à occuper ces fonctions ! Il ne l'a pas compris, je le sais. Pourtant jamais je n'aurais imaginé que... qu'il... Je croyais notre relation plus solide.

Drago restait silencieux.

— J'ai eu tort, admit-elle après une pause. J'aurais dû l'accompagner. Aucune histoire ne résiste longtemps à l'éloignement. Il est venu seul à Florence et il a rencontré Carlotta.

Le film des événements défila de nouveau dans son esprit et elle se remémora avec précision le dernier retour de James en Angleterre. Bien qu'il ait tenté de l'en dissuader, elle l'avait attendu à l'aéroport. Elle frissonna. Comment n'avait-elle rien remarqué ? Certains détails auraient pourtant dû l'alerter : l'agacement à peine dissimulé dans son regard, à l'instant où il l'avait aperçue dans l'aérogare, le peu d'enthousiasme avec lequel il était monté dans sa voiture...

— Tu ne devrais pas être au bureau, aujourd'hui ?

Croyant lui faire plaisir, elle avait repoussé ses inquiétudes d'un geste de la main.

— J'ai pris mon après-midi. Nous allons passer à ton appartement pour déposer tes affaires et ensuite je t'emmènerai chez moi. J'ai préparé un bon dîner pour fêter ton retour.

Et elle avait été assez stupide pour mettre son humeur maussade sur le compte de la fatigue ! Un léger mouvement de Drago la ramena soudain à la réalité.

— Quand nous nous sommes retrouvés à l'aéroport, il n'était pas particulièrement heureux de me voir, expliqua-t-elle, reprenant pied dans le présent. Je sais pourquoi aujourd'hui. Il avait rencontré une autre femme. Il a même tenté de me dissuader de l'accompagner chez lui.

— Mais vous avez insisté.

— Bien sûr. Je ne me doutais de rien. Une fois chez lui, il a refusé que je l'aide à défaire ses bagages. Son attitude curieuse ne m'a même pas alertée.

— Quand on refuse de voir la réalité, elle nous échappe, observa posément Drago.

Alysa ferma de nouveau les yeux. James avait rangé ses valises dans son armoire en refusant obstinément de les ouvrir, mais il avait oublié sa mallette dans l'entrée.

— Je suis impatiente de voir tes photos, avait-elle déclaré en s'emparant de son appareil pour en sortir la carte mémoire.

Curieusement, le logement était vide.

— Je les ai toutes retirées, avait-il expliqué rapidement. Si l'appareil photo était endommagé pendant le voyage, je préférerais que les cartes soient à l'abri.

Tout était clair aujourd'hui : ces cartes étaient remplies de photos de Carlotta. Et il avait fait en sorte qu'elle ne les découvre pas ! Mais quand, déçue, elle avait rangé l'appareil, un objet insolite avait retenu son attention. Elle l'avait pris entre ses doigts et étudié avec curiosité. C'était un petit cadenas ouvragé, incrusté de pierres.

— Comme il est joli ! s'était-elle exclamée. Il est pour moi ?

— Oui, avait répondu James. Quand je l'ai vu, j'ai tout de suite pensé qu'il te plairait.

Ravie, elle avait essayé d'introduire la clé dans la serrure. Sans succès.

— Désolé. Ce ne doit pas être la bonne. Je te la trouverai en défaisant mes bagages.

Puis, apparemment pressé de changer de sujet, il l'avait embrassée sur la joue.

— Maintenant, je vais aller me coucher. Je suis épuisé. Je t'appellerai dans la matinée.

Cette étrange découverte était restée une énigme pour elle, aussi préféra-t-elle ne pas l'évoquer devant Drago. James ne lui avait jamais donné la bonne clé. Quelques jours après son retour, il avait même récupéré le cadenas.

— Quand est-il rentré de Florence ? demanda Drago en la tirant brusquement de ses pensées.

— En septembre.

— Oui, je m'en souviens. A la fin de l'été, Carlotta a commencé à passer beaucoup de temps en dehors de la maison. Et elle s'est absentée une semaine entière en septembre. Après, il y a eu des week-ends, et puis une autre semaine entière en novembre. J'ai découvert plus tard qu'elle avait séjourné en Angleterre.

— Du 10 au d17 ? demanda-t-elle, le souffle court.

— Précisément. James était absent à ce moment-là ?

— Oui. Soi-disant parti en reportage dans le nord du pays. J'ai essayé de le joindre à plusieurs reprises, mais son portable était sans arrêt éteint. Un jour, un de mes amis a prétendu l'avoir aperçu à Londres, près de son domicile. Evidemment, je lui ai dit qu'il se trompait, mais manifestement, il avait raison. James a dû passer la semaine chez lui… avec elle…

— Elle était plus rusée que lui, glissa Drago. Elle ne coupait jamais son téléphone. Elle m'appelait tous les jours et me parlait comme si de rien n'était.

— Exactement comme elle l'avait fait autrefois avec sa mère, observa-t-elle, après avoir organisé son propre enlèvement pour vous épouser. Vous n'avez jamais rien soupçonné ?

— Non. Je lui faisais entièrement confiance. Jusqu'au jour où elle m'a avoué qu'elle en aimait un autre et qu'elle me quittait pour aller vivre avec lui. Alors, vous allez rire, mais je ne l'ai pas crue. Pour moi, c'était impossible. Ma Carlotta, mon seul amour, ma moitié, celle que je croyais connaître par cœur ne pouvait avoir changé ainsi. Et j'ai soudain compris que je me berçais d'illusions depuis des années.

— J'ai ressenti cela moi aussi. Cette impression d'avoir été dupée. Soudain, votre univers se remplit de fantômes.

— Et vous croyez devenir fou, continua Drago. C'est étrange, comme nous nous comprenons bien tous les deux. Je vous livre aujourd'hui des secrets que je n'ai jamais pu confier à personne.

Elle se racla nerveusement la gorge.

— J'avoue que cette complicité m'effraie un peu, fit-elle après un lourd silence. Je m'attendais si peu à…

— Et moi ? Vous pensez que je n'ai pas peur ?

— Non. Je sais ce que vous ressentez.

Elle avait prononcé ces mots avec un certain fatalisme. Certes, elle n'avait pas souhaité ni recherché cette curieuse alliance, mais il était à l'évidence désormais trop tard pour lui échapper.

3

— Comment avez-vous découvert que James vous trompait ? demanda Drago.

— Un premier indice aurait dû me mettre la puce à l'oreille le soir de Noël, mais j'ai préféré ne pas le voir. Nous devions passer le réveillon ensemble. J'avais tout préparé avec soin. Le sapin, les décorations, un dîner aux chandelles… J'avais même pris la peine d'enfiler une nouvelle robe.

Elle lui adressa un sourire espiègle, s'efforçant de lui signifier : « Eh oui, cher monsieur, il m'arrive aussi de porter des tenues féminines ».

— Alors que je m'inquiétais de ne pas le voir arriver, reprit-elle d'un ton de nouveau grave, il m'a appelée pour se décommander. Son meilleur ami traversait, soi-disant, une période difficile. Il n'osait pas le laisser seul. Aujourd'hui, bien sûr, son mensonge peut paraître grossier, mais je n'avais aucune raison de douter de sa parole. Alors, je l'ai cru. Vous devez me trouver bien naïve.

Drago secoua la tête.

— Si vous saviez à quel point ma propre crédulité me sidère parfois. Il n'y a pas de limite à ce qu'un être humain est capable de croire quand il ne veut pas voir la vérité.

— C'est vrai, soupira-t-elle.

Elle était incapable de lui parler de l'enfant qu'elle avait perdu, mais elle posa machinalement une main sur son ventre. Il remarqua son geste, mais n'en comprit heureusement pas le sens.

— Combien de temps êtes-vous restée sans le voir après ce triste réveillon ? demanda-t-il encore.

— Une dizaine de jours. Je suppose qu'il est venu ici pour retrouver Carlotta, mais il n'a pas dû la voir beaucoup pendant cette période de fêtes...

— Elle nous a honorés de sa présence le jour de Noël, mais le reste du temps, on ne l'a presque pas vue ! Et puis, elle était présente aussi pour célébrer l'Epiphanie. Je la revois comme si c'était hier. En mère aimante, en femme attentionnée...

Sa voix se brisa et un long moment s'écoula avant qu'il ne trouve la force de poursuivre.

— Elle a magistralement joué son rôle. Ensuite, Elena a emmené Tina à Rome pour passer quelques jours chez son autre fille. Elle aurait aimé que Carlotta les accompagne, mais ma chère épouse a prétendu qu'elle préférait rester auprès de moi, que nous avions besoin d'un peu de temps pour nous. J'étais si heureux de sa décision ! Je l'avais vue si peu depuis quelques mois...

Il ponctua sa phrase d'un soupir douloureux.

— Mais aussitôt après le départ de Tina et de sa grand-mère, elle m'a annoncé sans aucun ménagement qu'elle me quittait pour un autre et que toute discussion se révélerait inutile. Jamais elle n'avait employé avec moi ce ton froid et autoritaire, elle le réservait habituellement au tribunal. J'ai tenté de lui rappeler ses responsabilités de mère, mais j'avais l'impression de m'adresser à un mur. Sa décision était prise et elle ne voulait rien entendre. Espérant la dissuader de partir, je lui ai enfin dit que jamais je n'accepterais d'être privé de ma fille. Très vite, j'ai compris qu'elle n'avait jamais eu l'intention de l'emmener avec elle !

— Vous auriez accepté de la garder comme épouse, sachant qu'elle vous avait été infidèle ? demanda-t-elle avec curiosité.

— Notre relation était à jamais brisée, ça ne fait aucun doute. Mais pour le bien de Tina, j'aurais tenté de sauver notre couple.

Un lourd silence s'abattit sur la pièce. Drago fit quelques pas, puis se laissa tomber dans un fauteuil.

— Et là, reprit-il d'un air sombre, j'ai compris que j'avais vécu auprès d'elle sans jamais la connaître. La femme que j'avais aimée se comportait avec une effroyable cruauté, sans se soucier du mal qu'elle causait autour d'elle. A l'entendre, les moments merveilleux que nous avions partagés pendant les fêtes resteraient à jamais gravés dans la mémoire de Tina. Comme si cela pouvait suffire à...

Alysa frémit à ces mots. Elle n'en croyait pas ses oreilles !

— Comment une mère peut-elle agir de la sorte ? lança-t-elle.

— C'est insensé, n'est-ce pas ? Pour elle, tout semblait pourtant d'une extrême simplicité. Elle passerait voir sa fille de temps à autre, et tout serait pour le mieux dans le meilleur des mondes. Quand Tina est rentrée de Rome, j'ai prétendu que Carlotta était en déplacement pour son travail. J'espérais encore que ma femme reviendrait à la raison. Mais le destin en a décidé autrement. Et après la tragédie de Pinosa, il m'est devenu impossible de dire la vérité à Tina.

— C'est évident. Mais vous ne pourrez pas la dissimuler indéfiniment. Si un jour elle apprend les détails sordides de cette histoire de la bouche d'un étranger, elle en souffrira plus encore.

— Je sais. Le moment viendra où je serai obligé de lui parler. Mais elle est encore trop petite.

— J'ai vraiment du mal à comprendre qu'une femme puisse ainsi renoncer à son enfant, murmura Alysa.

— Moi aussi. Je l'entends encore me répéter qu'il fallait être réaliste et que...

— Réaliste ? répéta-t-elle, se redressant brusquement. A-t-elle vraiment employé le mot « réaliste » ?

— Oui, pourquoi ?

— Parce que James l'a utilisé lui aussi pour justifier sa décision. Quand il est rentré au mois de janvier, il m'a invitée à dîner au restaurant. A la fin du repas, il m'a annoncé sans ménagement qu'il en aimait une autre. Il fallait être « réaliste », disait-il. Nous avions passé du bon temps ensemble, mais notre relation ne l'avait jamais épanoui. Et puis il a demandé l'addition, il m'a dit adieu et je ne l'ai jamais revu.

— Aussi violent et définitif que le couperet d'une guillotine, observa Drago.

— Comme vous dites. Brusquement, ma vie s'est écroulée. Le choc était si brutal que je n'arrivais pas à croire que tout cela était bien réel. Mais je me suis vite rendu compte que James n'était plus l'homme que j'avais rencontré.

Il hocha doucement la tête.

— Et ensuite, il ne vous a plus jamais donné de nouvelles ?

— Uniquement par l'intermédiaire de son avocat. Il avait laissé quelques affaires chez moi et souhaitait les récupérer. Je les ai rassemblées dans un carton qu'une employée de l'étude est venue chercher pour lui.

L'incroyable cruauté de son récit provoqua sans doute chez Drago un accès de colère. Car il se redressa sur son siège en s'exprimant avec rage dans une langue inconnue.

— Qu'avez-vous dit ? lui demanda-t-elle. Ce n'était pas de l'italien, n'est-ce pas ?

— C'était du toscan, et je préfère vous en épargner la traduction. Si j'ai bien compris, vous avez appris quelques mots de notre langue en effectuant des recherches sur internet ?

— Oui. Quand je menais mon enquête sur Carlotta, j'ai découvert de nombreux articles dans la presse italienne. J'ai acheté un dictionnaire et j'ai travaillé nuit et jour pour tenter de les comprendre. J'ai cru devenir folle.

A cet instant, elle croisa son image dans un miroir posé sur le bureau et laissa échapper un petit rire amer.

— Regardez-moi !

Dans la lumière tamisée de la pièce, ses yeux immenses semblaient refléter une vision de l'enfer.

— On dirait une vieille dame, ou plutôt un fantôme. Je...

— Taisez-vous ! coupa Drago. Je vous en supplie ! Vous avez fait preuve d'un courage incroyable pour reconstruire votre vie.

— Pardonnez-moi ! Je suis parfois à bout de forces, souffla-t-elle.

— A quoi bon tenter d'ignorer le passé ? Voilà un an que vous essayez en vain de le fuir !

Alysa sentit ses épaules s'affaisser brusquement.

— Ecoutez, Drago, je suis venue ici pour vous aider...

— Vous avez besoin d'aide, vous aussi.

— Non, je vous assure.

Il devait sentir qu'elle était au bord de l'épuisement, car il lui accorda une pause.

— Et si nous allions nous préparer un café ? suggéra-t-il avec douceur.

Ils pénétrèrent dans une cuisine rutilante, dotée des appareils les plus sophistiqués. Après une tasse de café et quelques biscuits, elle recouvra peu à peu ses esprits.

— Merci, fit-elle avec gratitude. Il m'arrive rarement de perdre ainsi le contrôle de mes nerfs.

— Cette soirée est particulièrement éprouvante pour vous. Je regrette de vous l'avoir imposée. Mais cet après-midi à Pinosa, j'ai vu en vous mon dernier espoir.

Il avait prononcé cette phrase avec une sorte de fatalisme.

— Chacun s'accroche à ce qu'il peut, reprit-elle, et heureusement, notre instinct de survie est toujours le plus fort.

— Oui, cette tragédie n'a pas réussi à nous anéantir, mais nous lui avons payé tous deux un lourd tribut. Je me demande où vous avez puisé l'énergie de surmonter cette épreuve dans une telle solitude.

Elle réfléchit un instant avant de lui répondre.

— Peut-être ai-je tiré les leçons du destin tragique de ma mère ? Quand j'avais quinze ans, mon père nous a abandonnées. Elle ne s'est jamais remise de son départ. Je l'ai entendue sangloter dans sa chambre, nuit après nuit, pendant des années. A soixante ans, elle a succombé à une crise cardiaque, comme si son cœur n'avait plus la force de se battre…

— Pauvre femme ! s'exclama-t-il, les traits tirés.

— Oui, et savez-vous pourquoi elle est ainsi partie à la dérive ? Parce que très jeune, elle avait renoncé à sa carrière d'actrice pour se consacrer à sa vie de famille. Elle commençait à se faire un nom lorsqu'elle a rencontré mon père. Et comme elle refusait le plus souvent les engagements qui l'éloignaient de lui, les agences ont finalement cessé de faire appel à ses talents. Elle a enchaîné d'innombrables petits métiers. Quand mon père est parti, elle a tout perdu. Heureusement, la mort de James ne m'a pas laissée ainsi démunie !

— Vous avez gardé le contact avec votre père ? demanda Drago après une pause.

— Non. Il a bien essayé de renouer un semblant de relation

avec moi après l'enterrement. Mais j'ai refusé de le voir. J'étais incapable de lui pardonner sa conduite !

Drago approuva d'un léger signe de tête.

— Vous n'avez personne d'autre que lui ?

— Deux tantes, répondit-elle avec amertume. Les sœurs de ma mère. Mais leur sort m'indiffère complètement. Elles ont été les premières à l'abandonner.

— Leur soutien n'aurait peut-être rien changé. Quand on touche le fond, il est rare de trouver chez les autres le réconfort dont on a besoin.

— Vous semblez parler d'expérience, observa-t-elle.

— Mon meilleur ami a essayé de me venir en aide, mais il a échoué. Ce n'était pas sa faute. Il cherchait à me consoler de la mort de Carlotta, sans connaître les causes profondes de mon chagrin.

— Comment avez-vous appris la disparition de votre femme ? demanda-t-elle, curieuse.

— Un journaliste qui se trouvait sur le lieu du drame a reconnu son corps. Il m'a téléphoné et aussitôt interrogé sur les raisons de la présence de ma femme à Pinosa. Je ne sais plus exactement ce que je lui ai raconté. Et puis les appels se sont multipliés et la presse entière s'en est mêlée.

Alysa frémit. Cet homme avait dû vivre l'enfer.

— J'ai très vite perdu mon calme, reprit-il. Je me suis violemment querellé avec un reporter et nous en sommes même venus aux mains. Pour finir, je l'ai menacé de faire fermer son journal s'il s'avisait de salir la mémoire de ma femme.

— Vous étiez en mesure de le faire ?

— Probablement. En tout cas, il a eu très peur. L'histoire s'est répandue comme une traînée de poudre et ses collègues se sont tenus tranquilles.

— L'indiscrétion de ces vautours n'a pas de limite.

— Et vous ? demanda Drago. Comment l'avez-vous appris ?

— Par un appel de l'avocat de James, répondit-elle dans un soupir. Il avait été contacté par un homme qui insistait pour obtenir des informations sur James et qui refusait de lui révéler son identité.

— C'était moi. J'avais trouvé une lettre de l'étude Hoskins dans l'appartement de Florence. L'avocat n'a rien voulu me dire, mais j'ai communiqué son nom aux enquêteurs.

— Ils m'ont contactée également, se souvint-elle. Ils attendaient des instructions pour l'enterrement. James n'avait plus aucune famille.

— Que leur avez-vous répondu ?

— Rien. J'étais dans un état effroyable. J'ai prétendu que je ne le connaissais pas et j'ai raccroché. J'ignore où il est enterré.

— Il se trouve dans le même cimetière que Carlotta. Je passe devant sa tombe à chacune de mes visites.

— Vous vous rendez sur la tombe de votre femme après ce qu'elle vous a fait ?

— Je le dois, ne me demandez pas pourquoi. Et chaque fois, j'en profite pour dire à votre fiancé à quel point je le déteste. Cela me fait un bien fou. Malheureusement, je ne sais même pas à quoi il ressemblait.

— Vous voulez le voir ?

Drago ouvrit de grands yeux.

— Vous gardez toujours sa photo avec vous ?

— Non. Mais j'en ai pris une pour venir ici. Je... c'est idiot, mais je voulais qu'il m'accompagne...

Il hésita un instant avant d'accepter le cliché qu'elle lui tendait, comme si, à la dernière minute, il se refusait à découvrir le visage de l'homme que sa femme avait aimé. Puis il s'en saisit nerveusement, l'étudia et dissimula la turbulence de ses émotions par une horrible grimace.

— Joli garçon, siffla-t-il avec mépris. Demain, je vous montrerai l'endroit où il repose. Vous pourrez ainsi lui dire toute la haine que vous éprouvez pour lui.

— Il ne m'inspire plus de haine, rectifia-t-elle.

Et soudain, elle se sentit envahie par une immense lassitude. La violence et la vulnérabilité de Drago l'avaient épuisée.

— Il est tard, murmura-t-elle. Il faut que je rentre.

— Je vais vous reconduire. Demain, la commémoration est prévue à midi. Je ferai envoyer une voiture à votre hôtel.

— Non, je vous remercie. Je n'irai pas au cimetière. La journée d'aujourd'hui m'a suffi.

— Prenez le temps de réfléchir. Je vous appellerai dans la matinée.

Il l'invita à l'attendre dans le hall pendant qu'il sortait la voiture du garage. Absorbée dans ses pensées, elle ne vit pas la petite silhouette qui se glissait furtivement en bas de l'escalier.

— Où est *Papà* ? Il va bien ?

Elle sursauta en reconnaissant la voix de Tina.

— Il va très bien. Pourquoi ? Tu t'inquiètes pour lui ?

— Il a été de mauvaise humeur toute la journée.

— C'est que ta maman...

— Je sais. Elle lui manque beaucoup. Mais je crois bien qu'aujourd'hui, *Nonna* lui a tapé sur les nerfs.

— *Nonna* ?

— Ma grand-mère. Elle n'a pas été gentille avec lui.

Alysa sentit les larmes monter. Les intonations maternelles de la petite fille étaient réellement émouvantes, mais le retour de Drago ne lui laissa pas le temps de lui répondre.

— Qu'est-ce que tu fais debout ? demanda-t-il d'un ton réprobateur et tendre à la fois.

— Je suis descendue pour voir ce que tu faisais.

— Je m'apprêtais à reconduire *la signorina* à son hôtel. Ne t'inquiète pas, je rentrerai aussitôt après. Remonte vite dans ta chambre !

A cet instant, la voix sévère d'Elena résonna en haut des marches. Tina réagit au quart de tour et se tourna vers Alysa.

— Prenez soin de lui, lui souffla-t-elle avant de se précipiter à l'étage.

— Que vous a-t-elle dit ? demanda alors Drago.

— De veiller sur vous. Elle trouve que votre belle-mère n'est pas assez gentille avec vous.

Drago s'abstint de tout commentaire et l'escorta galamment jusqu'à la voiture. Sans doute déconcerté par les préoccupations de sa fille, il garda le silence une bonne partie du trajet. Quand ils pénétrèrent dans la ville endormie, Alysa se rendit compte qu'il était presque 1 heure du matin. Les émotions intenses de la journée lui avaient fait perdre toute notion du temps.

— Etes-vous certain de rouler dans la bonne direction ? s'étonna-t-elle soudain. Mon hôtel est situé sur l'autre rive.

— Je voulais vous montrer quelque chose avant de vous déposer, répondit Drago.

Peu après, il garait la voiture devant l'entrée d'un immeuble et l'invitait à descendre.

— C'est ici qu'ils se retrouvaient, fit-il en tendant un bras en direction du premier étage.

Elle leva la tête un instant, puis le suivit derrière le bâtiment. Très vite, ils débouchèrent dans un petit jardin qui surplombait le fleuve Arno. Au loin se dressait le célèbre Ponte Vecchio. Elle frémit. C'était donc là le spectacle qui s'offrait à la vue de James, quand il étreignait sa maîtresse derrière la fenêtre de leur petit appartement ! A cet endroit précis, ils s'étaient embrassés, enlacés, alors qu'elle se morfondait seule dans son loft, à des milliers de kilomètres de là.

— Une nuit, je les ai vus tous les deux derrière la fenêtre, confia Drago comme s'il lisait dans ses pensées.

— Vous êtes venu ici pour les voir ?

— Oui, avoua-t-il, un peu honteux. En me cachant dans les buissons. Mais si vous osez le répéter à quiconque, je jure de vous étrangler.

— Ne vous inquiétez pas, je ne dirai rien ! Pour être honnête, j'ai fait exactement la même chose à Londres. Je suis passée en bas de l'immeuble de James dans l'espoir de l'apercevoir. Mais je suppose qu'il était déjà parti.

— Estimez-vous heureuse, Alysa ! Parce que moi, j'ai mis des heures à m'arracher à cet endroit. Et pendant des semaines entières, je les ai imaginés en train de déambuler sur la berge, à se souffler des mots d'amour à l'oreille.

— Le cadre est idéal, observa-t-elle avec amertume. Le parfait romantisme à l'italienne !

— Le romantisme n'est pas lié à un décor ou à un pays, fit tristement Drago. Il appartient aux amants qui partagent le sentiment d'être seuls au monde.

Il marqua une pause et reprit lourdement.

— La nuit où je les ai vus derrière cette fenêtre, j'ai compris que je n'existais plus pour elle.

Alysa tourna la tête vers le fleuve. Un bateau illuminé glissait sans bruit devant eux, et son halo de lumière engloba soudain le visage de Drago. Cet homme avait un incroyable pouvoir de séduction. Si le charme de James émanait de la douceur de ses traits, presque enfantins, celui de Drago jaillissait de la robustesse de son physique. Son charisme naturel surpassait de très loin l'apparence agréable mais plus fade de son rival.

Une brise un peu fraîche commençait à souffler des eaux froides du fleuve, et elle se mit à frissonner. Sans prononcer un mot, Drago l'attira contre lui et la serra longuement dans ses bras. Ce n'était pas l'étreinte d'un amant, mais celle d'un ami qui lui offrait la chaleur de son corps pour la réconforter. Elle l'accepta donc avec gratitude.

— Vous vous sentez mieux ? s'enquit-il après de longues minutes.

— Beaucoup mieux, merci. Mais j'aimerais rentrer maintenant.

Il garda un bras sur son épaule pour la ramener devant l'immeuble. Vidée de toutes ses forces, elle fut incapable de prononcer un mot sur le chemin de l'hôtel. Au moment de la saluer, Drago lui tendit sa carte de visite.

— Voici mes coordonnées. N'hésitez pas à m'appeler ! Nous nous reverrons demain, je l'espère, mais je tiens à vous remercier dès ce soir pour l'aide que vous m'avez apportée.

Il l'embrassa rapidement sur la joue.

— Au revoir, Alysa.

— Au revoir, répondit-elle. Je ne sais pas si… Au revoir !

Et elle s'engouffra dans le hall de l'hôtel sans se retourner. Cette nuit-là, le visage de James réapparut inlassablement dans ses rêves, sous les traits d'un monstre qui la contemplait du haut d'une fenêtre, la poitrine secouée d'un rire tonitruant et mauvais. Quand elle criait pour appeler au secours, la silhouette de Drago se profilait près de son lit, mais elle s'évanouissait presque aussitôt, la laissant désespérément seule à lutter contre ses démons.

4

Alysa se réveilla sans forces. Quelle nuit effroyable elle avait passée ! Elle n'avait vraiment aucune envie de se rendre au cimetière. Mieux valait rentrer directement à Londres, un jour plus tôt que prévu. Cela lui épargnerait ainsi une deuxième rencontre avec Drago Di Luca. Pourtant, comme si elle agissait machinalement, elle se vit déposer sur le lit des vêtements parfaitement appropriés à une commémoration. Un tailleur-pantalon bleu marine et un corsage blanc impeccable.

— Pourquoi ces tenues toujours si conventionnelles ? lui avait un jour reproché James.

— Je suis une personne très conventionnelle, avait-elle répondu en plaisantant.

— A d'autres ! Qui essaies-tu de tromper avec ces déguisements d'un autre siècle ?

— Les clients dont je gère les portefeuilles. Une minijupe et un corsage affriolant n'inspireraient pas leur confiance. Pas plus que celle de mes employeurs ! Comment pourraient-ils proposer à une midinette de devenir un jour leur associée ?

Puis elle l'avait tendrement serré dans ses bras.

— Je regrette que tu n'aimes pas ma garde-robe. J'ai tellement envie de te plaire.

— Hum. Eh bien, en toute franchise, je ne serais pas contre la minijupe !

Elle sentit les larmes lui monter aux yeux. Cette conversation avait été suivie d'une étreinte passionnée… Et voilà qu'aujourd'hui, elle s'apprêtait avec soin pour aller se recueillir sur la tombe de cet homme qu'elle avait tant aimé.

Un taxi déposa Alysa de très bonne heure au cimetière. Laissant ses pas la guider dans les allées désertes, elle s'arrêta soudain. Au milieu des caveaux de famille, soigneusement entretenus et décorés çà et là de quelques modestes gerbes de fleurs, une tombe de marbre blanc était presque entièrement recouverte de roses rouges. Et au milieu de la pierre trônait un portrait de Carlotta.

Elle se figea. Après tous les tourments que Drago avait endurés, ce spectacle était vraiment surprenant !

— *Ciao !*

— *Sono inglese*, répondit-elle en découvrant soudain un prêtre à ses côtés.

— Vous êtes une amie de la famille ? demanda-t-il avec douceur.

— Non. Je... Ce n'est pas courant de voir autant de roses à cette époque de l'année...

— Le mari de la *signora* fait livrer un énorme bouquet chaque semaine. Ce matin, le fleuriste a fait un arrangement exceptionnel pour la cérémonie.

Alysa ouvrit de grands yeux. Chaque semaine. Après une année entière ! Des roses rouges ! Ce ne pouvait être uniquement pour Tina. Drago était resté éperdument amoureux de celle qui l'avait trahi.

— C'est émouvant de voir un homme aussi fidèle à la mémoire de sa femme, reprit le prêtre. C'est triste, aussi. Je ne sais pas s'il trouvera la force de se remettre un jour de cette tragédie.

— Toutes les victimes de l'accident sont enterrées ici ? demanda-t-elle.

— Non. Seulement les habitants de la région. Pinosa est un lieu très touristique. Il y avait parmi les morts de nombreux étrangers. Leurs corps ont été rapatriés. Sauf un. Personne ne savait rien du défunt. Il n'avait plus de famille. Sa tombe est au bout de cette allée.

Il indiqua un coin éloigné où se dressait une rangée de pierres tombales toutes identiques. Un endroit manifestement destiné à des personnes déshéritées ou abandonnées de leurs proches. Elle s'y dirigea lentement, et se pencha au-dessus des plaques, à la recherche du nom de James. Elle le trouva enfin, au bout d'une allée.

— Comme il a l'air seul, ici, songea-t-elle à voix haute.

Le prêtre l'avait suivie.

— Vous avez raison, l'endroit est plutôt triste. Les enquêteurs ont essayé de joindre ses amis, par l'intermédiaire de son notaire. Ils n'ont trouvé personne. Il y avait bien une jeune femme qui était supposée le connaître, mais elle a affirmé n'avoir aucun lien avec lui.

— Elle n'aurait pas dû agir ainsi, murmura-t-elle, le souffle court.

— Peut-être, mais Dieu seul sait les souffrances qu'elle a pu endurer. Ah, pardonnez-moi, je vois arriver d'autres visiteurs…

Absorbée dans la contemplation de la modeste sépulture, Alysa le vit à peine disparaître.

— C'est donc à cet endroit misérable que je t'ai condamné ! lâcha-t-elle.

Elle sentit les larmes monter. Jamais, jusqu'à cet instant, elle n'avait éprouvé la moindre pitié pour James. Mais pour la première fois depuis qu'il l'avait si brutalement quittée, elle se remémora leur rencontre. Ce beau jeune homme plein de vie avait fait irruption dans son existence monotone pour la remplir d'insouciance et de joie !

Des murmures la tirèrent soudain de ses pensées. Le cimetière s'emplissait peu à peu des familles venues rendre hommage à leurs disparus. Elle s'enfonça vite dans l'épaisseur d'un bosquet pour se mettre à l'abri des regards. Bientôt, elle reconnut la silhouette de Drago dans l'allée principale. Plusieurs personnes l'accompagnaient : Elena et Tina, bien sûr, mais aussi quelques adultes et deux autres enfants. Ils arrivaient maintenant à l'entrée de la chapelle. Elle se glissa à son tour à l'intérieur et s'installa discrètement le plus loin possible de l'autel.

Quelques rangées devant elle, le clan Di Luca était regroupé sur un même banc. Tina était entourée par son père et par un garçonnet d'une dizaine d'années qui lui tapotait affectueusement l'épaule. Partout se répétaient des scènes similaires, de mères effondrées, de pères incrédules, d'enfants ouvrant des yeux horrifiés sur la cruauté de ce monde, tous venus pleurer leurs défunts et se soutenir mutuellement dans l'épreuve. Alysa sentit sa gorge se nouer. Elle était seule, désespérément seule.

A la fin du service, elle quitta précipitamment la chapelle pour retrouver sa cachette à l'ombre des arbres. De là, elle assista à la deuxième partie de la cérémonie, puis elle vit les familles se disperser dans les allées. Elle s'approcha alors de nouveau de la tombe de James.

— Il n'y a que moi aujourd'hui pour me souvenir que tu as un jour existé.

Un bruit de pas la fit soudain sursauter et elle se retourna. Drago approchait. Son visage était tiré, ses yeux soulignés de cernes bleutés.

— J'ai fait envoyer une voiture à votre hôtel, dit-il d'une voix exténuée. Le chauffeur m'a appelé pour m'annoncer votre départ. Malgré tout, j'avais encore l'espoir de vous trouver ici.

— Je ne voulais pas venir, mais je n'ai pas pu m'en empêcher. Vous l'aviez deviné, n'est-ce pas ?

Il hocha doucement la tête.

— Comment vous sentez-vous aujourd'hui ?

— Un peu mieux qu'hier. Mais vous, j'ai l'impression que vous n'avez pas beaucoup dormi.

— Je n'ai pas fermé l'œil. La perspective de cette commémoration m'a angoissé toute la nuit. La sœur de Carlotta est ici, avec son mari et ses enfants.

— Eux non plus ne connaissent pas la vérité, et j'imagine que jouer la comédie pour tout ce petit monde doit être éreintant.

— Très éprouvant, en effet. Heureusement, ils s'en vont tout à l'heure. Nous pourrions peut-être nous revoir ?

Elle hésita un long moment. Pouvoir se confier encore une fois au seul homme capable de la comprendre lui procurerait sans doute un réconfort immense. Mais ne risquait-elle pas de s'habituer à sa présence ? Il la troublait tant, bien plus qu'elle ne l'aurait souhaité. Dans des circonstances plus ordinaires, son caractère intransigeant et dominateur ne lui aurait pas plu. Mais la tragédie de Pinosa les avait rapprochés. Et l'homme qu'elle avait découvert derrière la façade austère de son personnage, l'être blessé, terrassé par le chagrin, la touchait au plus profond de son cœur. Mais ce n'était pas le moment d'être faible ! Ne travaillait-elle pas depuis des mois à s'endurcir pour dissimuler ses souffrances aux yeux du monde et peut-être à elle-même ? Drago menaçait bel et bien son fragile équilibre.

— Je ne sais pas, répondit-elle enfin. Ce n'est peut-être pas une bonne idée.

Il désigna du menton la tombe de James.

— A cause de lui ? demanda-t-il. Vous vous souciez encore de lui ?

— Il n'a que moi, lâcha-t-elle.

— Et vous, qui d'autre avez-vous ? Oubliez-le et vivez votre vie ! Quand Carlotta m'a quitté, j'ai fait ce qui était de mon devoir pour Tina, mais je l'ai chassée de mon cœur.

— C'est pourquoi vous lui envoyez des roses rouges chaque semaine ?

— Je le fais pour ma fille. Elle a besoin de croire que je souffre de la mort de sa mère.

— Vous vous racontez des histoires. Vous abreuvez cette enfant de mensonges et...

— Seulement pour son bien !

— Vous en êtes sûr ? Seulement pour son bien ?

Il haussa les épaules, incapable de lui répondre.

— Il faut que nous parlions encore, reprit-il après un lourd silence. Je vous appellerai dès qu'ils seront partis.

— Non, Drago, c'est inutile. Nous avons suffisamment parlé hier. A quoi bon prolonger le...

L'appel de Tina l'interrompit.

— *Papà*, tu viens ?

— J'arrive, ma chérie, répondit-il, avant de reprendre à son intention : Ne partez pas, je vous en supplie. Je reviens tout de suite.

Il s'éloigna précipitamment pour rejoindre sa fille. Alysa hésita un instant puis s'enfonça une nouvelle fois dans le bosquet, les yeux toujours fixés sur Drago. Courageusement, il s'acquittait avec courtoisie de ses devoirs familiaux. Cette cruelle mascarade devait lui coûter bien des efforts et peut-être pouvait-elle l'attendre un peu. Elle secoua la tête. Non, elle devait se protéger et fuir ! Sans plus hésiter, elle pivota sur ses talons et quitta le cimetière.

Alysa passa le reste de la journée à errer comme une âme en peine dans les rues de Florence, dépassant sans les voir les trésors de la vieille cité. En fin d'après-midi, ses pas la conduisirent sur le Ponte Vecchio. Comme elle longeait les boutiques des joailliers, son regard fut attiré par une vitrine remplie de cadenas ouvragés. A la manière de bijoux précieux, ils étaient présentés dans des écrins tapissés de velours. Et l'un d'eux était la copie conforme de celui que James avait rapporté à Londres !

— Quelle coïncidence, songea-t-elle tristement.

Le propriétaire de l'échoppe la rejoignit sur le trottoir et lui sourit chaleureusement.

— Vous aimez mes cadenas, *signorina* ? Vous n'en trouverez pas de plus beaux à Florence. C'est une tradition, ici. Nous les vendons pour la statue de Cellini.

Alysa plissa le front, intriguée.

— Cellini, l'orfèvre ? demanda-t-elle.

— Venez, je vais vous le présenter.

Il lui prit le bras avec courtoisie et la conduisit à l'extrémité du pont, devant un buste de Cellini. Elle n'en croyait pas ses yeux. L'ouvrage était déjà impressionnant, mais surtout, des centaines de cadenas étaient suspendus à la balustrade en fer forgé !

— Ce sont les amoureux qui les accrochent ici, expliqua le vieil homme. C'est une vieille coutume. Ils achètent un cadenas, l'attachent sur la grille et jettent la clé dans le fleuve Arno. Ainsi, ils sont unis pour la vie.

— Comme... comme c'est romantique, bredouilla-t-elle.

— Lorsque des amoureux franchissent le seuil de ma boutique, je leur vends trois cadenas. Un pour Cellini et un pour chacun d'eux. La tradition veut qu'ils échangent leurs clés.

Alysa sentit son cœur se serrer.

— Vous pouvez m'en montrer quelques-uns ? demanda-t-elle pour faire bonne figure.

— Bien sûr ! Retournons au magasin !

Il l'invita à entrer et déposa avec amour sur son comptoir les plus beaux exemplaires de sa collection. Elle frémit et, sans pouvoir s'en empêcher, souleva dans ses doigts la réplique du cadenas de James.

— Celui-ci a beaucoup de succès, approuva-t-il. Il est serti de vraies pierres. C'est le plus cher de la boutique.

Quand il lui annonça le prix, elle laissa échapper un cri.

— Il faut vraiment être amoureux pour dépenser autant d'argent, admit le boutiquier. Si votre fiancé vous offre celui-ci, vous pouvez lui accorder une confiance éternelle.

— Oui, murmura-t-elle d'une voix blanche. Une confiance éternelle.

— Amenez-le jusqu'ici pour le lui montrer ! Si vous voulez, je le mets de côté.

— Je crains qu'il ne soit trop tard, répondit-elle avec amertume. Merci beaucoup. Je… je dois partir maintenant.

Elle sortit précipitamment de l'échoppe et se mit à courir comme si le diable était à ses trousses. Ainsi, James et Carlotta étaient venus ici ! Ils avaient suspendu un cadenas devant le buste de Cellini et jeté la clé dans le fleuve en se jurant un amour éternel. Ensuite, ils avaient échangé les clés des deux autres cadenas. Et James avait rapporté le sien à Londres. Tout était si clair aujourd'hui…

Alysa éclata d'un rire aigu et inextinguible. Il ne manquait plus que ça ! Combien de tours pendables lui réservait encore le destin ? Hilare, elle parcourut les vieilles ruelles sans se soucier des regards intrigués que lui lançaient les passants. Après avoir marché sans but pendant plus d'une heure, elle se retrouva sur la berge du fleuve. Au loin, elle crut reconnaître l'immeuble où Drago l'avait conduite la veille au soir, celui qui abritait les rendez-vous secrets des deux amants.

Elle s'immobilisa. Se jeter dans les bras de Drago lui ferait un bien fou. Après tout, lui seul pouvait comprendre son tourment. Lui seul avait vu la peur qu'elle dissimulait sous son apparente sérénité. Elle sortit de son portefeuille la carte qu'il lui avait donnée, composa deux chiffres sur son portable, puis elle se ravisa.

A quoi bon remuer le couteau dans la plaie ? Il ne lui restait qu'une chose à faire : rentrer en Angleterre et reprendre le cours normal de son existence. C'était le seul moyen de tirer un trait sur le passé.

Elle longea le rivage d'un pas décidé et regagna son hôtel.

— *Signorina* Dennis, il y a un message pour vous, annonça le réceptionniste en lui tendant la clé de sa chambre. Le *signor* a beaucoup insisté.

— Merci. S'il vous plaît, préparez ma note pour demain matin ! Je partirai à la première heure. Et si on m'appelle encore, dites que je ne suis pas rentrée.

Elle boucla ses valises à toute allure et commanda un dîner dans sa chambre, espérant de toutes ses forces que Drago ne frapperait pas à sa porte. Heureusement, il n'en fit rien.

Le lendemain matin, elle arriva très tôt à l'aéroport et changea sa réservation pour embarquer sur le premier vol. Après avoir enregistré ses bagages, elle s'installa dans la salle d'embarquement. Son supplice touchait à sa fin.

— *Signorina* Dennis ?

Elle redressa la tête pour découvrir devant elle un homme en uniforme.

— Oui.

— Vous voulez bien me suivre, s'il vous plaît.

— Mais je suis sur le point d'embarquer...

— Je crains que cela soit impossible. Il y a un problème avec votre passeport. Suivez-moi, s'il vous plaît.

Ses manières étaient courtoises, mais fermes. Elle le suivit à contrecœur. Au bout d'un interminable couloir, il l'invita à entrer dans un bureau, mais au lieu de l'accompagner, il se retira et referma la porte derrière lui. Elle resta bouche bée. Drago se tenait au milieu de la pièce.

— Vous ! s'écria-t-elle avec rage. J'aurais dû m'en douter !

Comme s'il ne trouvait pas la force de lui répondre, il resta un instant silencieux. Il avait une mine épouvantable. Ses traits étaient plus sombres et plus creusés que jamais, ses yeux vides et éteints. On aurait dit qu'il revenait de l'enfer. Mais il était hors de question de se laisser apitoyer. Elle ne pouvait se le permettre.

— Je suis désolé, dit-il enfin. J'aurais préféré ne pas avoir à agir de la sorte. Mais je... Alysa, vous ignorez encore trop de choses. Vous ne pouvez pas rentrer en Angleterre avant de tout savoir.

— J'en sais bien assez. Qu'est-ce qui vous prend de venir m'importuner jusqu'ici ? Vous êtes fou ? D'ailleurs, comment avez-vous fait pour convaincre le personnel de l'aéroport de venir me chercher alors que j'avais franchi la porte d'embarquement ?

— Pietro, le jeune homme qui vous a interpellée, me devait une petite faveur.

— Et mes bagages ? Ils sont déjà dans l'avion !

— On les fera enlever, ne vous inquiétez pas.

Alysa secoua la tête, sceptique.

— Croyez-moi, insista Drago. Je ne serais pas ici sans raison valable. Vous avez ignoré mon message et quand je me suis présenté ce matin à votre hôtel, vous étiez déjà partie. Vous ne m'avez pas laissé le choix, je devais agir vite.

— Et tout le monde s'est plié à votre volonté ! Ne comptez pas sur moi pour vous obéir ! Je monterai dans cet avion et je vous conseille de ne pas m'en empêcher.

Mais il s'était placé devant la porte.

— Vous ne partirez pas, déclara-t-il. Encore une fois, vous ne me laissez pas le choix. Par pitié, vous ne voulez pas essayer de comprendre ?

— Comprendre quoi ? Que je dois ramper devant vous comme tous les autres parce que vous n'acceptez pas qu'on vous oppose la moindre résistance ? Laissez-moi sortir ! Je ne suis pas un pion que vous déplacez à votre aise sur votre échiquier.

— Alysa, c'est important, je vous le jure !

— Je m'en moque. Je vous ai assez vu. Alors, pour la dernière fois, poussez-vous de mon chemin !

Il ne bougea pas et se campa même plus solidement sur ses pieds. Qu'attendait-il ? Un affrontement physique ? S'il pensait la faire céder encore une fois, il se trompait. Elle s'apprêtait à foncer droit sur lui lorsque soudain les épaules de Drago s'affaissèrent. Comme une marionnette dont on aurait brutalement coupé les ficelles. Tandis qu'elle reprenait son équilibre, il ouvrit la porte et s'effaça devant elle.

— Pietro, s'il vous plaît, reconduisez la *signorina* !

Alysa se précipita dans le couloir, surprise par ce changement d'attitude.

— Merci, dit-elle. Je suis désolée de vous décevoir, Drago, mais je dois vraiment partir.

Elle aurait évidemment dû s'enfuir à ce moment-là, mais, au lieu d'avancer, elle se retourna. L'air misérable de Drago la toucha au plus profond de son cœur.

— Je vous en supplie, comprenez-moi ! supplia-t-elle.

— Je vous comprends. Partez vite !

Au lieu de l'écouter, elle revint sur ses pas pour l'affronter une dernière fois.

— Je ne voudrais pas que vous pensiez que... Drago, regardez-moi !

Il redressa la tête avec lassitude. Il semblait vidé de toutes ses forces.

— Faites un effort ! protesta-t-elle. Je me sens tellement coupable de vous abandonner. Vous devriez comprendre que je ne peux pas...

— Je sais. Pardonnez-moi ! Je suis égoïste. Vous avez fait pour moi tout ce qui était en votre pouvoir. Je vous en suis infiniment reconnaissant.

Elle exhala un soupir, exaspérée.

— Bon, d'accord ! Mais vous exagérez, Drago Di Luca !

— D'accord ? Que voulez-vous dire ?

Elle lui adressa un sourire résigné.

— Vous avez gagné. Félicitations ! Je suis difficile à intimider, mais je me laisse toujours avoir par les sentiments.

— Vous... vous restez ?

— Je reste.

Il la serra entre ses bras à l'étouffer. Sa joie et son soulagement étaient si grands qu'elle lui rendit son étreinte en riant de bonheur.

— Laissez-moi juste un peu respirer ! souffla-t-elle.

Il recula d'un pas pour la regarder.

— Merci, Alysa. Vous ne savez pas à quel point je...

— Promettez-moi simplement de ne plus agir de la sorte avec moi !

— Quand cette histoire sera terminée, je jure que vous n'entendrez plus jamais parler de moi. Allons-y !

— Vous avez raison. Partons avant que je ne change d'avis encore une fois. Et mes valises ?

— Pietro s'en occupera. Il sait où les faire livrer. Venez !

5

A la sortie de l'aéroport, Drago emprunta l'autoroute sur quelques kilomètres, puis il bifurqua très vite en direction de l'ouest.

— Où allons-nous ? s'étonna Alysa. Ce n'est pas la route de Florence.

— Je vous emmène à la montagne. Nous avons besoin d'un peu de tranquillité.

— Et Tina ?

— Elle passe quelques jours à Rome avec Elena, chez son oncle et sa tante. Vous les avez vus au cimetière.

— Alors, si elles sont parties toutes les deux, pourquoi ne pas rester dans votre villa ?

— Parce que mon personnel de maison est trop curieux. Je n'ai pas envie d'être dérangé.

Elle acquiesça. La perspective d'un séjour en tête à tête avec Drago Di Luca aurait pu l'effrayer. Pourtant, elle n'éprouvait pas la moindre inquiétude. Ils étaient comme deux compagnons affligés par le même sort, et décidés à le combattre main dans la main. Elle baissa légèrement la vitre. Comme ils prenaient de l'altitude, la végétation se faisait moins dense et les maisons plus rares. Après une bonne heure de route, Drago s'arrêta à l'entrée d'un petit village.

— J'ai quelques courses à faire. Vous m'attendez dans la voiture ou vous préférez m'accompagner ?

— Je viens avec vous.

Les ruelles étroites semblaient appartenir à un autre âge.

Drago allait de boutique en boutique, et les commerçants lui réservaient tous un accueil chaleureux.

Les bras chargés de sacs, ils regagnèrent la voiture, et quelques minutes plus tard, ils arrivaient à destination. Le chalet était plongé dans l'obscurité et un vent froid soufflait depuis les cimes. Alysa frissonna.

— Ne vous inquiétez pas, fit Drago en la voyant. Je vais allumer le chauffage. Vous verrez, nous serons très vite à notre aise.

Pendant qu'il s'affairait à ouvrir les volets, elle visita le rez-de-chaussée. Cet endroit était d'une étonnante simplicité, bien éloignée de l'opulence de la villa florentine. Les parquets étaient parsemés de tapis rustiques et épais. Le mobilier était ancien, parfois même abîmé. C'était un lieu sans prétention, chaleureux et attachant.

— Vous dormirez ici, fit Drago en ouvrant la porte d'une chambre où trônait un lit à baldaquin.

— Combien de temps avez-vous l'intention de me garder prisonnière ? demanda-t-elle, un sourire aux lèvres.

— Nous resterons ici demain, et peut-être après-demain, je ne sais pas exactement.

— Vous ne m'avez toujours pas dit pourquoi je suis ici.

— Je vous propose de dîner pour commencer. Vos bagages devraient arriver bientôt.

Restée seule un instant, Alysa appela son patron pour lui annoncer qu'elle prolongeait ses vacances d'une semaine. Surpris, il tentait déjà de la convaincre de rentrer.

— Il y a beaucoup à faire en ce moment. Tu commences vraiment à nous manquer.

— Brian, je suis désolée, mais j'ai quelques affaires à régler avant de partir.

— Bon, eh bien, tu as sans doute de bonnes raisons. Mais ne tarde pas trop ! Tu as devant toi un avenir prometteur, Alysa. Ne le compromets pas !

Elle le salua poliment et raccrocha, pensive. Elle rêvait depuis des mois de se voir offrir un statut d'associée et n'avait d'ailleurs pas ménagé ses efforts pour parvenir à son objectif. Brian appréciait ses qualités professionnelles et son sérieux. Et à juste titre !

Depuis la mort de James, il lui arrivait très souvent de rester tard au bureau tant elle redoutait de retrouver la solitude de son petit appartement. Elle soupira. Dans d'autres circonstances, les paroles de Brian l'auraient sans doute inquiétée, mais ce jour-là, elle avait d'autres préoccupations, bien éloignées de son univers londonien.

Alysa posa un regard circulaire autour d'elle. Drago et Carlotta avaient-ils occupé cette chambre ? Elle jeta un coup d'œil dans la penderie. Son intuition était la bonne. Des vêtements féminins étaient encore suspendus aux cintres. Des robes et des corsages que Drago ne pouvait sans doute pas se résoudre à donner.

Quelques minutes plus tard, elle le trouva en plein travail dans la cuisine. Il avait découpé des petits légumes et les jetait dans une cocotte.

— J'avoue que je ne vous imaginais pas derrière un fourneau, observa-t-elle en le regardant s'activer.

— Chez nous, tout le monde cuisine.

— Que préparez-vous ?

— *Pappa al pomodoro,* du pain cuisiné avec de l'ail, du persil, du basilic, de l'huile d'olive et des tomates.

— Je peux vous aider ? proposa-t-elle.

— Oui, vous pouvez surveiller la cuisson, pendant que je commence à installer la salle à manger.

Quand Alysa le rejoignit, elle sentit une agréable chaleur l'envahir. Le feu crépitait au fond de la cheminée, répandant une douce lumière aux quatre coins de la pièce.

— Comme c'est joli ! s'exclama-t-elle.

— Quand j'ai visité le chalet pour la première fois, l'agent immobilier m'a conseillé de tout rénover et de supprimer le vieux foyer. Mais j'ai préféré tout conserver en l'état. Cet endroit a une âme. Je voulais la garder intacte.

— C'est ici que vous êtes venu vous réfugier avec Carlotta pour votre mariage ?

— Oui. J'espère que vous ne m'en voulez pas de vous avoir amenée ici.

— Pas du tout. Je peux faire autre chose pour vous aider ?

— Mettre la table, si vous voulez. Vous trouverez tout dans le buffet.

Alysa choisit une nappe blanche et dressa le couvert. Peu après, Drago déposait fièrement son entrée au milieu de la table. Le *pappa al pomodoro* avait une odeur très appétissante. Comme elle n'avait pratiquement rien avalé de la journée, elle attaqua le repas avec appétit.

— C'est délicieux ! s'exclama-t-elle. Et après toutes ces émotions, j'avoue que j'avais besoin d'un remontant !

— Vous devez me trouver épuisant, s'excusa Drago.

— Eh bien, disons qu'avec vous, on n'est jamais à l'abri d'une surprise ! Si l'on m'avait dit ce matin que je passerais la soirée à la montagne, je ne l'aurais pas cru.

— Un peu plus et vous montiez dans votre avion.

— Vous avez su m'en dissuader en jouant la carte des sentiments.

Il marqua une hésitation.

— Ce n'était pas calculé. Mais j'ai très vite compris que je m'y prenais mal avec vous. Je ne suis pas très diplomate, et quand je n'obtiens pas les choses immédiatement, eh bien, je suis un peu désemparé. Il m'arrive parfois de renoncer.

— Renoncer ? répéta Alysa, amusée. Je n'y crois pas une seconde.

Il sourit. Il était visiblement détendu.

— Je vois que vous commencez à me connaître, reprit-il. Que pensez-vous de mes talents culinaires ?

— Remarquables ! J'ai hâte de goûter la suite.

Le plat principal, un rôti accompagné de haricots verts, et arrosé d'un verre de chianti, se révéla tout aussi délicieux.

— Vous avez disparu bien vite du cimetière hier matin, reprit Drago à la fin du repas. J'ai dû vous effrayer. J'ai essayé plusieurs fois de vous joindre par téléphone, mais vous n'étiez pas à votre hôtel. Je me suis alors demandé si vous n'aviez pas décidé de retourner à Pinosa.

— Non, je me suis promenée dans la vieille ville, répondit-elle, la voix éteinte.

— Que vous est-il arrivé ? On dirait que quelque chose de nouveau vous a contrariée.

— En effet. Vous vous rappelez le récit que je vous ai fait du retour de James en septembre ?

Drago approuva d'un signe de tête.

— Je ne vous ai pas parlé du cadenas que j'avais trouvé dans sa sacoche. Hier, devant le buste de Cellini, j'ai enfin compris sa signification.

— Vous voulez parler de la statue du Ponte Vecchio ?

— Oui, et des cadenas suspendus à la rambarde par les amoureux.

— Vous pensez que James et Carlotta ont eux aussi suivi la coutume ?

Son visage avait brusquement pâli.

— Je le crois, oui, poursuivit-elle. Il a menti en prétendant que celui qu'il avait rapporté était pour moi. Après notre séparation, il est passé chez moi en mon absence pour récupérer quelques affaires personnelles. Il en a profité pour reprendre le cadenas.

— Je commence à mieux cerner cet homme, commenta Drago. C'était un lâche.

Il esquissa une moue de mépris et poursuivit :

— Et c'est pour un individu comme lui que Carlotta m'a quitté ! Elle qui avait un caractère si entier...

— Comme vous. Votre relation ne devait pas être de tout repos.

— Explosive, confirma-t-il. Avec James, elle aurait fini par s'ennuyer.

— Et vous auriez accepté de la reprendre pour le bien de Tina ?

— Oui. Et vous ?

— Non, répondit-elle simplement. Cette aventure avait brisé trop de choses.

— Allons boire le café au coin du feu, suggéra Drago.

Il lui indiqua un fauteuil devant la cheminée.

— Ce repas était succulent ! soupira-t-elle en s'installant confortablement.

— Merci. Je vous devais bien ça. Ces trois derniers jours ont été éprouvants. Vous ne pouvez pas savoir à quel point j'étais impatient de vous retrouver. Vous êtes la seule personne à qui je peux me confier sans crainte.

La sonnerie de son portable l'interrompit. Et à l'évidence, ce n'étaient pas de bonnes nouvelles, car il répondit avec humeur.

— J'avais dit à Pietro de les faire monter ici ! s'écria-t-il en perdant patience. Je me demande ce qui lui est passé par la tête. Pourquoi pas ce soir ? Bon, d'accord, mais alors demain, à la première heure !

— Laissez-moi deviner ! fit Alysa quand il eut raccroché. Il s'agissait de mes bagages ?

— Pietro s'est trompé. Il les a apportés à la villa. Je croyais pourtant avoir été clair. Je suis désolé. Ils ne prendront pas le risque d'emprunter la route de montagne pendant la nuit. Vos affaires seront là demain, mais jusque-là...

— Je m'en passerai, ne vous inquiétez pas.

Elle se laissa glisser sur un épais tapis proche de la cheminée et s'adossa au fauteuil. Enveloppée dans une douce sensation de bien-être, elle ferma les yeux. Sa soirée aurait été tellement différente si elle était rentrée à Londres ! Une arrivée solitaire à l'aéroport, une attente interminable pour trouver un taxi, le retour dans un appartement vide et glacial, et une soirée misérable avec pour seules compagnes de bien tristes pensées. Mais elle était là et se sentit peu à peu sombrer dans un doux sommeil.

Voyant son verre de brandy glisser doucement de la main d'Alysa, Drago se précipita pour l'empêcher de tomber. Puis il la regarda. Maintenant qu'elle était endormie, toute tension avait disparu de son visage, et ses traits s'étaient infiniment adoucis. Ses lèvres entrouvertes arrondissaient la ligne habituellement si droite et si sévère de sa bouche.

Quand elle bougea imperceptiblement, il se leva d'un bond et se dirigea tout droit vers le buffet. Il ouvrit le premier tiroir, en sortit un coffret et regagna son fauteuil. Alysa ne tarda pas à se réveiller.

— J'ai dormi ? demanda-t-elle en ouvrant les yeux.

— Vous vous êtes assoupie, quelques minutes.

— C'est très impoli de ma part. Je suis désolée.

Elle s'étira et se frotta les yeux.

— Eh bien ? fit-elle en se tournant dans la direction de Drago.

— Eh bien quoi ?

— Quand vous déciderez-vous à me dire pourquoi vous m'avez amenée jusqu'ici ? Vous aviez soi-disant des révélations importantes à me faire. Ne me dites pas que vous avez oublié !

— Je me suis efforcé de ne pas y penser, corrigea-t-il. Un coffret a été retrouvé dans le studio que Carlotta louait à Florence. On me l'a remis hier, seulement.

— Je croyais que vous aviez vidé les lieux ?

— Oui, mais il y avait une cachette dans le mur. Je l'ignorais. Les nouveaux locataires l'ont découverte par hasard. Dans le coffret, il y avait des lettres adressées à Carlotta Di Luca. Ils n'ont eu aucun mal à trouver mes coordonnées.

— Des lettres ? répéta-t-elle.

— La correspondance de James et Carlotta.

Alysa frémit. Une sourde angoisse lui nouait soudain la gorge.

— Vous les avez lues ? demanda-t-elle.

— Non. Je n'ai pas eu le courage de découvrir seul leur contenu.

Il ponctua sa phrase d'un sourire timide.

— J'avais besoin que vous me teniez la main.

— James n'écrivait jamais. Il préférait téléphoner ou communiquer par mail.

Mais il lui tendait une enveloppe.

— Il y a des choses que l'on préfère ne pas confier à un courrier électronique. Vous reconnaissez son écriture ?

— Oui, répondit-elle en saisissant la lettre. C'est bien la sienne.

Elle décacheta l'enveloppe, la main tremblante.

— Septembre, murmura-t-elle. Il a dû l'écrire juste après son retour.

« Minuit. Si loin de toi, je suis incapable de trouver le sommeil. Voilà quelques heures, nous nous disions au revoir à l'aéroport. Depuis, le temps s'est arrêté. Comment te dire le bonheur que tu m'as apporté et combien ces quelques jours passés auprès de toi ont transformé ma vie... »

Elle éloigna la lettre, son cœur battait à tout rompre.

— Je ne peux pas en lire davantage.

Mais à peine avait-elle prononcé ces mots que déjà elle reprenait sa lecture. Elle ne pouvait faire autrement. James avait écrit ces phrases enflammées dès son retour à Londres. Le jour même où elle l'avait accueilli à l'aéroport !

— Je l'ai raccompagné chez lui, murmura-t-elle d'une voix blanche. Et il m'a fait comprendre qu'il voulait rester seul.

Drago fouillait déjà fébrilement le reste de la correspondance.

— Que lui a-t-elle répondu ? demanda-t-elle.

— Que son mariage était un désastre, répondit Drago. Et que sa vie avec moi lui était devenue insupportable. *Mio Dio !*

L'entendant à peine, Alysa saisit une autre lettre de James.

« Ma chérie, je t'en supplie, ne sois pas jalouse d'Alysa. Elle n'est plus rien pour moi. Ma relation avec elle a toujours été insipide, rien de comparable avec ce que j'éprouve pour toi. »

Et encore :

« J'ai prévu de te rejoindre la semaine prochaine, et je tiendrai ma promesse. Alysa est prévenue. J'ai inventé un prétexte pour quitter Londres. Elle m'a cru. Elle est assez naïve pour croire tout ce que je lui raconte. J'arriverai à Florence par le vol de l'après-midi. Si tu peux venir me chercher, c'est parfait. Sinon, j'irai t'attendre au studio. »

— Il avait raison, fit Alysa. Je n'aurais jamais osé mettre sa parole en doute. Je l'aimais tant. J'ignorais qu'il méprisait ainsi ma naïveté.

— Aujourd'hui, vous pouvez lui rendre la monnaie de sa pièce. Il a vraiment agi de façon méprisable.

— Oui, souffla-t-elle. Mais à quoi bon ?

6

La lecture de la lettre suivante devait détruire à jamais les dernières illusions de Drago.

« Tu dis que ton mari est un homme violent. Je souffre de te savoir à la merci d'un tel individu. Courage, mon amour, je viendrai bientôt te délivrer ! »

— Ce n'est qu'un tissu de mensonges ! s'indigna-t-il avec rage. Je n'ai jamais levé la main sur elle ! Pas une fois !

— J'en suis convaincue, fit Alysa le plus doucement possible.

Mais ces paroles étaient visiblement impuissantes à apaiser sa colère.

— Comment a-t-elle osé proférer de telles horreurs ? reprit-il.

— Elle s'est inventé un personnage pour mieux séduire son chevalier servant.

Elle lui prit des mains la lettre et la parcourut en silence. Les lignes regorgeaient de passion et de tendresse. Les sentiments que James avaient nourris pour Carlotta semblaient tellement plus nobles et plus entiers que la fade affection qu'il lui avait démontrée ! Son cœur se serra jusqu'à la nausée. Pauvre Drago. Pour lui, c'était pire encore. Carlotta l'avait dépeint à James comme un despote.

— Nous avons vécu dix ans ensemble, disait-il en secouant la tête. Les années les plus merveilleuses de ma vie.

— Vous lui êtes toujours resté fidèle, n'est-ce pas ?

Il s'agissait plus d'une affirmation que d'une question.

— Bien sûr que j'étais fidèle ! répondit-il aussitôt. Je lui appartenais corps et âme. Pour elle, j'aurais décroché la lune.

Quand elle lui prit la main, il agrippa ses doigts avec tant de force qu'elle serra les mâchoires pour ne pas crier.

— Cette correspondance ne fait que remuer douloureusement le couteau dans la plaie, murmura-t-elle pour tenter de calmer le jeu. Nous devrions peut-être arrêter...

— Non, il faut aller jusqu'au bout. De toute façon, que pourrions-nous apprendre de pire ? demanda-t-il, le regard presque fou.

Alysa ouvrit donc une nouvelle lettre de Carlotta et la lut à voix haute.

« J'ai adoré t'entendre hier soir au téléphone. Mais comme tu es loin de moi. J'aimerais tant me blottir dans tes bras pour partager ce merveilleux secret... »

— Un secret ? coupa Drago en fronçant les sourcils. Que dit-elle ensuite ?

Le cœur battant, elle marqua une pause. Non, ce qu'elle pressentait ne pouvait être possible. Elle se résolut cependant à poursuivre.

« Rien de plus merveilleux ne pouvait nous arriver. Avec ce bébé, notre amour sera parfait. »

— Un bébé ?

Drago s'était figé sur son siège et elle reprit sa lecture, totalement anéantie :

« Mon chéri, ne doute pas un instant que cet enfant soit le tien ! Depuis le jour où je t'ai rencontré, j'ai tenu mon mari à l'écart et aucun autre que toi ne m'a aimée. »

— *Bastardo !*

Drago lui prit la lettre des mains, en déchiffra chaque mot avec une sorte d'urgence puis il la froissa rageusement.

— Je ne peux pas le croire ! Autant de duplicité chez...

Il s'interrompit dans un cri de douleur, puis reprit :

— Depuis quelques mois, je désirais un deuxième enfant. Elle refusait de me le donner et nous nous sommes querellés.

J'ai plusieurs fois tenté une réconciliation, mais elle restait sur ses positions. Je comprends mieux pourquoi aujourd'hui. C'était tellement plus commode de m'éloigner pendant qu'elle...

Il frappa du poing la pierre de la cheminée et un torrent d'injures jaillit de sa bouche. Trop absorbé par son propre désespoir, il ne vit pas le regard vide et effrayant d'Alysa. Peu à peu, la cruauté de cette ultime révélation s'insinuait dans son esprit. C'était incroyable et pourtant... Carlotta avait elle aussi porté un enfant de James. Et tandis qu'elle attendait à Londres son fiancé le soir de Noël pour lui annoncer sa paternité, il s'envolait pour Florence où il rejoignait une autre femme et un autre bébé. Après la mort de James et la découverte de sa trahison, elle pensait avoir enduré les pires souffrances. Et voilà que la vie s'acharnait sur elle et lui imposait une épreuve plus effroyable encore !

Comme portée par ses pas, elle avança jusqu'à la fenêtre et plongea ses yeux horrifiés dans l'obscurité. Après un long moment, Drago la rejoignit.

— Ils ne nous auront vraiment rien épargné, siffla-t-il entre ses dents. Que faut-il faire ? Mettre le feu à ces torchons de papier ? Se cogner la tête contre les murs ?

Drago fixa alors Alysa, guettant une réponse de sa part. Mais curieusement, elle haussa les épaules d'un air désabusé.

— A quoi bon ? Nous savions tous les deux qu'ils couchaient ensemble. Ce bébé ne fait guère de différence.

Intrigué, il scruta attentivement son visage. Elle avait dit cela avec une voix si étrange, presque sourde. Exactement celle qui l'avait frappé le jour de leur première rencontre et qui s'accordait tant à la raideur qu'elle affichait ce jour-là. Depuis, elle lui avait montré une autre facette de sa personnalité. Et voilà que son apparence glaciale, presque robotique, reprenait le dessus.

— Ce bébé ne fait guère de différence ? Vous en êtes vraiment sûre ? reprit-il, inquiet.

Un petit rire nerveux jaillit de sa gorge.

— Une trahison de plus ou de moins ! Ils sont morts depuis un an. Fin de l'histoire et bon débarras !

Elle s'adossa à la vitre et leva sur lui des yeux totalement impassibles.

— Vous voyez, j'avais raison de vouloir rentrer à Londres, conclut-elle.

Il n'osa pas la contredire. Sous ses yeux, Alysa se retirait peu à peu dans un univers où il savait qu'il ne pourrait plus l'atteindre.

Soudain, son attention fut attirée par l'étrange clarté du paysage. Il ouvrit la fenêtre et découvrit un épais manteau de neige sur les abords du chalet. Pendant qu'ils étaient plongés dans la correspondance des deux amants, le monde autour d'eux s'était transformé.

— Il doit faire très froid dehors, murmura Alysa en frissonnant.

Puis elle se détourna.

— Je vais aller me coucher maintenant.

— Vous vous sentez bien ? demanda-t-il, angoissé.

— Oui, simplement épuisée.

— La neige va encore retarder l'acheminement de vos bagages. Vous trouverez des vêtements dans la penderie. Je suis désolé, ils sont à Carlotta.

— Ne vous inquiétez pas pour moi. Je m'arrangerai avec ce que j'ai apporté. Bonne nuit.

Alysa sentit ses jambes trembler, elle était si faible ! Craignant de se briser en mille morceaux à chacun de ses pas, elle gagna lentement sa chambre. Elle referma la porte derrière elle et s'affaissa contre le battant. Il fallait qu'elle tienne le coup, à tout prix.

— Quelle différence ? souffla-t-elle encore. Quelle différence aujourd'hui ?

Mais tout en prononçant ces mots, elle resserra ses bras autour de sa taille et se courba en deux, comme pour protéger l'enfant qu'elle avait pourtant déjà perdu. Puis elle réussit à atteindre le lit, et s'allongea pour tenter d'apaiser le rythme de sa respiration.

— Trouve ton petit sac de voyage !

Voilà que pour se donner du courage, elle en était réduite à se parler à voix haute ! Où ce sac était-il donc passé ? C'était une sorte de vanity-case dans lequel elle rangeait toujours un peu de lingerie et de maquillage, depuis que cette compagnie aérienne lui avait égaré ses valises pendant plus de trois jours. Elle le trouva rapidement, mais sentit soudain une curiosité irrépressible l'envahir. Elle s'approcha de la commode et en ouvrit le premier tiroir. Il était rempli des affaires de Carlotta. Des dessous en satin, des chemises de nuit transparentes, des déshabillés au laçage sensuel... Elle les froissa, au bord de l'écœurement.

Visiblement, elle s'était bien trompée sur Carlotta ! Jusqu'à présent, elle s'était représenté une jeune femme naturellement pétillante, à la fois charmeuse et intelligente. Mais cette lingerie intime racontait une tout autre histoire. Celle d'une féminité assumée et fière de se mettre en valeur. Aux yeux de son mari, dans cette chambre même. Aux yeux de James, dans d'autres lieux. Et sa magie avait si bien opéré qu'elle lui avait même ravi son fiancé.

— Quelle importance ! lança-t-elle une fois de plus.

Mais bizarrement, son leitmotiv sonnait faux, tandis qu'elle sentait peu à peu sa belle armure se fendre. Mais comment résister encore aux coups répétés et toujours plus cruels dont elle essayait de se protéger depuis un an ?

— Non, murmura-t-elle d'une voix rauque. Non, non ! Je ne me laisserai pas...

Soudain, une douleur insoutenable lui traversa la poitrine. Sans comprendre ce qui lui arrivait, elle ouvrit machinalement un à un les tiroirs de la commode pour en déverser le contenu sur le lit. Puis elle sortit une paire de ciseaux du vanity-case et coupa une chemise de nuit dans toute sa longueur, avant de la réduire en lambeaux. De coup de ciseaux en coup de ciseaux, chaque pièce de la belle lingerie de Carlotta fut ensuite méthodiquement déchiquetée. Le front brûlant, le visage ruisselant de larmes, elle ne détruisait plus seulement des vêtements. Elle donnait des coups de poignard dans le cœur de la femme qui avait volé son amour et tué son enfant.

A bout de forces, tremblant de tout son corps, elle se laissa tomber sur le lit et contempla, horrifiée, le champ de bataille qui s'étalait à ses pieds. Puis les sanglots qu'elle avait si longtemps réprimés jaillirent enfin de sa gorge et, tel un animal à l'agonie, elle laissa échapper une longue plainte désespérée.

Très vite, la porte s'ouvrit.

— Alysa, qu'est-ce qui... ?

Drago se figea. Ce qu'il découvrait était un véritable désastre.

Alysa était affalée sur le lit, agrippée à une paire de ciseaux, complètement hagarde. Son entrée dut lui faire reprendre ses esprits, car elle baissa la tête et posa son arme sur le lit.

— Au nom du ciel, qu'est-ce qui se passe ? reprit-il, saisi d'horreur. Alysa, venez près de moi !

Comme elle ne bougeait pas, il s'approcha doucement.

— Ne me touchez pas ! hurla-t-elle en bondissant du lit. Ne me touchez pas !

Elle le bouscula sur son passage, dégringola l'escalier à toutes jambes, sans qu'il puisse la retenir. Il l'entendit ouvrir la porte d'entrée. Elle avait disparu dans le blizzard.

— Alysa ! hurla Drago. Revenez ! C'est dangereux par ici !

Mais elle s'était évanouie dans le rideau épais et tourbillonnant des flocons balayés par la tourmente. Drago fut pris de panique. Dehors, tout pouvait arriver, même le pire. Si elle trébuchait dans la pente, glissait le long du précipice, elle n'avait aucune chance de rester en vie.

— Alysa ! appela-t-il encore et encore.

Seul le hurlement du vent lui répondit. Il fallait partir à sa recherche, et vite ! Il commença à avancer aveuglément à sa poursuite. Mais comment la retrouver sans aucune piste ? Ses empreintes avaient sans doute déjà été recouvertes par la neige, et elle pouvait être partie dans n'importe quelle direction. Son cœur battait à tout rompre. Chaque minute passée dans le froid mettait un peu plus ses jours en danger ! Il cria son nom de plus belle et accéléra le pas tout en s'arrêtant régulièrement pour tendre l'oreille. Il devina bientôt les contours familiers d'un hameau voisin, il s'était beaucoup trop éloigné du chalet ! Il fit demi-tour. Puis soudain le vent tomba, plongeant le paysage dans un silence irréel et terriblement angoissant. Cette fois, il fallait qu'elle l'entende !

— Alysa ! hurla-t-il.

Aucune réponse. Il ne restait qu'une chose à faire : appeler les secours. Tandis qu'il reprenait son chemin, un bruit inhabituel retint son attention. Hésitant, il suivit sa direction. Le son s'amplifiait de plus en plus, jusqu'à ressembler bientôt à la plainte d'un animal blessé. Il s'arrêta net. Au pied d'un arbre, tout près de lui, une forme semblait remuer, sous un tas de neige. Alysa !

— *Mio Dio !* lâcha-t-il.

Il se laissa tomber sur les genoux, l'obligea à se retourner et débarrassa en hâte son visage des flocons glacés qui lui collaient à la peau.

— Alysa, vous m'entendez ?

Elle gardait les yeux fermés et aucun son ne sortait de sa bouche. Il fallait agir vite et Drago la souleva dans ses bras.

— Allez, courage ! Nous serons vite rentrés au chaud !

Progressant aussi rapidement qu'il le pouvait, il la ramena au chalet, la monta à l'étage et la déposa sur une chaise, dans la salle de bains. Ses yeux s'étaient ouverts et elle semblait un peu plus consciente.

— Déshabillez-vous et prenez une douche brûlante !

Il suspendit un peignoir de bain à la porte et se précipita dans la chambre. Il sentit son cœur se glacer une nouvelle fois à la vue du plancher jonché des vêtements déchiquetés de Carlotta. Mais ce n'était pas le moment de faiblir, et il se mit rapidement à tout ramasser. Heureusement, il ne restait plus une seule trace du désastre quand Alysa apparut dans l'encadrement de la porte. Avec sa démarche de somnambule et ses yeux exorbités, elle paraissait revenir de l'au-delà. L'espace d'un instant, il se demanda même si elle savait qui il était.

— Vous avez moins froid ? demanda-t-il.

Comme elle approuvait d'un signe de tête, il avança prudemment jusqu'à elle pour essuyer ses joues encore humides.

— Vous n'avez pas bien séché votre visage.

Il suspendit son geste. Elle pleurait en silence. Un flot de larmes se déversait sur ses joues, sans qu'elle parût capable de l'arrêter. Si seulement il pouvait la réconforter... Mais il était clair que son mal trouvait ses racines au plus profond d'elle-même, dans des contrées lointaines où personne n'avait le droit de pénétrer.

— Allongez-vous, dit-il, et restez au chaud. Non, attendez...

Il l'arrêta comme elle se dirigeait vers le lit.

— Pas dans ce peignoir. Il est mouillé. Je vais vous chercher quelque chose.

Il revint peu après avec une veste polaire et un cognac.

— Buvez, ordonna-t-il, en l'aidant à s'asseoir et en présentant le verre à ses lèvres.

Elle obéit sans protestation, mais, lorsqu'elle s'allongea, les larmes incessantes roulaient encore sur ses joues.

— Vous avez besoin de parler, Alysa. Racontez-moi tout ! Ce n'est pas seulement cette histoire de bébé, n'est-ce pas ? Il y a autre chose.

— Le bébé, murmura-t-elle. Le bébé...

— C'est vrai, aucun de nous n'avait pu imaginer que Carlotta était enceinte de James.

— Le bébé... mon bébé ! hurla-t-elle. Mon bébé !

Avait-il bien entendu ? Il se raidit. Les mains d'Alysa, au-dessus de la couverture, étaient posées à plat sur son ventre, comme si elle essayait de protéger quelque chose qui se trouvait à l'intérieur... ou qui ne s'y trouvait plus.

— Mon bébé ! cria-t-elle encore. Non, non !

— Alysa, vous attendiez un enfant de James ?

— Je voulais le lui annoncer le soir de Noël, murmura-t-elle, les yeux perdus dans le vide. J'étais si heureuse. Je l'ai attendu, mais il a téléphoné pour dire qu'il ne viendrait pas. Alors j'ai pensé, sois patiente, tu lui diras la prochaine fois. Mais quand nous nous sommes revus, il m'a révélé son histoire avec Carlotta. J'ai préféré me taire.

— En lui parlant, vous l'auriez placé devant ses responsabilités, dit-il, secoué par ce qu'il venait d'apprendre.

— Je ne voulais pas de sa pitié, dit-elle d'un ton féroce. Je ne voulais pas qu'il reste avec moi par devoir. Puisqu'il ne m'aimait plus, à quoi bon insister ?

— Vous avez raison, admit-il avec douceur. Je suis désolé.

Il caressa affectueusement ses cheveux et repoussa les mèches humides qui collaient à son front.

— Alors ce porc vous a mises enceintes toutes les deux en même temps. Si seulement je pouvais le tenir entre mes mains ! Qu'est-il arrivé à votre bébé ?

— Je l'ai perdu. C'est arrivé juste après l'annonce de leur mort. Quand je faisais des recherches sur internet au sujet de votre femme. Je ne pouvais m'en empêcher, nuit après nuit. Et puis un soir, la douleur a commencé et… et voilà…

— Oh mon Dieu !

Il baissa les yeux.

— Et dire que j'ai été assez bête pour vous imposer cette épreuve supplémentaire ! Je ne mérite pas de vivre moi non plus…

— Ne dites pas cela ! Vous ne saviez pas. J'avoue que je ne me portais pas trop mal jusqu'à ce soir. J'avais fini par me moquer un peu de cette histoire, et c'était bien ainsi.

— Je ne vous crois pas.

— Quand James m'a quittée, reprit-elle, j'ai cru que je pleurerais jusqu'à la fin de mes jours, et je me suis rendu compte que j'étais incapable de verser une larme. Alors j'ai tiré un trait sur le passé.

Drago arqua un sourcil. C'était faux, bien sûr, mais à quoi bon insister ?

— Qui vous a aidée ? demanda-t-il pour l'encourager à se confier encore. Votre famille ? Vos amis ?

— J'ai gardé pour moi seule le secret de ma grossesse.

— Mais il n'y avait personne pour s'occuper de vous ? L'hôpital ne s'est pas inquiété de savoir si vous seriez entourée à votre sortie ?

— Je ne suis pas allée à l'hôpital. Tout s'est passé à la maison, un vendredi soir. Je suis restée au lit pendant le week-end et le lundi matin, je suis allée au bureau.

— Vous voulez dire que vous ne vous êtes jamais confiée ?

— Vous êtes le premier à qui je parle.

Drago frissonna. L'effroyable solitude dans laquelle Alysa s'était trouvée dépassait l'entendement. Finalement, sa propre situation était loin d'être aussi terrible. Jamais il ne s'était réveillé seul, dans une maison vide. Pour combattre ses angoisses et ses insomnies, il lui suffisait de gagner la chambre de Tina. Là, il écoutait le rythme paisible et régulier de sa respiration. Cela l'apaisait au moins pour quelques heures. Mais cette paix, même éphémère, avait été cruellement refusée à Alysa. Oui, il avait finalement de la chance.

Le corps secoué par des sanglots irrépressibles, elle avait enfoui le visage dans son oreiller.

— Pardonnez-moi ! soupira-t-il, impuissant à la consoler. Je n'aurais pas dû vous amener ici. Je n'avais aucune idée de... Je n'ai pensé qu'à moi.

Il posa une main sur ses épaules tremblantes.

— Alysa, parlez-moi, je vous en supplie !

— Laissez-moi ! Je ne peux plus parler. S'il vous plaît, laissez-moi !

Il aurait tant aimé lui apporter son réconfort, la serrer contre lui ! Mais elle voulait qu'il s'en aille et il ne pouvait que s'exécuter. Quand il atteignit sa propre chambre, son portable sonnait. Il décrocha. C'était Tina.

— *Papà*, j'appelle, j'appelle et tu réponds jamais !

— Désolée, ma chérie ! Il neige beaucoup ici et je me suis perdu dans les bois.

C'était la première chose qui lui était passée par la tête.

— Même pas vrai, *Papà* ! Tu ne te perds jamais.

— C'est ce que je pensais aussi, *cara*. Mais j'avais tort. Tu t'amuses bien chez tante Maria ?

— Oh oui, on a joué à cache-cache dans toute la maison. *Nonna* était fâchée, mais Maria a dit que...

Il sourit. La bonne humeur de sa fille agissait comme un baume au cœur. Après quelques minutes, il lui souhaita une bonne nuit et raccrocha, un tendre sourire aux lèvres. Son réconfort fut pourtant de courte durée. Très vite ses pensées retournèrent à Alysa et il se posta près de sa chambre pour l'écouter. Des cris sourds de détresse lui parvenaient à travers la cloison. Il s'appuya contre le mur. Devait-il entrer ?

Soudain, une toux violente remplaça les sanglots et il se précipita à l'intérieur.

— Alysa, redressez-vous ! dit-il en s'asseyant sur le lit pour la prendre dans ses bras. Oui, c'est mieux ainsi.

Une quinte plus mauvaise encore que les autres lui déchirait maintenant la poitrine, elle se dégagea de son étreinte pour se pencher en avant.

— Sortir par un temps pareil ! s'emporta Drago. C'est de la folie !

Il s'éclipsa et rapporta cette fois une tisane brûlante et une bouteille de sirop. Il l'obligea à en boire deux cuillerées.

— Je suis désolée, s'excusa Alysa quand elle eut enfin repris son souffle. Je me comporte vraiment comme une gamine.

— Tout est ma faute, souffla-t-il. J'aurais dû être assez courageux pour lire ces lettres tout seul et vous les montrer ensuite.

— Cela n'aurait rien changé. Vous ne pouviez pas deviner pour mon bébé.

— Vous êtes trop gentille. Je me sens encore plus coupable que si vous me couvriez d'injures.

— Je ne peux pas... pas assez de souffle.

Elle avait esquissé l'ombre d'un sourire.

— Alors lancez-moi un objet au visage ! Vous voulez que je vous trouve quelque chose de très lourd ?

— Pas assez d'énergie... Laissez tomber !

Ses mots s'étaient perdus dans un nouvel accès de toux.

— Vous devriez essayer de dormir maintenant. Le sirop va commencer à faire son effet.

Epuisée, elle se laissa retomber sur son oreiller.

— Je vais bien, maintenant, dit-elle. Vous pouvez arrêter de jouer le garde-malade.

— Ne vous occupez pas de moi ! Taisez-vous et dormez !

Des heures plus tard, elle se réveilla dans la même position. Tout en s'étirant, elle découvrit qu'elle n'était pas seule sur le lit. Drago était étendu à ses côtés, tout habillé, au-dessus des couvertures.

— Une vraie mère poule ! soupira-t-elle.

Elle se glissa hors du lit et se rendit dans la salle de bains. A son retour, elle s'arrêta sur le seuil. Drago n'avait pas bougé d'un pouce, mais son bras était étendu au travers de la place qu'elle avait occupée, comme s'il l'avait cherchée dans son sommeil. Elle se recoucha, prenant garde à ne pas le réveiller. Sans doute inconsciemment, il resserra son bras autour d'elle et, très vite, elle le rejoignit au pays des rêves.

7

Cette fois, Alysa s'éveilla seule dans la chambre. Elle était encore fiévreuse, mais n'avait aucune envie de rester au lit. Elle se leva donc pour rejoindre Drago qui s'affairait dans la cuisine.

— Vous n'avez pas l'air beaucoup mieux, fit-il en la voyant arriver.

— Le sirop a calmé ma toux. Malheureusement, la bouteille est vide.

— Ne vous inquiétez pas, il doit y en avoir une autre. Et asseyez-vous, je vous prépare du café !

Elle s'assit. Il plaçait devant elle une assiette d'œufs au bacon, mais il semblait fuir son regard. Son rôle de garde-malade commençait-il à lui peser ? Après tout, il ne l'avait pas amenée jusqu'ici pour la soigner comme une enfant.

— Je suis désolée, fit-elle après quelques bouchées. Je n'ai pas très faim.

— Vous devriez retourner vous coucher.

Il posa une main sur son front.

— Vous êtes brûlante. Retournez au lit !

Elle ne se fit pas prier. Elle se sentait encore faible, trop faible pour tenir debout longtemps. Après une petite heure de sommeil, elle rouvrit les yeux, intriguée. Il régnait un tel silence dans le chalet ! Elle se redressa, tendit l'oreille, de plus en plus inquiète. Aucun bruit. Elle inspecta toutes les pièces. Drago avait disparu. Avait-il pris la voiture ? Il fallait qu'elle en ait le cœur net et elle descendit au garage. Le véhicule était toujours là. Elle remonta l'escalier, et sortit sur le seuil de la porte d'entrée pour jeter un regard alentour. Toujours aucune trace de Drago. Quelle nouvelle plaisanterie le sort allait-il lui jouer maintenant ? Abandonnée dans un coin perdu de l'Italie, encerclée par des montagnes menaçantes et enneigées, il ne manquait plus que ça ! Le confort de son petit loft londonien commençait même à lui manquer !

— Vous avez perdu la tête, Alysa ?

Comme surgie de nulle part, la voix sévère de Drago la tira brusquement de sa rêverie.

— Vous tenez vraiment à attraper la mort ? ajouta-t-il. Il fait un temps à ne pas mettre un chien dehors. Dépêchez-vous de rentrer !

— Je voulais juste...

— Je vous rappelle que vous souffrez déjà d'une bronchite aiguë. Vous préférez une pneumonie ?

Il lui saisit l'avant-bras et la conduisit sans ménagement à l'intérieur.

— Vous aviez disparu. J'étais inquiète, dit-elle en guise d'excuse.

— Je suis allé vous chercher une nouvelle bouteille de sirop. Contrairement à ce que je pensais, ma réserve était épuisée. Je suis descendu à la pharmacie du village, à pied. Il aurait été imprudent de s'aventurer sur la route avec la voiture. La chaussée n'est pas dégagée.

— Vous avez fait tout ce chemin à pied dans la neige ? demanda-t-elle, sidérée.

— Oui, et tout cela pour qui ? Pour une écervelée incapable de se tenir tranquille plus d'une heure. Je vous ai aussi rapporté des cachets. Prenez-en deux tout de suite, encore un peu de sirop, et retournez sous les couvertures ! Moi, je vais rallumer le feu et préparer le repas. Et surtout, gardez vos distances ! Je n'ai aucune envie d'attraper vos microbes.

Et voilà qu'une fois de plus, elle était renvoyée dans sa chambre ! Elle commençait à s'ennuyer ferme, mais une heure plus tard, son ange gardien reparut à son chevet. Il venait lui apporter un bol de soupe.

— Mangez ! ordonna-t-il d'un ton sans réplique. Et si vous n'avez pas d'appétit, forcez-vous un peu ! Vous êtes déjà mal en point. J'aurais l'air malin si vous mouriez de faim !

— Vous seriez enfin débarrassé de moi ! ironisa-t-elle d'une voix rauque. D'ailleurs, pourquoi ne me jetez-vous pas tout de suite par la fenêtre ? Ce serait la fin de vos soucis.

Il fit mine de réfléchir un moment.

— Trop compliqué de se débarrasser d'un corps ici. Le sol est gelé. Il me faudrait un marteau piqueur pour vous enterrer. Non, tout compte fait, c'est mieux pour moi si vous restez en vie.

— Me voilà rassurée !

Drago lui sourit de bon cœur avant de quitter la chambre, mais dès qu'il se retrouva seul, il sentit un malaise le gagner. Il était sur les nerfs depuis le matin. Se réveiller avec un bras enroulé autour d'Alysa l'avait contrarié. Il avait simplement voulu rester à son chevet pour être présent en cas de besoin. Mais quand le sommeil l'avait gagné à son tour, il s'était allongé au-dessus des couvertures, en prenant bien soin de ne pas la toucher. Dieu merci, elle dormait encore à poings fermés quand il avait ouvert les yeux. Prudemment, il avait alors retiré son bras, soulagé que son étreinte involontaire passât ainsi inaperçue. Il ne voulait surtout pas gâcher leur amitié par un apparent abus de confiance. La situation était bien assez compliquée comme ça ! Heureusement, il avait eu la chance de pouvoir lui fausser compagnie avant qu'elle ne découvre son étreinte bien involontaire.

Pendant la longue marche qui l'avait amené jusqu'au village, il n'avait cessé de réfléchir à la situation. Certes, il avait toujours été un homme attentif à son entourage, mais il n'était pas non plus de ceux qui perdent leur temps à analyser les sentiments et les états d'âme. L'empathie, il ne connaissait pas.

Alors pourquoi prenait-il part à la souffrance d'Alysa comme si elle était sienne ? Ce penchant étrange ne lui ressemblait pas, et, en toute honnêteté, tout ça ne lui plaisait guère. Désormais, il se contenterait de la soigner. Une fois les routes dégagées, il la reconduirait à Florence et la déposerait avec soulagement à l'aéroport. D'ici là, il garderait ses distances et s'exprimerait avec la plus grande prudence.

Le soir venu, Alysa vint proposer son aide à Drago pour la préparation du dîner. Mais il avait l'air maussade quand elle entra dans la cuisine.

— Encore debout ? fit-il en guise de bienvenue.

— Je me sens beaucoup mieux. Les cachets que vous m'avez apportés sont très efficaces.

— Allez vous asseoir près du feu ! Je m'occupe de tout.

— Vous ne voulez pas que je...

— Faites ce que l'on vous dit, pour une fois ! ordonna-t-il.

— Très bien, Monsieur ! A vos ordres, Monsieur !

Elle sourit. Ses collègues de bureau s'amuseraient certainement bien s'ils pouvaient la voir dans cette situation. Elle était connue pour son indépendance et ses grandes qualités d'organisation, et voilà qu'elle se trouvait soumise à l'autorité d'un homme qui la traitait comme une enfant !

— Madame est servie ! annonça-t-il en déposant un plateau devant la cheminée. Goûtez un peu cette viande, vous m'en direz des nouvelles !

— Vous êtes allé au village à cause de moi. Dans ce froid. J'en suis vraiment désolée.

— Encore une fois, Alysa, c'est moi qui suis désolé de vous avoir piégée dans ce chalet sans bagage et sans vêtements pour vous changer.

— Ecoutez, je...

Elle se sentait terriblement gênée d'aborder le sujet, mais elle devait absolument s'excuser.

— A propos des affaires de Carlotta, je...

— J'avoue que vous avez fait preuve d'un rare acharnement !

Elle baissa la tête, honteuse.

— J'espère que cela vous aura au moins soulagée ? fit-il encore.

— Enormément, avoua-t-elle. Je suis navrée, Drago. Vous y teniez sans doute énormément.

— Si c'était le cas, alors je n'étais qu'un pauvre imbécile, bien trop sentimental. Il y a longtemps que j'aurais dû le faire. Et vous, vous avez gardé des souvenirs de James ?

— J'ai peut-être encore quelques objets çà et là. Il y a longtemps que je n'ai pas regardé.

Devant son regard sévère, elle se reprit.

— Bon, d'accord. J'ai toujours une de ses chemises. Il la portait le jour où il m'a dit qu'il m'aimait... enfin, ce n'est pas exactement ce qu'il a dit, d'ailleurs. Maintenant que j'y pense, il l'a exprimé de façon beaucoup moins claire, mais à l'époque…

Elle soupira.

— Je pense que j'ai dû entendre ce que je voulais entendre, acheva-t-elle.

— Oui, c'est ce qui arrive lorsque l'on est vraiment amoureux.

— Comme vous l'étiez de Carlotta, n'est-ce pas ?

— Je ne pensais pas qu'il était possible d'aimer une femme autant que je l'aimais. Notre entente était parfaite… intellectuelle, physique, affective… Je ne me lassais jamais de parler avec elle, de la sentir près de moi et de lui faire l'amour.

— Combien de temps avez-vous été mariés ? demanda-t-elle.

— Dix ans.

— Et vous étiez toujours aussi amoureux après toutes ces années ?

— Comme au premier jour. Et elle aussi. J'aurais pu en jurer. Jusqu'à ce qu'elle rencontre James et qu'il fasse d'elle une autre femme.

— Vous imputez toute la faute à James ? s'enquit-elle, étonnée.

— Je le déteste, admit-il simplement. Et le fait qu'il soit mort ne diminue en rien la haine que j'éprouve pour lui. J'espère qu'il a souffert dans l'accident. Soyez honnête, je suis sûr que vous détestez Carlotta avec autant de force. Sinon, pourquoi auriez-vous réduit ses parures en lambeaux ? Si elle avait été là en personne, je n'ose pas penser au sort que vous lui auriez réservé.

— Vous avez peut-être raison. Je lui en veux de m'avoir volé mon fiancé. Mais il faut être deux pour une histoire d'amour. James est tout aussi responsable.

Drago exhala un long soupir.

— Pour moi, il est plus facile d'imputer la faute à mon rival et de croire qu'elle a seulement eu la faiblesse de se laisser convaincre.

— Elle se sentait peut-être un peu seule, commenta-t-elle. Peut-être voulait-elle se contenter d'un simple flirt ? Et les choses lui auraient alors échappé…

— Non, déclara Drago avec certitude. Carlotta ne flirtait pas. Quand nous sortions dans des cocktails, je ne la quittais pas des yeux. Elle riait et taquinait les autres hommes, mais il y avait une ligne qu'elle ne franchissait jamais. Je me l'interdisais moi aussi. Notre mariage était sans nuage jusqu'au jour où elle l'a rencontré.

— Mais saviez-vous ce qu'elle pensait vraiment ? Connaissons-nous réellement celui ou celle avec qui nous partageons notre vie ?

Il haussa les sourcils.

— Vous voulez dire que je me berçais d'illusions et que je continue à le faire ? Vous avez peut-être raison, mais je n'ai pas votre courage. Je veux garder mes souvenirs intacts. Rien d'aussi beau ne m'arrivera jamais, et je ne peux pas me résoudre à le perdre.

— Vous l'aimez encore, lâcha-t-elle.

— Non, répondit-il peut-être un peu trop vite. Mon amour est mort, mais il a existé et je ne veux pas en salir le souvenir. Je préfère continuer à vivre avec mes rêves plutôt que de les perdre à jamais.

Elle le regarda, songeuse. A la surface, cet homme fort et puissant paraissait armé contre toutes les épreuves de la vie. Mais la vérité était cachée au plus profond de son cœur, dans un endroit si secret qu'il craignait sans doute de le visiter lui-même trop souvent.

— Vous avez raison de vouloir garder une bonne image de votre femme, reprit-elle après une pause. Ne serait-ce que pour le bien de Tina.

— Et vous ? demanda-t-il. Y a-t-il quelqu'un pour vous aider à rester un peu optimiste ?

— Personne.

Elle frissonna et il posa un bras sur son épaule, la serrant tout contre lui.

— Avons-nous lu toutes les lettres ? demanda-t-elle après quelques minutes.

Drago reposa le coffret devant elle. Il contenait encore une dizaine d'enveloppes. Reconnaissant l'écriture de James sur l'une d'elles, Alysa reprit sa lecture :

« Je n'ai jamais cru au grand amour jusqu'au jour où je t'ai rencontrée. Avant toi, je vivais des histoires sans passion, de simples aventures. Et puis je t'ai rencontrée et j'ai su que tu étais la femme de ma vie. Tu m'as éveillé à la vie et au bonheur. »

— Un tissu d'âneries ! soupira Drago.

— Jamais il ne m'a fait de telles déclarations, murmura-t-elle. Il était toujours joyeux, drôle, mais jamais...

Elle sentit sa gorge se nouer et marqua une pause.

— Je trouvais parfois qu'il manquait un peu de romantisme, reprit-elle. C'était faux. Toute cette passion, l'intensité des sentiments qu'il éprouvait pour elle... Je n'ai pas l'impression qu'il s'agisse du même homme. Sans doute me dissimulait-il une partie de lui-même.

— J'ai eu plus de chance que vous, admit Drago. Carlotta se donnait à moi tout entière. Et son aventure avec votre James n'y a rien changé.

— Accrochez-vous à cette idée ! lâcha-t-elle. Cela vous aidera à ne pas devenir névrosé comme moi.

— Vous n'êtes pas névrosée.

— Je l'ai échappé belle. Je le sais maintenant. On peut devenir fou à nier ses souffrances. Gardez-vous-en bien, Drago. Conseil d'amie !

Il lui sourit avec tendresse.

— Si seulement Tina pouvait vous entendre ! Elle verrait que vous vous occupez bien de moi.

— Alors, nous sommes quittes.

Combien de temps restèrent-ils ainsi, penchés l'un contre l'autre ? Difficile à dire, mais elle aurait souhaité que ce moment ne s'arrête jamais. Chaque seconde passée en compagnie de Drago lui redonnait le goût de vivre.

— Vous devriez aller vous coucher, annonça-t-il soudain. Je vais vous préparer un chocolat chaud et vous n'oublierez pas de prendre vos médicaments.

Pendant qu'il s'activait dans la cuisine, Alysa ouvrit une nouvelle enveloppe. Celle-ci était signée de Carlotta. Elle la parcourut distraitement. Après tout, que risquait-elle ? Elle était au bout de ses surprises. Mais quelques lignes suffirent à la convaincre du contraire.

« Nous nous sommes juré d'être honnêtes l'un envers l'autre, alors je tiens à te dire toute la vérité. Tu m'as demandé si j'avais eu un autre amant pendant mon mariage. Je dois avouer que oui. En réalité, il y a eu d'autres hommes avant toi. »

Ses mains se crispèrent sur le papier.

« Je sais aujourd'hui que je n'étais pas prête pour ce mariage avec Drago, mais cela me plaisait tellement de défier ma mère que j'ai cédé sans mesurer toutes les conséquences de ma décision. Je n'étais qu'une enfant. La vie domestique m'a très vite ennuyée, et j'ai compensé le vide de mon existence par quelques liaisons sans importance. »

— Quelle honte ! s'indigna Alysa sans réaliser qu'elle parlait à voix haute.

« Drago ne s'est jamais rendu compte de rien. Je me suis acquittée de mon mieux de mon rôle d'épouse, je lui ai donné Tina, et il l'adore. Je ne me sens pas coupable. Mon amour, ne crains rien ! Avec toi, je serai toujours fidèle. Auprès de toi, je trouve une plénitude que je n'ai jamais connue avec mon mari. »

Alysa frémit. La preuve éclatante que Drago se faisait des illusions ! Il avait supporté son infidélité et sa perte. Mais cette nouvelle révélation lui briserait définitivement le cœur. Un son en provenance de la cuisine la fit sursauter. Il ne devait pas l'apprendre ! Surtout pas. Suivant son instinct, elle remit précipitamment la lettre dans l'enveloppe.

— Quelque chose de nouveau ? demanda-t-il en déposant une tasse fumante devant elle.

— Non, toujours la même histoire, mentit-elle avec assurance. Hum, ce chocolat va me faire un bien fou ! Vous êtes vraiment très gentil.

Il rassembla les lettres et les replaça dans le coffret.

— Cela suffit pour aujourd'hui, dit-il en le rangeant sur une étagère.

Elle suivit le coffret des yeux. Elle aurait dû prendre la lettre pendant qu'elle en avait eu l'occasion. Tant pis, elle la récupérerait plus tard. Très vite, elle lui souhaita une bonne nuit et se retira dans sa chambre. Elle dormit quelques heures puis s'éveilla en sursaut, les nerfs à vif. L'idée de mettre la lettre à l'abri ne l'avait pas quittée pendant son sommeil.

Avait-elle raison de vouloir protéger Drago ? Difficile à dire. Elle ouvrit sa porte et, guettant le moindre bruit, s'engagea prudemment dans le couloir. La maison était silencieuse et la chambre de Drago semblait plongée dans l'obscurité. Elle se glissa donc dans le séjour encore faiblement éclairé par le feu de cheminée, s'empara du coffret et retourna dans sa chambre.

Elle relut rapidement la lettre de Carlotta, la dissimula dans le tiroir de sa table de chevet. Il ne lui restait plus qu'à vérifier que les autres ne contenaient aucune preuve de son infidélité. Epuisée de fatigue, mais soulagée, elle finit par reposer le coffret sur l'étagère.

8

Les jours suivants, ils achevèrent la lecture de la correspondance des deux amants sans y trouver de nouvelles révélations. Alysa guérissait assez vite de sa bronchite si bien qu'un matin, Drago l'autorisa à l'accompagner en promenade. Il l'emmitoufla dans une immense veste fourrée dont il s'appliqua à agrafer jusqu'au dernier bouton. Peu habituée à tant d'attentions, elle gloussait comme une petite fille.

— Elle est deux fois trop grande ! s'exclama-t-elle en croisant son image dans le miroir de l'entrée.

Elle disparaissait presque dans le vêtement dont les manches recouvraient entièrement ses mains.

— Drago, je vous en prie ! J'ai l'air de quoi là-dedans ?

— De quelqu'un qui a besoin d'une écharpe, fit-il en lui enroulant trois fois un long foulard de laine autour du cou. On dirait que personne ne s'est jamais occupé de vous.

— Ma mère l'a fait, jusqu'au jour de sa mort, dit-elle, le souffle court. Après, j'étais bien obligée de me débrouiller seule.

— Et James ? demanda-t-il avec curiosité.

Elle esquissa une vague grimace, c'était la seule réponse dont elle était capable. Son ancien fiancé ne s'était jamais montré très paternel avec elle.

Ils quittèrent le chalet et s'enfoncèrent doucement dans la forêt. Elle s'accrocha au bras de Drago, émerveillée. Le paysage était vraiment somptueux. Au-dessus de leur tête, les branches des pins majestueux ployaient sous le poids de la neige.

— Je n'ai jamais rien vu d'aussi beau ! soupira-t-elle après un long silence. C'est magique !

Elle s'écarta de lui, ouvrit grand les bras et offrit son visage aux rayons du soleil qui filtraient à travers les arbres. C'était une si douce chaleur !

— On dirait un épouvantail, fit-il dans un sourire.

Mais un lourd paquet de neige venait de lui tomber sur le nez et Alysa fut secouée d'un violent éclat de rire. Elle en perdit même l'équilibre et s'affala sur le sol.

— Levez-vous ! ordonna aussitôt son ange gardien.

Il la tira et l'obligea sans ménagement à se remettre sur ses deux pieds.

— Soyez raisonnable ! reprit-il. Venez, il faut rentrer au chaud.

— Et si je refuse ? demanda-t-elle sur un ton de défi.

Pour toute réponse, il la souleva dans ses bras et prit sans l'ombre d'une hésitation la direction du chalet.

— Qu'est-ce que j'ai fait pour mériter un tel poison ? grogna-t-il en accélérant le pas.

— Et moi, un ours mal léché ? rétorqua-t-elle avec aplomb.

Drago céda à son tour à un éclat de rire, abaissa le regard sur son visage et regretta aussitôt son geste. La bouche d'Alysa était si proche de la sienne qu'il pouvait sentir son souffle sur ses lèvres. Il releva précipitamment la tête, mais, bien plus troublé qu'il ne l'aurait souhaité, il trébucha à deux reprises sur le sentier.

— Hé ! s'écria Alysa. Faites un peu attention ! Je n'ai pas envie de me retrouver par terre encore une fois !

— Je suis désolé, fit-il d'une voix enrouée.

Plus un mot ne fut prononcé jusqu'à l'arrivée au chalet et le reste de la journée s'écoula dans un étrange malaise. Le soir venu, ils préparèrent ensemble le dîner, s'efforçant tous deux à une conversation polie, et fuyant avec application le regard de l'autre. Le repas achevé, ils prirent rapidement congé et se retirèrent chacun dans leur chambre.

Le lendemain matin, une grande partie de la neige avait fondu.

— Je vais donner des instructions pour faire monter vos bagages, fit Drago après avoir achevé son petit déjeuner.

Leur tête-à-tête semblait de nouveau plus détendu.

— Est-ce bien nécessaire ? répondit Alysa. Je m'en suis passée sans difficulté jusqu'à présent.

Il sourit.

— Oui, mais si vous continuez à me voler mes chemises, je n'aurai bientôt plus rien à me mettre sur le dos. Et puis…

Son expression se fit plus sérieuse.

— Et puis, en vérité, je n'ai aucune envie de vous laisser partir. Ces trois jours ont été…

— Magnifiques, souffla-t-elle d'un air pensif. Nous avons même ri. N'est-ce pas incroyable ? Il y avait des mois que je n'avais pas ri.

— Je n'en reviens pas, moi non plus. C'est grâce à vous, Alysa. Vous êtes unique. Pour tout vous dire, je n'ai aucune envie de vous voir repartir.

— Il le faudra bien, pourtant.

— Vous m'accorderiez encore deux petits jours ?

— Deux petits jours, c'est d'accord.

— Je vais appeler la maison et faire monter vos bagages tout de suite.

Mais avant qu'il ait eu le temps de saisir son portable, celui d'Alysa se mit à sonner. Elle sursauta. Le son semblait provenir d'un autre monde, d'un univers qu'elle avait laissé depuis longtemps derrière elle et qu'elle ne regrettait pas. C'était son patron.

— Alysa ? Etes-vous sûre que tout va bien ? Je commençais à m'inquiéter. Vous ne nous avez donné aucune nouvelle.

— Je vais bien, Brian, affirma-t-elle d'un ton faussement enjoué. Je suis simplement partie en montagne avec des amis et nous sommes restés bloqués par la neige.

— Mince ! Il y a un travail considérable ici. Votre présence nous est indispensable.

— J'ai tout laissé en ordre avant de partir, sans oublier de régler tous les problèmes liés au dossier Riley. Et il n'était vraiment pas simple !

— Je sais, concéda Brian. Robert Riley vous en est d'ailleurs très reconnaissant. Il nous a même présenté un nouveau client qui ne veut confier ses affaires qu'à vous seule. Vous faites du bon travail, Alysa. Il faut continuer sur la même voie.

— Oui, fit-elle, vous avez raison, mais je...

Il ne lui laissa pas le temps d'achever sa phrase.

— Oh, après tout, ce n'est pas si grave, reprit-il avec un brin de malice. Je peux toujours confier ce monsieur à un de vos collègues. Franck a fait des progrès considérables ces derniers temps.

Alysa se sentit soudain contrariée. Franck était le dernier venu dans le cabinet. Energique et surtout dévoré d'ambition, il ne ménageait aucun effort pour impressionner sa hiérarchie. Si l'occasion lui en était donnée, il ne demanderait pas mieux que de lui ravir un client. D'autant qu'elle avait les faveurs du patron. Elle hésita un instant. Brian avait frappé juste.

— Où en est la neige ? demanda-t-il après un temps.

— En train de fondre, répondit-elle à contrecœur. C'est entendu, Brian, je serai demain au bureau.

Drago la regarda intensément tandis qu'elle prenait congé de son interlocuteur.

— Le devoir vous appelle ? demanda-t-il d'un air sombre.

— J'en ai peur. Oh, si seulement...

— Non, je vous en prie. Nous sommes bien placés tous les deux pour savoir que les « si » ne changent jamais rien à la réalité.

Alysa sentit ses épaules s'affaisser. Ne venait-elle pas de prendre la mauvaise décision ? Elle avait été sur le point de désobéir à la volonté de Brian. Mais l'habitude de faire passer le travail avant toute chose avait été la plus forte.

— Il y a un vol pour Londres tous les soirs à 18 heures, déclara Drago. Je vais vous réserver une place sur celui d'aujourd'hui.

Le cœur serré, elle le regarda composer un numéro sur son portable. Si seulement ce vol pouvait être complet...

— C'est réglé, fit-il peu après, sonnant le glas de son dernier espoir. Ce soir, 18 heures.

— J'aurais dû envoyer Brian au diable ! s'écria-t-elle avec regret. J'aurais tant aimé prolonger ce séjour !

— Moi aussi, mais la vie en a décidé autrement. Au fond, c'est peut-être mieux ainsi. Nous nous sommes donné ce dont nous avions besoin tous les deux. Nous sommes plus forts aujourd'hui pour affronter l'avenir. Je bénirai chaque jour le ciel de vous avoir placée sur ma route.

Comme il la serrait maladroitement entre ses bras, Alysa ferma les yeux et laissa retomber la tête contre son épaule. Drago avait raison. Après ces quelques jours de trêve, chacun d'eux devait courageusement reprendre le cours de son existence.

Pendant qu'elle commençait à rassembler ses affaires, il chargea son majordome de livrer ses bagages à l'aéroport. Après un déjeuner rapide, il sonna le départ.

— Etant donné l'état des routes, il vaut mieux partir de bonne heure, déclara-t-il avec raison.

Ils descendirent prudemment dans la plaine et s'engagèrent sur l'autoroute menant à l'aéroport. Lorsqu'ils arrivèrent à destination, Drago l'invita à s'installer dans une salle d'attente et il lui apporta un café. Il partit ensuite à la rencontre de son chauffeur et revint quelques instants plus tard avec ses valises.

— Il nous reste encore un moment avant l'enregistrement, fit-il en s'asseyant à son tour.

— Oui.

Elle avait une difficulté folle à parler. La soudaine accélération des événements et surtout l'imminence de son départ la paralysaient.

— Et voilà ! fit Drago tout aussi peu inspiré. Le moment est venu de nous quitter.

— Euh... oui.

— Votre vol devrait être calme. Le ciel est bien dégagé, maintenant...

Elle frémit. Elle aurait tant aimé le regarder dans les yeux, mais elle n'en trouvait pas le courage. Drago était son ami, son confident, et elle ne pouvait se permettre de le perdre en risquant une autre forme de relation avec lui.

— Appelez-moi à votre arrivée, reprit-il encore. Juste pour me dire que vous êtes arrivée à bon port.

— Euh... oui, répéta-t-elle pour la troisième fois.

Puis elle parvint enfin à lui adresser un sourire.

— Je suis désolée, Drago. On dirait que ma conversation est plutôt limitée aujourd'hui.

— Les séparations ne sont jamais très faciles.

— Non, se contenta-t-elle de répondre.

Ils éclatèrent tous deux d'un rire embarrassé, puis il lui prit la main et en caressa doucement le revers avec son pouce.

— Vous allez tenir le coup après tout ce que je vous ai fait endurer ? demanda-t-il.

— Ne vous inquiétez pas, je suis forte.

Leurs regards se rencontrèrent enfin et elle trouva dans celui de Drago une immense douceur.

— Non, Alysa, vous n'êtes pas forte.

— Vous non plus.

Il lui adressa un clin d'œil complice.

— Vous ne le direz à personne ?

— Personne, je vous promets. Ce sera notre secret, murmura-t-elle.

Elle songea brièvement à la lettre précieusement dissimulée dans son sac à main et garda le silence.

— D'une certaine manière, je suis heureux de ne pas vous avoir rencontrée plus tôt. Du temps de mon mariage avec Carlotta, cela aurait pu… poser des problèmes.

— Je sais, murmura-t-elle.

Le haut-parleur mit brusquement un terme à leur conversation hésitante.

— L'heure du départ a sonné, fit Drago.

Il attendit dans le hall pendant qu'elle passait au guichet d'enregistrement puis il l'accompagna jusqu'à la porte d'embarquement.

— Je n'irai pas plus loin, dit-il.

Le portillon leur apparut alors comme une métaphore de la limite qu'ils s'étaient interdit de franchir ensemble.

— Au revoir, Drago.

— Au revoir.

Il la serra une dernière fois dans ses bras et, l'espace d'un instant, elle crut qu'il allait l'embrasser. Mais il n'en fit rien.

— Vous feriez mieux de vous dépêcher, reprit-il sans pour autant relâcher son étreinte.

— Oui, vous avez raison.

— Hé, mais vous pleurez…

— Oui, souffla-t-elle sans pouvoir réprimer un sanglot.

Elle resserra une dernière fois ses bras autour de lui, puis se dégagea et s'éloigna sans se retourner. Comme elle passait le contrôle des douanes, elle essuya ses larmes du revers de la main et leva encore une fois les yeux dans la direction de Drago. L'idée de ne plus le voir lui était insupportable. Elle récupéra ses bagages à main. Encore quelques instants et il sortirait à jamais de sa vie. S'autorisant un dernier regard, elle le vit agiter la main en signe d'adieu alors que son triste sourire semblait la rappeler à lui.

A cet instant précis, l'attitude de Drago résumait à la perfection le mystère de leur brève rencontre : un moment hors du temps où, à aucun instant, le bonheur et la souffrance n'avaient cessé de se côtoyer.

La nuit était tombée quand l'avion se posa à l'aéroport de Heathrow. Alysa fut saisie par un froid humide dès qu'elle posa le pied sur la première marche de la passerelle. A la station de taxis, elle trouva une queue interminable. Cela lui laissait le temps d'appeler Drago.

— Saine et sauve au royaume d'Angleterre ! annonça-t-elle sans préambule.

— Tant mieux ! Je vous souhaiterais bien une bonne petite soirée tranquille, mais je suis sûr qu'une foule de messages vous attend sur votre répondeur.

— Je préférerais retourner d'où je viens.

— Moi aussi… excusez-moi un instant…

La voix flûtée de Tina résonnait à l'autre bout du fil. Ayant retrouvé son papa après plusieurs jours de séparation, la petite fille réclamait tout naturellement son attention.

— Je vais vous laisser, dit-elle. Au revoir, Drago, et merci pour tout.

— Au revoir, Alysa. Et merci à vous.

Un taxi libre arriva enfin à sa hauteur. Elle s'engouffra à l'intérieur, bien décidée cette fois à oublier le passé pour se tourner définitivement vers l'avenir. Bientôt, la voiture se laissait encercler par les lumières de la ville. Il était bon de rentrer chez soi.

Elle frissonna en franchissant la porte. Son appartement était glacial. Comme l'avait prédit Drago, le signal rouge de son répondeur clignotait. Elle posa ses bagages et consulta ses messages. Ce fut, bien entendu, la voix de Brian qui résonna dans l'appareil.

« Bon retour parmi nous, très chère Alysa ! Je savais que je pouvais vous faire confiance. Vous avez un rendez-vous avec votre nouveau client demain après-midi. Cela me laissera le temps de vous expliquer la situation dans la matinée. Vous pouvez être satisfaite : Franck est furieux de n'avoir pu s'accaparer ce nouveau dossier. Passez une bonne nuit pour être fraîche et dispose demain matin ! »

Elle soupira et balaya d'un œil son appartement, comme si elle le découvrait pour la première fois. Il était tristement vide. Combien de temps avait-elle vécu dans une ambiance aussi sinistre sans même s'en rendre compte ? Il reflétait l'image d'une femme qui avait cessé d'exister.

Le lendemain matin, l'accueil très réservé de Franck lui procura une réelle satisfaction. Elle écouta attentivement l'exposé de Brian et sa rencontre avec son nouveau client se déroula sans problèmes. Leur collaboration pouvait démarrer sous les meilleurs auspices. Les choses avaient repris leur cours normal.

Enfin, pas tout à fait. En fin d'après-midi, son patron lui fit une remarque surprenante.

— Vous avez changé, dit-il. Je ne peux pas dire en quoi exactement, mais cela vous va bien. Vous paraissez plus joyeuse. Je nourris pour vous de grands espoirs, Alysa.

Les jours et les semaines se succédèrent à un rythme infernal. L'hiver céda la place au printemps, puis l'été s'annonça. Elle consacrait le plus clair de son temps à son travail, ne cessait d'augmenter sa clientèle, ce qui, naturellement, lui valait les éloges de son patron. En dehors de Brian, personne n'avait remarqué en elle de changement.

Un soir, elle rapporta chez elle l'enregistrement d'une conférence à laquelle elle avait participé quelques mois auparavant. Elle voulait vérifier si elle avait réellement prononcé les paroles rapportées dans le compte rendu. Stupéfaite, elle eut du mal à reconnaître le son de sa propre voix. Elle était froide, métallique, comme dénuée de vie. C'était cette voix-là que Drago avait entendue lors de leur première rencontre. Elle comprenait aujourd'hui ce qui l'avait inquiété.

Drago. Sa pensée l'accompagnait à chaque instant de la journée. Le souvenir des instants passés au chalet lui procurait une sensation de chaleur et de sécurité, un peu comme s'il la serrait encore dans ses bras. Auprès de James, elle avait toujours été en quête d'un homme qui, elle le réalisait aujourd'hui, n'avait jamais vraiment été là pour elle. Drago, lui, semblait exister en elle. Et curieusement, en dépit de l'éloignement, il ne lui manquait pas.

Un matin, elle reçut une lettre en provenance d'Italie. Elle l'ouvrit à la hâte, le cœur battant.

« Je voulais que vous sachiez combien les choses sont différentes ici depuis que vous êtes venue. Tous les fantômes n'ont pas disparu de ma vie, mais les plus cruels me laissent en paix maintenant. Je dors la nuit, et quand je me réveille, j'affronte la journée sans angoisse.

» Je pensais que cela ne serait plus jamais possible. Mais je sais aujourd'hui qu'il y a dans ce monde un être qui connaît mes souffrances et qui les comprend. Cela suffit à me rendre fort. Et même si nous ne devions plus jamais nous revoir, vous vivrez toujours dans mon cœur et vous me donnerez le courage dont j'ai besoin. J'espère qu'il en est de même pour vous. Que Dieu vous bénisse ! Drago »

Alysa lui répondit le jour même, choisissant ses mots avec soin.

« Vous m'avez fait renaître à la vie. Après le départ de James, une partie de moi-même était morte et le serait encore aujourd'hui si je ne vous avais pas rencontré. C'est une sensation étrange et confuse que cette aube nouvelle, et je ne connais pas encore très bien la personne que je suis devenue. Vous m'avez aidée à faire le deuil d'une existence sans joie ni désir. Un jour, peut-être, je connaîtrai de nouveau le bonheur. Pour tout cela, vous resterez toujours cher à mon cœur. Alysa »

Elle ne reçut pas d'autre lettre, mais n'en conçut aucune amertume. Après tout, ils s'étaient l'un l'autre aiguillés vers un avenir nouveau et ils devaient maintenant le découvrir chacun de leur côté. Un jour pourtant, alors qu'elle pensait à lui, elle chercha de ses nouvelles sur internet. Très vite, elle découvrit en ligne les journaux locaux de Florence et s'attela à les déchiffrer. L'excitation était grande dans la vieille cité, autour d'une église médiévale dont la restauration avait été confiée à Drago. Il y avait des dizaines de photos du chantier. On y voyait l'édifice dans un état de délabrement avancé, l'installation du chantier et l'avancement des travaux. Grâce au génie de Drago, l'église retrouvait peu à peu sa magnificence passée. Elle sentit l'émotion la gagner. Il avait trouvé la force d'accomplir un projet aussi grandiose ! C'était formidable et il y avait de quoi être fier de lui !

Pendant deux longues semaines, un surcroît de travail l'empêcha de poursuivre ses recherches. Quand enfin elle trouva le temps de relire la presse florentine, un titre arrêta soudain les battements de son cœur. « Di Luca entre la vie et la mort à la suite d'une chute vertigineuse ». Déchiffrant avec peine les textes italiens, Alysa devina plus qu'elle ne comprit les circonstances de l'accident. Perché sur un échafaudage pour examiner la taille d'une pierre, Drago avait fait un faux pas qui l'avait précipité dans le vide. L'article était vieux de cinq jours. Il pouvait tout aussi bien être mort aujourd'hui. Dès lors, elle consulta jour après jour internet, redoutant chaque fois de découvrir l'annonce de son décès. Un soir, un entrefilet lui apprit qu'il était sorti du coma et que son état de santé s'était amélioré. Elle le relut une bonne dizaine de fois, craignant de l'avoir mal interprété. Après quelques minutes, elle rassembla son courage, décrocha son téléphone et composa le numéro de la villa.

Qui allait-elle entendre à l'autre bout du fil ? La gouvernante ? Tina ? Ou peut-être Elena ? Elle s'interrogeait encore quand la voix de Drago résonna dans l'appareil.

— *Pronto.*

Incroyable, c'était bien lui.

— *Pronto ?* fit-il encore.

— C'est... c'est moi.

La voix à l'autre bout du fil changea immédiatement de ton.

— *Ciao*, Alysa ! Comme je suis heureux de vous entendre !

Elle n'était pas encore revenue de sa surprise.

— Drago ! Je ne pensais vraiment pas vous trouver chez vous. Je vous croyais à l'hôpital, à l'article de la mort.

— Vous êtes déçue ? fit-il d'une voix amusée.

— Bien sûr que non ! J'ai lu que vous aviez fait une chute presque mortelle et qu'il vous avait fallu des jours pour reprendre connaissance.

— La presse a exagéré, comme d'habitude. Ma chute a été ralentie par un deuxième échafaudage. J'ai souffert d'une légère commotion et je m'en suis sorti avec deux côtes cassées, c'est tout. Je suis rentré chez moi hier. Et demain, je retourne travailler.

— Avec des côtes cassées ?

— Pourquoi pas ? Elles me font un mal de chien, mais elles ne m'empêcheront pas d'aboyer mes ordres ni de harceler mon équipe.

— Je vous reconnais bien là ! soupira-t-elle.

— Vous reconnaissez qui ? fit Drago. L'esclavagiste ?

— Non, plutôt le perfectionniste. La presse ne tarit pas d'éloges sur vos talents.

— Tant mieux. Les travaux sont bientôt terminés. Dites-moi, comment êtes-vous au courant de tout cela ?

— Internet. Il m'a suffi de lire les journaux de Florence.

Elle marqua une pause, embarrassée par son aveu. Pendant un instant, la ligne resta silencieuse.

— Vous n'êtes pas aussi facile à trouver, reprit enfin Drago. Le site de votre cabinet ne dit que quelques mots à votre sujet. J'y ai tout de même découvert une photo de vous dans un cocktail.

Alysa sourit. Il s'était lui aussi inquiété pour elle.

— Qui étaient tous ces gens autour de vous ? demanda-t-il avec curiosité.

— Des comptables, des avocats, quelques élus, et tous ont prononcé des discours bien ennuyeux.

— Sur la photo, vous sembliez pourtant en très bonne compagnie. Apparemment, votre voisin vous amusait beaucoup.

— C'est mon patron, Brian. Il est persuadé d'avoir de l'esprit. Je suis bien obligée de sourire à ses plaisanteries.

— Ah, celui qui veut faire de vous son associée ?

— Oui.

— La blague était-elle drôle, au moins ?

— Je ne m'en souviens plus.

— Pratique ! Vous pourrez l'apprécier de nouveau quand il vous la resservira.

Sa voix était chaleureuse et réconfortante.

— Vous avez les cheveux plus longs, observa-t-il encore. Je vous préfère ainsi.

— Je me demande pourquoi je les ai laissés pousser, fit-elle d'un ton léger. Un ami a dû me le conseiller, mais je ne sais plus lequel.

Il rit de bon cœur, mais s'arrêta tout net.

— Ne me faites pas rire ! C'est trop douloureux.

Puis il changea de ton. Sa voix se fit plus douce et plus grave à la fois.

— Alysa, comment vous portez-vous, maintenant ?

— Mieux, beaucoup mieux. Et vous ?

— Beaucoup mieux, moi aussi.

Un silence gêné s'installa sur la ligne.

— Je suis pardonné ? demanda-t-il enfin.

— De quoi ? Je n'ai rien à vous pardonner, vous le savez bien.

— Non, je ne le savais pas, mais je l'espérais.

— Au revoir, Drago.

— Au revoir.

Alysa raccrocha et se laissa tomber sur son canapé. Elle avait été submergée par un curieux sentiment, difficile à définir. Il ressemblait un peu au bonheur, ce qui était plutôt troublant. Elle sourit. Ainsi, Drago l'avait vue en compagnie de son patron et il s'était interrogé sur la nature de sa relation avec lui. Oh, il n'y avait rien entre eux qu'une relation purement professionnelle. Brian était un homme de cinquante-trois ans, trois fois marié, trois fois divorcé, et qui courait aujourd'hui d'aventure en aventure. Il l'avait invitée à ce cocktail par pure courtoisie, puis il l'avait raccompagnée chez elle en tout bien tout honneur, avant d'aller retrouver les bras de sa nouvelle conquête.

Un mois passa sans nouvelle de Drago puis, un jour, elle découvrit une enveloppe dorée au milieu de son courrier. Elle l'ouvrit à la hâte. Il s'agissait d'une invitation à la cérémonie de réouverture de l'église qu'il avait restaurée ! La carte était vraiment superbe. On y voyait un cliché du bâtiment, agrémenté d'une légende à la calligraphie très sobre et très formelle. Drago avait joint un petit mot très simple. Il se chargeait de lui réserver une chambre d'hôtel et l'invitait à le rejoindre à la villa, la veille de la cérémonie, pour un dîner en compagnie de quelques amis.

Le message était amical, sans plus, et c'était très bien comme ça. Comme elle, il était sans doute impatient de la retrouver. Comme elle, il avait probablement peur et préférait se montrer prudent.

9

Elle alla trouver Brian pour lui demander un congé.

— Je sais que j'ai déjà pris une semaine cette année, mais...

— Hé ! Ne me faites pas passer pour un esclavagiste ! Une semaine de congé, ce n'est rien, et vous l'avez largement méritée. Vous avez des projets ?

Sans lui laisser le temps de répondre, il fronça les sourcils avant d'ajouter :

— J'ai besoin de vous ici. Aucun prince charmant désireux de vous enlever loin de Londres, j'espère ?

— Non, les affaires de cœur, c'est votre registre, mentit-elle malicieusement. En réalité, il s'agirait plutôt d'un client potentiel. Un architecte célèbre en Italie. Il m'invite à l'inauguration d'une église dont il vient d'achever la restauration. Il brasse par ailleurs beaucoup d'autres affaires.

— Drago Di Luca, lut Brian sur le carton qu'elle lui tendait. J'ai entendu parler de lui. Sa réputation dépasse aujourd'hui les frontières de son pays. Bravo ! S'il acceptait de confier son portefeuille à un cabinet étranger, vous auriez attrapé un gros poisson.

Elle bredouilla une vague réponse et s'empressa de quitter le bureau avant d'éveiller les soupçons de son patron.

Le chauffeur de Drago l'attendait à l'aéroport. Il sourit en la reconnaissant, prit ses bagages et lui tendit une enveloppe quand elle fut installée à l'arrière de la voiture.

« J'aurais préféré vous accueillir moi-même, mais à la veille de l'inauguration, cela m'était impossible. Passez un bon après-midi.

Mon chauffeur reviendra vous chercher à 18 heures pour vous conduire à la villa. Tina est très impatiente de vous revoir. Et moi aussi. Drago »

Alysa déballa ses bagages puis elle sortit de l'hôtel. Dans la lumière de l'été, tout était si différent. Longeant le fleuve, elle fut soudain envahie par une joie irrationnelle. Insouciante, elle laissa ses pas la guider jusqu'au Ponte Vecchio et là, elle se dirigea tout droit vers le buste de Cellini où James et Carlotta s'étaient juré un amour éternel. Elle sursauta. Incroyable, la balustrade en fer forgé avait été débarrassée de tous ses cadenas ! Qu'était-il arrivé ? Elle se précipita dans la boutique où elle était entrée à l'occasion de son premier séjour.

— Où sont passés tous ces beaux cadenas que vous m'avez montrés cet hiver devant la statue ? demanda-t-elle. Les amoureux auraient-ils déserté la ville ?

— Non, Dieu merci ! En réalité, cette pratique est maintenant considérée par la mairie comme une dégradation du bien public. Pour celui qui est pris en flagrant délit, l'amende est sévère. Et régulièrement, les agents les enlèvent.

— Mais c'est épouvantable !

— Vous savez, les amoureux ne se laissent pas dissuader par un règlement aussi ridicule. Quand leurs cadenas sont enlevés, ils viennent les remplacer. Bonne journée, *signorina* !

Alysa sortit de la boutique et resta un long moment les yeux fixés sur la vitrine. James ne reviendrait pas, lui. Elle eut un pincement au cœur. Bien sûr, elle avait beaucoup souffert de cette triste histoire, mais, contrairement à lui, elle n'avait pas tout perdu. Pauvre James. C'était peut-être le bon moment pour lui rendre visite.

Elle entra dans le cimetière. Transformé par la lumière éclatante de l'été, il paraissait moins triste qu'au mois de février. La tombe de Carlotta, ornée d'un somptueux bouquet de roses, attirait toujours autant le regard du visiteur. Mais celle de James semblait plutôt à l'abandon. L'allée qui conduisait jusqu'à elle était envahie d'herbes hautes, jaunies par le soleil. Elle leva un instant le visage vers le bleu limpide du ciel, et, les yeux fermés, laissa la chaleur la pénétrer jusqu'au plus profond de son être. C'était si bon d'exister. Elle eut bientôt un haut-le-cœur. James était si seul ici !

— Je ne te déteste pas, lui dit-elle tristement. Comment le pourrais-je ? Tout s'est terminé de manière si tragique pour toi ! Si seulement... Il y a peut-être quelque chose que je pourrais faire pour toi. Mais je ne sais pas encore comment.

Aussitôt, elle songea à Drago. Son ami si cher, son compagnon d'infortune. Il l'aiderait, elle n'en doutait pas un instant. Déterminée, elle regagna au plus vite son hôtel.

Dans sa chambre, Alysa se posta devant un grand miroir. Pour un cocktail donné dans une villa de la banlieue huppée de Florence, l'élégance était de mise. Elle avait donc prévu pour l'occasion une longue robe de satin bleu nuit au décolleté très sage. La coiffeuse de l'hôtel était montée dans sa chambre pour lisser ses cheveux mi-longs. Un maquillage très sobre, un collier de perles blanches et une fine étole de soie suffirent à compléter sa toilette, elle était prête !

Elle descendit. La voiture envoyée par Drago était déjà devant l'hôtel, avec dix minutes d'avance et elle félicita le chauffeur pour sa ponctualité.

— Sans le *signor* Di Luca, je ne serais pas arrivé aussi tôt, répondit-il dans une grimace amusée. Il m'a trouvé dans le parc et m'a reproché de traîner au lieu de prendre la route. Je lui ai bien expliqué que j'avais encore du temps devant moi, mais il m'a ordonné de partir immédiatement. Je ne l'ai pas contrarié. Il vaut mieux s'abstenir de discuter avec le patron.

— Ma parole, mais c'est un véritable despote ! s'exclama-t-elle dans un éclat de rire.

Agrémenté sans doute par le bavardage du chauffeur, le trajet lui parut beaucoup moins long que dans son souvenir. Elena attendait sur le perron quand elle descendit de voiture.

— Comme je suis heureuse de vous revoir ! fit-elle avec un enthousiasme bien trop exagéré. Drago est occupé pour l'instant, mais il ne va pas tarder à nous rejoindre. Laissez-moi vous présenter la *signorina* Leona Alecco. Nos deux familles sont très liées depuis des décennies.

Alysa les salua. Leona approchait la quarantaine. Sa silhouette un peu trop charpentée contrastait avec un visage fin et intelligent, mais outrageusement maquillé. Elle avait bien fait d'opter pour une apparence plus discrète !

— Nous avons juste organisé une petite fête pour la famille et les proches, reprit Elena en la guidant à l'intérieur. Rien de formel. Demain, ce sera différent. Nous recevons des hommes d'affaires et des gens vraiment importants.

Alysa haussa les yeux au ciel. Manifestement, elle n'en faisait pas partie. Mais était-il indispensable de le souligner de façon aussi grossière ? Elle accepta une coupe de champagne et se mit en retrait. Parmi l'assemblée, il y avait la sœur de Carlotta, son mari et ses enfants. Leona Alecco semblait parmi eux parfaitement à son aise. Un peu comme si elle faisait partie de la famille. Alysa commençait à se sentir un peu seule, quand Tina accourut joyeusement dans sa direction.

— *Papà* m'a dit que vous seriez là ! fit-elle avec bonheur.

Alysa sourit. La spontanéité de l'enfant était vraiment touchante, et elle déposa un baiser affectueux sur son front, lui demandant comment s'appelait la poupée qu'elle portait sous le bras.

— Elle n'a pas encore de nom. C'est Leona qui me l'a offerte.

— Elle est très jolie.

— Un peu trop coquette, fit-elle dans une grimace. Ses habits sont trop jolis pour jouer dans le parc.

— Je comprends ce que tu veux dire. Je n'aime pas trop la coquetterie, moi non plus. Quand j'étais petite, j'adorais traîner dans la boue avec mes bottes en plastique.

Elles hochèrent la tête en même temps, complices. Soudain, Drago fit son entrée dans la pièce, et tous les regards se tournèrent dans sa direction. Alysa frissonna. C'était la première fois qu'elle le découvrait dans une tenue aussi formelle : smoking, chemise blanche et nœud papillon. Et pour la première fois, elle était en mesure de le percevoir comme les autres femmes, comme un homme rendu infiniment séduisant par la puissance et le charisme assez exceptionnels qui émanaient de sa personne.

Quand enfin il l'aperçut, un large sourire éclaira son visage. Il était heureux de la voir, elle le lisait dans son regard. Tout à coup, les longs mois de séparation s'évanouirent comme par enchantement. Il avança jusqu'à elle.

— J'avais si peur que vous ne veniez pas, murmura-t-il.

— Pour manquer votre moment de gloire ? Jamais !

Il la contemplait en silence quand la voix d'Elena résonna sèchement derrière lui.

— Enfin, vous voilà, Drago ! Je désespérais de vous voir !

Il se retourna pour lui sourire poliment.

— Je suis désolé, Elena. Un nouveau client s'est présenté à la villa sans rendez-vous. J'étais obligé de le recevoir. Mais maintenant, je suis là. Ne faisons pas attendre nos invités plus longtemps ! Le dîner est prêt ?

— Bien sûr ! Je vous ai placé à côté de Leona et Tina est près de moi.

— Je veux être assise à côté d'Alysa, décréta la petite fille. C'est notre invitée.

— Et tu es sa charmante petite hôtesse, renchérit Drago. Alors, bien sûr, tu dois t'installer auprès d'elle et veiller sur elle pendant le repas.

Sans doute prise de court, la vieille dame ne trouva pas les mots pour le contredire. Alysa se laissa donc conduire par Tina dans la salle à manger tandis que Drago invitait Leona à le rejoindre. Un soupçon commençait à naître dans l'esprit d'Alysa. Il se confirma au fil de la soirée. De toute évidence, Elena couvait d'un œil complaisant le couple formé par son gendre et Leona. Elle avait tout de l'entremetteuse satisfaite de voir les événements se dérouler selon sa volonté. Mais il était pourtant clair qu'elle se berçait d'illusions. Les manières de Drago étaient à la fois courtoises, respectueuses et extrêmement détachées. Quand Leona venait à réclamer son attention, il lui accordait un sourire poli mais distant.

Mais comment en vouloir à Elena d'essayer ? Après tout, sa stratégie tenait la route. Certes, il n'était pas amoureux, mais on avait vu bien des veufs se résoudre à un remariage raisonnable pour donner une mère à leurs enfants. Une vieille amie de la famille serait un choix logique et il ne séparerait pas Tina de sa grand-mère. Même si Leona n'était probablement pas un bon choix pour Drago.

Quand l'entrée fut servie, Tina se pencha tout près d'elle.

— Je voulais savoir pour *Papà*. Vous vous êtes bien occupée de lui ?

— J'ai essayé, en tout cas. Lui aussi a bien veillé sur moi.

— Vous avez perdu quelqu'un que vous aimiez tous les deux. C'est pour ça ?

— Euh oui, exactement.

Quand arriva la fin du dîner, Tina tombait de sommeil. Drago suggéra à tous les enfants de monter se coucher.

— Je vais m'en occuper avec Leona, annonça Elena avec empressement. Allez, mes chéris, suivez-moi, il est l'heure d'aller au lit.

Alysa lança un clin d'œil à Tina. L'enfant avait tout juste eu le temps de l'embrasser sur la joue avant que sa grand-mère ne la tire de sa chaise avec autorité. Mais déjà, Drago sortait de table et lui offrait son bras. Sans mot dire, il l'escorta jusqu'à la terrasse.

— Laissez-moi vous regarder ! fit-il en l'écartant doucement de lui. Vous êtes superbe ! Vous avez grossi et...

— Pardon ?

— Ne vous fâchez pas, c'est un compliment.

Elle éclata de rire.

— Vous alors ! On peut dire que vous savez parler aux femmes !

— Pardonnez-moi ! Le tact n'est pas ma première qualité, tout le monde vous le dira. Mais je suis sincère. Vous ressembliez un peu trop à un fantôme. Aujourd'hui, vous êtes bien vivante.

— Et vous ? Vous êtes vivant aussi ?

— D'une certaine façon, oui. Mais pas encore entièrement. J'ai mille choses à vous raconter, ma chère Alysa.

— Moi aussi ! Et un service à vous deman-der...

Drago écarta les deux mains.

— Aucun problème. Je ferai tout ce que vous voudrez. Après tout, ne suis-je pas votre meilleur allié ? Je vous...

Soudain, la voix de Leona s'immisça sans gêne dans leur tête-à-tête.

— Drago ?

Il se retourna et aperçut la silhouette de la jeune femme près de la baie vitrée. Elle agitait la main dans sa direction.

— Elena voudrait vous parler, dit-elle.

— Soyez gentille ! Dites-lui que je la rejoindrai dans un moment.

— Elle insiste, et elle dit que vous négligez vos invités...

Drago laissa échapper un soupir d'impatience.

— Vous devriez retourner à l'intérieur, fit Alysa.

— Oui, vous avez raison. Mais je tiens à vous parler avant votre départ.

Il passa une main sous son bras et ils quittèrent ensemble la terrasse sous l'œil hostile de Leona. Pendant le reste de la soirée, Alysa choisit de rester au second plan. Son heure viendrait plus tard. Longtemps après, elle s'approcha discrètement de Drago.

— Je voudrais rentrer à mon hôtel, dit-elle.

— Entendu. Je vais vous raccompagner.

Elena commençait déjà à protester, affirmant que c'était là le travail du chauffeur. Il la fit taire aussitôt.

— Vous vous acquitterez à la perfection de votre rôle d'hôtesse en mon absence, j'en suis persuadé. Vous êtes prête, Alysa ?

Peu après, il s'installait au volant de sa voiture.

— Ma chère belle-mère ! soupira-t-il en mettant le contact.

Alysa sourit. Son agacement l'amusait toujours autant.

— Son manège est tellement évident ! déclara-t-elle. Elle tient beaucoup à vous voir épouser Leona, n'est-ce pas ?

— Vous l'avez remarqué, vous aussi ? J'espérais que c'était le fruit de mon imagination.

— Sa stratégie est parfaitement au point.

— Vous devez avoir raison. Quand je l'ai invitée, elle m'a habilement imposé la présence de sa protégée.

Comme ils atteignaient la banlieue de Florence, Drago s'arrêta devant un pub situé dans une rue à l'écart de la circulation. Ils s'installèrent à une table éloignée de la foule et du bruit.

— C'est pour vous mettre à l'abri des griffes de Leona que vous avez insisté pour me raccompagner ? demanda Alysa en s'installant dans son fauteuil.

— Non. J'avais simplement besoin de vous voir. Ce qui se passe est irréel. Je voulais être sûr que vous existiez vraiment.

J'admets que j'ai été aussi très soulagé de me soustraire aux manigances d'Elena pour un moment. Je ne sais pas ce qu'elle est allée s'imaginer.

— Leona serait pour elle le choix idéal, commenta-t-elle, car jamais elle n'essaierait de la séparer de Tina, contrairement à ce que pourrait faire une autre femme.

— J'imagine qu'elle a pensé à tout. Je n'aurais donc pas mon mot à dire dans cette affaire ?

— Pas vraiment. Après tout, vous pourriez tout à fait décider de vous remarier pour le bien de Tina.

— Jamais ! s'écria-t-il. Jamais pour le seul bien de Tina et surtout pas avec… Mais qu'importe !

Il soupira encore.

— Je ne les laisserai pas me choisir une femme à ma place. Je compte sur vous pour me protéger de toutes ces intrigues.

— Ne vous inquiétez pas ! promit-elle. Je suis votre meilleure amie, et quand le moment viendra, je donnerai mon avis sur votre future épouse. Avec Tina, nous alignerons les candidates, nous les soumettrons à une série de tests et nous leur donnerons des notes.

Il se mit à rire de bon cœur. Ses yeux amusés éclairaient son visage.

— Avec mes deux anges gardiens, je n'ai rien à craindre, dit-il. Ainsi, vous êtes ma meilleure amie ?

— Après tout ce que nous avons traversé ensemble, vous ne le croyez pas ?

Il marqua une longue hésitation.

— Je crois qu'il existe entre nous un lien indéfectible, et je voudrais… mais laissons cela pour plus tard ! J'aurais aimé pouvoir passer plus de temps avec vous pendant les festivités.

— Vous avez des obligations, j'en suis consciente.

— Mais après, accepteriez-vous de retourner à la montagne avec moi ?

Le cœur d'Alysa fit un bond.

— J'espérais que vous me le proposeriez.

— Magnifique ! Mais surtout, n'en parlez à personne ! Pour tous les autres, vous retournez en Angleterre dès après-demain et moi, je m'envole pour Milan.

— Vous me croyez assez stupide pour aller me confier à Elena ? Elle me déteste.

— Pardonnez-moi ! Vous êtes certainement plus maligne qu'elle ne le sera jamais. A propos, vous aviez un service à me demander...

— Il peut attendre. Nous en reparlerons au chalet.

— Maintenant, je ferais mieux de retourner à la villa. Priez pour moi ! Je vous ramène à votre hôtel.

Le lendemain, Alysa attendait devant l'église. Soudain, un long convoi arriva et déversa une file interminable de Florentins très distingués. La visite pouvait commencer. Drago les escorta à l'intérieur du vieil édifice, en décrivant avec minutie les différentes étapes de la restauration. Il accueillit les compliments avec un plaisir tranquille, mais sans excès d'orgueil. C'était un homme tellement indépendant, bien peu soucieux de l'opinion d'autrui. De toute évidence, il savait qu'il avait réalisé du beau travail et il n'avait pas besoin de se l'entendre dire.

Une fois de plus, Tina échappa à la garde de sa grand-mère et Alysa comprit qu'elle la rejoignait. Elena essaya bien de la ramener dans le giron familial, mais l'enfant avait visiblement hérité de l'entêtement de son père.

— Je dois m'occuper d'Alysa, expliqua-t-elle fermement. Elle est toute seule.

Et elle s'accrocha à sa main pour l'éloigner du groupe avec détermination.

— Tu vois là-haut ? fit-elle en indiquant du doigt un point précis situé à la base du clocher. C'est de là que *Papà* est tombé. Il était très en colère. Il criait après tout le monde.

— Même après toi ?

— Non, pas moi, mais tous les autres. Et puis tu l'as appelé, il me l'a dit, et après il était de meilleure humeur.

L'inauguration, émaillée des incontournables discours, dura plus de deux heures. Ereintée, Alysa fut heureuse de retrouver enfin le calme de sa chambre d'hôtel. Elle prit une douche, s'allongea un moment puis, ne parvenant pas à trouver le sommeil, elle décida d'aller faire les boutiques. Elle avait besoin d'une tenue un peu moins guindée que la précédente. Son choix se porta sur une robe de soie ivoire chiffonnée avec raffinement et légèrement transparente.

La villa brillait de tous ses feux lorsqu'elle se mêla aux nombreux invités rassemblés dans le parc. A quelques mètres d'elle, Drago souhaitait la bienvenue aux nouveaux arrivants, flanqué d'un côté de sa belle-mère et de l'autre de Leona. La jeune femme se comportait en tout point comme la remplaçante désignée de Carlotta. Alysa s'avança vers eux. Leona l'accueillit avec une assurance doucereuse, détaillant sa toilette avec un regard suspicieux. Drago l'étudiait lui aussi, mais avec un éclair d'approbation dans les yeux.

Une fois encore, Tina ne quitta pas Alysa d'une semelle.

— Regarde ce que *Papà* m'a offert ! fit-elle en lui montrant le petit cœur suspendu à son cou.

A l'intérieur, il y avait une photo de Carlotta.

— Il a dit que c'était un cadeau très spécial pour aujourd'hui, parce que maman aurait adoré être là, et que nous devons penser à elle.

— Il parle souvent d'elle ? demanda-t-elle, intriguée.

— Oh oui, surtout le jour de son anniversaire... C'était la semaine dernière. Et pour le mien aussi, parce qu'elle m'envoie des cadeaux. En fait, je sais bien que c'est lui qui les achète, mais il me dit que c'est elle, alors je fais semblant de le croire pour pas lui faire de peine.

— Je comprends. Tu ferais n'importe quoi pour éviter de lui causer du chagrin, n'est-ce pas ?

Le visage de Tina s'illumina. Elle n'avait sans doute guère l'habitude de trouver autant de compréhension parmi ses proches.

— Il prétend qu'il est très fort, ajouta la petite fille, mais en fait il est tout mou à l'intérieur.

— Personne ne le connaît mieux que toi, alors je pense que tu as raison.

— Tina ! cria soudain la voix désagréable de Leona. Le dîner va être servi, maintenant. Viens avec moi !

— J'ai encore plein de choses à montrer à Alysa.

— Plus tard, glissa Alysa. Il ne faut jamais faire attendre ses invités.

— Très juste, approuva Drago en les rejoignant.

Comme Leona avait le dos tourné, la petite fille saisit l'occasion pour lui tirer la langue. Alysa s'empressa de lui couvrir la bouche pour éviter le scandale. Mais la grimace n'avait pas échappé à Drago. Etouffant un éclat de rire, il invita ses hôtes à gagner la terrasse aménagée pour l'occasion en salle de banquet.

10

— Je tenais absolument à vous montrer la montagne à la belle saison, fit Drago comme ils quittaient Florence le lendemain matin.

Le voyage fut magique. Plus ils prenaient de l'altitude, plus la lumière de l'été éclairait le paysage de reflets somptueux. Comme à son habitude, Drago s'arrêta au village pour faire des provisions.

— Me laisserez-vous pénétrer dans votre cuisine cette fois ? demanda Alysa quand ils regagnèrent la voiture.

— Si vous êtes très sage, j'accepterai de vous prendre comme assistante. Mais n'oubliez jamais une chose ! Au chalet, il n'y a qu'un chef, et c'est moi.

Elle se contenta de sourire. La bonne humeur de Drago la mettait en joie. Ils avaient à peine roulé quelques centaines de mètres qu'il rangea la voiture sur le bas-côté. Ils empruntèrent alors main dans la main un sentier qui s'enfonçait dans la forêt. Ils avaient grimpé un bon moment lorsque Drago lui désigna sans autre explication le tronc d'un cèdre.

— C'est là que vous m'avez retrouvée cette fameuse nuit ? demanda-t-elle.

— Oui. Presque entièrement ensevelie sous la neige.

— Cette mésaventure me paraît totalement surréaliste aujourd'hui. La nature est si belle et si accueillante

— Un autre monde, approuva-t-il en hochant la tête.

Il déposa un tendre baiser sur sa main.

— Je suis revenu souvent ici depuis votre départ. Je viens y chercher la paix, à défaut du bonheur.

— Le bonheur, répéta-t-elle. Vous croyez que nous serons capables de le retrouver un jour ?

— Si nous savons être patients, je le crois, oui. Vous connaissez la première règle qu'un bâtisseur doit apprendre ? Ne pas aller trop vite. Ne jamais brûler les étapes, sous peine de détruire un ouvrage tout entier.

Ce soir-là, Alysa s'autorisa pour la première fois à envisager un avenir possible avec Drago. Après le dîner, dans un consentement muet, ils s'installèrent devant la cheminée et se penchèrent l'un contre l'autre.

— Vous êtes si différente, murmura-t-il à son oreille. Vous avez embelli.

— Oui, j'ai pris du poids, souligna-t-elle avec humour. Un ami bien intentionné me l'a fait remarquer.

— Je ne voulais pas vous blesser et vous le savez. Cet hiver, nous étions tous les deux sur une pente dangereuse. Vous vous rappelez le jour de notre première rencontre à Pinosa ? Si l'on m'avait dit alors l'importance que vous prendriez dans ma vie, je ne l'aurais pas cru.

— Moi non plus. Votre attitude envers moi était si autoritaire ! Vous m'avez empêchée de prendre mon avion pour m'emprisonner dans un chalet perdu au bout du monde !

— Ne me faites pas passer pour un bourreau ! Je n'ai jamais utilisé la force avec vous.

Elle sourit.

— C'est vrai. Je me suis laissé avoir aux sentiments. Vous paraissiez si malheureux...

— Je l'étais, en effet. Mais surtout, j'avais peur pour vous.

— A juste titre, admit-elle. Quand je pense à la femme que j'étais devenue, il me vient des frissons. J'étais si désespérée que je vous ai obligé à me secourir dans la tempête. Vous m'avez sauvée d'une mort certaine et vous m'avez soignée. Je suis désolée des soucis que j'ai pu vous causer.

— Ne soyez pas désolée. J'ai été heureux de vous venir en aide.

— Avouez tout de même que votre rôle de garde-malade vous a très vite lassé ! Vous êtes devenu impatient et parfois même agressif...

— Comment aurais-je pu garder mon calme quand je vous surprenais en petite chemise sur le pas de la porte ? Après tous les efforts que je déployais pour vous aider à guérir !

— Vous n'avez pas attendu cet épisode pour me faire profiter de votre mauvaise humeur.

Drago fronça les sourcils.

— Oh oui, je me souviens...

— De quoi exactement ?

Il hésita un instant.

— Entendu, fit-il enfin d'un air plutôt dépité. J'accepte de me confesser. Quand vous avez attrapé cette mauvaise bronchite, je me suis inquiété pour vous. Vos quintes de toux étaient effroyables. J'ai jugé plus prudent de vous veiller toute la nuit.

— Exact.

— J'ai dormi dans votre lit, lâcha-t-il.

— Au-dessus des couvertures, en vrai gentleman.

— Evidemment ! s'exclama-t-il encore.

Alysa ne put contenir son rire plus longtemps.

— Comme c'est charmant et romantique !

— Ah, vous pouvez rire maintenant ! Vous étiez malade et totalement à ma merci. Bien sûr que je me suis conduit comme un gentleman ! Tout au moins, j'ai essayé. Quand je me suis réveillé, j'ai trouvé mon bras enroulé autour de vos épaules.

Elle poussa un cri amusé.

— Oh mon Dieu, quelle horreur ! Comment avez-vous osé ?

— Je dormais. Je ne savais pas... mais ne seriez-vous pas en train de vous moquer de moi ?

— Vous croyez ? demanda-t-elle, le sourire aux lèvres.

— Je... je ne sais pas, répondit-il prudemment. Je n'ai pas beaucoup le sens de l'humour. Je pense pourtant que vous vous payez ma tête.

— Vous en avez mis du temps à vous en rendre compte ! fit-elle avec malice.

— Le lendemain, je me suis senti très gêné, poursuivit-il sans se laisser affecter. Voilà qui devrait vous éclairer sur les raisons de mon agressivité. L'essentiel était pour moi de vous dissimuler les raisons de mon malaise.

Cette fois, elle éclata franchement de rire.

— Qu'y a-t-il de si drôle? demanda-t-il, l'air étonné.

— Eh bien, au cours de la nuit, je me suis levée pour aller dans la salle de bains. Quand je suis revenue dans la chambre, j'ai vu que vous aviez étalé votre bras sur mon oreiller. Je me suis glissée dessous tout doucement pour ne pas vous déranger. J'avais trop envie de le garder sur moi.

— Vous...?

— Oui, j'ai osé, je le reconnais, murmura-t-elle.

— Et moi qui me sentais si coupable! Quand je pense à l'embarras dans lequel ce malheureux incident m'a plongé! Vous m'avez laissé dans l'ignorance sans aucune pitié.

— Je ne pouvais pas deviner.

Soudain, Drago parut comprendre toute la signification de l'aveu qu'elle venait de lui faire. Son regard s'éclaira.

— Vous avez vraiment eu envie de garder mon bras sur vous? demanda-t-il avec une timidité presque enfantine.

— Vraiment, confessa-t-elle simplement.

Il l'attira alors dans ses bras et elle se blottit avec bonheur contre lui. Elle soupira de plaisir quand ses lèvres se posèrent doucement sur sa bouche. Drago ferma les yeux, envahi par une douce chaleur. Il avait tant redouté cet instant. Il avait hésité à l'entraîner dans une relation pour laquelle elle n'était pas prête. Mais ses aveux, et la joie évidente que lui procurait son baiser abolissaient maintenant toutes ses craintes. Il ne trouvait pas les mots pour lui dire combien l'espoir de cet instant avait obsédé chacune de ses pensées, mais son étreinte à la fois tendre et fougueuse était sans doute suffisamment éloquente.

Il l'allongea avec mille précautions sur le tapis, dégrafa les boutons de son corsage. Les seins nus, elle était si belle! Elle lui adressa un sourire malicieux et complice. Dès lors, rien n'aurait pu le retenir. Il caressa avec émerveillement son visage puis laissa ses mains descendre presque religieusement sur les courbes de sa poitrine et de son ventre.

Alysa trembla sous ses caresses. Son corps tout entier était envahi de sensations qu'elle n'avait jamais éprouvées auparavant. Bien sûr, elle avait aimé James de toute son âme, et pourtant le bonheur que lui procurait Drago aujourd'hui lui ouvrait un univers dont elle n'aurait pu soupçonner l'existence avec son ancien fiancé. James savait qu'elle l'adorait et il avait accepté son amour comme un dû, sans jamais la regarder avec les sentiments qu'elle lisait en cet instant dans les yeux de Drago. Ses nuits avec James lui avaient procuré beaucoup de plaisir, mais il y manquait quelque chose. Cette émotion qu'elle goûtait à présent. Oui, Drago lui faisait don de son cœur et elle sentit une joie inespérée l'envahir.

Elle passa les mains derrière sa nuque, creusa les reins et lui offrit son corps en l'arquant fébrilement contre le sien. Mais quand elle le vit se déshabiller, elle fut soudain prise de panique. Aucun homme ne l'avait approchée depuis près de deux ans. La compréhension qu'elle lut alors sur les traits de Drago la rassura tout de suite.

— J'ai peur, moi aussi, murmura-t-il simplement.

Ses mains puissantes dessinèrent doucement un chemin jusqu'à l'intérieur de ses cuisses. Elle renversa la tête en arrière, tandis qu'un cri rauque et incontrôlé jaillissait de sa gorge. Très vite il se hissa au-dessus d'elle, très vite elle l'invita à pénétrer au plus profond de son être. L'union de leurs corps fut immédiate et totale, aussi naturelle, aussi évidente que l'assemblage des deux dernières pièces d'un immense puzzle. Ils avaient mis tant de mois à parcourir la route qui les menait l'un à l'autre qu'ils ne purent réprimer très longtemps la pleine satisfaction de leur désir. Avec une irrépressible impatience, ils atteignirent ensemble les sommets d'une extase infiniment libératrice.

Emportée loin du monde réel par le vertige d'une plénitude nouvelle, elle resta longuement immobile.

— Tu es bien ? murmura Drago en caressant doucement ses cheveux.

— Je ne me suis jamais sentie aussi bien.

— J'aurais préféré ne pas me montrer aussi...

Embarrassé, il se racla la gorge.

— Aussi expéditif, conclut-il, hésitant.

— Tu m'as rendue très heureuse, assura-t-elle dans un sourire comblé.

Il se leva et lui tendit la main.

— Suis-moi ! Mon lit sera plus confortable que ce tapis.

Comme deux enfants éperdus de bonheur, ils gagnèrent en courant la chambre de Drago.

— Je te désirais tant, fit-il en la serrant contre lui. Et en même temps, j'avais si peur de tout gâcher.

— Je sais, répondit-elle. Notre amitié était trop belle pour oser la mettre en danger. Mais nous pouvions difficilement en rester là.

Il enfouit son visage contre sa nuque et se grisa de son parfum.

— Douce et épicée, murmura-t-il. Comment fais-tu pour accomplir un tel miracle ? La paix et l'aventure en une seule femme.

— J'ignorais que tu avais aussi des talents de poète, ironisa-t-elle tendrement.

— Et voilà que tu recommences à te moquer de moi !

— Désolée, c'est plus fort que moi. J'adore plaisanter avec ceux que j'aime.

— Je finirai bien par m'y habituer. Tu te rappelles ce que je t'ai dit le jour où nous nous sommes séparés à l'aéroport ?

Alysa hocha doucement la tête.

— Oui. Tu étais content que nous ne nous soyons pas rencontrés du vivant de Carlotta. J'ai mis un certain temps à comprendre ce que tu voulais dire. Je n'étais pas prête. J'ai seulement commencé à mesurer la place que tu occupais dans mon cœur quand j'ai appris ton accident. J'ai eu si peur de te perdre !

— De mon côté, j'ai su très vite que mes sentiments pour toi m'entraînaient bien au-delà du stade de la simple amitié. Et cela me terrorisait. La première fois que je suis revenu au chalet, je n'ai pas pu rester. L'endroit était trop vide sans toi. J'ai décidé alors de t'écrire pour maintenir le contact avec toi. Dieu merci, tu m'as répondu. Depuis, tu n'as jamais cessé d'être auprès de moi.

— Tu étais présent dans chacune de mes pensées.

— Toi aussi, tu as souffert de cette longue séparation ?

Elle acquiesça.

— Au début, oui, et j'ai beaucoup pleuré. Grâce à toi, j'ai accepté de laisser libre cours à mon chagrin. Il était enfermé en moi depuis trop longtemps et il me détruisait. Le jour où mes larmes se sont taries, j'ai su que j'étais sortie d'affaire. Aujourd'hui, je me sens plus forte. Le monde a cessé de m'effrayer. Et toi, où en es-tu ?

— Je suis encore fragile. Mais je dors mieux et il me semble que Tina est plus heureuse.

Elle scruta son visage et posa un doigt sur la cicatrice qui apparaissait encore sur le haut de son front.

— C'est là que tu as été blessé ?

— Oui. La chute a été vertigineuse. J'ai eu de la chance.

— Je consultais la presse tous les jours pour avoir de tes nouvelles.

— Si tu savais comme j'ai regretté de ne pas t'avoir auprès de moi pendant ces longues journées à l'hôpital ! Ton appel à la villa a fait de moi le plus heureux des hommes. A partir de ce moment-là, j'ai cherché à imaginer un moyen de te faire revenir. J'avais besoin de te revoir, de m'assurer que je n'avais pas rêvé toute cette histoire. Je ne savais pas ce qu'il adviendrait de notre relation, mais je me suis mis à espérer. Et dès l'instant où je t'ai revue à la villa, j'ai su que nous étions faits l'un pour l'autre.

— Oui, fit-elle en se remémorant l'instant précis où leurs regards s'étaient rencontrés. C'est à ce moment-là que je l'ai su, moi aussi.

Epuisés et heureux, ils fermèrent les yeux et s'endormirent en paix l'un contre l'autre.

Alysa se réveilla toute à son bonheur.

— Et si nous allions un peu nous promener, aujourd'hui ? suggéra joyeusement Drago tandis qu'ils prenaient leur petit déjeuner.

Ils sortirent du chalet. Alysa respirait à pleins poumons. Le temps était au beau fixe. Les rayons du soleil filtraient à travers les feuillages des arbres, et ils passaient avec bonheur de l'ombre à la lumière, de la semi-obscurité de la forêt profonde aux clairières inondées de lumière. De temps à autre, ils marquaient une pause et s'enlaçaient tendrement.

— Je t'aime, souffla Drago en reprenant sa main pour l'entraîner plus loin.

Alysa ne s'attendait pas à entendre ces mots. Elle se figea sur place. L'air intrigué, il l'interrogea longuement du regard.

— Je t'aime, répéta-t-il. Mais tu as l'air tellement surprise...

— Je... je crois que nous allons un peu trop vite.

— Tu ne me fais pas confiance ?

Elle secoua la tête.

— C'est en moi que je n'ai plus confiance. L'amour peut coûter si cher. Je ne suis pas prête à en payer le prix encore une fois. Tu vas me trouver lâche.

— Lâche ? Toi ? Pas un instant.

— Quand je pense à la manière dont j'ai aimé autrefois, eh bien je... je ne sais pas si j'en suis encore capable aujourd'hui, murmura-t-elle.

— Aucune histoire ne ressemble à une autre. Aucune personne ne ressemble à une autre. Je t'aime différemment de Carlotta, mais pas moins. Et toi, tu m'aimes ?

Elle hésita si longtemps à répondre que le visage de Drago s'assombrit.

— Tu ne m'aimes pas ?

— Je ne sais pas. Comment le pourrais-je ? Tu es l'être le plus cher que j'aie au monde. Mais... Comment t'expliquer ? Une partie de moi-même refuse de s'abandonner à cet amour.

— Et tu vas le combattre inlassablement en espérant que je renoncerai à toi ? Je suis têtu, Alysa. Je n'abandonnerai pas la partie facilement.

— Je sais, mais je...

— Reste avec moi ! Epouse-moi !

Le cœur d'Alysa fit un bond, l'abattement cédant le pas à la révolte.

— A t'entendre, tout paraît si facile ! s'indigna-t-elle. Mais l'amour est plus dangereux que tu ne le crois.

— Tu penses peut-être que je ne l'ai pas appris, moi aussi ?

— Tu ne sais pas tout, Drago. Tu...

Elle s'arrêta, horrifiée par les mots qui lui brûlaient les lèvres. Dans sa détresse, elle avait été sur le point de lui parler de la lettre !

— Qu'est-ce que je ne sais pas ? demanda-t-il patiemment.

Elle balaya sa question du revers de la main.

— Tu ne sais rien, improvisa-t-elle nerveusement. Tout comme moi. On croit toujours savoir, mais au fond on ne sait rien.

— Quelle est cette chose que j'ignore ? insista-t-il encore.

— C'est juste que... tout va trop vite, répéta-t-elle avec un regard suppliant.

— On dirait que tu as oublié ce qui s'est passé entre nous cette nuit.

Elle exhala un soupir douloureux.

— Je n'ai rien oublié, dit-elle. C'était merveilleux, mais...

— Tu ne vas tout de même pas prétendre qu'il s'agissait d'une relation purement physique ?

— Je n'ai rien dit de tel. Je refuse simplement de mêler l'amour à notre histoire. Je ne veux pas passer par là une nouvelle fois.

Drago attendit un instant avant de lui répondre.

— Alysa, écoute-moi ! reprit-il avec gravité. Je ne voulais pas t'aimer, moi non plus. J'ai essayé de lutter contre mes sentiments. Mais il se peut que nous n'ayons pas le choix.

— Nous sommes des êtres libres, capables d'affirmer nos choix.

— Personne n'est aussi libre que cela. Je croyais rester à jamais hanté par le souvenir de Carlotta, mais tu m'en as libéré et c'est de toi que j'ai besoin aujourd'hui.

— Drago, je t'en supplie, il ne faut rien précipiter.

— Tu t'es réfugiée dans une existence maussade et sans surprise.

Sa voix se teinta d'ironie et il ajouta :

— Un statut d'associée dans un cabinet d'expertise comptable ! Comment pourrais-je rivaliser avec de si glorieuses ambitions ?

— Tu es injuste.

— Peut-être. Mais l'amour est injuste, souffla-t-il.

Il scruta ses traits longuement, comme s'il espérait trouver à ses réticences une autre explication.

— Y a-t-il quelque chose que tu me caches encore ?

Alysa haussa les épaules.

— Je ne te cache rien, Drago. Mais j'en ai assez de cet interrogatoire. Tu ne me laisses pas le temps de réfléchir cinq minutes.

Déjà, il fermait les yeux d'un air désolé.

— Pardonne-moi ! Je suis incorrigible. Tellement habitué à obtenir toujours ce que je veux...

Ses regrets étaient sincères et elle posa un tendre baiser sur sa joue.

— Sans rancune, *signor* Di Luca. Je commence à connaître votre caractère fougueux et impatient. Et si nous rentrions, maintenant ?

11

Sur le chemin du retour, Alysa ne quitta pas Drago des yeux. Il essayait d'alléger l'atmosphère et de plaisanter, mais le cœur n'y était pas. Le charme était rompu et elle ne pouvait s'en prendre qu'à elle-même ! Par sa peur maladive, par ses incertitudes, elle avait tout gâché. Pendant des mois, elle n'avait cessé de penser à lui, et au moment où il lui déclarait son amour, voilà qu'elle lui tournait le dos !

Etait-elle folle ? Ou raisonnable au contraire ? Comment savoir ce que l'avenir leur réservait ? Cette belle histoire pourrait-elle résister à l'épreuve du temps ? Certes, ils s'étaient soutenus dans la peine, mais seraient-ils aptes à connaître ensemble le bonheur ?

A la fin du repas, sans doute désireux de soutenir une conversation amicale, Drago revint sur la requête qu'elle avait commencé à formuler quelques jours plus tôt.

— Tu avais un service à me demander, je crois ?

Elle resta un moment interdite avant de pouvoir reprendre pied dans la réalité.

— Oui, en effet. C'est un peu délicat, mais j'espère que tu vas me comprendre.

— Je l'espère, fit-il avec gentillesse.

A la lumière des derniers événements, elle en doutait un peu. Après quelques hésitations, elle se jeta enfin à l'eau.

— Eh bien voilà, c'est au sujet de James. Je voudrais être en paix avec lui.

Il fronça les sourcils et s'écarta légèrement de la table.

— Je ne suis pas sûr d'être le mieux placé pour t'aider.

— Je suis retournée au cimetière le jour de mon arrivée à Florence. L'emplacement et l'apparence misérables de sa tombe m'ont révoltée et je m'en veux beaucoup de l'avoir relégué dans un coin aussi indigne.

— Il est le seul responsable de son triste sort.

— Tu as raison, bien sûr. Mais j'ai eu tort de ne pas fournir en temps utile les informations que les autorités me demandaient. En agissant ainsi, je l'ai banni de sa terre natale et condamné à un exil éternel. Je voudrais le ramener dans son pays.

Il la considéra d'un air incrédule.

— Qu'est-ce que tu dis ?

— Je veux que son corps soit rapatrié et enterré en Angleterre. Je ne supporte plus de le savoir abandonné dans cet endroit sinistre alors que Carlotta est honorée tous les jours. Il mérite lui aussi un peu de miséricorde.

— Tu as dû perdre la tête, trancha Drago.

Sur son visage, la colère se mêlait à la déception.

— Après tout ce temps, toutes les épreuves que nous avons traversées ensemble, tu n'as toujours pas fait le deuil de ta relation avec lui ? Tu n'as donc rien appris ?

— Si, j'ai compris une chose essentielle. Pour retrouver enfin la paix, je dois lui accorder mon pardon.

— Tu dis n'importe quoi. Tu ne dois rien à cet homme.

— Et toi, tu ne dois rien à Carlotta. Pourtant, tu la couvres de fleurs chaque jour. Tu n'agirais pas ainsi si tu ne lui avais pas pardonné. Moi aussi, j'ai besoin de ce pardon. Mais il faut que tu m'aides.

— Je ne vois pas comment.

— Grâce à tes relations. Tu peux user de ton influence pour obtenir les papiers nécessaires.

Il secoua la tête.

— Tu n'as aucun sens des réalités. Il ne suffit pas de claquer des doigts pour faire exhumer un cercueil et l'envoyer à l'étranger. Je pensais que James appartenait à ton passé.

— C'est le cas.

— Je n'en suis pas si sûr. Si tu avais vraiment tourné la page, tu renoncerais à soulever des montagnes pour le rapprocher de toi.

Alysa soupira. Comment pouvait-il réagir comme cela ? Jusqu'à cette discussion, elle était pourtant certaine de pouvoir compter sur son aide.

— Très bien, je me débrouillerai seule.

Il soupira et redressa la tête d'un air dépité.

— J'ai compris maintenant ce que tu n'arrivais pas à me dire ce matin. Tu l'aimes encore.

— Non, Drago. Je ne l'aime plus, reprit-elle. Mais je ne suis pas totalement libérée de lui, pas plus que tu ne l'es de Carlotta.

— Nos histoires n'ont rien de comparable, s'emporta-t-il. J'ai été marié dix ans avec cette femme. Elle m'a donné une petite fille magnifique et elle était en tout point exemplaire jusqu'au jour maudit où sa route a croisé celle de ton fiancé.

Alysa secoua vigoureusement la tête.

— Tu dis qu'elle était exemplaire parce que tu veux conserver d'elle un souvenir agréable. Je te comprends. Mais comprends aussi qu'en dehors de moi, James n'a personne pour protéger sa mémoire !

— Il t'a rejetée, lança-t-il, le regard sévère.

— Carlotta t'a rejeté aussi, mais tu refuses encore de l'admettre.

— Si c'était vrai, je ne pourrais pas t'aimer aujourd'hui.

— Tu dis que tu m'aimes, et je te crois. Mais je viens après elle dans ton cœur et il en sera ainsi tant que tu t'accrocheras à l'image que tu avais d'elle avant l'accident.

La sonnerie du portable de Drago interrompit leur discussion. Il dut reconnaître le numéro qui s'affichait sur son appareil car il décrocha. C'était Tina. Alysa regagna la cuisine. Elle finissait la vaisselle lorsqu'il la rejoignit.

— Tina n'a pas l'air très heureuse avec Elena, dit-il.

— Alors tu dois retourner auprès d'elle, déclara-t-elle d'un ton sec. Elle a besoin de toi, et moi, je suis attendue à Londres.

— Ah oui, j'avais oublié ce cher Brian ! Tu as raison de rejoindre ceux qui comptent vraiment pour toi.

Elle serra les mâchoires pour se retenir de hurler.

— Drago, j'essaie simplement d'être raisonnable.

— Tu n'as encore rien compris. Tu recommences à laisser ta raison te dicter ta conduite.

— Je suis ainsi faite, rétorqua-t-elle.

— Dans ce cas, nous serons raisonnables et nous partirons demain matin à la première heure.

— Mes bagages seront prêts.

Elle exhala un soupir. Elle était soulagée de partir. Leur amitié souffrait trop de ce conflit inutile. Elle n'avait plus aucune raison de rester.

Au fil des mois, Alysa s'efforça d'oublier son chagrin en concentrant ses efforts sur son travail, comme elle l'avait fait après la mort de James. Mais si autrefois elle n'avait pas été capable d'analyser son comportement, elle était aujourd'hui parfaitement lucide sur la manière dont elle utilisait ses ambitions professionnelles pour se protéger d'une réalité trop douloureuse. Son cœur était à vif et sa solitude d'autant plus insupportable qu'elle en était la seule responsable. Drago lui avait offert son amour. Elle l'avait rejeté.

Peu avant les fêtes de Noël, Brian lui proposa officiellement de devenir sa principale associée. Ses efforts se voyaient enfin récompensés.

— J'ai organisé un dîner au Ritz en votre honneur, annonça-t-il avec enthousiasme. Les autres associés et leurs épouses seront tous présents pour vous souhaiter la bienvenue. Moi, je serai votre escorte. Prenez une journée de congé pour vous trouver une toilette digne de l'événement.

Le lendemain matin, elle quitta son appartement de bonne heure pour se rendre dans les beaux quartiers. Le souvenir de Drago continuait à la hanter et elle n'était guère d'humeur à courir les magasins. Pourtant, elle ne pouvait décevoir Brian ni se permettre de gâcher une récompense si longtemps attendue. Après une journée éreintante passée dans les plus belles boutiques de Londres, elle arrêta finalement son choix sur une robe de velours grenat très distinguée, assez courte pour mettre en valeur ses longues jambes, sans franchir les limites de la décence et du bon goût.

A son retour au bureau, elle fut assaillie par les secrétaires qui insistèrent sans relâche pour la voir dans sa nouvelle toilette.

Elle se laissa convaincre et finit par se prendre au jeu. Après tout, il ne servait à rien de bouder son plaisir. Les exclamations enthousiastes de ses collègues attirèrent une bonne partie du personnel dans le bureau. Brian apparut à son tour, et il joignit ses compliments aux cris d'admiration. Bientôt, elle défilait comme un mannequin sous un tonnerre d'applaudissements.

— Est-ce bien la femme que je vais avoir l'honneur de tenir à mon bras ? demanda Brian.

A la manière d'un modèle expérimenté, Alysa exécuta un gracieux demi-tour, posa avec une nonchalance étudiée une main sur sa hanche et cligna outrageusement des paupières dans sa direction. Des rires fusèrent de toutes parts pour s'interrompre brutalement et un silence gêné succéda au joyeux brouhaha. Intriguée, elle fit volte-face pour se trouver face au visage dévasté de Drago. Les traits tendus, les yeux hagards, il ressemblait à l'homme qu'elle avait rencontré lors de son premier voyage en Italie.

— Il faut que je te parle, lança-t-il d'un ton sec. Tout de suite.

D'un regard peu amène, il enjoignit l'assemblée de quitter la pièce. Peu habitués à de telles démonstrations d'autorité, les collègues d'Alysa commençaient à protester.

— Soyez gentils, fit-elle avec douceur. Laissez-nous !

Ils obéirent à contrecœur. Le regard interloqué de Brian s'attarda longuement sur la jeune femme, puis il se résigna à sortir lui aussi.

— Que fais-tu ici ? demanda-t-elle, en colère. Qu'est-ce qui t'a pris de débarquer sans prévenir ?

— Je suis venu pour te ramener avec moi à Florence.

— Il m'est impossible de partir maintenant et je...

— Il le faut ! Je sais, tu dois trouver une fois de plus mes manières déplorables, mais j'ai besoin de toi. Tu es la seule personne sur qui je peux compter.

Prenant peu à peu la mesure de sa détresse, elle finit par se radoucir.

— Que s'est-il passé, Drago ? Pourquoi as-tu pris la peine de venir jusqu'ici ?

— J'ai d'abord pensé à t'appeler, mais je...

Ses épaules s'affaissèrent. Il paraissait à bout de forces.

— Tina sait tout, lâcha-t-il simplement.

— Pardon ?

— Elle connaît les circonstances de la mort de sa mère. Elle a compris qu'elle avait choisi de l'abandonner.

— Mais comment ?

— A l'école. La directrice était une cliente de Carlotta. Tina a surpris une conversation entre elle et une autre institutrice. Elle a entendu dire que Carlotta avait choisi de me quitter sans savoir si elle pourrait la revoir un jour.

— Oh mon Dieu ! soupira-t-elle.

— Elle est rentrée un jour à la villa en sanglotant. J'ai essayé de la réconforter en expliquant qu'il s'agissait d'un malentendu, mais j'ai beau faire, elle reste inconsolable.

— Tu dois continuer dans ce sens. Elena défend-elle la même version que toi ?

— Oui, car elle refuse de croire aux révélations de cette femme. Mais elle me tient pour responsable de tout.

— Mais comment pourrais-tu être responsable de ces malheureux bavardages ? demanda-t-elle encore.

— Elle sait pertinemment que je ne le suis pas, mais elle a trouvé là le moyen de m'enlever Tina. Elle m'accuse de raconter des mensonges à ma fille pour ternir l'image de sa mère. J'ai beau réfuter inlassablement ses accusations, elle continue à me traiter d'hypocrite. Elle affirme que j'exerce sur mon enfant une très mauvaise influence et qu'il est de son devoir de la protéger. Cette fois, elle cherche à me la prendre pour de bon.

— Tu ne dois pas te laisser faire, répondit-elle, révoltée.

— Je n'en ai pas l'intention, mais je ne peux pas la combattre tout seul. Sa famille est très influente. Elle est tout à fait capable de gagner la partie.

— Mais toi aussi, tu as beaucoup de relations...

— Oui, et les moyens de m'offrir les meilleurs avocats. Mais Elena est plus forte que moi. Elle sait très bien se montrer sous son meilleur jour. Pas moi. Tu me connais, je suis incapable de garder mon calme très longtemps. Alysa, toi seule peux m'aider. Tina t'adore. Tu peux lui expliquer, la rassurer. Elle te fera confiance.

— Mais que veux-tu que je lui dise ?

— Tu trouveras les mots, j'en suis sûr. Je t'en prie, rentre avec moi à Florence ! Il y a un vol dans trois heures. Nous pouvons le prendre, si nous nous dépêchons. J'ai promis à Tina de rentrer ce soir.

— Tu l'as laissée à la villa ?

— Non, je l'ai confiée à un couple d'amis. Alysa, je t'en supplie !

Comme elle abaissait le regard sur sa robe, il parut s'étonner pour la première fois de sa toilette.

— J'ignorais que dans ce pays on se présentait au bureau en tenue de soirée !

— Je faisais juste un essayage pour une réception, expliqua-t-elle.

— As-tu réussi à éblouir ton patron ? demanda-t-il d'un ton amer.

Elle n'eut pas le temps de répondre.

— Je l'ai trouvée superbe, glissa la voix posée de Brian depuis le pas de la porte. Et je suis fier d'accompagner au Ritz ma principale associée.

— Félicitations ! fit Drago à l'intention d'Alysa. Tu as obtenu ce que tu voulais.

— Je t'en prie...

— Je te demande seulement de venir en aide à Tina. Je jure ensuite de ne plus jamais t'importuner. Alysa, viens avec moi !

— Où voulez-vous l'emmener ? s'inquiéta Brian.

— A Florence, répondit-elle.

— Florence ? répéta-t-il, incrédule.

— Il s'agit juste d'un aller-retour. Ne vous inquiétez pas, je serai vite rentrée.

— Le dîner a lieu dans deux jours. Il n'est pas certain que vous puissiez revenir d'ici là. Si vous me faites faux bond alors que j'ai tout organisé pour...

Il jugea inutile de poursuivre.

— Je serai là, affirma Alysa. Je vous le jure. Je comprends votre surprise, Brian, mais je dois faire ce voyage.

— Après tout le mal que vous vous êtes donné pour en arriver là, j'ai du mal à comprendre que vous risquiez votre carrière sur un coup de tête, dit-il, l'air menaçant.

Drago avança d'un pas dans sa direction.

— Vous oseriez lui refuser le statut d'associée, si elle venait à manquer un malheureux dîner ? demanda-t-il.

— Notre profession doit pouvoir compter sur des partenaires fiables, répondit Brian sans s'émouvoir. Et puis, je n'aime pas beaucoup passer pour un imbécile. Ne me décevez pas, Alysa !

— Je serai rentrée vendredi, je vous le promets.

Il la fixa avec insistance et haussa les épaules, comme pour mieux lui signifier qu'il la laisserait seule assumer les conséquences de ses actes. Sans un mot de plus, il tourna les talons.

Alysa se retrouva seule avec Drago. Il ne fallait pas perdre une minute.

— Accorde-moi un moment pour enlever ma robe, fit-elle avant de disparaître à son tour.

Elle se changea, donna des instructions rapides à sa secrétaire et quitta précipitamment le cabinet en compagnie de Drago. Ils passèrent rapidement à son appartement et s'engouffrèrent dans un taxi pour l'aéroport.

Alysa serra les mâchoires, nerveuse. L'idée qu'Elena puisse tenter d'enlever Tina à son père paraissait aberrante. Pourtant, il fallait la prendre au sérieux. Certes, elle éprouvait une certaine compassion pour la vieille dame, mais elle l'avait vue à l'œuvre avec Leona et elle était redoutable. Ils devaient agir, et vite, car le lien qui unissait Drago à son enfant était sacré. Il devait à tout prix être préservé. Il n'y avait rien de plus important. Pas même sa carrière au cabinet et ses ambitions professionnelles.

Alysa se tourna vers Drago. Recroquevillé dans un coin de la banquette arrière, il regardait sans le voir le paysage qui défilait sous ses yeux. Son état faisait peine à voir. Des cernes bleutés assombrissaient ses yeux. On aurait dit qu'il n'avait pas dormi depuis des jours. Elle se glissa tout près de lui, lui prit la main, la serra très fort dans la sienne et ils restèrent ainsi, sans prononcer un mot, jusqu'à leur arrivée à l'aéroport.

12

Dès leur arrivée à Florence, le chauffeur de Drago les conduisit à la résidence des Lenotti. Le couple avait accepté de veiller sur Tina en l'absence de son père.

— Il est tard, soupira-t-il à mi-chemin. Elle va m'en vouloir de l'avoir laissée si longtemps.

— Tu n'as pas à t'inquiéter, répondit fermement Alysa. Dès l'instant où elle te verra, toutes ses inquiétudes seront oubliées.

Malheureusement, les événements se déroulèrent d'une tout autre manière. Chose inhabituelle à une heure aussi tardive, le portail de la résidence était ouvert et la villa brillait de tous ses feux. La maîtresse de maison guettait leur arrivée sur le perron d'un air soucieux. Quand Drago la rejoignit, elle éclata en sanglots.

— Que se passe-t-il ? demanda-t-il avec angoisse.

— Votre belle-mère est venue et elle m'a demandé de lui confier Tina.

— Vous avez refusé, n'est-ce pas ? Maria, dites-moi que vous avez refusé !

— Elle a affirmé qu'elle était responsable de sa petite-fille en l'absence de son père et elle a menacé d'appeler la police.

Drago laissa échapper un juron.

— Elle est entrée comme une furie et elle a ouvert toutes les portes, continua Maria d'une voix chevrotante. Quand elle a trouvé Tina, elle a cherché à l'effrayer en nous décrivant comme des ravisseurs et elle lui a dit qu'elle venait la sauver.

— Pauvre petit cœur, soupira Alysa. Que peut-elle bien penser à l'heure qu'il est ?

— Comment a-t-elle appris qu'elle se trouvait chez vous ? enragea Drago.

— Par un de vos domestiques, répondit Maria.

— Je leur avais pourtant interdit de lui parler !

— Tu n'as sans doute pas que des alliés à la villa, glissa Alysa. Elena est assez habile pour se mettre n'importe qui dans la poche.

— Cette femme ne reculera devant rien ! Comment ai-je pu être assez stupide pour…

— Où habite ta belle-mère ? coupa Alysa avec impatience.

— Bologne.

— C'est loin d'ici ?

— Soixante kilomètres environ.

— Allons-y ! Il n'y a pas une minute à perdre !

Heureusement, le chauffeur connaissait par cœur l'itinéraire. Il les conduisit à bon port en moins d'une heure.

— La villa est plongée dans le noir, constata Alysa. Elles sont peut-être déjà couchées.

Après plusieurs coups de sonnette, la femme de chambre daigna enfin se présenter sur le pas de la porte. Les yeux ensommeillés, elle expliqua que sa maîtresse était partie depuis deux jours et qu'elle ignorait où elle se trouvait.

— Seigneur ! soupira Drago, à bout de nerfs. Où a-t-elle bien pu l'emmener ?

— Chez son autre fille ? suggéra Alysa.

— Non, toute la famille est partie aux Etats-Unis pour célébrer un mariage.

— Alors, il reste Leona. Elle habite à Florence ?

— Oui, approuva-t-il, désespéré.

Sur le chemin du retour, Drago n'ouvrit pas la bouche une seule fois. Quand Leona leur ouvrit sa porte, Alysa retint son souffle. Cette femme était de toute évidence mal à l'aise.

— Est-ce que ma fille est ici ? demanda Drago sans autre préambule.

Elle hocha la tête et s'effaça pour le laisser entrer.

— Elena est arrivée sans prévenir. Tina était avec elle…

— Et vous ne pouviez pas leur refuser l'hospitalité, glissa Alysa avec douceur. Vous deviez mettre Tina à l'abri jusqu'à l'arrivée de son père. C'est très gentil à vous.

Leona la remercia d'un pâle sourire et elle les précéda à l'intérieur.

— Je te trouve bien compréhensive à son égard, lui souffla Drago.

— Elle n'est pour rien dans cette histoire. Elena l'a manipulée. Il ne servirait à rien de se la mettre à dos !

Comme il paraissait hésiter, elle confirma son avantage.

— Drago, pourquoi m'as-tu amenée jusqu'ici ? Parce que tu savais que je démêlerais mieux que toi la situation. Alors, je t'en prie, laisse-moi faire.

Après un instant, il approuva d'un air las.

— Merci, murmura-t-il, à bout de forces.

Elle se précipita alors en haut des escaliers, où Leona les attendait, en proie à une vive panique.

— Elena refuse d'ouvrir la porte de sa chambre. La clé est à l'intérieur.

— Où est Tina ? demanda Alysa.

— Avec elle.

Furieux, Drago leva le poing, tout prêt à enfoncer le battant. Mais elle lui prit la main et le ramena doucement au calme. Dans le silence, ils entendaient les sanglots de la vieille dame.

— Elena ? fit Alysa avec douceur.

— Allez-vous-en ! hurla la vieille dame.

— Je vous en prie, laissez-moi entrer ! insista-t-elle.

— Allez-vous-en ! Vous n'êtes que des menteurs. Vous répandez sur ma fille des rumeurs abominables.

Alysa tenta sa chance auprès de la petite fille.

— Tina ? Tu es là ? C'est moi, Alysa.

La petite voix de l'enfant lui parvint faiblement.

— Je suis là.

— Tu peux m'ouvrir la porte ?

Après quelques instants, la clé tourna dans la serrure. Puis vint un cri, suivi d'une bousculade. Alysa pénétra alors dans la chambre. Elena était sur le lit, retenant la petite fille prisonnière sur ses genoux. Choquée, Alysa sentit la colère monter en elle. Comment pouvait-on soumettre une enfant à tant de violence ?

Mais bientôt, elle aperçut les traits dévastés de la vieille dame. Pauvre femme, elle ne se remettrait jamais de la mort de sa fille.

— Vous êtes tous des menteurs ! criait-elle d'une voix toujours plus hystérique. Tout ce que vous racontez sur ma petite Carlotta est absolument faux !

Alysa réfléchit rapidement.

— Vous avez raison, Elena, approuva-t-elle après un temps. Tout est faux. Et je suis là pour rétablir la vérité.

Elle tendit une main en direction de Tina, mais la vieille dame serra l'enfant un peu plus fort contre sa poitrine.

— Ne vous approchez pas !

— Je veux juste m'asseoir, dit Alysa en s'installant de telle sorte que Tina puisse glisser une main dans la sienne.

— Les gens disent que Maman ne voulait pas revenir à la maison, murmura l'enfant, le visage inondé de larmes. Qu'elle ne m'aimait plus et qu'elle voulait me laisser.

— Ce sont des bêtises, dit Alysa avec fermeté. Ecoute, ma chérie, je vais te dire quelque chose. J'ai rencontré ta maman le jour de sa mort, à Pinosa. Je me trouvais là-bas avec mon ami James et nous attendions notre tour pour monter dans une nacelle. Dans la file d'attente, nous avons engagé la conversation avec elle. Elle nous a parlé de son mari et de sa petite fille. Elle semblait très impatiente de vous revoir. Elle rentrait d'un voyage professionnel et s'était arrêtée à Pinosa car elle aimait beaucoup cet endroit. « Ensuite, j'irai retrouver ma petite Tina », disait-elle.

Comme l'enfant semblait boire chacune de ses paroles, Alysa inspira une longue bouffée d'air avant de poursuivre. Elle ne pouvait pas se permettre le moindre faux pas.

— Au moment de monter dans la nacelle, j'ai eu peur d'avoir le vertige et j'ai préféré rester sur la terre ferme.

Quelque part derrière elle, elle perçut le souffle court de Drago, mais elle refusa de se laisser distraire.

— James, c'est ton ami qui est mort ? demanda Tina.

— Oui. Alors, comme je refusais de l'accompagner, eh bien, ils sont montés ensemble et... eh bien, ils sont morts ensemble. C'est pour cela que je vous ai rencontrés à Pinosa. Je ne t'en avais pas parlé auparavant parce que j'étais trop triste.

L'enfant quitta les genoux de sa grand-mère pour venir se réfugier dans ses bras.

— Tu l'aimais vraiment beaucoup ? demanda-t-elle.

— Vraiment, oui. Enormément.

— Et maintenant, c'est *Papà* que tu aimes ?

Alysa tourna la tête vers Drago puis de nouveau vers Tina.

— Oui, fit-elle. C'est ton *Papà* que j'aime maintenant.

— Et lui, il t'aime aussi ?

— Oui, fit-il sans lui laisser le temps de répondre à sa place.

Tina traversa la pièce en courant pour rejoindre son père. Il la soulevait déjà de terre et la serrait tendrement. Soulagée, Alysa les contempla un moment, puis se tourna vers Elena. La vieille dame tremblait de tout son corps.

— Alors voilà, vous avez eu ce que vous vouliez, murmura-t-elle. Et moi, j'ai tout perdu.

Un cri rauque et douloureux jaillit soudain de sa gorge.

— Non, vous n'avez pas tout perdu, dit Alysa en posant une main sur son épaule. Tina est toujours votre petite-fille. Elle vous aime et elle vous aimera toujours.

— Jamais il ne me donnera l'autorisation de la voir. Pas après ce qui s'est passé.

— Drago ne vous éloignera pas de Tina. Il sait qu'elle a besoin de vous.

Elena leva sur son gendre un regard chargé de doute.

— Ce qu'elle dit est vrai ? demanda-t-elle.

— Absolument, répondit Drago d'un ton solennel.

— Vous dites cela à cause d'Alysa, mais sitôt qu'elle aura le dos tourné, vous...

— Je n'ai pas l'intention de partir, déclara-t-elle. Et je jure que Tina vous verra autant qu'elle le souhaitera.

Ne sachant sans doute que penser, Drago quitta la pièce avec sa fille dans les bras. Le cœur serré, Alysa donna une dernière tape amicale sur l'épaule d'Elena puis elle rejoignit Leona dans le couloir.

— Elle a besoin de voir un médecin, fit-elle avec sollicitude.

— Vous avez raison, répondit Leona. Mais ne vous inquiétez

pas ! Je vais la garder près de moi quelques jours et je veillerai sur elle.

La gorge serrée, Leona les salua et les regarda s'éloigner avec résignation. Visiblement content de les voir regagner tous les trois la voiture, le chauffeur de Drago les accueillit avec le sourire. A peine installée sur les genoux de son père, la petite fille sombra dans un profond sommeil. Les émotions de la journée l'avaient épuisée. Quand enfin ils arrivèrent à la villa, il la porta directement dans son lit puis il rejoignit Alysa dans le salon.

— Que dira le pauvre Brian quand il comprendra que tu ne rentres pas à Londres ?

Drago n'avait pu attendre plus longtemps pour aborder le sujet qui lui tenait à cœur.

— Qui a dit que je ne rentrerais pas ?

Il fronça les sourcils.

— Tu es incorrigible. On ne plaisante pas sur des sujets aussi sérieux. Rassure-moi, Alysa ! Tu n'aurais pas parlé ainsi à Elena, devant Tina qui plus est, si tu n'avais pas l'intention de rester, n'est-ce pas ?

Elle lui sourit tendrement.

— Si tu veux encore de moi, alors je reste. Et je pense que ta fille n'y verra pas d'inconvénient.

— Tu peux en être sûre. Je ne te remercierai jamais assez de ce que tu as fait pour elle.

— Je n'ai commis aucune maladresse ? demanda-t-elle, inquiète.

— Aucune. Tu lui as dit exactement ce qu'elle devait entendre. Peut-être apprendra-t-elle un jour la vérité, mais alors elle sera assez grande pour la supporter.

— Je l'espère.

— Je savais depuis longtemps que tu excellais dans l'art de protéger les autres.

— Vraiment ?

— La lettre, dit-il. Celle dans laquelle Carlotta avouait à James qu'elle m'avait été infidèle de nombreuses fois avant de le rencontrer. Cette lettre qui a mystérieusement disparu...

— Mais tu... comment as-tu... ?

— Je t'ai regardée dans le salon pendant que tu la lisais. J'ai vu ton expression et la vitesse avec laquelle tu l'as mise de côté pour éviter de me la montrer. Quand tu es allée te coucher, je l'ai cherchée et je l'ai lue. Le lendemain matin, elle avait disparu. J'ai compris que tu l'avais subtilisée pour me protéger.

— Tu es au courant depuis le mois de février? s'enquit-elle, sidérée.

— Au fond de moi, je me suis toujours douté des infidélités de Carlotta, mais je n'ai jamais voulu les admettre. Pendant des années, j'ai nié la réalité. Obstinément. Et quand enfin j'ai dû l'affronter, j'ai cessé de me torturer et quelque chose en moi s'est apaisé.

— Je pensais que le contenu de cette lettre achèverait de te briser le cœur.

— Tu es une personne très généreuse, Alysa. Et je serai le plus heureux des hommes auprès de toi. Mais dis-moi, quand as-tu pris la décision de rester?

Elle hésita un instant avant de répondre.

— Quand j'ai compris que tu avais besoin de moi. Je n'avais pas envie de t'abandonner encore une fois aux épreuves de la vie. Et toi, tu m'aurais laissée repartir?

— Pas pour longtemps. J'avais l'intention de t'appeler bientôt. Au sujet de James. J'ai recueilli des informations pour toi. Son corps peut être rapatrié en Angleterre, mais il serait beaucoup plus simple de lui attribuer une tombe plus grande et plus digne dans le cimetière où il se trouve déjà. En fait…

Son air embarrassé éveilla immédiatement ses soupçons.

— Qu'as-tu fait exactement, Drago?

— Eh bien euh… tu me connais, j'ai la désagréable habitude de prendre des décisions dans mon coin et de consulter les gens concernés après coup. J'ai fait quelques arrangements préliminaires, juste pour faire avancer les choses. Bien entendu, je ne continuerai pas sans ton accord. Tu comprends, j'ai pensé que…

Il se tut, comme s'il avait soudain honte de lui-même et de ses manigances.

— Continue, insista-t-elle, un petit sourire aux lèvres.

— J'ai pensé que s'il était enterré ici, tu continuerais à venir visiter sa tombe et que... Eh bien, que nous pourrions nous revoir et que je finirais bien par te convaincre de rester.

— Tu ignores tous les obstacles, n'est-ce pas ? Rien ni personne ne te décourage jamais. Et mon travail ? Tu y as pensé aussi ? Je ne suis pas certaine de pouvoir travailler dans ce pays.

— Je me suis renseigné là-dessus, aussi. C'est un peu compliqué, mais il existe un système d'équivalences qui permet de reconnaître un diplôme étranger. J'ai un ami très bien placé qui peut s'en occuper.

— Je vois que tu as tout prévu. Il faudra tout de même que je retourne un peu à Londres. Je ne peux pas laisser tomber Brian du jour au lendemain.

— Bien sûr.

— Je viendrai à Florence tous les week-ends jusqu'à la fin de mon préavis.

— Promets-moi de ne plus me quitter ensuite et de devenir ma femme ! Je suis un homme patient. Je t'ai attendue longtemps et je peux t'attendre encore un peu.

Deux jours avant Noël, un orage effroyable grondait dans le ciel de Florence. Tous les avions étaient annoncés avec du retard. Une foule nombreuse se pressait devant les panneaux d'affichage.

— Pourquoi elle est pas encore là, *Papà* ? s'inquiétait Tina en scrutant avec angoisse la couche de nuages noirs suspendus au-dessus de l'aéroport.

— Son vol est en retard, ma chérie. Tu dois être patiente.

— Mais il va arriver, hein, *Papà* ?

— Bien sûr, ma chérie.

— Et si elle avait un accident ?

Il la souleva au-dessus de ses épaules.

— Regarde ! fit-il en désignant des lumières clignotantes qui venaient d'apparaître au-dessus de Florence. Il y a un avion qui approche.

Drago inspira profondément. Si seulement c'était le vol d'Alysa ! Tina était très angoissée. La crainte d'un accident faisait sans doute renaître en elle le souvenir tragique de la disparition de sa mère. Mais bientôt, les écrans annoncèrent l'atterrissage en provenance de Londres.

— Elle est arrivée ! Elle est arrivée ! cria la petite fille à tue-tête en dansant de joie.

Drago sourit largement. Il aurait bien imité sa fille tant il était soulagé. Main dans la main, ils coururent ensemble à la sortie du terminal. Dès qu'elle aperçut Alysa, Tina l'abandonna pour se précipiter à sa rencontre. Il resta volontairement à l'écart, puis il s'approcha à son tour et enlaça tendrement la jeune femme.

— Le vol a été mouvementé ? demanda-t-il.

— Plutôt, oui. Et je n'aime pas beaucoup les trous d'air. Heureusement, le bonheur de vous retrouver m'a aidée à surmonter ma peur.

Alysa sentit une douce chaleur l'envahir. Elle était si heureuse d'être là ! Depuis sa dernière visite, Drago avait organisé pour elle un rendez-vous avec le directeur d'un cabinet d'expertise comptable. Les choses s'annonçaient bien. Contre toute attente, Brian s'était même montré compréhensif à son égard en acceptant de réduire la durée légale de son préavis. L'ambition et l'opportunisme du jeune Franck n'étaient sans doute pas étrangers à cette décision. Il s'était emparé de ses dossiers avec une rare diligence.

Tandis qu'ils roulaient en direction de la villa, Drago lui expliqua qu'une autre personne l'attendait avec impatience. Elena.

— Je lui ai promis de ne pas la tenir à l'écart, expliqua-t-il. Mais elle doute encore de moi. Tu es la seule à pouvoir la rassurer.

Quand la voiture s'arrêta devant le perron, Alysa distingua aussitôt le visage anxieux de la vieille dame à la fenêtre du salon. Elle savait ce qu'il lui restait à faire. Pour Elena, bien sûr, mais aussi pour Tina, qui regardait avec attention le déroulement des événements. Elle pénétra donc dans la maison en arborant un sourire rayonnant et ouvrit grand les bras en direction d'Elena. La vieille dame récompensait déjà son geste par un regard soulagé et immensément reconnaissant.

— Tu veux voir la crèche, Alysa ? demanda Tina en glissant une petite main dans la sienne.

— Avec plaisir, répondit-elle.

Devant la cheminée, un artisan avait installé une magnifique création.

— Le petit Jésus vient de naître, expliqua la petite fille. Et Marie est très heureuse. C'est pour ça qu'elle le regarde en souriant. C'est Maman qui me l'a expliqué.

— Jésus et son papa sont très heureux aussi, glissa Alysa. Parce qu'ils forment une famille.

Une tristesse assombrit les traits de Tina.

— Moi, je n'ai plus de famille, dit-elle. Parce que je n'ai plus de maman.

Alysa frémit. L'instant était délicat. Elle devait choisir ses mots avec soin.

— Si tu m'acceptes comme deuxième maman, alors tu auras une famille de nouveau. Carlotta restera toujours ta maman, même si tu en aimes une autre.

— Tu es sûre ?

— Certaine.

— Et *Nonna* ?

— *Nonna* est ta grand-mère. Elle fait aussi partie de notre famille.

— Il est tard, glissa Drago en les rejoignant devant la cheminée. Tu devrais aller te coucher, ma chérie. Nous avons plein de courses à faire demain. Il faut que tu sois en forme.

— C'est *Nonna* qui va t'accompagner dans ta chambre, ajouta Alysa en se tournant vers Elena.

Heureux, ils regardèrent la vieille dame et l'enfant grimper ensemble l'escalier.

— Je craignais un peu que Tina ne reste fâchée contre sa grand-mère, confia-t-elle d'un air songeur. Je suis rassurée, maintenant.

Drago la prit dans ses bras.

— Tu es un don du ciel, Alysa. Grâce à toi, nous formons tous de nouveau une famille. Moi qui désespérais de ne plus jamais connaître ce bonheur ! Tu m'as guéri de mon passé et tu illumines tout mon avenir. Je vais finir par croire aux miracles ! Et toi, tu y crois ?

— Je crois en celui-ci, répondit-elle avec ferveur. Et en tous ceux que nous accomplirons ensemble.

MICHELLE DOUGLAS

Retrouvailles sous le gui

Traduction française de
CATHERINE BELMONT

HARLEQUIN

Titre original :
HIS CHRISTMAS ANGEL

Ce roman a déjà été publié en 2018.

1

Sol Adams claqua derrière lui la porte qu'il tenait entre ses doigts crispés et aspira une grande bouffée d'oxygène pour essayer d'endiguer sa colère. Cela faisait à peine un quart d'heure qu'il était de retour à Schofield, la petite ville du Queensland où il avait passé son enfance, et il avait déjà une furieuse envie de s'en aller.

— Comment ai-je pu croire, ne serait-ce qu'une seconde, que les choses se seraient arrangées d'elles-mêmes depuis mon départ et qu'Alec m'accueillerait à bras ouverts ? maugréa-t-il en s'accoudant à la rambarde de la véranda et en balayant des yeux les milliers d'herbes folles qui encerclaient la maison.

Ses relations avec Alec Adams, l'homme qui l'avait élevé, mais qu'il se refusait à appeler « papa », avaient toujours été chaotiques et les dix années qui venaient de s'écouler n'y avaient rien changé. Aucun sourire ne s'était dessiné sur les lèvres d'Alec lorsqu'ils s'étaient retrouvés face à face après cette longue séparation et aucune lueur de joie n'avait éclairé son regard d'acier.

— Ah, te revoilà ! avait-il jeté d'un ton bourru dès qu'il avait aperçu Sol en haut du perron. Qui t'a demandé de rentrer au bercail ?

— Personne. Me connaissant, tu devrais savoir que j'ai horreur d'obéir aux ordres et de laisser qui que ce soit me dicter ma conduite.

— Ta réponse ne m'étonne pas. Quand tu étais petit, tu avais déjà un sale caractère et la fâcheuse manie de me tenir tête.

— Merci de ton accueil, avait ironisé Sol en enfilant le vestibule et en pénétrant dans le living-room à grandes enjambées. Je suis heureux de constater que tu es resté le même qu'autrefois.

— Pourquoi aurais-tu voulu que je change ? Je suis comme je suis et aucun habitant de Schofield n'a eu à se plaindre de moi ces dernières années.

— Ravi de l'apprendre.

— Tu penses que je te raconte des histoires ?

— Non, non, je te crois.

— A te regarder froncer les sourcils, on ne le dirait pas. Tu as l'air encore plus renfrogné que le jour où tu as quitté la ville.

— Je ne suis pas renfrogné, je suis *fatigué*, avait corrigé Sol avant de tirer la porte-fenêtre qui ouvrait sur la véranda et de la refermer derrière lui avec un claquement sec.

Dès que je le pourrai, il faudra que je consolide cette clôture et que je la repeigne, songea-t-il à la vue des piquets de bois vermoulu et des vieilles lattes disjointes qui séparaient le jardin d'Alec de celui de Cassie Campbell, son amie d'enfance.

— De Cassie *Parker*, rectifia Sol à voix haute.

Dix ans plus tôt, Cassie avait épousé Brian Parker, l'une des étoiles montantes du rugby que toutes les jolies filles du pays rêvaient de séduire, et aurait sans doute nagé dans le bonheur jusqu'à la fin des temps si son mari n'avait pas été victime d'un tragique accident.

« Le monde du sport est en deuil, avait écrit l'éditorialiste d'un quotidien national le lendemain du drame. Brian Parker, le célèbre trois-quarts aile du club de Schofield, s'est tué au volant de sa voiture hier matin et nombreux sont les *aficionados* du ballon ovale à pleurer sa mort. Un vibrant hommage lui a été rendu par ses coéquipiers et par les internationaux du XV d'Australie... »

Lorsque Sol avait appris la nouvelle à la lecture du journal, il avait voulu sauter dans le premier avion à destination du Queensland, mais les souvenirs qu'il avait conservés de son enfance et de son adolescence étaient tellement douloureux qu'il n'avait pas eu le courage de rentrer à Schofield.

Quand la mère de Cassie était décédée, il s'était également trouvé toutes sortes d'excuses — un rendez-vous avec des clients, une maquette à terminer au plus vite, un séminaire d'architecture à organiser… — pour ne pas assister aux obsèques et s'était abruti de travail jusqu'à en oublier son propre nom.

— Je me demande qui peut bien habiter chez les Campbell maintenant, marmonna-t-il en se penchant au-dessus de la balustrade de la véranda et en glissant un œil vers la maison d'à côté.

Après la mort de son mari, Cassie avait dû aller vivre au centre de Schofield, là où résidaient ses beaux-parents, et louer à des étrangers la vieille ferme délabrée dont elle avait hérité.

Se rappelant les mille et un secrets qu'elle et lui avaient jadis partagés et les nombreux complots qu'ils avaient tramés en cachette des adultes, Sol esquissa un sourire ému.

Sourire qui s'envola de ses lèvres aussi rapidement qu'il s'y était posé lorsqu'il aperçut le pavillon enguirlandé de clématite où Brian et Cassie s'étaient fiancés.

« Ce n'est pas parce qu'elle est veuve aujourd'hui et libre d'aimer qui bon lui semble que je vais pouvoir chasser Brian de sa mémoire et la séduire », se dit-il avant de lâcher la rambarde mal équarrie qui lui égratignait les paumes et de s'adosser à l'un des piliers de la véranda.

Une main en visière, il contempla le marronnier qui, de son épaisse ramure, ombrageait le jardin des Campbell et sentit son cœur tressauter dans sa poitrine. Des sandalettes dont les lanières en cuir torsadé enserraient de jolis pieds aux ongles laqués de rose indien venaient d'apparaître entre les branches.

— Si j'avais su que la nouvelle voisine d'Alec avait des jambes à faire pâlir d'envie le plus mince des top models, murmura Sol, il y a une éternité que je me serais offert des vacances à Schofield.

Impatient d'admirer la ravissante jeune femme qui avait loué la maison des Campbell, il dégringola les marches du perron et se précipita vers le vieil arbre où elle jouait les acrobates.

— Ça, alors ! s'exclama au-dessus de sa tête une voix aux accents familiers. Tu es enfin de retour au pays, espèce de lâcheur ?

Pétrifié au milieu du cercle d'ombre que dessinait le marronnier sur le gazon, incapable d'articuler le moindre mot, Sol vit deux grands yeux violets frangés de longs cils le fixer avec effronterie et mit une vingtaine de secondes à reprendre ses esprits.

— Salut, Cassie ! jeta-t-il dès qu'il eut recouvré l'usage de la parole.

— Cela fait des lustres que tu t'es évanoui dans la nature et c'est tout ce que tu trouves à me dire ? Moi qui croyais que tu te prosternerais à mes pieds quand tu rentrerais à Schofield et que tu me demanderais pardon d'avoir quitté la ville sans m'avertir, je suis déçue.

— A tes pieds, j'y suis déjà.

— Mais ton attitude n'est pas celle d'un humble repenti, honteux de s'être enfui comme un voleur et d'avoir laissé tomber sa meilleure amie. Pourquoi ne m'as-tu pas prévenue de ton départ il y a dix ans ?

« A cause de Brian Parker, faillit avouer Sol. Tu avais décidé de l'épouser et je n'aurais pas supporté de te voir le suivre à l'autel. »

— Pour ne pas avoir à répondre aux milliers de questions que tu n'aurais pas manqué de me poser, bougonna-t-il. Tu étais une vraie pipelette à l'époque et je n'avais pas envie que tu me fasses subir un interrogatoire en règle.

Un sourire étira les lèvres pulpeuses de Cassie et para son visage à l'ovale très pur d'un tel éclat que Sol en fut ébloui.

— Au lieu de m'accuser d'être trop bavarde, rends-toi utile, dit-elle avant de se pencher vers lui et de lui tendre le petit siamois apeuré qu'elle tenait par la peau du cou.

Puis, sans lui laisser le loisir de riposter, elle disparut derrière le tronc moussu du vieux marronnier et monta de branche en branche jusqu'à la cime, où s'étaient réfugiés deux autres chatons.

— Ne les quitte pas des yeux, intima-t-elle à Sol après les lui avoir confiés. Si tu relâches ta surveillance, ils en profiteront pour s'échapper et je devrai passer des heures à fouiller le jardin.

— Tu ne veux pas que je t'aide à descendre ? questionna-t-il en lui désobéissant et en effleurant du regard la jolie chaînette argentée qu'elle avait enroulée autour de sa cheville gauche.

— Non, merci. J'ai appris à grimper aux arbres dès que j'ai été en âge de marcher. Je n'ai donc pas besoin que tu joues les chevaliers servants.

— Je sais que tu es très agile et que tu t'amusais déjà à imiter

Tarzan quand tu n'étais pas plus haute que trois pommes, mais ta tenue n'est pas adaptée à ce genre d'acrobaties.

— Ah bon ! s'écria Cassie avant de sauter à bas de son perchoir et de pirouetter sur elle-même. Que reproches-tu à ma robe ?

« D'être trop courte, trop légère… et trop suggestive », riposta Sol en son for intérieur.

— D'être moins pratique qu'un pantalon, articula-t-il avec difficulté. Pourquoi n'as-tu pas mis un vieux jean délavé et un banal T-shirt au lieu de ce dos-nu qu'on croirait tout droit sorti de la boutique d'un grand couturier ?

— Parce que j'adore suivre la mode et que je n'aime pas me déguiser en cow-boy.

Cassie empoigna les volants de soie indigo qui dansaient autour de ses longues jambes fuselées et les retroussa négligemment.

— Que… qu'est-ce que tu fais ? lui demanda Sol, les yeux écarquillés.

— J'essaie de te prouver par A + B que tu as eu tort de critiquer ma tenue, répondit-elle d'un petit ton moqueur. Regarde ce que je porte sous ma robe : un short de cycliste ! Si un habitant de Schofield m'avait vue enfourcher les branches de mon marronnier, il n'aurait donc pas pu m'accuser d'attentat à la pudeur. Quant à toi, si tu t'es imaginé que j'allais t'offrir un numéro de strip-tease, tu t'es trompé. Bien que je raffole des jupes sexy et des strings en satin, je déteste me donner en spectacle.

Au mot « strings », Sol sentit le rythme de son cœur s'accélérer.

— Merci de me le préciser, jeta-t-il avec une feinte désinvolture, mais je savais déjà que tu n'étais pas une effeuilleuse professionnelle. Lorsque tu avais quatorze ou quinze ans, il n'y avait que des salopettes en jean et des sweat-shirts dans ta penderie.

— Il est vrai que j'avais horreur des fanfreluches à cette époque-là et que, contrairement à mes copines de classe, je préférais m'habiller en garçon plutôt qu'en lolita, reconnut Cassie en laissant retomber les volants de sa robe et en les faisant virevolter autour de ses hanches.

Puis, inconsciente des violents efforts que s'imposait Sol pour conserver un minimum de lucidité, elle entrouvrit le vieux portillon dévoré par la rouille que surplombait l'épaisse frondaison du marronnier et s'agenouilla dans l'herbe.

— Viens ici, Kitty, intima-t-elle au chaton qui miaulait de l'autre côté de la barrière, et en vitesse ! Nous n'avons pas toute la journée devant nous.

Dès que le petit siamois eut obtempéré, elle le serra affectueusement sur son cœur et alla l'enfermer dans un enclos grillagé, sous la véranda d'Alec.

— Que penses-tu de Diabolo, de Réglisse et de Peppermint ? demanda-t-elle à Sol quand il l'eut rejointe en haut du perron qu'elle avait gravi d'une démarche ondoyante.

— Ce sont les noms que tu as donnés aux frères de Kitty ?

— Oui. Comment les trouves-tu, ces trois coquins ?

— Laids à faire peur et très remuants. Depuis que tu me les as confiés, ils n'arrêtent pas de gigoter et n'ont l'air d'avoir qu'une idée en tête : se sauver.

Cassie déchargea Sol de son précieux fardeau et le foudroya du regard.

— Laids à faire peur, ces ravissants chatons ? se récria-t-elle. Tu plaisantes ! Il n'y en a pas de plus jolis qu'eux dans tout le Queensland.

« Dieu, qu'elle est belle ! », s'extasia-t-il en la voyant se dresser devant lui, la mine furibonde, et en résistant de justesse à l'envie qui lui venait de cueillir sur ses lèvres tremblantes de colère un ardent baiser.

— De quel droit te permets-tu de critiquer mes petits protégés, Sol Adams ? reprit-elle d'un ton indigné. Moi, je les adore et, quand on aime un animal, on ne supporte pas d'entendre des imbéciles se moquer de lui.

Cassie déposa Diabolo, Réglisse et Peppermint dans l'enclos grillagé, puis souleva Kitty de terre avec une infinie délicatesse et le serra dans ses bras comme s'il avait été l'amour de sa vie.

Regarde ce pauvre bout de chou, intima-t-elle à Sol. Crois-tu réellement qu'il mérite d'être traité de laideron ?

— Non, reconnut-il après avoir caressé le pelage soyeux du chaton. Il est très mignon et je suis désolé de ne pas l'avoir remarqué plus tôt.

— Peut-être tes dons d'observation laissent-ils à désirer.

— Peut-être...

— La prochaine fois que je te demanderai ce que tu penses d'un hamster, d'une tortue ou d'un crocodile, réfléchis avant de parler ! Cela t'évitera de raconter des sottises et de me vexer.

— A aucun moment, je n'ai eu l'intention de te faire de la peine.

— Que tu en aies eu l'intention ou pas, le résultat est le même. Quand tu as eu le toupet de dire du mal de Diabolo, de Réglisse et de Peppermint, tu m'as tellement énervée que j'ai failli te sauter à la gorge et t'étrangler.

Le regard encore étincelant de fureur, Cassie posa Kitty à terre et entrebâilla la porte-fenêtre du living-room.

— Servez-nous des boissons fraîches, monsieur Adams, cria-t-elle. Nous mourons de soif, Sol et moi.

— Tu n'as qu'à te débrouiller toute seule, Cassandra, jeta Alec d'un ton aigre. Au cas où ce « détail » t'aurait échappé, je te signale que je suis cloué dans un fauteuil et que je ne peux plus me déplacer comme avant.

— Allons donc ! Vous savez très bien manœuvrer votre chaise roulante et je suis sûre que, si vous regagnez immédiatement votre cuisine au lieu de ronchonner, vous aurez vite fait de sortir deux canettes du réfrigérateur.

— Depuis quand Alec t'obéit-il au doigt et à l'œil ? lança Sol à Cassie lorsqu'il vit le vieil homme quitter le séjour avec une stupéfiante docilité.

— Depuis un certain temps, répondit-elle évasivement en s'asseyant dans l'un des rocking-chairs qui meublaient la véranda et en aérant d'une main indolente ses longs cheveux bruns. Mais, jusqu'à cet après-midi, j'ignorais qu'il avait suivi mes conseils et qu'il t'avait demandé de venir fêter Noël avec lui.

— De quels conseils parles-tu ? interrogea Sol, les yeux agrandis de perplexité.

— De ceux que je lui ai donnés le mois dernier. Il ne t'a pas adressé une lettre ou passé un coup de fil pour t'inviter à Schofield ?

— Non. Il y a belle lurette qu'il ne m'a ni écrit ni téléphoné.

— C'est bizarre. A l'entendre se plaindre de ton absence, on aurait juré qu'il mourait d'envie de te revoir. Quand il a appris que la doyenne de la ville allait dîner en compagnie de ses enfants le 24 décembre, il m'a dit qu'elle avait de la chance et tu sais ce que je lui ai répondu ? Que, s'il devait réveillonner seul cette année encore, il ne pourrait s'en prendre qu'à lui-même !

— Tu as osé faire ça ? jeta Sol, sidéré.

— Oui, confirma Cassie. Et je l'ai traité de sale égoïste par-dessus le marché.

— Fichtre ! Je m'étais déjà rendu compte que tu avais du caractère, mais je n'aurais pas cru que tu aurais le courage d'envoyer balader une terreur comme Alec.

— Oh ! il est moins dur et moins invulnérable que tu ne le penses. Aujourd'hui, ce n'est plus qu'un vieil homme effrayé qui regrette d'avoir gâché sa vie et qui aimerait réparer ses torts.

— Un vieil homme *effrayé* ! répéta Sol en s'asseyant dans un rocking-chair, à côté de Cassie. Pourquoi emploies-tu ce mot-là ?

— Parce qu'il résume assez bien ce qu'éprouve Alec, déclara-t-elle juste avant que ce dernier ne vienne leur apporter sur un plateau deux bouteilles d'eau gazeuse, des gobelets en plastique, un bol rempli de glaçons et quelques rondelles de citron.

— Madame est servie, lança-t-il d'un air revêche.

Puis, à la vue des petits siamois qui s'efforçaient d'escalader les parois grillagées de leur enclos, il ajouta :

— Qui a amené ces sales bêtes sous ma véranda ?

— Moi, répondit Cassie. Je vous présente Kitty, Diabolo, Réglisse et Peppermint, monsieur Adams. Ne sont-ils pas adorables, tous les quatre ?

— Si, mais j'ai mieux à faire que de les admirer. Le match de rugby Australie-Angleterre va débuter dans cinq minutes et je n'ai pas envie de rater le coup d'envoi.

— Dépêchez-vous d'allumer votre poste, alors ! Je ne vous retiens pas.

— Il ne manquerait plus que tu m'obliges à rester ici jusqu'à la fin de la partie !

— La prochaine fois que je vous demanderai de m'offrir une boisson fraîche et que vous oserez rechigner, je vous confisquerai votre télécommande et vous ne pourrez pas regarder vos chers Wallabies marquer des essais.

Un mince sourire étira les lèvres d'Alec.

— Méfie-toi de cette calamité, conseilla-t-il à Sol. Elle a la langue tellement acérée qu'il n'y a pas moyen de lui clouer le bec.

Puis, manifestement enchanté d'avoir eu le dernier mot malgré tout, il fit pivoter son fauteuil roulant et regagna le living-room dans un joyeux cliquetis.

— Il est d'assez bonne humeur aujourd'hui, glissa Cassie à Sol dès qu'ils se retrouvèrent seul à seul sous les poutres pavoisées de chèvrefeuille de la véranda. S'il s'était levé du pied gauche ce matin, il aurait hurlé de rage en apercevant mes chatons et n'aurait pas arrêté de ronchonner jusqu'à ce que je les emmène ailleurs.

— Pourquoi as-tu déclaré il y a un instant que c'était un vieil homme effrayé ?

— Parce que je connais peu de gens qui ne soient pas terrorisés à l'idée de mourir.

Sol, qui s'apprêtait à vider l'une des deux timbales que Cassie venait de remplir d'eau pétillante, sentit un frisson glacé voleter dans son dos et faillit lâcher le gobelet.

— Tu ne savais pas que l'état d'Alec avait empiré ces dernières semaines et que sa vie ne tenait qu'à un fil ? lança-t-elle, consternée.

— Non. Lorsque le Dr Phillips m'a téléphoné hier, il m'a simplement informé qu'il allait falloir mettre Alec dans une maison de retraite après les fêtes de fin d'année et qu'une place se libérerait bientôt à Sunny Haven, le foyer réservé aux personnes âgées du comté de Schofield.

— Je suis navrée, Sol. Si j'avais pu me douter que tu ignorais la gravité de la situation, je ne t'aurais pas appris la nouvelle aussi brutalement.

— Inutile de t'excuser ! Le seul à blâmer dans cette histoire, c'est moi. J'aurais dû m'inquiéter plus tôt de la santé d'Alec.

— Pourquoi ne l'appelles-tu jamais « papa » ?

— Parce que je ne suis pas très proche de lui et qu'il ne m'a pas habitué à ce genre de familiarité. Quand j'étais adolescent, il préférait me taper dessus et m'accuser de lui avoir pourri la vie plutôt que de m'embrasser et de me dire qu'il m'aimait.

Cassie se pencha vers Sol et posa une main apaisante sur son poignet.

— Il a beaucoup changé depuis ce temps-là, affirma-t-elle. Comme son médecin l'avait averti qu'il souffrait d'une cirrhose et que tout excès lui serait fatal, il n'a pas bu une goutte de whisky ces deux dernières années.

— Tu crois vraiment qu'il m'aurait mieux traité s'il n'avait pas sombré dans l'alcoolisme lorsque j'avais douze ans ?

— Je ne le crois pas, j'en suis persuadée. Ma mère raffolait du bourbon et, sans cette fichue manie qu'elle avait de descendre à la cave au moindre problème, elle aurait été la meilleure des mamans.

— T'es-tu réconciliée avec elle avant sa mort ?

— Non, hélas ! Dans les cinq ou six mois qui ont précédé son décès, elle était ivre à longueur de journée et n'aurait pas été en mesure de soutenir une conversation. Maintenant qu'elle m'a quittée, il est trop tard : où que j'aille, quoi que je fasse, je ne pourrai jamais oublier le passé.

A la vue des larmes qui embuaient les jolis yeux pailletés d'or de Cassie, Sol sentit son cœur se serrer.

— Tu ne méritais pas cela, mon ange, lui dit-il d'une voix douce.

— Toi non plus, murmura-t-elle, tu ne méritais pas l'enfance que tu as eue.

— Oh ! je ne suis pas à plaindre, tu sais. Malgré les innombrables raclées que m'a flanquées Alec autrefois, je m'en suis très bien sorti.

— C'est ce que m'ont raconté des amis de Sydney. Il paraît que tu y as ouvert une étude d'architecte et que tu as beaucoup de succès. Est-ce parce que tu as décidé de construire une cabane de bois dans mon vieux marronnier que tu es revenu à Schofield ?

— Une cabane de bois ! répéta Sol, amusé. Tu te rappelles les plans pharaoniques que j'avais tracés il y a une quinzaine d'années ?

— Comment aurais-je pu les oublier ? riposta Cassie avec un sourire. Nous avions eu beau grimper dans tous les arbres de la région, nous avions été incapables d'en trouver un qui soit assez gros et assez solide pour accueillir le « palace » de tes rêves.

— Il est vrai que j'avais la folie des grandeurs en ce temps-là.

— La folie des grandeurs et une volonté de fer. Si tu n'avais pas été ambitieux et déterminé, tu ne serais pas l'un des meilleurs architectes de Sydney aujourd'hui.

— L'ambition et la détermination ne sont pas des qualités que je suis fier de posséder. J'aurais préféré avoir échoué professionnellement et m'être mieux conduit envers toi. Lorsque j'ai appris que ton mari avait été victime d'un accident de la route, je n'ai pas eu le courage de venir te présenter mes condoléances et je m'en veux de ma lâcheté. As-tu réussi depuis à surmonter ton chagrin ?

« Idiote ! s'admonesta Cassie en voyant briller dans le regard de Sol une lueur de sincère compassion et en détournant la tête. Comment as-tu pu croire qu'il éviterait de prononcer le nom de Brian et qu'il s'en tiendrait à des banalités ? »

Pendant un fragment de seconde, elle fut tentée de prétexter une violente migraine pour abréger la conversation, mais Sol la connaissait tellement bien qu'elle se sentit incapable de lui donner le change.

— J'ai vécu un cauchemar l'an dernier, jeta-t-elle, les yeux rivés à la magnifique alliance incrustée d'émeraudes qu'elle portait à son annulaire gauche, et je n'ai pas envie d'en parler.

— Je comprends. Perdre un être cher doit être une épreuve terrible.

— Le mot est faible.

Cassie vida sa timbale à lentes gorgées et, du bout de ses sandalettes, imprima une légère oscillation à son rocking-chair.

— Jusqu'à quand vas-tu rester à Schofield ? demanda-t-elle à Sol.

— Jusqu'à Noël et peut-être même jusqu'au 1er janvier, répondit-il. Mais je n'assisterai pas aux banquets que la municipalité organisera à cette occasion, car je n'aime pas la période des fêtes.

— Si tes parents avaient eu l'habitude de réveillonner le soir du 24 décembre et de t'offrir des chocolats ou des soldats de plomb le lendemain matin, tu serais heureux aujourd'hui de perpétuer la tradition.

— Toi non plus, tu n'as pas reçu beaucoup de cadeaux lorsque tu étais petite.

— C'est vrai. Je ne possédais qu'un vieil ours en peluche que ma mère avait dû acheter par inadvertance et je ne savais pas à quoi ressemblait une poupée Barbie.

— Tu regrettes d'avoir été moins gâtée que tes camarades de classe ?

— Oui, mais il n'est pas trop tard pour rattraper le temps perdu. Comme je voudrais enfin passer un bon Noël, je vais faire les choses en grand...

«... et te montrer que cette fête n'est pas forcément synonyme de solitude et de tristesse », acheva au fond d'elle-même Cassie en observant Sol à la dérobée et en le trouvant encore plus irrésistible que dans son souvenir.

Loin d'altérer son extraordinaire pouvoir de séduction, les dix longues années qui s'étaient écoulées depuis son départ de Schofield avaient ciselé l'ossature de ses pommettes, accusé les méplats de son visage et conféré à ses traits un charme redoutable. Seuls ses yeux de velours sombres n'avaient pas changé : malgré les minuscules rides d'expression qui griffaient l'angle de ses paupières, son regard était resté aussi perçant et aussi chaleureux qu'autrefois.

— J'ai une faveur à te demander, lança Cassie après s'être arrachée à sa contemplation.

— Quel genre de faveur ? interrogea Sol, méfiant.

— J'aimerais que tu t'occupes de Kitty et de ses frères jusqu'au 25 décembre. Je ne veux pas prendre le risque de les emmener chez moi, au centre-ville, parce que Rufus, mon chien, les terroriserait.

— Où vivent-ils actuellement ?

— Dans l'ancienne lingerie de ma mère, mais la pièce est tellement petite que je ne vais pas pouvoir les y laisser pendant les neuf jours qui nous séparent de Noël.

— En supposant que j'accepte de t'aider, qui leur donnera à manger ?

— Moi. Je viendrai les nourrir à l'heure du dîner et, dès qu'ils auront fini de dévorer leurs croquettes, je les enfermerai pour la nuit dans la buanderie d'Alec. Tu n'auras donc rien d'autre à faire que de leur ouvrir la porte au début de la matinée et de les tenir à l'œil lorsqu'ils iront se dégourdir les pattes au fond du jardin. Ensuite, il te suffira de les attraper et de les obliger à regagner leur enclos, sous la véranda.

— Une vraie partie de plaisir, en somme.

— Exactement. Si tu refuses de les garder, il faudra malgré tout que je passe voir Alec chaque soir, car je suis son auxiliaire de vie.

— Son auxiliaire de quoi ? demanda Sol, déconcerté.

— *De vie*, répéta Cassie. A Schofield comme dans beaucoup d'autres comtés du Queensland, il existe un service d'aide à domicile basé sur le bénévolat qui permet aux personnes âgées de rester chez elles le plus longtemps possible.

— Quelle est la mission qu'on t'a confiée ?

— Oh ! elle est à la fois très simple et très gratifiante. Je prépare les repas de mes protégés, je leur tiens compagnie lorsqu'ils se sentent seuls et je vais faire leurs courses.

— Depuis quand t'occupes-tu d'Alec ?

— Depuis qu'il est tombé gravement malade.

— C'est-à-dire ?

— Depuis deux ans.

— Pourquoi ne m'a-t-il pas informé de son état de santé ?

— Parce que cela n'aurait pas changé grand-chose. Dès qu'il t'aurait mis au courant de la situation, tu serais venu le voir et tu aurais veillé à ce qu'il reçoive les meilleurs soins. Ensuite, tu serais retourné à Sydney et tu te serais laissé accaparer par ton métier.

Sol jaillit de son rocking-chair, le front barré d'un pli soucieux.

— Combien de temps lui reste-t-il à vivre ? lança-t-il à Cassie.

— Je n'en ai aucune idée, répliqua-t-elle en quittant son fauteuil. Lorsque j'ai posé la question au Dr Phillips, il a refusé de se prononcer.

— Quand tu t'es rendu compte qu'il n'y avait plus d'espoir, tu aurais dû essayer de me joindre.

— Alec n'a pas voulu que je le fasse. Il m'a dit qu'il choisirait lui-même le moment où il t'apprendrait la mauvaise nouvelle.

— Tu aurais pu lui désobéir et m'envoyer une lettre à son insu.

— Pour que tu la jettes à la poubelle sans l'avoir lue ? Ah non, merci ! La dernière fois que je t'avais écrit, c'était pour t'inviter à mon mariage et tu n'avais pas daigné me répondre. J'en ai donc déduit que tu préférais tirer un trait sur tout ce qui te rappelait ton enfance.

— Tu as eu tort de croire cela. J'ai souvent pensé à toi après mon départ.

— Dommage que tu ne te sois pas donné la peine de me téléphoner !

Cassie s'approcha de Sol et leva vers lui un regard interrogateur.

— Qu'est-ce qui t'a poussé à revenir dans le Queensland ? lui demanda-t-elle.

— La curiosité, je suppose, répondit-il avec un petit haussement d'épaules.

Mais c'était un grossier mensonge et elle n'en fut pas dupe un seul instant.

2

— Vu la chaleur qu'il fait, il vaudrait mieux que je vous prépare une salade composée, dit Cassie à Alec lorsqu'elle revint chez lui à l'heure du dîner.

— Ah non ! protesta-t-il. Je veux manger de la soupe et des saucisses avec de la purée de pommes de terre, comme d'habitude.

— Dans ce cas, il va falloir que vous m'aidiez à éplucher les légumes.

Cassie sortit deux carottes et un navet du réfrigérateur, puis les lança à Alec.

— Allez chercher un économe au fond de la cuisine, lui intima-t-elle, et servez-vous de vos dix doigts au lieu de vous rouler les pouces.

— Encore une chance que tu ne te sois pas engagée dans l'armée, Cassandra ! bougonna-t-il en s'exécutant de mauvaise grâce. Si on t'avait nommée adjudant-chef, tu aurais rendu la vie tellement dure à tes soldats qu'ils auraient tous fini par déserter.

— Vous me trouvez trop autoritaire, monsieur Adams ?

— Beaucoup trop. Chaque fois que tu viens ici, tu ne peux pas t'empêcher de me donner des ordres.

— Et cela vous plaît, avouez-le.

Par fierté, Alec se garda bien d'acquiescer, mais Cassie savait qu'il préférait se faire houspiller à longueur de soirée plutôt que d'être traité comme un infirme.

— Où est passé Sol ? questionna-t-elle en empoignant l'une

des pommes de terre qu'elle avait posées sur la table de la cuisine et en la pelant.

— Il est allé se promener.

— Avec qui ?

— Je n'en ai pas la moindre idée. Quand il a quitté la maison après ton départ, il n'avait pas l'air de bonne humeur et je n'ai pas voulu l'interroger. Que lui as-tu raconté pour qu'il soit aussi énervé ?

— Ce n'est pas moi qui l'ai mis en colère, c'est vous. Tel que je vous connais, je parie que vous l'avez très mal accueilli.

— Pas du tout ! Je lui ai juste dit qu'il avait un sale caractère.

— Vous n'étiez pas heureux de le revoir ?

Ignorant la question, Alec baissa la tête et feignit de contempler le manche de son couteau.

— Vous n'étiez pas heureux de le revoir ? répéta Cassie en posant une poêle à frire sur l'un des brûleurs de la gazinière et en y jetant les saucisses qu'elle avait achetées.

— Si, confessa-t-il du bout des lèvres. Lorsque je l'ai aperçu en haut du perron, j'ai failli pleurer de joie.

— Mais vous vous êtes retenu, j'imagine ?

— Evidemment ! Je n'allais quand même pas éclater en sanglots devant lui.

— Lui avez-vous avoué que sa visite vous faisait plaisir ?

— Non.

— Vous avez eu tort. Dès qu'il sera de retour à la maison, il faudra que vous cessiez de jouer les durs à cuire et que vous vous réconciliiez avec lui.

— Je ne pense pas qu'il soit revenu à Schofield dans ce but.

— Quelles qu'aient été ses motivations, il est important que vous enterriez le passé, tous les deux, et que vous repartiez de zéro.

— Tu crois que c'est possible ?

— Bien sûr ! Si, la veille de son décès, ma mère s'était excusée de ne pas avoir été la maman idéale, je lui aurais pardonné de bon cœur et je me serais sentie soulagée d'un grand poids.

Alec jeta dans une casserole remplie d'eau bouillante les carottes et le navet qu'il avait épluchés, puis sortit un presse-purée de son vaisselier et écrasa les pommes de terre chaudes que Cassie avait fini de peler.

— J'essaierai de suivre tes conseils, marmonna-t-il, mais ne va pas t'imaginer que je trouve amusant d'obéir à une enquiquineuse telle que toi.

— Désolée d'être en retard, dit Cassie à ses beaux-parents lorsqu'elle arriva chez eux à la tombée de la nuit. Voulez-vous que je vous aide à faire la cuisine et à mettre le couvert ?

— Non, ce n'est pas la peine, murmura Jean Parker, un pâle sourire aux lèvres. Je me suis déjà occupée de tout en t'attendant. Maintenant que tu es là, il ne me reste plus qu'à servir les crudités.

Confuse d'avoir bavardé trop longuement avec Alec et d'avoir oublié que les Parker dînaient en famille chaque jeudi, Cassie s'empara du gros saladier que Jean portait à bout de bras, puis enfila le vestibule et pénétra d'un pas vif dans la salle à manger.

— Bonsoir, lança-t-elle à la cantonade avant de poser la jatte sur la table et de s'installer entre Tracey, la sœur cadette de Brian, et Fran, sa sœur aînée.

Quelle chance elle a d'être enceinte ! pensa-t-elle à la vue du ventre joliment arrondi de cette dernière. *Moi, je ne pourrai jamais être maman.*

— Comment vas-tu, Cassandra ? questionna Jack Parker, le père de Brian.

— Très bien, je vous remercie, répondit-elle en essayant de chasser le flot d'amertume qui lui serrait la gorge. Je suis allée rendre visite à Maisie au début de la matinée et ce sont ses deux nièces qui sont venues m'ouvrir. Elles sont arrivées de Brisbane hier et ont décidé d'offrir une croisière à leur tante.

— Cela ne m'étonne pas d'elles, déclara Jean. Elles ont toujours été aussi serviables et aussi généreuses que leur mère. Lorsque la pauvre est décédée, j'ai eu beaucoup de peine.

— Vous devriez imiter Maisie et partir en voyage, papa et toi, suggéra Tracey.

— Pour quoi faire ? bougonna Jack.

— Pour vous changer les idées. Depuis que Brian est mort, vous vous enfermez dans votre chagrin comme dans une prison.

— Il y a un an et demi seulement qu'il s'est tué. Il est donc naturel que nous portions encore son deuil. Nous ne sommes d'ailleurs pas les seuls à le pleurer : la plupart des habitants de Schofield regrettent d'avoir perdu un rugbyman de sa trempe et comprennent notre douleur.

— Ce n'est pas parce que Brian a été victime d'un accident que la Terre va s'arrêter de tourner. Quand je pense à lui, je suis triste, moi aussi, mais cela ne m'empêche pas de vivre et de...

— Savez-vous sur qui je suis tombée cet après-midi ? coupa Cassie avant que la conversation ne s'envenime. Sur Sol Adams !

Le visage blême, Jean lâcha la serviette qu'elle tenait à la main et glissa un regard furtif vers son mari.

— Qui est-ce ? s'informa Fran.

— Un ancien camarade de classe de Brian, répliqua Tracey. Lorsqu'il était en terminale, il avait un tel charme que toutes les élèves de seconde et de première étaient amoureuses de lui.

Puis, à l'intention de Cassie, elle ajouta :

— Où l'as-tu rencontré ?

— Chez Alec. Il est arrivé de Sydney aujourd'hui et il compte rester à Schofield jusqu'à Noël, au moins.

— Chouette ! J'ai hâte de le revoir.

— Tu le trouvais si beau que cela ? jeta Fran à Tracey.

— Oh, que oui ! s'exclama cette dernière, les yeux pleins d'étoiles. Il était bien plus séduisant que Brian et que les autres garçons de son âge.

— Tracey Phyllis Parker, allons ! lança Jean, offusquée. Comment oses-tu dire une chose pareille ?

— Ne t'énerve pas, maman, intervint Fran. Brian avait probablement autant de succès auprès des filles que Sol Adams, mais Tracey ne pouvait pas être sensible à son charme puisqu'elle était sa sœur.

— N'empêche ! marmonna Jean. On n'a pas idée de comparer un sportif de l'envergure de Brian à un gringalet tel que Sol Adams !... N'est-ce pas que j'ai raison ? ajouta-t-elle à l'adresse de Cassie.

Vite ! songea cette dernière en effleurant d'un doigt fébrile le contour de son assiette. *Si je ne veux pas que mon attitude ait l'air suspecte, il faut que je trouve un moyen de dévier la conversation et de...*

— N'est-ce pas que ma femme a raison, Cassandra ? insista Jack.

— Je... je ne suis pas très bien placée pour vous répondre, monsieur Parker, balbutia-t-elle, gênée. Comme j'étais l'épouse de Brian, je manque d'objectivité.

— Que penses-tu de Sol ?

— Qu'il a du mérite de s'en être sorti après ce qu'il avait vécu dans son enfance. Autrefois, nous étions voisins, lui et moi, et nous nous soutenions mutuellement. Lorsque j'avais de la peine, il me consolait du mieux qu'il pouvait et, quand il était triste parce que son père l'avait frappé, j'essayais de le réconforter.

— A-t-il changé depuis son départ de Schofield ? jeta Tracey à Cassie.

— Oui. Il est normal qu'il ne soit pas resté exactement le même qu'à l'époque où il était en terminale. Nous avons tous évolué ces dix dernières années.

— Ça, c'est vrai. Tu es devenue encore plus jolie que tu ne l'étais le jour de tes fiançailles avec Brian. Et moi, j'ai enfin cessé de ressembler à une sauterelle. Sol a-t-il embelli, lui aussi ?

— « Embelli » n'est pas le mot que j'emploierais, mais je dois reconnaître qu'il a mûri et que cela lui donne un charme fou. Dans le temps, il était un peu trop mince alors que maintenant, il a de larges épaules et des muscles d'athlète.

— De quoi avez-vous parlé cet après-midi ?

— De mes chatons. Comme je ne savais pas à qui confier Kitty, Diabolo, Réglisse et Peppermint, je lui ai demandé de s'occuper d'eux jusqu'à Noël et il a accepté.

— De gaieté de cœur ?

— Non, n'exagérons pas ! Quand je l'ai supplié de m'aider et qu'il a consenti à jouer les baby-sitters, on aurait dit qu'il venait de mordre dans un citron, tellement il avait l'air dégoûté.

— Je comprends qu'il n'ait pas sauté de joie, se moqua Jack. A sa place, j'aurais réagi de la même façon que lui. Je suis un passionné de chasse et de pêche, pas un défenseur des animaux.

— Au lieu de laisser cette pauvre Cassandra se débrouiller

seule, lança Jean à son mari, nous aurions dû accueillir ses siamois chez nous dès leur naissance et veiller à ce qu'ils ne...

— Sûrement pas! interrompit Jack, un petit sourire goguenard au coin des lèvres. Je suis content que cet imbécile de Sol ait accepté de s'occuper des chatons et j'espère qu'ils lui donneront du fil à retordre, car cela lui fera les pieds.

« Pourquoi Jack déteste-t-il Sol? s'étonna Cassie. Parce qu'il est encore en vie, à la différence de Brian, et qu'il a réussi là où d'autres, plus riches et plus chanceux que lui, auraient échoué? Sans doute... »

— Pourrais-tu me mettre en contact avec Sol? demanda Tracey à Cassie.

— En contact avec Sol! répéta cette dernière, les prunelles élargies de stupeur. Tu veux que je vous ménage un tête-à-tête et que je...

— Non. Ce que j'aimerais, c'est que tu organises une réception pour fêter son retour à Schofield et que tu m'y invites.

— D'accord. Quand seras-tu libre?

— Samedi prochain. J'étrennerai la jolie robe au décolleté vertigineux que j'ai achetée dans une petite boutique de Brisbane le mois dernier et je...

— Tu n'as pas bientôt fini de nous échauffer les oreilles, Tracey? grommela Jack. Au lieu de harceler Cassandra, goûte à la délicieuse blanquette d'agneau qu'a préparée ta mère et tais-toi!

« Je vais sonner à sa porte et compter jusqu'à dix, décréta Sol le lendemain matin, lorsqu'il arriva devant la magnifique villa où habitait Cassie. Si elle ne m'a pas ouvert d'ici là, je la laisserai dormir et j'essaierai de me débrouiller par mes propres moyens. »

Fort de cette résolution, il pressa le bouton en bronze et arpenta les dalles en grès flammé du perron.

— Un... deux... trois..., murmura-t-il avant d'enfouir ses doigts dans les poches de son jean et de se traiter de tous les synonymes d'idiot qui lui traversèrent l'esprit.

Quand Cassie saurait ce qui s'était passé chez Alec, elle se mettrait probablement en colère et regretterait de lui avoir accordé sa confiance.

— Quatre... cinq... six..., marmonna Sol, furieux de ne pas avoir été plus vigilant.

Veiller sur de pauvres petits siamois qui tremblaient de peur au moindre éclat de voix avait beau être d'une simplicité enfantine, il avait failli à sa mission.

— Sept... huit... neuf..., poursuivit-il en espérant que Cassie dormait à poings fermés et qu'elle n'avait pas entendu sonner son carillon.

Mais à peine avait-il prononcé le « dix » fatidique et laissé échapper un soupir de soulagement que la porte bardée de ferrures devant laquelle il faisait les cent pas s'ouvrit à la volée.

— Qu'est-ce que tu fabriques ici à une heure pareille ? lui demanda Cassie.

— Je... je suis venu te parler de tes chatons, bredouilla-t-il, le regard soudé au déshabillé vaporeux qu'elle avait dû enfiler à la hâte et qui ne dissimulait rien ou presque de ses charmes. Il semblerait que l'un d'eux se soit sauvé ce matin.

— Oh ! je suis navrée, Sol, s'écria-t-elle après avoir resserré autour de sa taille les pans soyeux de son négligé.

— Pourquoi ?

— Parce que je t'ai menti hier. Quand je t'ai dit que veiller sur mes siamois serait une partie de plaisir, j'ai exagéré. En réalité, Kitty et ses frères sont de vrais petits diables et il n'est pas facile de les tenir à l'œil. Si c'était le cas, je n'aurais pas eu besoin de monter les chercher jusqu'en haut de mon vieux marronnier.

Apercevant deux femmes au bout de la rue, Cassie prit Sol par le bras et l'attira à l'intérieur du vestibule.

— Inutile de faire jaser les commères de Schofield ! maugréa-t-elle avant de refermer la porte d'un coup de talon et de se diriger vers son living-room.

Epinglées aux murs, d'innombrables photographies de Brian et de ses anciens coéquipiers encadraient une vitrine dans laquelle étaient exposés une vingtaine de trophées. Lorsque le XV d'Australie avait gagné grâce à lui la finale d'un tournoi, on lui avait décerné la médaille du meilleur sportif de l'année et il l'avait arborée sur sa poitrine à la une de tous les quotidiens.

— Où sommes-nous ? questionna Sol, agacé. Dans un mausolée à la gloire du beau, du célèbre, de l'irremplaçable Brian Parker ?

Puis, voyant une lueur d'infinie tristesse obscurcir les yeux de Cassie, il se hâta d'ajouter :

— Pardon. Je n'aurais pas dû dire cela.

— Ce n'est pas grave, marmonna-t-elle. Je savais que tu aurais ce genre de réaction.

— Veux-tu que je m'en aille et que je revienne un peu plus tard ?

— Non, reste ici, je t'en prie. Je vais monter m'habiller et, si tu as besoin de quoi que ce soit pendant que je serai dans ma chambre, tu n'auras qu'à te servir.

— Merci.

Une fois seul, Sol s'engouffra sous l'arcade qui menait dans la cuisine et embrassa la pièce d'un regard circulaire. Là encore, tout évoquait Brian et ses exploits sportifs : les portraits accrochés aux murs, les trophées qui brillaient de mille feux derrière les vitres du buffet et même la vaisselle. Sur l'un des mazagrans qui encombraient le plan de travail, il était écrit en lettres d'or :

« Les vieux rugbymen ne meurent jamais.
Ils continuent à vivre dans le cœur
et dans la mémoire de ceux qui les ont applaudis. »

Au comble de l'exaspération, Sol s'élança hors de la maison et s'approcha d'une niche en cèdre rouge devant laquelle somnolait un doberman.

— C'est toi, le fameux Rufus ? jeta-t-il au chien en lui caressant le ventre. Il paraît que tu te prends pour un dur de dur et que cela t'amuse de terroriser les chatons qui ont le malheur de croiser ta route. Si tu n'avais pas un fichu caractère, ta maîtresse aurait pu s'occuper elle-même de ses petits siamois et n'aurait pas eu l'idée saugrenue de me les confier.

En guise de réponse, Rufus frétilla de la queue et lécha la main de Sol.

— As-tu été triste quand Brian est mort ? lui demanda ce

dernier. Moi, le jour où j'ai découvert que sa voiture avait heurté un poteau électrique, j'ai trouvé injuste qu'il ait été victime d'un tel accident, mais je n'ai pas eu beaucoup de chagrin parce que j'étais terriblement jaloux de lui. Je lui en voulais d'avoir grandi dans un foyer uni et de m'avoir volé la seule personne à laquelle je tenais. Lorsque j'avais dix-huit ans, je rêvais d'épouser Cassie et de fonder avec elle la plus merveilleuse des familles. Le problème, c'est que j'étais trop timide à l'époque pour lui parler d'amour et qu'elle n'a pas deviné ce que j'éprouvais. Elle a cru qu'il n'y avait que de l'amitié entre nous et s'est fiancée à ce prétentieux de Brian Parker. Quand j'ai appris qu'ils allaient se marier, j'ai failli...

— J'ignorais que tu étais kamikaze, interrompit une voix affolée dans le dos de Sol.

— Kamikaze ! répéta-t-il en se retournant vers Cassie et en effleurant d'un œil admiratif la minirobe rouge cerise qu'elle avait revêtue. Pourquoi dis-tu cela ?

— Parce que tu n'aurais pas dû sortir dans le jardin. Rufus déteste les inconnus et aurait pu t'égorger.

— Comme il ne l'a pas fait, tu n'as aucune raison de t'inquiéter. Nous avons longuement bavardé, lui et moi, et nous sommes devenus de très bons copains.

— Tu as étudié la psychologie canine à l'école d'architecture ?

— Non, mais je sais que le meilleur moyen d'apprivoiser un chien féroce est de lui chatouiller le ventre. Les animaux adorent être caressés... et les êtres humains aussi.

Le front écarlate, Cassie se précipita vers le gros 4x4 noir que Sol avait garé au bas du perron et s'y engouffra.

— Lequel de mes siamois s'est échappé ? lui demanda-t-elle dès qu'il se fut glissé derrière le volant.

— Le plus petit et le plus espiègle, répondit-il en démarrant. Celui que tu appelles Kitty.

— Quand t'es-tu rendu compte qu'il avait disparu ?

— Ce matin, lorsque je me suis réveillé et que je suis allé dans la buanderie. Comme je n'y avais pas mis les pieds depuis hier soir, il est possible qu'il se soit enfui au cours de la nuit.

— As-tu pensé à jeter un œil dans le tambour de la machine à laver ?

— Oui, mais il n'y était pas.

— Par où a-t-il pu se sauver ?

— Par l'un des trous du plancher, je suppose. La maison d'Alec a été construite il y a cent vingt ans et certaines lattes de bois sont pourries.

— Encore une chance que Diabolo, Réglisse et Peppermint n'aient pas suivi l'exemple de Kitty !

— Aucun d'eux ne risque de l'imiter à partir de maintenant, car j'ai tout colmaté.

Après avoir traversé le centre-ville de Schofield, Sol se gara sous les fenêtres d'Alec, puis sauta de son siège et ouvrit la portière côté passager.

A peine Cassie était-elle descendue du 4x4 que Keith Sinclair, le meilleur ami de Brian, fonça sur elle comme un missile de croisière sur son objectif.

— Ça va, Cass ? lui demanda-t-il.

— Très bien, répondit-elle, étonnée. Que fais-tu dans le quartier ?

— Je me promène. Et toi, pourquoi es-tu déjà debout à cette heure-ci ?

— Parce que j'avais enfermé mes siamois dans la buanderie de M. Adams et que le plus petit s'est échappé... Tu te souviens de Sol, le fils d'Alec ?

— Oui. J'ai été dans la même classe que lui de la troisième à la terminale.

Keith et Sol se saluèrent d'un vague signe de tête, mais évitèrent de se serrer la main. A l'époque où ils allaient au lycée ensemble, ils se détestaient cordialement à cause d'une vieille bagarre dont aucun d'eux n'était sorti vainqueur et ils auraient préféré s'entretuer à coups de poing plutôt que de cesser les hostilités.

— Ne t'inquiète pas, Cass, reprit Keith d'une voix confiante. Je suis là.

Puis, avant qu'elle n'ait pu l'en empêcher, il extirpa un téléphone de la poche de son blouson et se mit à pianoter sur les touches.

— Qui appelles-tu ? interrogea-t-elle.

— Six de mes copains. A nous tous, nous finirons bien par le retrouver, ton chaton.

— Je rêve ! murmura Sol vingt minutes plus tard, lorsqu'il vit les membres du club de rugby de Schofield fouiller le jardin d'Alec en criant : « Minou, minou ! »

— Tu as du mal à le croire, hein ? lui dit Cassie, rieuse. Sous leurs dehors bourrus, Keith et ses amis cachent une âme de saint-bernard. Dès que j'ai besoin d'un service, ils accourent et...

— Qu'est-ce que c'est que ce raffut ? s'indigna Alec qui, vêtu d'un pyjama rayé de gris et de blanc, venait de jaillir du living-room dans son fauteuil roulant. Vous n'avez pas honte de faire un bruit pareil à une heure aussi matinale ?

— Oh ! vous avez réussi à attraper Kitty, monsieur Adams, s'exclama Cassie quand elle aperçut le bébé siamois sur les genoux du vieil homme. Comment vous y êtes-vous pris pour le capturer ?

— Je l'ai entendu miauler en haut du perron au beau milieu de la nuit. Alors, je suis allé le chercher et je l'ai emmené dans ma chambre avant qu'il ne réveille tout le quartier.

Cassie se tourna vers les buissons que les anciens coéquipiers de Brian continuaient à explorer et tapa dans ses mains.

— Arrêtez de fouiller le jardin, les garçons ! leur ordonna-t-elle. Notre petit fugueur a été retrouvé et il se porte à merveille.

— Tu veux que je te raccompagne chez toi, Cass ? proposa Keith.

— Non, c'est inutile, répondit-elle. Sol s'en chargera.

— Si tu tiens à ta peau, Adams, jeta Keith d'une voix menaçante, tu as intérêt à t'occuper d'elle et à te montrer galant.

— Heureusement que tu es là pour me rappeler les règles de la courtoisie, Sinclair, car je les avais oubliées, riposta Sol. Sans tes « sages » conseils, j'aurais laissé cette pauvre Cassie rentrer à pied et je n'aurais même pas eu l'idée de héler un taxi.

Cinglés par l'ironie du ton, Keith et ses amis regagnèrent leurs voitures en bougonnant et démarrèrent dans un envol de gravillons.

— Ils sont toujours comme ça ? demanda Sol à Cassie dès qu'ils se retrouvèrent en tête à tête.

— Toujours, confirma-t-elle avec un sourire espiègle. Ils idolâtraient Brian et, puisque je suis sa veuve, ils estiment qu'il est de leur devoir de veiller sur moi. Les soirs où je ne peux pas aller promener Rufus, Max le fait à ma place et, quand j'ai besoin que quelqu'un vienne tondre ma pelouse, Keith et Phillip m'offrent leurs services.

— Que pensent les autres habitants de Schofield de cet excès de zèle ?

— Ils l'approuvent. La plupart d'entre eux sont reconnaissants à Brian d'avoir rendu la ville célèbre et me témoignent leur gratitude en me donnant des fruits, des légumes ou des œufs.

— Leur sollicitude ne te paraît pas trop encombrante parfois ?

— Non. J'adore être traitée comme une princesse sans avoir à subir les inconvénients de la vie à deux.

— Les inconvénients ! releva Sol, les yeux arrondis de stupéfaction. Tu n'étais pas heureuse avec Brian ?

— Si, si, le détrompa Cassie, irritée de ne pas avoir mesuré ses paroles, mais tu sais bien que tous les couples ont des hauts et des bas.

— As-tu l'intention de te remarier ?

— Certainement pas ! Maintenant que Brian est mort, je ne suis pas près de retomber amoureuse et de suivre un autre homme à l'autel.

— Ce n'est pas parce qu'un stupide accident de la route a brisé tes rêves que tu dois rester seule jusqu'à la fin de tes jours. Quand ton chagrin se sera apaisé, je suis sûr que tu arriveras à tourner la page et que tu auras hâte de fonder un nouveau foyer.

« Plutôt mourir que de me remettre la corde au cou ! », répliqua secrètement Cassie en consultant sa montre du coin de l'œil.

— Je repasserai vous voir à 15 heures, monsieur Adams, lança-t-elle à Alec, qui était allé troquer son pyjama contre un pantalon noir et une chemise immaculée.

— Tu ne veux pas prendre ton petit déjeuner avec Sol et moi ? lui demanda-t-il.

— Non, répondit-elle. Je… j'ai un emploi du temps surchargé ce matin.

Et, honteuse du mensonge qu'elle venait de proférer, elle quitta le jardin à grandes foulées.

3

— Il y a quelqu'un ? cria Cassie en soulevant le heurtoir de bronze qui ornait la porte d'entrée d'Alec.

D'habitude, elle pénétrait dans la maison sans frapper, mais, maintenant que Sol était de retour à Schofield, elle préférait rester sagement sur le perron de peur qu'il ne jaillisse à demi-nu de la salle de bains au moment précis où elle franchirait le seuil du vestibule.

L'espace d'un battement de cœur, elle l'imagina sortant de la cabine de douche, une serviette-éponge enroulée autour de ses reins, et sentit une flambée de désir accélérer son pouls. Si, comme par magie, le pagne de Sol venait à se dénouer, elle essuierait du bout de l'index les milliers de gouttelettes irisées tombant de ses épais cheveux bruns, puis laisserait ses doigts voleter le long de son torse d'athlète et papillonner jusqu'à la ligne ferme de son...

— Stop ! jeta tout haut Cassie. Je ne vais quand même pas me mettre à fantasmer et à...

— Qu'est-ce que tu dis ? lui demanda Sol en tirant des deux mains le lourd panneau de chêne devant lequel elle soliloquait.

— Que... qu'il fait une chaleur accablante cet après-midi et que je suis au bord de l'asphyxie, bredouilla-t-elle, les pommettes incendiées.

— Si tu étouffes, pourquoi portes-tu un bonnet de laine, une écharpe à pompons et un anorak ?

— Pour vous rappeler, à Alec et à toi, que nous approchons du 25 décembre et qu'il serait grand temps de respecter la tradition.

— Tu n'avais pas besoin de venir ici, déguisée en Père Noël. Il y a une éphéméride au-dessus de l'un des placards de la cuisine et je sais très bien que nous ne sommes pas en juillet.

— Mais, comme tu n'aimes pas les fêtes de fin d'année, je parie que tu détournes la tête chaque fois que tu passes devant le calendrier.

Impatiente de se soustraire au regard moqueur de Sol, Cassie pénétra en trombe dans le vestibule et alla rejoindre Alec au fond du living-room.

— Je vais décorer cette pièce, monsieur Adams, l'informa-t-elle, et vous n'avez pas intérêt à vous y opposer. N'oubliez pas que je suis la chouchoute des habitants de Schofield et que seul un rustre sans cœur ni moralité aurait l'audace de me contrarier. Si vous m'empêchez de faire ce que je veux, vous serez privé de potage, de saucisses et de purée ce soir. Quant à votre fils, s'il s'avise de me mettre des bâtons dans les roues, je ne l'inviterai pas à venir dîner chez moi ce week-end. Est-ce clair ?

— Très clair, répondirent les deux hommes d'une même voix.

— Bien ! Puisque vous consentez à vous montrer raisonnables, il ne vous reste plus qu'à retrousser vos manches et à me donner un coup de main.

— De quoi as-tu besoin, Cassandra ? grommela Alec.

— D'une boisson fraîche, lança-t-elle en retirant son écharpe, sa doudoune et son bonnet. J'ai tellement chaud que je pourrais ingurgiter des litres de jus de fruits.

— Tu n'en as pas marre de me prendre pour un garçon de café ?

— Pas du tout ! J'adore être servie par vous, monsieur Adams.

— Que dois-je faire ? jeta Sol à Cassie dès qu'Alec eut quitté le living-room.

— Aller chercher le sapin de Noël que ton père a planqué sous l'escalier.

— Comment sais-tu qu'il l'a caché à cet endroit ?

— Parce que je l'ai vu ouvrir la porte du placard un jour et qu'il m'a semblé apercevoir un magnifique épicéa artificiel au milieu de l'invraisemblable bric-à-brac qu'il y avait entreposé.

— On ne t'a pas dit que la curiosité était un vilain défaut ?

— Non. Je préfère me mêler de ce qui ne me regarde pas, pour pouvoir redonner le sourire aux gens qui sont malheureux, que d'être trop discrète et de les laisser sombrer dans la neurasthénie.

— Ta générosité te perdra.

— C'est ce que je me répète chaque matin, à mon réveil.

Pendant que Sol regagnait le vestibule, Cassie s'approcha de l'un des bow-windows du living-room et écarta d'un air songeur les doubles rideaux de brocart qui en masquaient le chambranle.

— Si je veux offrir un joli spectacle aux rares personnes qui viennent se promener dans ce quartier, murmura-t-elle, il va falloir que j'accroche des guirlandes multicolores à la tringle, que j'enroule du papier d'argent autour de l'espagnolette et que je...

— Où dois-je mettre ce truc-là ? interrompit Sol en surgissant du hall, les bras encombrés d'un immense épicéa aux branches couvertes de neige artificielle.

— Ici, juste devant la fenêtre, pour que les passants puissent l'admirer, répondit-elle.

— Il n'y a pas beaucoup de gens qui auront l'occasion de le voir. Oleander Lane est l'une des rues les moins fréquentées de Schofield.

— Peu importe ! L'essentiel est que ton père et toi fêtiez Noël dignement.

Cassie regarda Sol poser le sapin au pied du bow-window et sentit son cœur s'affoler dans sa poitrine.

— Je savais que les architectes dessinaient des maisons, lâcha-t-elle, mais j'étais loin de me douter qu'ils les bâtissaient eux-mêmes.

— Comment as-tu deviné qu'il m'arrivait de manier la truelle ? lui demanda-t-il, l'air mi-étonné, mi-amusé.

— Grâce à tes biceps et à tes pectoraux. En général, ce sont les maçons qui ressemblent à des champions de bodybuilding, pas les cols blancs.

— Moi, j'aime bien participer à la mise en œuvre des matériaux et suivre toutes les étapes du processus. L'an dernier, j'ai acheté un terrain dans la banlieue de Sydney et j'y ai construit ma propre villa.

— De A à Z ?

— Presque. La plomberie et l'électricité sont les seuls domaines où je me suis fait aider par des professionnels.

— Puisque tu es un as du bricolage, tu ne devrais pas avoir de mal à...

— Voilà les rafraîchissements ! coupa Alec en jaillissant de la cuisine, un plateau sur les genoux.

— Vous avez l'intention de désobéir à votre médecin, monsieur Adams ? s'écria Cassie à la vue des deux bocks de bière et de la bouteille de limonade qu'il avait sortis de son réfrigérateur.

— Non, la détrompa-t-il. Les demis sont pour Sol et toi. Comme tu m'as dit que tu avais chaud, j'ai pensé que tu trouverais cela plus désaltérant que du soda.

— C'est très aimable à vous, mais je n'ai pas l'habitude qu'on m'offre de l'alcool. Brian ne voulait pas que j'en boive et tous les membres du club de rugby ont fini par croire que j'y étais allergique.

— Aujourd'hui, personne ne va te défendre d'y goûter. Alors, qu'est-ce qui t'empêche d'en avaler trois ou quatre gorgées ?

— Rien, vous avez raison, déclara Cassie avant de saisir l'un des verres et de le vider à longs traits.

— C'était bon ? lui demanda Sol, un sourire taquin aux lèvres.

— Délicieux ! s'exclama-t-elle en se reprochant de ne jamais avoir osé tenir tête à Brian et de l'avoir laissé régenter sa vie.

Puis, légèrement étourdie, elle désigna du doigt le faux épicéa qui gisait au pied du bow-window.

— Au travail ! jeta-t-elle d'un ton autoritaire. Nous avons déjà perdu assez de temps.

— Sais-tu combien mesure ce sapin ? lui lança Alec pendant que Sol s'efforçait d'insérer le tronc dans un socle en plastique.

— Non.

— Près de trois mètres cinquante. C'est Pearl, la mère de Sol, qui avait décidé de l'acheter. Comme elle était excentrique et très orgueilleuse, elle avait choisi un modèle aussi original qu'encombrant.

Alec avala une gorgée de limonade et enchaîna, les yeux au loin :

— Je n'ai pas souvent eu l'occasion de sortir cet arbre du placard. Je crois même ne l'avoir vu debout qu'une fois depuis le jour où Pearl nous l'avait fait livrer.

— Tu te trompes, maugréa Sol. Nous nous en sommes servis deux années de suite.

— Une année ou deux, quelle importance ? grommela Alec. On ne peut pas dire que nous ayons beaucoup fêté Noël, toi et moi.

— Raison de plus pour en profiter maintenant ! s'exclama Cassie avant de poser son bock vide sur un meuble bas et d'aller chercher sous l'escalier la boîte de décorations qu'elle y avait aperçue. Réussiras-tu à illuminer le sapin sans l'aide d'un spécialiste ? demanda-t-elle à Sol en brandissant des girandoles.

— Cette question ! marmonna-t-il. Ce n'est pas parce que j'ai dû appeler des artisans à la rescousse quand j'ai construit ma villa de Sydney que je suis incapable d'enfoncer des fiches dans les douilles d'une prise de courant.

— Tâche tout de même d'être prudent et de ne pas faire sauter les plombs ! Ces guirlandes sont vieilles comme Hérode et il n'est pas certain que le fabricant ait respecté les normes de sécurité.

— Merci du renseignement, madame l'Experte, se moqua Sol. J'essaierai d'en tenir compte.

Cassie sortit des boules rouges et vertes de son carton et les tendit à Alec avec d'infinies précautions.

— Pendant que votre fils nous montre ses talents d'électricien, lui dit-elle, nous allons décorer le sapin ensemble.

— Pourquoi attaches-tu une telle importance à ces foutues fêtes de fin d'année ? bougonna-t-il en suspendant à l'une des branches de l'épicéa une jolie sphère flamboyante.

— Parce que, contrairement à mes copines, je n'ai jamais eu droit à un vrai Noël quand j'étais enfant. Alors, j'aimerais bien réparer cette injustice.

— Et tu t'imagines qu'un vieil alcoolique comme moi pourra t'y aider ?

— Un *ex-alcoolique*, rectifia Cassie avant de monter sur un escabeau et de se mettre à enrubanner d'azur et d'incarnat la cime de l'arbre.

— Ta mère a eu tort de ne pas t'offrir de cadeaux et de te priver d'affection.

— Vous aussi, vous vous êtes très mal conduit autrefois. Sol était un gentil petit garçon et vous n'auriez pas dû lui taper dessus.

— Gentil, gentil, c'est vite dit, grommela Alec. Il adorait se battre avec ses camarades de classe et ne ratait pas une occasion de faire des bêtises.

— Mais il était plein de bonne volonté et ne méritait pas que vous le frappiez.

— Arrête, je t'en prie, intima Sol à Cassie. Pourquoi remues-tu ces vieux souvenirs ?

— Parce qu'on ne peut pas repartir sur de nouvelles bases tant qu'on n'a pas reconnu ses erreurs et qu'on ne s'est pas excusé de les avoir commises.

Sol déroula l'une des guirlandes électriques qu'il tenait à la main et l'entortilla d'un air agacé autour des branches enneigées du sapin.

— Au lieu de fourrer ton nez partout et de donner à tes amis des conseils qu'ils n'ont pas forcément envie de suivre, lança-t-il à Cassie, tu devrais les laisser se débrouiller et te mêler de ce qui te regarde.

— Si les habitants de Schofield avaient eu le courage de « fourrer leur nez partout » quand j'étais petite, riposta-t-elle du tac au tac, ils se seraient rendu compte que ma mère préférait acheter des bouteilles de whisky plutôt que de la nourriture et qu'il y avait des jours où j'allais à l'école, l'estomac vide. J'ai tellement souffert de leur indifférence autrefois que je me suis juré de ne jamais les imiter. Mieux vaut s'intéresser un peu trop à ses concitoyens que de les ignorer.

— Bien envoyé, Cassandra Campbell ! approuva Alec. Toi, au moins, tu n'as pas la langue dans ta poche.

— Cassandra *Parker*, corrigea-t-elle, heureuse d'avoir rivé son clou à Sol. Il y a dix ans déjà que j'ai jeté mon nom de jeune fille aux oubliettes.

— Oh ! je ne pense pas que tu sois devenue une vraie Parker depuis ton mariage avec Brian. Les Parker sont des gens discrets qui cachent leurs secrets inavouables derrière les murs en pierre de taille de leur maison et qui ne cherchent pas à résoudre les problèmes de leurs voisins.

— Si vous aviez la conscience tranquille, monsieur Adams, lâcha Cassie d'un ton mordant, vous pourriez vous permettre de soupçonner Jean et Jack des pires turpitudes. Mais, comme vous avez beaucoup à vous reprocher, je vous défends de les critiquer.

— Laisse tomber, conseilla Sol à Alec. Quoi que tu dises, cette harpie trouvera un moyen de te rabattre le caquet.

— Elle n'a pas tort de vouloir me moucher, répliqua le vieil homme. Je n'ai pas été un bon père et je regrette de t'avoir fait souffrir. Bien que mon attitude à ton égard ait été inexcusable, j'espère que tu me pardonneras un jour et que nous arriverons à nous réconcilier avant que je ne quitte ce bas monde.

« Que répondre à cela ? se demanda Sol, le cœur étreint d'une douloureuse émotion. Toute ma vie, j'ai rêvé d'entendre ces mots et, maintenant que mon vœu s'est réalisé, je ne suis même pas capable d'exprimer mes sentiments. »

— Bravo pour votre franchise et pour votre lucidité, monsieur Adams ! s'écria Cassie en suspendant un ange vêtu de rose et de blanc à la plus haute branche de l'épicéa. Je savais que je pouvais avoir confiance en vous.

Puis, impatiente de voir clignoter les guirlandes électriques que Sol avait fini d'enrouler autour du sapin, elle descendit de son escabeau et recula jusqu'à la porte du living-room.

— Quelle merveille ! lança-t-elle d'un air extasié. Je suis sûre que personne à Schofield n'a un tel chef-d'œuvre dans son salon.

— Il faut reconnaître que tu as fait du bon travail, Cassandra, déclara Alec, la tête levée vers les rubans bleus et rouges qui chatoyaient à la cime de l'arbre.

— Que *nous* avons fait du bon travail, rectifia-t-elle. Je vous avais bien dit que nous fêterions dignement Noël cette année.

— Ah, la barbe ! maugréa Sol le lendemain soir, lorsqu'il gara son 4x4 devant la villa de Cassie et qu'il aperçut trois autres voitures au bas du perron. Je croyais qu'elle m'avait invité à un dîner en tête à tête, pas à une réunion mondaine.

Déçu qu'elle ait jugé préférable de ne pas rester seule avec lui, il faillit jeter le bouquet de marguerites qu'il avait posé sur le tableau de bord de sa jeep et rentrer chez Alec à toute vitesse. Mais, de peur de passer pour le dernier des goujats s'il n'assistait pas à la réception, il empoigna la gerbe de fleurs, puis bondit de son siège et alla sonner à la porte du vestibule.

— Salut, Sol ! lui lança Cassie après avoir ouvert le battant. Je suis ravie que tu sois enfin là, car je commençais à m'impatienter.

— Tu es superbe, remarqua-t-il, sa mauvaise humeur envolée.

Vêtue d'une jupe rose orangé qui virevoltait autour de ses jambes hâlées et d'un bustier en satin blanc sous lequel on devinait les courbes de ses seins, elle semblait avoir réinventé les mots « grâce », « élégance » et « féminité ». Avec ses longs cheveux bruns qui cascadaient sur ses épaules dénudées, ses lèvres gourmandes qu'avivait un soupçon de corail et son teint lumineux de perle, elle aurait pu éclipser les jolies naïades que s'arrachaient à coups de dollars les agences de mannequins australiennes.

— Ces fleurs sont pour moi ? interrogea-t-elle, un doigt pointé vers les marguerites entremêlées de gypsophile que brandissait Sol.

— Oui, acquiesça-t-il en lui offrant le bouquet. Je les ai achetées cet après-midi.

— Merci. Elles sont très belles.

— Mais tu l'es encore bien plus qu'elles.

— Si tu ne veux pas que mes chevilles se mettent à enfler, arrête de me flatter, je t'en supplie. Je n'ai pas l'habitude qu'on m'abreuve de compliments.

— Tes amis seraient-ils tous aveugles ?

— Je ne sais pas. Tu n'auras qu'à leur poser la question pendant la soirée.

— Qui as-tu invité ?

— Keith et Phillip, les deux meilleurs copains de Brian, Géraldine, la femme de Phillip, et Tracey, la sœur cadette de Brian.

Brian... Brian... Brian... Irrité de n'entendre parler que de son ancien rival, Sol sentit une brusque migraine lui enserrer le crâne et dut se faire violence pour ne pas tourner les talons.

Quel joli bouquet ! s'exclama Tracey en surgissant du living-room, élégamment vêtue d'un fourreau de satin noir au décolleté plongeant. Qui t'a dit que les marguerites étaient les fleurs préférées de Cassandra ? ajouta-t-elle à l'adresse de Sol.

— Personne, rétorqua-t-il, mais je me suis souvenu qu'elle en avait planté dans le jardin de sa mère quand elle était enfant et qu'elle passait des heures à les arroser chaque week-end.

— Moi, ce sont les roses rouges que j'aime. Comme il y a longtemps qu'on ne m'en a pas offert et que c'est bientôt Noël, je ne t'en voudrais pas si tu décidais d'en déposer une gerbe sous mes fenêtres le soir du réveillon et une autre le matin du 25 décembre. Je t'en serais même éternellement reconnaissante et, pour te prouver ma gratitude, je te donnerais un...

— Je vais aller chercher un vase, coupa Cassie avant de pivoter sur ses talons et de quitter le vestibule dans un tourbillon de soie orangée.

« Pourquoi cet idiot me fusille-t-il des yeux ? », s'interrogea Sol en accompagnant Tracey jusqu'à la porte du living-room et en croisant le regard haineux de Keith.

Après avoir laissé tomber la flûte en cristal qu'il tenait à la main, ce dernier sortit du séjour comme une bourrasque et rejoignit Cassie au fond de la cuisine.

— Y a-t-il quelque chose entre ta belle-sœur et Keith ? demanda Sol à Tracey.

— Quand on voit la manière ridicule dont il se conduit, on pourrait le penser, répondit-elle d'un ton acerbe, mais ce n'est pas le cas. Les membres du club de rugby vénéraient Brian et se font un point d'honneur de voler au secours de sa femme chaque fois qu'elle a besoin d'aide.

— Je comprends.

— Non, ça m'étonnerait que tu aies la moindre idée du statut très particulier dont bénéficie Cassandra. Tous les habitants de Schofield l'ont mise sur un piédestal et, étant donné le culte qu'ils lui vouent, elle n'est pas près d'en dégringoler.

— Serais-tu jalouse d'elle, par hasard ?

— Absolument pas ! Je suis l'une de ses meilleures amies et je ne veux que son bien.

— Dans ce cas, pourquoi ne te réjouis-tu pas du respect qu'on lui témoigne et de la place qu'elle occupe au sein de la communauté ?

— Parce que cette place est moins enviable qu'elle n'en a l'air. Avant d'épouser Brian, Cassandra aurait pu mourir de faim sans que personne lève le petit doigt et maintenant, les gens n'ont plus que son nom à la bouche. Alors, je me demande ce qui se passera quand elle cessera d'être une veuve modèle. Continueront-ils à l'aduler ou se détourneront-ils d'elle au risque de la blesser ? Elle a beau clamer haut et fort qu'elle ne se remariera jamais, il est possible qu'elle tombe amoureuse d'un autre homme que Brian et qu'on le lui reproche. Malgré son apparente invulnérabilité, c'est une jeune femme fragile qui avait des rêves plein la tête le jour de ses fiançailles et qui souffre de ne pas les avoir réalisés.

— Quels rêves ? interrogea Sol en voyant Cassie sortir de la cuisine à la suite de Keith.

— Elle aurait aimé avoir un bébé, répondit Tracey d'un ton confidentiel. Chaque fois qu'elle en aperçoit un dans la rue, elle a les larmes aux yeux.

— Tu en es sûre ?

— Oui. Fran, ma sœur aînée, est enceinte et Cassandra n'ose pas la regarder, tellement elle est malheureuse de ne pas avoir eu d'enfant. Comme nous ne voulons pas lui faire de peine, mes parents et moi, nous évitons soigneusement de prononcer le mot « grossesse » devant elle.

— Si elle a hâte de devenir maman, pourquoi refuse-t-elle de se remarier ?

— Par peur du qu'en-dira-t-on, j'imagine. Les habitants de Schofield voudraient qu'elle continue à tenir son rôle de veuve éplorée jusqu'à la fin des siècles et elle n'a pas envie de les décevoir.

Sol balaya des yeux les photographies épinglées aux murs du living-room et poussa un soupir d'exaspération.

— C'est Cassie qui a décoré cette pièce après le décès de Brian ? maugréa-t-il.

— Non, il s'en est chargé personnellement au fur et à mesure de ses victoires, riposta Tracey. Il avait un tas de qualités, mais la modestie n'était pas son fort.

— Ça, je l'avais remarqué. Quand nous étions en terminale, il fallait toujours qu'il roule les mécaniques et qu'il se vante de ses prouesses sportives.

— Vous ne vous aimiez pas beaucoup, lui et toi, n'est-ce pas ?

— Si je prétendais le contraire, je mentirais.

— Voilà qui a au moins le mérite d'être franc !

Un sourire amusé au coin des lèvres, Tracey prit Sol par la main, puis l'entraîna vers la longue table habillée de damas que Cassie avait dressée devant la cheminée et désigna de l'index les petites cartes en bristol qui jalonnaient la nappe.

— Qui a décidé de nous placer l'un à côté de l'autre ? interrogea-t-il à la lecture de son nom.

— Cassandra, mais je le lui avais demandé, avoua Tracey en s'asseyant. Je suis heureuse qu'elle m'ait obéi parce que je voudrais te poser des questions et découvrir pourquoi mon père te déteste autant.

— Qu'est-ce qui te fait croire qu'il me déteste ?

— Le ton venimeux qu'il emploie quand il parle de toi. A l'écouter te dénigrer, on dirait qu'il te voue une haine féroce et qu'il te souhaite toutes les misères du monde. Sais-tu d'où lui vient cette rancœur ?

— Non, marmonna Sol après s'être installé à droite de Tracey. Je n'en ai aucune idée.

— Vas-tu aider Cassandra à descendre de son piédestal et à s'évader de la prison dorée dans laquelle les habitants de Schofield l'ont enfermée ?

— Comment le pourrais-je ?

— Oh ! c'est très simple. Tu n'auras qu'à l'inviter une dizaine de fois au restaurant, au théâtre ou au cinéma pendant tes vacances à Schofield et les gens cesseront de la prendre pour une veuve inconsolable.

— D'accord. J'essaierai de la sortir du guêpier où elle s'est fourrée à cause d'eux.

— Merci, merci, merci, s'écria Tracey avant de s'incliner vers Sol et de lui effleurer la joue d'un baiser. Tu es un amour.

« Mon Dieu, faites que je tienne le coup jusqu'à la fin du dîner ! », implora silencieusement Cassie une heure plus tard, quand elle vit Sol et Tracey échanger un clin d'œil complice et éclater de rire.

Tout au long du repas, ils avaient discuté en aparté et, malgré la violente jalousie qui lui mordait le cœur, elle avait réussi à interpréter sans la moindre fausse note son rôle de maîtresse de maison, mais là, c'en était trop !

« Il ne faut pas que j'en veuille à Tracey, se dit-elle après avoir quitté le living-room et extirpé de son réfrigérateur la tarte aux kiwis qu'elle avait confectionnée au début de la matinée. Elle est l'une de mes meilleures amies et, si elle tombe sous le charme de Sol, je n'aurai pas le droit de m'immiscer entre elle et lui. Pas le droit de critiquer son impulsivité ni de lui reprocher sa... »

— Quelque chose ne va pas ? s'inquiéta Sol en la rejoignant au fond de la cuisine et en s'adossant à la porte d'un placard.

— Non, non, jeta-t-elle, étonnée qu'il se soit éloigné de Tracey. Je passe une très bonne soirée. Et toi ?

— Oh ! moi, je m'amuse comme un fou.

— Tant mieux !

— Veux-tu que je t'aide à faire le service ?

— Oui, merci. J'aimerais que tu sortes mes assiettes à dessert du vaisselier et que tu ailles les poser sur la crédence, à côté de la cheminée.

Pendant que Sol s'exécutait docilement, Cassie regagna le living-room, son gâteau dans une main et un bol de crème fouettée dans l'autre.

— Ta tarte était un vrai régal, lui dirent Phillip et Géraldine à la fin du dîner.

— Un pur délice, renchérirent Sol et Tracey avant de se lever de table avec un bel ensemble et d'échanger un nouveau clin d'œil de connivence.

Le cœur lourd, Cassie les raccompagna tous les quatre jusqu'en haut du perron, puis referma la porte du vestibule et revint s'asseoir sous les lustres à pendeloques de cristal du séjour.

— Je me demande ce que tu peux bien trouver à ce crétin de Sol Adams, grommela Keith en chiffonnant les volants de la nappe d'une main rageuse. Il ne sait même pas ce qu'est un maul ou un drop.

— Il n'y a pas que le rugby qui compte dans la vie. Lui, ce qu'il aime, c'est l'architecture.

— Il paraît qu'il a un succès fou à Sydney et qu'il gagne des fortunes. Tu crois que cela pourrait impressionner Tracey ?

Cassie lâcha le verre d'eau minérale qu'elle venait de vider à longues gorgées et darda sur Keith un regard acéré.

— Tu es amoureux de Tracey ? l'interrogea-t-elle d'une voix pleine d'espoir.

— Oui, reconnut-il avec embarras, mais je n'ose pas le lui avouer parce qu'elle est la petite sœur de Brian et que je lui dois le respect.

— Elle est moins petite et moins ingénue que tu n'as l'air de le penser. Elle a déjà vingt-six ans et, comme elle est libre en ce moment, elle ne demanderait pas mieux que de t'accompagner au restaurant. Alors, va l'attendre devant chez elle lundi soir et emmène-la dans l'auberge la plus romantique de Schofield. Si Brian était encore de ce monde, je suis certaine qu'il te donnerait sa bénédiction.

Keith se leva de sa chaise, la bouche fendue jusqu'aux oreilles et les yeux étincelants de joie.

— Merci de tes conseils, Cass, s'écria-t-il en sortant du living-room à pas de géant. Je ne manquerai pas de les suivre.

« Je l'espère bien », riposta-t-elle intérieurement.

Non pas qu'elle veuille à tout prix jeter Tracey dans les bras de Keith Sinclair et les pousser vers l'autel, pieds et poings liés, mais un peu de concurrence ne ferait pas de mal à ce traître de Sol et le punirait d'avoir exercé ses talents de séducteur d'un bout à l'autre du dîner.

4

Si elle s'imagine qu'elle va pouvoir me fuir aujourd'hui encore, elle se fait des illusions, pensa Sol le surlendemain, quand il vit Cassie s'activer dans la cuisine d'Alec et glisser un œil vers le cadran de sa montre.

La veille, il s'était rendu chez elle pour essayer de lui poser les innombrables questions qui le taraudaient, mais il avait trouvé porte close. Et il avait eu beau sillonner toutes les rues du centre-ville au volant de son 4x4, il ne l'avait aperçue nulle part.

— Voici votre soupe de légumes, vos saucisses et vos pommes noisettes, monsieur Adams ! dit-elle à Alec. Dès que j'aurai donné à boire et à manger à mes chatons, je vous laisserai dîner en paix.

— Il est inutile que tu enfermes Kitty dans ma buanderie, Cassandra, répliqua le vieil homme. Après sa fugue de l'autre nuit, je me suis tellement bien occupé de lui qu'il ne veut plus me quitter.

— Si vous le gardez ici, faites attention à ce qu'il ne s'échappe pas.

— Oh ! il n'y a pas de danger qu'il se sauve. Il passe les trois quarts de son temps à somnoler sur mes genoux et il est très obéissant.

— Tâchez quand même de l'avoir à l'œil, car il ne faudrait pas qu'il prenne la poudre d'escampette encore une fois et que je sois obligée de fouiller tous les jardins du quartier pour le retrouver.

Voyant Cassie sortir de la cuisine, un paquet de croquettes à la main, Sol extirpa du réfrigérateur le pichet qu'il avait lui-même rempli de soda à la fin de la matinée, puis empoigna deux gobelets et la rejoignit sous la véranda.

— Asseyons-nous et trinquons, lui dit-il. Alec m'a confié que tu aimais bien goûter à sa limonade maison.

Savant mélange d'eau minérale, de sucre, de jus de citron et d'ingrédients dont les noms semblaient avoir été inventés par de vieux alchimistes à l'imagination fertile, la spécialité d'Alec était tellement désaltérante qu'aucune autre boisson ne pouvait lui être comparée.

— Je serais ravie de passer la soirée entière avec toi, Sol, rétorqua Cassie, mais c'est impossible. Il est déjà 18 h 30 et j'ai un tas de choses à faire avant la tombée de la nuit.

— Si tu es fatiguée et déshydratée, tu en viendras plus difficilement à bout que si tu es fraîche et dispose.

— Il est vrai que je n'arrive pas à travailler quand je meurs de soif.

— Qu'attends-tu, alors, pour accepter mon invitation ?

Cassie poussa un petit soupir résigné et s'installa dans le rocking-chair que lui désignait Sol.

— De quoi veux-tu me parler ? interrogea-t-elle en lâchant sa boîte de croquettes et en attrapant le gobelet qu'il lui offrait.

— Des liens qui se sont tissés entre Alec et Kitty, jeta-t-il après s'être assis à côté d'elle. Comme ils ont l'air inséparables, tous les deux, j'aimerais que tu autorises Alec à garder ton chaton.

— En ce qui me concerne, je ne demanderais pas mieux que de le lui confier définitivement, mais je doute que le directeur de Sunny Haven fasse bon accueil à Kitty. Les animaux de compagnie ne sont pas admis dans les foyers médicalisés et cela m'étonnerait que ton père bénéficie d'un passe-droit.

— L'idéal serait qu'il reste ici, chez lui, et qu'il profite au maximum de ses derniers instants.

— Tu sais bien que son état de santé et sa situation financière le lui interdisent. Il est très malade et n'a pas les moyens d'engager une aide-soignante. La pension qu'il touche est tellement modeste qu'il n'arrive déjà pas à boucler son budget.

— Peu importe le montant de sa retraite ! Je gagne assez d'argent pour embaucher trois ou quatre infirmières qui pourraient se relayer à son chevet.

— Et tu serais prêt à leur verser des sommes astronomiques en cas de nécessité ?

— Naturellement ! Il est de mon devoir de veiller à ce qu'Alec ait une fin de vie heureuse, quel que soit le prix à payer.

— J'en connais beaucoup qui, à ta place, refuseraient de débourser le moindre cent.

— A cause de la manière dont Alec s'est conduit quand j'étais enfant ?

— Oui. Il t'a élevé à la dure et tu n'as pas à te sentir redevable de quoi que ce soit envers lui.

— Il n'a pas toujours été très tendre avec moi, je te l'accorde, mais il a eu des circonstances atténuantes. Si son mariage n'avait pas été un échec, il ne se serait pas mis à boire et ne m'aurait pas choisi comme souffre-douleur. Ce n'est qu'après son divorce qu'il a sombré dans l'alcoolisme et qu'il est devenu violent.

— Ma mère était encore pire que lui parfois. Lorsque le bureau d'aide sociale lui versait ses allocations, j'étais obligée de voler une centaine de dollars dans son portefeuille pour éviter qu'elle n'aille les gaspiller au bistrot du coin et que nous n'ayons plus rien à manger.

Sol sirota sa limonade, les paupières mi-closes, et se rappela ce lointain week-end de décembre où il avait donné un paquet de nouilles à Cassie parce qu'elle avait dû sauter quatre repas de suite, faute d'argent, et qu'elle mourait de faim.

« Pas étonnant qu'elle se soit entichée d'un jeune homme de bonne famille ! ironisa-t-il. Quand l'illustre Brian Parker lui a demandé sa main, elle a sans doute eu l'impression de vivre un conte de fées. »

— Si tu te remariais au lieu de te complaire dans la solitude, jeta-t-il, tu pourrais avoir un bébé et passer tes journées à le dorloter.

La foudre tombant sur les poutres de la véranda n'aurait pas produit davantage d'effet que ces quelques mots lancés tout à trac.

— Qu'est-ce que tu viens de dire ? lâcha Cassie, les lèvres exsangues.

— Que tu avais tort de ne pas vouloir fonder un nouveau

foyer parce que tu serais la meilleure des mamans, répliqua Sol, furieux de ne pas s'être montré plus délicat. Je sais que cela ne me regarde pas, mais, comme tu m'as permis de me réconcilier avec Alec la semaine dernière, j'aimerais t'aider à mon tour. Ce qu'il faudrait, c'est que tu te décides enfin à réaliser tes rêves et à...

— Tu as été psychologue dans une vie antérieure ?

— Non. Je n'ai pas eu besoin d'étudier les théories d'Alfred Adler pour m'apercevoir que tu étais malheureuse et que tu regrettais de ne pas avoir encore goûté aux joies de la maternité. Il m'a suffi de t'observer et de tirer les conclusions qui s'imposaient.

Cassie bondit de son rocking-chair, les yeux noyés de larmes.

— Pendant que tu m'examinais à la loupe et que tu échafaudais tes belles hypothèses, riposta-t-elle sèchement, t'est-il venu à l'idée que je ne pourrais peut-être jamais avoir d'enfant ?

Puis, vive comme une flamme, elle s'élança vers l'entrée du jardin.

— Va la rejoindre, Sol, ordonna Alec qui, par la fenêtre grande ouverte de la cuisine, avait attrapé au vol des bribes de la conversation. C'est une jeune femme formidable et tu n'as pas le droit de la laisser se morfondre dans son coin.

— Sais-tu où elle est allée se réfugier ?

— Non. Elle a oublié son sac et son trousseau de clés sur la table. Il est donc impossible qu'elle soit retournée au centre-ville en voiture ou qu'elle se soit enfermée dans la maison de sa mère.

Après avoir quitté son siège et réfléchi une seconde, Sol sauta par-dessus la balustrade de la véranda et prit la direction du cimetière.

— Dix-sept mois et huit jours, murmura Cassie en enfourchant l'une des branches du vieux saule pleureur au sommet duquel elle avait jadis l'habitude de venir se jucher.

Il y avait dix-sept mois et huit jours qu'elle avait perdu son bébé par la faute de Brian et depuis, personne n'avait pu la consoler de l'immense chagrin qu'elle avait éprouvé après sa fausse couche. Afin de ne pas attrister inutilement Jean et Jack, elle ne leur avait pas avoué qu'elle s'était disputée avec leur fils le matin où il s'était tué au volant de sa Porsche et ne leur avait pas parlé non plus de l'enfant dont elle avait dû faire le deuil. Si Brian avait survécu à son accident, elle se serait bien gardée d'aller lui rendre visite à l'hôpital et ne lui aurait pas pardonné son inqualifiable…

— Tu es là, mon ange ?

Tirée de ses sombres pensées par la voix inquiète de Sol, Cassie essuya ses yeux gonflés de larmes et s'obligea à sourire.

— Je suis désolé d'avoir manqué de tact et de t'avoir blessée, lança-t-il en s'agrippant au tronc du saule et en s'asseyant à côté d'elle. Pourquoi m'as-tu dit tout à l'heure que tu ne pourrais peut-être jamais avoir de bébé ?

— Parce que c'est la vérité. J'ai été victime d'une… d'une sorte d'infection il y a un an et demi et les médecins qui m'ont soignée ne m'ont pas laissé beaucoup d'espoir. Ils m'ont expliqué que, si je tombais enceinte un jour, je serais victime d'une fausse couche dès les premiers mois de ma grossesse.

— Est-ce une éventualité ou une certitude absolue ?

— Une quasi-certitude. D'après ma gynécologue, je n'ai pratiquement aucune chance de mettre un enfant au monde.

Cassie écarta d'une main lasse le rideau de verdure qui lui cachait l'horizon et promena un regard morne sur l'étroit ruban argenté que dessinait un ruisseau au pied de la colline.

— Comment as-tu deviné que j'étais ici ? demanda-t-elle à Sol.

— Par simple déduction, riposta-t-il. Lorsque tu t'es enfuie de chez Alec, je me suis rappelé que tu aimais bien te balader dans le cimetière autrefois et je me suis dit que tu n'avais peut-être pas perdu cette habitude. Quand j'étais petit et que j'en avais marre d'entendre Alec vociférer, je venais souvent m'asseoir à l'ombre de ce vieux saule et je passais des heures à admirer le paysage en contrebas. S'il n'avait tenu qu'à moi, j'aurais dormi toutes les nuits à la belle étoile et je ne serais rentré à la maison que les jours de pluie.

— J'ignorais que nous avions le même refuge.

— Et pour cause ! Dès que je t'apercevais au bout de l'allée, je me faufilais entre les tombes et je te laissais le champ libre parce que je savais que tu avais besoin d'être seule et que je ne voulais pas te déranger.

— Tu n'aurais pas dû te sauver. A deux, nous nous serions sentis moins vulnérables.

— Je n'en suis pas sûr. Nous avions tellement de chagrin à l'époque qu'il nous aurait été difficile de partager quoi que ce soit.

— Quand tu t'enfuyais de chez ton père le soir et que tu venais te promener ici au lieu de courir rejoindre tes copains de classe au club de rugby, qu'est-ce que tu recherchais avant tout ?

— Le silence. Je ne connais aucun autre endroit au monde où il soit aussi profond.

— Moi non plus. Chaque fois que je monte me réfugier dans ce vieux saule, j'ai l'impression que les oiseaux qui y ont élu domicile osent à peine chanter et que le vent s'arrête de souffler pour que je puisse réfléchir en paix.

Sol effleura des yeux les dizaines de stèles qui se dressaient à flanc de coteau, puis tourna vers Cassie un regard empreint de gravité.

— Où ta mère est-elle enterrée ? interrogea-t-il d'une voix assourdie, comme s'il craignait de réveiller les défunts.

— Nulle part, maugréa-t-elle, le visage fermé. Je l'ai fait incinérer le jour même de son décès et j'ai dispersé ses cendres au pied de la colline.

— Etait-ce elle qui te l'avait demandé ?

— Oui. Elle ne voulait pas d'une sépulture traditionnelle.

— Et le somptueux monument funéraire qui a été érigé à la mémoire de Brian, d'après ce que m'a raconté Alec, où se trouve-t-il ?

— Là-bas, répondit laconiquement Cassie en désignant d'un geste de la main l'un des sentiers gravillonnés qui s'enfonçaient sous les frondaisons du cimetière. Il ne risque pas de me gâcher la vue, car on ne peut pas l'apercevoir d'ici.

— De te gâcher la vue ! releva Sol, stupéfait. Pourquoi préfères-tu lui tourner le dos plutôt que de le regarder en face ? Parce que tu aimes encore ton mari et que cela te briserait le cœur d'aller te recueillir sur sa tombe ? Ou parce que tu l'as déjà oublié et que tu te sens coupable de ne pas être assommée de chagrin ?

Pendant une fraction de seconde, Cassie fut tentée de répondre à la question par un mensonge, mais, fatiguée de jouer les veuves éplorées, elle préféra s'en tenir à la stricte vérité.

— Parce que je ne suis pas assommée de chagrin, contrairement à ce que croient les habitants de Schofield, avoua-t-elle en martelant ses mots. Tu ne peux pas savoir à quel point je suis soulagée de ne plus être la femme de Brian et de ne plus avoir à le supporter.

— Tu n'étais pas heureuse avec lui ?

— C'est un doux euphémisme. Vivre auprès de ce macho égoïste et prétentieux a été un enfer. Le matin de sa mort, nous nous sommes disputés et je l'ai prévenu que j'allais demander le divorce. Comme j'étais dans une colère noire, je lui ai lancé un tas d'horreurs à la figure et il a préféré s'enfuir au volant de sa Porsche plutôt que de continuer à m'écouter.

— Tu penses qu'il s'est suicidé ?

— Non. Il roulait tellement vite qu'il a perdu le contrôle de son cabriolet et heurté un poteau électrique. Selon les policiers qui ont mené l'enquête, il s'agissait bel et bien d'un accident.

— Tu n'as donc aucune raison de culpabiliser.

— Oh ! mais je ne me sens pas responsable de ce qui lui est arrivé, sois tranquille. Lorsqu'il conduisait son bolide, il se fichait royalement du code de la route et prenait un malin plaisir à braver le danger. Aussi bizarre que cela puisse te paraître, je n'ai retiré que des avantages de son décès. La compagnie auprès de laquelle il avait souscrit une assurance vie m'a versé une somme faramineuse qui m'a mise à l'abri du besoin. Quant aux habitants de Schofield, ils ont reporté sur moi toute l'affection dont ils entouraient Brian et me comblent de cadeaux.

— Jean et Jack Parker savent-ils que tu t'étais querellée avec leur fils le matin de sa mort ?

— Non. J'ai préféré ne rien leur dire de peur de les blesser et de dégringoler dans leur estime.

Sol tendit la main vers Cassie et la força à le regarder droit dans les yeux.

— Pourquoi voulais-tu divorcer ? lui demanda-t-il.

— Parce que Brian me battait, confessa-t-elle d'une voix presque inaudible. En huit ans et demi de mariage, il ne m'a frappée qu'une dizaine de fois, mais, comme il ne tenait pas l'alcool et qu'il perdait tout contrôle de lui-même dès qu'il avait bu deux doigts de brandy, je me sentais constamment menacée. Lorsqu'il rentrait d'une virée à Brisbane et qu'il gravissait les marches du perron en titubant, j'étais tellement effrayée à l'idée des gifles et des coups de poing qu'il pourrait me donner dans un accès de colère que je montais me cacher au grenier.

— A l'idée des gifles et des coups de poing! répéta Sol de l'air hébété d'un boxeur qui vient d'encaisser un direct et qui ne sait pas encore s'il va s'écrouler, K.-O., avant la fin du round ou laisser exploser sa rage. Cette brute de Brian se permettait de lever la main sur toi? réussit-il à articuler, le premier choc passé.

— Oui, confirma Cassie, mais il avait de bonnes raisons de m'en vouloir.

— Lesquelles?

— Ce n'était pas par amour que j'avais accepté de l'épouser, c'était par intérêt. J'en avais assez de vivre dans la misère et d'être privée d'affection. Quand j'étais petite et que je voyais les Parker se promener au centre-ville, j'étais jalouse de Fran et de Tracey et je rêvais de prendre leur place. Alors, le jour où Brian m'a demandée en mariage, je me suis dit que j'allais avoir une vraie famille et j'ai saisi ma chance sans me poser la moindre question.

— Cela ne justifie pas l'attitude de ce salaud, grommela Sol, ulcéré. Rien n'autorise un homme à battre sa femme... Rien, tu entends?

— Je sais que la violence sous toutes ses formes est inexcusable et que je n'aurais pas dû suivre Brian à l'autel, mais comment aurais-je pu me douter qu'il se mettrait à me frapper dès la fin de notre lune de miel? Toi qui l'as bien connu, aurais-tu deviné qu'il était aussi brutal?

— Non. Dans le milieu du rugby, il passait pour un gentleman et, malgré cette agaçante manie qu'il avait de jouer les fiers-à-bras à la sortie du lycée, je ne l'aurais pas cru capable de gifler une fille.

— Ce qui prouve que nous manquons de perspicacité et que j'ai raison de ne pas vouloir fonder un nouveau foyer. Puisque je n'ai aucun discernement, il vaut mieux que j'évite de me remarier et de retomber dans le même piège qu'il y a dix ans.

Sol sauta à terre et leva vers Cassie un regard courroucé.

— Ce n'est pas parce que Brian a eu une conduite ignoble que tu dois soupçonner tous les hommes de lui ressembler, protesta-t-il. La plupart d'entre eux ont une sainte horreur de la violence et préféreraient se trancher une main plutôt que de battre leur femme.

— Je sais que j'ai tort de généraliser et de ne plus avoir confiance en personne.

— Mais... ?

— Mais je crains de ne pas être faite pour la vie à deux. Peut-être y a-t-il quelque chose en moi qui énerve les gens et qui les pousse à me taper dessus.

— Ce qu'il ne faut pas entendre ! s'écria Sol en hochant la tête d'un air accablé. Si ta mère te frappait dans le temps et si Brian s'est permis de te tabasser, c'était uniquement à cause de l'alcool. Quand ils avaient trop bu, ils n'étaient plus eux-mêmes et perdaient leur sang-froid à la moindre contrariété.

— Reste que je n'ai pas besoin d'un nouveau mari, déclara Cassie, le front buté. En ce moment, j'ai tout ce dont je rêvais lorsque j'étais enfant : de l'argent plein les poches, une belle-famille formidable et des dizaines d'amis prêts à m'aider en cas de besoin. Que pourrais-je désirer d'autre ?

— Le bonheur d'aimer et d'être aimée. A t'écouter, on croirait que tu as rayé ces mots de ton vocabulaire.

— Et toi, es-tu impatient de fonder un foyer ?

— Oui. J'espère y arriver avant d'être perclus de rhumatismes et d'avoir des cheveux blancs.

— As-tu déjà rencontré la femme de ta vie ?

— C'est possible.

— S'il s'agit de Tracey, il faudra que je dise à Keith de ne pas se monter la tête. Il m'a avoué samedi soir qu'il était fou d'elle et, comme j'ignorais qu'elle te plaisait, je lui ai conseillé de l'inviter au restaurant.

— Tu as bien fait de l'encourager, car je n'ai pas l'intention de sortir avec Tracey.

— Ah bon ! s'exclama Cassie du haut de son perchoir. Qui est l'élue de ton cœur ? Une ravissante architecte que tu as hâte d'aller retrouver à Sydney ?

Dédaignant la question, Sol lui saisit les poignets pour l'obliger à descendre, puis l'entraîna d'autorité vers Oleander Lane.

Drôle de Noël ! pensa-t-il en voyant clignoter au loin les guirlandes électriques qu'il avait enroulées autour du sapin d'Alec trois jours plus tôt. *La seule femme que j'aie jamais aimée refuse obstinément de se remarier et, quand elle saura quelle est la vraie raison qui m'a incité à venir passer les fêtes de fin d'année dans le Queensland, elle m'enverra promener.*

5

— Si quelqu'un m'avait dit il y a vingt ans que j'arriverais un jour à transformer ce taudis en palace, je n'aurais pas voulu le croire, murmura Cassie en laquant d'orange vif l'une des cloisons de la vieille bâtisse que lui avait léguée sa mère.

Lorsqu'elle était enfant, elle avait passé des week-ends entiers à errer tristement de pièce en pièce. « Quand je serai grande, je vendrai cette affreuse bicoque et je partirai loin, très loin de Schofield », s'était-elle juré, les yeux embués de larmes. Mais, comme le destin s'était amusé à contrecarrer ses projets, elle avait décidé de rénover la maison et d'en faire un havre de paix où elle pourrait rêver et se reposer à l'abri des regards indiscrets.

— Une fois que j'aurai fini de décorer le living-room, je m'attaquerai à la cuisine, décréta-t-elle trois secondes avant que son carillon ne se mette à chanter.

— Tu es là, Cassie ? cria Sol en pressant une nouvelle fois le bouton de la sonnette.

Le cœur battant, elle plongea dans un pot de white-spirit le pinceau qu'elle tenait à la main, puis dénoua le foulard maculé de peinture qu'elle avait enroulé autour de sa tête et lissa ses cheveux d'un doigt tremblant de nervosité.

— Bonjour, Sol, lança-t-elle après avoir ouvert la porte du vestibule. Qu'est-ce que tu veux ?

— Je suis venu t'offrir des sandwichs et de la limonade, jeta-t-il, le menton pointé vers le pichet en grès et le gros sac en papier kraft qui l'encombraient.

— Quelle heure est-il ?

— 14 heures.

— Déjà ?

— Eh oui ! Moi aussi, je perds la notion du temps quand je me mets à bricoler. Lorsque j'ai vu que ton break était resté au bas du perron toute la matinée et que tu n'avais pas l'air pressée de quitter Oleander Lane, j'ai décidé de voler à ton secours avant que tu ne meures de soif et de faim.

— Merci. J'adore les pique-niques improvisés.

— Où aimerais-tu que nous déjeunions ? Dans la salle à manger ?

— Non, sous la charmille. Nous y serons plus à l'aise qu'à l'intérieur de la maison.

— L'ennui, c'est que j'ai oublié d'apporter des gobelets et que, si tu refuses de me laisser entrer, nous ne pourrons pas goûter à la limonade d'Alec. Ce qui serait dommage, avoue-le !

— Au lieu de chercher des problèmes là où il n'y en a pas, va déposer ton sac et ton pichet sur la table du kiosque. Il me semble avoir aperçu des timbales en plastique dans l'un des placards de la cuisine et, dès que j'aurai réussi à mettre la main dessus, je te rejoindrai.

— Pourquoi es-tu impatiente de m'expédier au fond du jardin ?

— Parce que tu n'y seras pas incommodé par l'odeur de peinture.

— Alec m'a dit que tu passais tes week-ends à restaurer cette vieille bâtisse. Qu'as-tu fait d'intéressant ces dernières semaines ?

— Rien qui vaille la peine d'en parler. Je me suis contentée de... de décaper les boiseries et de laquer les cloisons.

— Je suis curieux de voir le résultat, lança Sol avec l'un de ces sourires enjôleurs dont il avait le secret et auxquels Cassie n'avait jamais eu la force de résister.

Sachant qu'il continuerait à jouer de son charme jusqu'à ce qu'elle le laisse entrer, elle l'invita à franchir le seuil de la maison d'un signe de tête.

Quand il se glissa dans l'embrasure de la porte, un parfum subtil de coriandre, de vétiver et de néroli vint taquiner les narines de la jeune femme et la priver du peu de lucidité qu'il lui restait.

C'est l'homme le plus séduisant que je connaisse, songea-t-elle en humant la fragrance et en sentant un délicieux émoi l'envahir.

— T'ai-je déjà dit que tu étais ravissante, Cassie Campbell ? chuchota Sol après l'avoir détaillée avec une tranquille insolence.

« Cassie *Parker* », voulut-elle rectifier, mais sa langue, comme paralysée, lui refusa tout service.

— Tu as l'air bizarre, remarqua-t-il d'une voix teintée d'inquiétude. Que se passe-t-il ?

— Je... je ne sais pas, balbutia-t-elle. Ce doit être la chaleur qui me met dans cet état.

— Ou l'odeur de peinture. Si tu ne prends pas l'habitude d'ouvrir les fenêtres avant d'empoigner tes pinceaux, tu vas finir par t'asphyxier.

— Merci du conseil, monsieur l'Architecte. J'essaierai de le suivre la prochaine fois que je viendrai ici.

— Te sens-tu capable de me faire faire le tour du propriétaire ?

— Bien sûr ! Je ne suis pas encore à l'agonie.

Cassie inspira à fond pour tenter de calmer les battements désordonnés de son cœur, puis entraîna Sol vers l'autre extrémité du hall et poussa la porte du living-room du bout de ses espadrilles.

— Quand tu es arrivé, j'étais en train de laquer les murs de cette pièce, lui dit-elle. Et, dès que j'aurai terminé, je m'attaquerai à ceux de la cuisine. J'ai décidé de repeindre tout le rez-de-chaussée en bleu et en orange comme dans les villas italiennes dont on voit les photos à la une des magazines de décoration. J'envisage également d'arracher le papier peint du vestibule et de le remplacer par du chintz.

— Où as-tu trouvé les cadres que tu as suspendus aux cloisons de l'alcôve ?

— Chez un brocanteur.

— Et les toiles ?

— C'est moi qui les ai faites.

— Toi ? répéta Sol, l'air incrédule. Je ne savais pas que tu avais des talents d'aquarelliste.

— Oh ! je n'ai pas eu besoin de m'inscrire aux Beaux-Arts pour apprendre à tenir un pinceau. Ces natures mortes ne sont que des trompe-l'œil faciles à réaliser.

— La dernière fois que je suis venu ici, le canapé était recouvert d'un horrible plaid troué aux mites et les fauteuils semblaient sur le point de s'effondrer. Comment as-tu réussi à les rénover ?

— Grâce à mes doigts de fée, répondit Cassie avec un petit sourire. Non, je plaisante, s'empressa-t-elle d'ajouter. Je ne suis ni une bonne couturière ni une ébéniste chevronnée, mais j'ai lu un tas de guides pratiques l'hiver dernier et j'ai suivi à la lettre les conseils des auteurs.

Puis, voyant Sol lever la tête vers les poutres en chêne massif du plafond, elle lança d'un ton qu'elle aurait souhaité moins crispé :

— Allons vite déjeuner. J'ai une faim de loup.

— Patiente encore cinq minutes, tu veux bien ? riposta-t-il. Dès que tu m'auras fait visiter le reste de la maison, nous irons pique-niquer.

— Pourquoi tiens-tu absolument à monter au premier étage ? Il n'y a rien d'intéressant là-haut.

— Comme tu manques d'objectivité, je préfère en juger par moi-même.

Après avoir déposé son sac et son pichet au pied du réfrigérateur, Sol s'approcha de l'escalier d'un pas résolu et gravit les marches deux à deux.

— Qu'y a-t-il derrière cette porte ? demanda-t-il, un doigt braqué sur l'un des trois panneaux de cèdre qui s'alignaient le long de la mezzanine.

Cassie le rejoignit à contrecœur et ouvrit le battant.

— La salle de bains, répondit-elle. J'ai remplacé les vieux carreaux de faïence qui entouraient la baignoire par des tomettes et j'ai encastré le lavabo dans un meuble en jacaranda.

— Superbe ! Si j'ai besoin de l'aide d'un carreleur un de ces jours, il faudra que je pense à t'appeler.

— Quel genre de dallage as-tu choisi pour ta villa de Sydney ?

— Des pavés de grès couleur terre cuite et pain brûlé. J'adore les camaïeux de rouge, de beige et de brun.

— Moi aussi.

— Puisque nous avons les mêmes goûts, tu n'aurais pas dû trembler de peur à l'idée de me faire faire le tour de ta maison.

— Oh ! je n'ai pas eu peur, loin de là. Je… j'étais juste morte de faim et impatiente de déjeuner.

Les lèvres plissées en une moue dubitative, Sol poussa le deuxième battant qui donnait sur la mezzanine et passa la tête dans l'entrebâillement.

— J'ai transformé cette mansarde en boudoir parce qu'elle était tellement ensoleillée que je ne me voyais pas y dormir, lui précisa Cassie en espérant qu'il allait redescendre au rez-de-chaussée et abréger sa visite.

Mais, au lieu de regagner l'escalier, il ouvrit la troisième porte d'une main déterminée et se figea dans l'embrasure, les yeux ronds.

Avec ses murs peints en violet et son immense lit à baldaquin dont le dais de velours lilas surplombait une magnifique courtepointe brochée de soie mauve, la chambre aurait pu servir de décor à un film classé X.

« Quelle idée j'ai eue de choisir ces étoffes et ces couleurs provocantes ! », s'admonesta Cassie, le rouge au front.

— Tu sais ce dont j'ai envie quand je regarde cette pièce ? murmura Sol, une fois revenu de sa stupeur.

— Non.

— J'ai envie de serrer contre moi la jeune femme qui l'a aménagée et de lui donner un doux, un long, un interminable baiser.

— Pour la féliciter de son audace ou pour la punir de son manque de goût ?

— Pour la féliciter de son audace et du plaisir qu'elle prend à dissimuler son tempérament volcanique sous des dehors ingénus.

Sol se retourna tout d'un bloc vers Cassie et lui encercla les épaules.

— Si je n'écoutais que mon instinct, je t'embrasserais à perdre haleine et je déferais un à un les boutons de ton corsage, chuchota-t-il en effleurant d'un doigt impatient les minuscules perles de nacre qu'il rêvait d'arracher. Après avoir libéré de leur carcan de dentelle tes jolis seins ronds, j'improviserais sur leurs pointes durcies le plus troublant des arpèges, puis je t'enlèverais ta jupe avec une lenteur calculée et je tracerais des sillons enflammés dans le creux de tes reins. Ensuite, je m'allongerais à côté de toi sous les festons de velours de ton ciel de lit et je t'aimerais jusqu'au petit matin...

« Au diable la prudence ! », se dit Cassie, le cœur fou et l'esprit égaré. Répondre une fois, une seule et inoubliable fois, au mystérieux appel du plaisir, s'enivrer de volupté et basculer dans ce monde magique de l'extase dont aucun homme — et surtout pas Brian — n'avait su lui ouvrir les portes, rien d'autre ne comptait.

Quand Sol glissa une main habile dans l'échancrure de son corsage, elle se cambra, des milliers de frissons à fleur de peau, et laissa échapper une plainte rauque, à peine un murmure, qui résonna à ses propres oreilles comme un aveu de faiblesse et de reddition.

A quoi bon aller plus loin ? pensa-t-elle, brusquement dégrisée. *Si je cède à Sol aujourd'hui, cela ne l'empêchera pas de retourner à Sydney après Noël et de me rayer de sa vie sans le moindre scrupule.*

— Lâche-moi, tu me fais mal, s'écria-t-elle avant de se dégager de l'étreinte dont elle était prisonnière et de se précipiter vers l'escalier.

La tête en plein brouillard, elle dévala les marches au risque de se rompre les os et faillit trébucher sur le vieux tapis d'Orient qui déployait ses arabesques fanées au centre du hall.

— Veux-tu goûter à mes sandwichs et boire un peu de limonade ? lui demanda Sol avec un calme olympien dès qu'il l'eut rejointe au rez-de-chaussée.

— Oui, maugréa-t-elle en ouvrant d'une main nerveuse la porte-fenêtre de la cuisine et en s'asseyant dans l'un des fauteuils de rotin qui meublaient la terrasse. J'ai tellement faim que je pourrais dévorer un bœuf et tellement soif que je serais capable de vider ton pichet d'un seul trait.

— Moi aussi, j'ai un creux à l'estomac et la gorge sèche.

Après avoir lavé à grande eau les gobelets en plastique jaune citron qu'il avait dénichés au fond d'un placard, Sol les remplit à ras bord de soda, puis en offrit un à Cassie et prit place à côté d'elle.

— Je regrette de m'être conduit comme un idiot, déclara-t-il, mais j'ai des excuses. Quand j'ai vu ta chambre, je t'ai imaginée dormant nue sous ton baldaquin et j'ai perdu la tête… Combien de nuits as-tu déjà passées là-haut ?

— Quatre ou cinq. Et, chaque fois, j'ai eu du mal à fermer l'œil.

— Pas étonnant ! L'atmosphère baroque et sensuelle que tu as réussi à créer grâce à ton incroyable talent est beaucoup moins propice au sommeil qu'à… l'exploration du septième ciel.

La pause infime qu'avait marquée Sol et le ton velouté sur lequel il avait prononcé les derniers mots firent battre très fort le cœur de Cassie.

— Tu penses vraiment que je suis une bonne décoratrice ? lui demanda-t-elle, les pommettes cramoisies.

— Oui. Et je ne te dis pas cela pour te flatter. Si tu décides un jour de quitter Schofield et de venir t'installer à Sydney, je serai ravi de collaborer avec toi. Il y a un an et demi, le P.-D.G. d'une grosse société immobilière de la Nouvelle-Galles du Sud m'a chargé de concevoir une dizaine d'hôtels de luxe et, comme les travaux vont bientôt s'achever, j'aimerais que tu m'aides à aménager les suites nuptiales.

— Tu es sérieux ?

— On ne peut plus sérieux. Je sais que tu n'as aucune expérience en la matière et aucune qualification professionnelle, mais ton talent se suffit à lui-même. Quand les architectes d'intérieur que j'ai l'habitude de consulter verront de quoi tu es capable, ils n'en croiront pas leurs yeux.

Sol offrit à Cassie l'un des sandwichs qu'il avait préparés, puis porta son gobelet de limonade à ses lèvres.

— Réfléchis à ce que je t'ai dit, jeta-t-il entre deux gorgées, et préviens-moi dès que tu auras pris une décision.

— D'accord, murmura-t-elle, hypnotisée par le regard ensorcelant qu'il lui décochait.

— Qu'as-tu l'intention de faire le matin de Noël ? demanda Cassie à Sol en le rejoignant sous la véranda d'Alec le surlendemain.

— Rien de spécial, lâcha-t-il avec désinvolture. Le 25 décembre est un jour comme les autres et il n'y a pas de raison de le marquer d'une pierre blanche.

— Tu vas donc te lever à la même heure que la veille, boire une tasse de café et lire la gazette de Schofield pendant que ton père écoutera les infos à la radio ?

— Tout juste !

— Une fois qu'Alec aura éteint son poste, lui offriras-tu un cadeau ?

— Non. Je ne vois pas ce que je pourrais lui donner.

— Et, à midi, quels bons petits plats lui mitonneras-tu ?

— Aucun. Il mangera sa sempiternelle soupe de légumes et moi, je me contenterai d'un banal sandwich au jambon.

Cassie secoua la tête d'un air désespéré, puis poussa Sol hors de la véranda et l'obligea à s'engouffrer dans le vieux break qu'elle avait garé au bas du perron.

— Où m'emmènes-tu ? questionna-t-il dès qu'elle se fut assise à côté de lui.

— Au centre commercial de Schofield, répondit-elle en empoignant sa clé de contact. Cela ne t'ennuie pas que je prenne le volant ?

— Pas le moins du monde. Je parie que tu es aussi douée pour la conduite que pour la peinture à l'aquarelle et la décoration.

« Brian, lui, ne supportait pas d'être un simple passager, se souvint Cassie. Lorsqu'il m'autorisait à grimper dans sa Porsche bien-aimée, il fallait toujours qu'il choisisse lui-même l'itinéraire et qu'il me montre ses talents de pilote sans se préoccuper du code de la route. »

— Avant de me kidnapper, ajouta Sol d'un ton railleur, tu aurais dû me laisser le temps de me changer.

— Je ne t'ai pas kidnappé, j'ai juste décidé de t'offrir une petite séance de shopping, rectifia Cassie après avoir démarré en souplesse. Et je ne vois pas ce que tu reproches à tes vêtements. Ton short bleu marine et ton polo rouge sont très présentables.

— Ta minijupe et ton chemisier le sont également. Tu es un régal pour les yeux, Cassie Campbell.

— Cassie *Parker*, corrigea-t-elle, excédée. Quand vas-tu cesser de m'appeler par mon nom de jeune fille ?

— Quand il neigera sous les tropiques.

— Tu as une dent contre les Parker ?

— Non, mais je préfère oublier que tu as épousé cette ordure de Brian et qu'il t'a empoisonné la vie pendant huit ans et demi.

Jugeant plus sage de ne pas riposter, Cassie dévala en silence la rue bordée de tilleuls et de sycomores que la mairie de Schofield dominait du haut de son fronton, puis se gara sur le vaste parking qui encerclait les dizaines de boutiques du centre commercial.

— Les magasins sont encore ouverts à cette heure-ci ? s'étonna Sol avant de déboucler sa ceinture de sécurité et de sauter à terre.

— Naturellement ! s'exclama Cassie en quittant son siège. S'ils avaient été fermés, pourquoi t'aurais-je amené ici ?

— Pour le plaisir de passer toute une soirée en mon agréable compagnie.

— Navrée de devoir t'ôter tes illusions, Sol, mais j'aurais préféré regarder un bon vieux western à la télé plutôt que d'avoir à supporter un casse-pieds tel que toi jusqu'à la tombée de la nuit.

— Merci du compliment. Il me touche à un point dont tu n'as pas idée.

— Tant mieux, car il était sincère.

— Oh ! je veux bien le croire. Tu adores rabaisser tes interlocuteurs quand ils se mettent à fanfaronner.

— Ce n'est pas ma faute : je suis allergique aux prétentieux.

Cassie regarda Sol se faufiler d'un pas nonchalant entre les voitures qui encombraient le parking et compara sa démarche tranquille à celle, arrogante, de Brian. « Admire-moi, Cass, lui disait ce dernier en redressant la tête et en roulant les épaules. Je suis Brian Parker, l'un des meilleurs rugbymen d'Australie, et les clubs les plus prestigieux me feront bientôt un pont d'or. »

— J'espère que tu ne vas pas me demander d'acheter une longue robe rouge, une barbe blanche et une hotte pleine de jouets ? questionna Sol en franchissant le seuil d'un grand magasin.

— Non, le rassura Cassie. Je ne t'obligerai pas à te déguiser en Père Noël.

— Pourquoi m'as-tu amené ici ?

— Pour que tu puisses offrir une ou deux petites choses à Alec le matin du 25 décembre.

— Qu'est-ce qui lui plairait, à ton avis ?

— Un bon polar. La lecture l'aide à oublier sa maladie et à tenir le coup.

Cassie s'approcha d'un présentoir et désigna du menton le dernier best-seller d'un célèbre auteur de romans noirs.

— Voilà exactement ce qu'il lui faut ! lança-t-elle à Sol, qui se rendit aussitôt à la caisse, le livre sous le bras et sa carte de crédit à la main.

— Quel cadeau aimerais-tu que je te fasse ? demanda-t-il à la jeune femme après l'avoir rejointe au rayon vidéo.

— Je voudrais que tu te décides à construire une cabane de bois dans mon marronnier, répondit-elle. Il y a quinze ans que je rêve du jour où tu daigneras enfin te mettre au travail et je commence à m'impatienter.

— En attendant que je transforme ton vieil arbre en palais princier, qu'allons-nous acheter ?

— De quoi préparer un excellent réveillon. Cette nuit du 24 au 25 décembre sera sans doute la dernière que tu passeras à Schofield avec ton père et je tiens à ce que votre dîner soit inoubliable.

— Est-ce pour Alec, pour moi ou pour toi que tu te donnes autant de mal ?

— Pour nous tous. Quand j'étais petite, je détestais Noël parce que j'étais la seule élève de ma classe à ne pas recevoir de cadeaux. Alors, maintenant que je suis adulte, je compte bien me rattraper.

Cassie entraîna Sol vers un étal que les autres clients du magasin avaient pris d'assaut.

— Sais-tu cuisiner ? l'interrogea-t-elle en examinant les fruits et les légumes qui avaient été artistiquement disposés sur des feuilles de palmier.

— Un peu, répondit-il. Je suis capable de confectionner un sandwich, de battre des œufs en omelette et de faire griller un poulet, mais mes compétences s'arrêtent là.

— Il va donc falloir que nous choisissions des plats faciles à préparer.

— Lesquels, par exemple ?

— Un rôti de dinde que tu devras enfourner une heure avant le début du repas, des pommes dauphine qu'il te suffira de plonger dans de l'huile bouillante et des cœurs de laitue braisés. Pour le dessert, je te conseille d'acheter un pudding aux raisins secs que tu napperas de crème anglaise au dernier moment.

— Un pudding aux raisins secs ! releva Sol avec un soupçon d'ironie. Tu veux qu'Alec et moi mourions d'une indigestion ?

— S'il y a un jour dans l'année où on a le droit de désobéir à son médecin, c'est bien le 24 décembre, riposta Cassie. Mais, puisque tu n'es pas de mon avis, je t'apporterai un diplomate aux fruits confits que j'aurai moi-même confectionné et qui ne risquera pas de t'alourdir l'estomac.

— Merci. Tu es un ange.

— Inutile de le crier sur les toits ! Tout le monde nous regarde.

— Et après ? De quoi as-tu peur ?

— De ce que les gens pourraient penser. Je ne tiens pas à ce qu'ils s'imaginent des choses et à ce qu'ils m'accusent d'avoir...

Cassie s'interrompit une seconde et répondit par un bref signe de tête au sourire en coin que lui adressait Margaret Gardener, la pire cancanière de Schofield.

— Qui est cette femme ? lui glissa Sol à l'oreille.

— La belle-fille de l'une des vieilles dames dont je m'occupe, murmura-t-elle. L'espionnage est son passe-temps favori et elle aime bien colporter des ragots.

— Qu'elle raconte ce qu'elle veut, je m'en moque, grommela Sol juste avant qu'un petit garçon déguisé en Spiderman ne vienne se jeter dans ses jambes, le visage baigné de larmes. Que t'arrive-t-il, bonhomme ? lui demanda-t-il en s'accroupissant devant lui.

— J'ai perdu mon papa et ma maman, lâcha le bambin d'une voix éplorée.

— Comment t'appelles-tu ?

— Benjamin Pickering.

— Oh, quel joli nom ! s'exclama Sol. Tu sais ce que nous allons faire ?

— Non.

— Je vais te soulever dans les airs et, une fois que tu seras tout là-haut, tu n'auras plus qu'à chercher tes parents. Où étais-tu lorsqu'ils se sont éloignés de toi ?

— Je regardais les camions de pompiers que le Père Noël mettra bientôt dans mon sabot.

Un sourire attendri aux lèvres, Sol saisit Benjamin à bras-le-corps, puis le jucha sur ses épaules et se fraya un chemin à travers la foule qui avait envahi le rez-de-chaussée du magasin.

Quand il aura fondé la famille de ses rêves, il sera le meilleur des papas, pensa Cassie, horriblement jalouse de la jeune femme qu'il avait hâte d'épouser et qui aurait un jour la chance de lui donner des enfants.

6

— Avons-nous terminé nos emplettes ? demanda Sol à Cassie après avoir confié le petit Benjamin à ses parents et acheté de quoi préparer un excellent réveillon.

— Oui, répondit-elle en inspectant le contenu de son sac à provisions. Il ne nous manque rien.

— Pour te remercier de m'avoir consacré toute une soirée, je vais t'offrir à dîner.

— Non, ce n'est pas la peine. Je préfère te ramener chez Alec et...

— Pas question ! Notre séance de shopping m'a creusé l'estomac et je n'ai pas envie de rentrer à la maison avant d'avoir repris des forces.

Sans se préoccuper du regard furibond que lui décochait Cassie, Sol la saisit par le coude, puis l'obligea à quitter le magasin sous l'œil étonné des dizaines de clients qui déambulaient le long des présentoirs et l'entraîna vers le restaurant dont l'enseigne clignotait de l'autre côté du parking.

« Ah, zut ! fulmina-t-il en poussant la porte du hall d'accueil et en apercevant une photographie géante de Brian au-dessus du comptoir. Si j'avais su que cette ancienne brasserie était un repaire de rugbymen, je me serais arrêté dans l'une des pizzérias de la galerie marchande ou je serais allé dîner dans la petite auberge qui se trouve au bout de la rue. »

— Salut, Cass ! lança la réceptionniste d'un ton enjoué. Comment vas-tu ?

— Pas trop mal, je te remercie, rétorqua poliment Cassie. Et toi ?

— Le mieux du monde. Tu t'es faite tellement rare depuis le décès de Brian que je croyais ne jamais te revoir.

— Je n'ai pas pu venir une seule fois au club cette année parce que j'ai été submergée de travail et que je n'ai pas eu une minute de répit.

— On m'a dit que tu étais aide-ménagère bénévole et membre de plusieurs associations caritatives.

— On t'a bien renseignée. Je suis auxiliaire de vie et je rends de menus services aux personnes âgées dont on m'a demandé de m'occuper.

Cassie se tourna vers Sol et plaqua un sourire sur ses lèvres.

— Permets-moi de te présenter Sol Adams, le fils de l'un de mes protégés, jeta-t-elle à son interlocutrice. Nous habitions l'un à côté de l'autre lorsque nous étions enfants.

Et, à l'intention de Sol, elle enchaîna :

— Voici Nessa Williams, l'une des anciennes copines de classe de Tracey !

— Quel plaisir de te rencontrer enfin, Sol ! s'exclama Nessa dans un battement de cils alangui. Il paraît que tu as fait de brillantes études après ton départ de Schofield et que tu es devenu la coqueluche des promoteurs immobiliers de Sydney.

— Oh ! il ne faut rien exagérer, se récria-t-il avec modestie. Je n'ai ni plus ni moins de succès que la majorité de mes confrères.

— Ce n'est pas ce que je me suis laissé dire. A en croire Tracey, tu es l'un des meilleurs urbanistes de la Nouvelle-Galles du Sud et tes clients se comptent par milliers.

— N'écoute pas tout ce que raconte ma belle-sœur, conseilla Cassie à Nessa. Depuis le temps que tu la connais, tu devrais savoir qu'elle a une imagination débordante et qu'elle adore en rajouter. Sol peut être fier de sa réussite, mais je suis sûre qu'il n'est pas le seul architecte australien à avoir du talent.

— Pourquoi l'as-tu amené en ville ce soir ?

— Pour l'aider à préparer le réveillon. Comme il n'avait pas encore fait ses emplettes, j'ai décidé de lui donner un coup de main et, en remerciement, il m'a invitée à dîner sans se douter de ce que j'allais lui demander au cours du repas.

— C'est parce que tu veux lui réclamer un service que tu as accepté de passer la soirée avec lui ?

— Oui. J'aimerais qu'il m'accompagne à Sunny Haven le 25 décembre et qu'il assiste à la petite fête que va organiser le directeur de la maison de retraite. Si tu es libre ce jour-là, n'hésite pas à venir nous rejoindre ! Nous aurons besoin de toutes les bonnes volontés.

Une moue de dédain plissa les lèvres maquillées de rouge feu de Nessa.

— J'aurais été enchantée de rendre visite aux pensionnaires du foyer, Cass, prétendit-elle, mais j'ai d'autres projets. Mon oncle, ma tante et mes cousins vont arriver de Brisbane à l'heure du déjeuner et il faudra que je sois là pour les accueillir.

— Ne te sens pas obligée de te justifier, Ness, riposta suavement Cassie. Je te crois sur parole.

Puis, les yeux pétillants d'humour, elle se retourna d'une seule pièce et heurta de plein fouet un homme d'une quarantaine d'années qui traversait le hall au pas de gymnastique.

— Bonsoir, madame Parker, déclara-t-il en inclinant le buste avec solennité. Je suis ravi de vous rencontrer, car j'ai une chose importante à vous demander.

— Ah ! bonsoir, monsieur Fraser, lança-t-elle d'un ton cordial. Je vous présente Sol Adams, l'un des anciens camarades de classe de Brian... Sol, voici Garry Fraser, le nouveau président du club de rugby de Schofield ! Il s'est installé dans le comté en 2001 et ne s'est épargné aucun effort pour que notre ville devienne la capitale du ballon ovale.

— Enchanté de faire votre connaissance, jeta brièvement Garry à Sol.

Et, sans prendre la peine de serrer la main que lui tendait ce dernier, il enchaîna à l'adresse de Cassie :

— Je voudrais organiser une exposition à la mémoire de votre mari, madame Parker. Et, comme je sais que vous avez gardé de nombreuses photos de lui ainsi que toutes sortes de trophées, j'aimerais que vous me les confiiez afin que les habitants de la région puissent les admirer.

— Quelle bonne idée ! s'exclama Sol avec enthousiasme. Les

portraits de Brian qui ornent les murs de sa villa sont tellement saisissants de ressemblance qu'il serait dommage de ne pas les montrer au public.

— Il faudra que je demande à mes beaux-parents ce qu'ils pensent de votre projet, monsieur Fraser, déclara Cassie en fustigeant Sol des yeux. S'ils ne voient pas d'inconvénient à ce que je vous prête les objets qui sont en ma possession, je vous téléphonerai.

— Ne tardez pas trop, je vous en prie. Les membres du club ont hâte de rendre hommage au valeureux sportif qu'a été Brian.

— Je vous appellerai bientôt, c'est promis.

Après avoir salué Garry d'une rapide poignée de main, Cassie pénétra dans la salle à manger et se réfugia au coin de la cheminée, le plus loin possible des mordus de rugby qui s'étaient agglutinés le long du comptoir et qui la contemplaient avec adoration.

— Pourquoi as-tu éprouvé le besoin de dire à Nessa Williams que je t'avais invitée ici en remerciement de l'aide que tu m'avais apportée ? lui demanda Sol dès qu'il se fut assis en face d'elle.

— Parce que c'est une commère et que je n'ai pas voulu lui donner matière à jaser. Dans une semaine, tu seras de retour à Sydney et tu te ficheras pas mal de ce que pensent les habitants de Schofield, mais moi, je les fréquente toute l'année et je ne tiens pas à ce qu'ils me soupçonnent d'avoir été ta maîtresse.

— Puisque tu redoutes à ce point la rumeur publique, tu n'as qu'à te lever de table et quitter le restaurant au lieu de dîner en ma compagnie.

— On voit bien que tu ne connais pas les anciens amis de Brian. Si je me sauvais maintenant, la dizaine de fans qui sont accoudés au bar s'imagineraient que tu m'as manqué de respect et iraient t'attendre devant la maison d'Alec pour te lyncher.

— Tu crois qu'ils seraient capables d'en arriver à cette extrémité ?

— Oui. Après la mort de mon mari, je suis devenue leur nouvelle idole et ils n'hésiteraient pas à te casser la figure au moindre geste déplacé.

— Je suis navré de t'avoir prise par le bras et de t'avoir obligée à me suivre jusqu'ici. Quand j'ai ouvert la porte du hall d'accueil et que j'ai aperçu la photo de Brian au-dessus du comptoir, je me suis dit que je ne valais pas mieux que lui.

— Il est vrai que tu t'es conduit comme un rustre et que tu aurais dû me demander si j'acceptais ton invitation au lieu de me forcer à t'accompagner, mais tu es loin de ressembler à Brian, rassure-toi. Aucun homme ne peut rivaliser d'arrogance et de brutalité avec lui.

Voyant des larmes perler aux cils de Cassie, Sol s'inclina vers elle et emprisonna ses jolis doigts déliés entre les siens.

— Pourquoi fais-tu croire aux habitants de Schofield que tu as été heureuse en ménage ? lui demanda-t-il dans un murmure.

— Parce que c'est ce qu'ils veulent entendre.

— Tu n'en as pas marre de leur mentir et de rester toute seule en haut du piédestal où ils t'ont placée ?

— Non. J'aime bien être admirée et entourée d'affection, car cela me permet d'oublier mon enfance. Quand j'étais petite, personne ne se souciait de mon chagrin et ne prenait la peine de me consoler alors que maintenant, j'ai des dizaines d'amis prêts me réconforter et à me défendre en cas de besoin.

— Les gens dont tu me parles te sont beaucoup moins dévoués que tu n'as l'air de le penser. Si tu cessais d'interpréter le rôle de veuve modèle qu'ils t'ont assigné, ils te refuseraient immédiatement leur aide et te cloueraient au pilori.

— Tu te trompes. Ils tiennent trop à moi pour me traiter de cette façon.

— Ce n'est pas à toi qu'ils tiennent, c'est aux souvenirs merveilleux qu'ils ont gardés de ton mari. Ils ont idolâtré Brian des années durant et, comme il n'est plus là, ils continuent à le vénérer d'une autre manière.

Cassie retira ses doigts avec brusquerie et assassina Sol des yeux.

— Je croyais que tu m'avais amenée ici pour m'offrir à dîner, pas pour me sermonner, lança-t-elle d'un ton incisif. Alors, arrête de me faire la morale et demande au serveur de nous apporter le plat du jour.

— Si je me penchais au-dessus de la table et que je te volais un baiser, riposta-t-il, nullement impressionné, les abrutis qui sont accoudés au comptoir s'imagineraient que nous sommes amants et tu pourrais enfin cesser de vivre dans l'ombre de Brian.

— Ne t'avise pas de me toucher, jeta Cassie, le regard flamboyant, ou je te jure que tu le regretteras.

— Quel genre de punition m'infligeras-tu ?

— Je dirai aux membres du club de rugby que tu m'as harcelée et, dès que tu auras regagné Oleander Lane, ils te réduiront en bouillie.

— Charmante perspective !

— N'est-ce pas ? Keith Sinclair et ses copains sont tellement musclés qu'ils n'auront aucun mal à te mettre K.-O. A moins de vouloir leur servir de punching-ball, tu as donc intérêt à te tenir tranquille.

Un sourire se dessina sur les lèvres de Sol.

— Depuis que tu m'as fait visiter ta chambre, je rêve d'y passer une nuit entière avec toi, déclara-t-il, et je sais que tu n'aurais pas la force de me repousser si j'allais te rejoindre un de ces soirs dans ton grand lit à baldaquin. Mais, comme je suis patient, je préfère ne pas brûler les étapes et attendre que tu m'aies donné un baiser avant de t'embrasser à mon tour. Lorsque tu seras fatiguée de jouer les veuves effarouchées, je suis persuadé que tu te jetteras à mon cou et que tu me supplieras de...

— N'y compte pas ! Quand je pense à la manière dont tu m'as traitée autrefois, j'aimerais encore mieux mourir que de succomber à ton charme. Pourquoi t'es-tu enfui de Schofield sans me prévenir il y a dix ans ?

— Parce que tu avais décidé d'épouser Brian et que je n'aurais pas eu le cœur d'assister à votre mariage, avoua Sol au moment même où le petit téléphone cellulaire de Cassie se mettait à sonner.

— Allô ! lança-t-elle dans le micro après avoir extirpé le récepteur de son sac. Qui est à l'appareil ?

— Jean, répondit sa belle-mère d'un ton inquiet. Tu as oublié qu'on était jeudi et que toute la famille t'attendait à la maison ?

— Désolée, madame Parker. Je... je suis allée faire du shopping au centre commercial et les magasins étaient tellement bondés que je n'ai pas vu l'heure tourner.

— Où es-tu ?

— Au restaurant du club de rugby.

— Lorsque tu auras fini de dîner, rejoins-nous. Keith Sinclair est déjà là et les amis que Jack a invités ne devraient pas tarder à arriver.

— D'accord.

— Demande-lui si je peux t'accompagner, chuchota Sol à l'oreille de Cassie.

— M'autorisez-vous à amener Sol Adams ? questionna cette dernière, embarrassée. Il est à côté de moi et il a hâte de vous présenter ses hommages.

Il y eut un long silence sur la ligne, puis la voix de Jean retentit de nouveau dans l'écouteur.

— Dis-lui que je serai ravie de l'accueillir, lança-t-elle avant de raccrocher.

Quand Cassie et Sol frappèrent à la porte des Parker une heure plus tard, ce fut Jean en personne qui vint leur ouvrir.

— Tu es resplendissante, Cassandra, remarqua-t-elle. Est-ce ta balade au centre-ville qui t'a mis le feu aux joues ?

— Non. Ce doit être à cause de… de la chaleur que je suis rouge comme une pivoine. Lorsque j'ai jeté un œil sur mon thermomètre ce matin, il indiquait déjà trente-deux degrés et cela m'étonnerait que le mercure ait baissé au début de la soirée.

— L'après-midi a été torride, c'est vrai, et un peu de fraîcheur ne nous ferait pas de mal.

— En cette saison, il est rare que nous n'ayons pas à nous plaindre de la canicule.

— Très rare, en effet.

Jean effleura le front de Cassie d'un baiser affectueux, puis se tourna vers Sol et le détailla de la tête aux pieds.

— Quand tu avais huit ou neuf ans, tu étais un gentil petit garçon, lui dit-elle, et j'espérais que tu déteindrais sur Brian, mais mon vœu n'a pas été exaucé, hélas !

— Lui et moi étions trop différents pour devenir de bons amis, madame Parker, répliqua-t-il. Pendant que je rêvais de construire des cabanes de bois dans tous les arbres de Schofield, il allait jouer au rugby et ne s'intéressait qu'aux performances du XV d'Australie.

— Avez-vous réussi parfois à trouver un terrain d'entente ?

— Non. Il me détestait et je le lui rendais bien.

— Malgré cette rivalité qui vous dressait souvent l'un contre l'autre, vous aviez plus de choses en commun que tu ne l'imagines.

— Quelles choses ? demanda Cassie, intriguée. Vous pensez que Sol et Brian auraient pu avoir des relations moins conflictuelles et...

— Où ai-je la tête ? coupa Jean en l'entraînant hâtivement vers la salle de séjour. Au lieu de vous laisser sur le pas de la porte et de vous ennuyer avec mon bavardage, j'aurais dû vous inviter à entrer, Sol et toi.

— Fran et Tracey sont-elles là ?

— Oui. Il y a déjà une heure et demie qu'elles sont arrivées et elles ont été très déçues que tu n'aies pas partagé notre repas.

— Je suis navrée de vous avoir fait faux bond, madame Parker. Jeudi prochain, je reprendrai mes bonnes vieilles habitudes et je vous aiderai à préparer le dîner.

— Enfin ! s'écria Tracey dès que sa mère et Cassie eurent franchi le seuil du living-room. Qu'est-ce que vous fabriquiez, toutes les deux ? Vous étiez en train de jacasser en haut du perron et vous aviez oublié que...

Puis, voyant Sol s'encadrer dans l'embrasure de la porte, elle s'interrompit net et lui dédia le plus éblouissant des sourires.

— Cela ne t'ennuie pas que je te l'enlève cinq minutes ? demanda-t-elle à Cassie.

— Absolument pas ! rétorqua cette dernière après s'être assise sur le canapé.

— Tu crois qu'ils vont se mettre à flirter sous nos yeux ? lui glissa Keith.

— Non, ne t'en fais pas. J'ignore ce qu'il y a entre eux, mais je suis certaine que ce n'est ni de l'amour ni même une banale attirance physique.

— Espérons que tu dis vrai, car je n'ai pas envie que ce crâneur d'Adams me vole Tracey.

— L'as-tu invitée au restaurant cette semaine ?

— Oui. Et nous avons passé une soirée formidable, elle et moi.

— Tu n'as donc aucune raison de t'inquiéter. Si elle s'était entichée de Sol, elle n'aurait pas accepté de dîner en ta compagnie.

— Qu'est-ce qu'ils peuvent bien manigancer ?

— Je donnerais cher pour le savoir, maugréa Cassie en regardant son beau-père surgir du vestibule, une grosse bouteille de champagne à la main.

— Tu as vu qui est là, papa ? lança Tracey d'un air bravache.

Les traits soudain décomposés, Jack s'immobilisa au milieu du séjour et fixa longuement Sol.

— Remplis les verres à ma place, ordonna-t-il à Keith avant de lui tendre son magnum et de quitter le living-room avec des gestes d'automate.

Sa curiosité en éveil, Cassie bondit du canapé et alla rejoindre Jean et Jack au fond de la cuisine.

— Vous m'en voulez de vous avoir amené Sol, n'est-ce pas ? leur demanda-t-elle.

— Non, la détrompa Jean. Le problème ne vient pas de lui.

— Si, justement ! bougonna Jack. Je ne supporte pas que ce minable fasse les yeux doux à Tracey.

— Ah ! ce que tu peux être aveugle, mon pauvre chéri ! s'exclama Jean. Ce n'est pas notre fille que Sol rêve de séduire, c'est Cassandra.

— Tranquillisez-vous, madame Parker, jeta cette dernière, le visage en feu. Il n'y a rien entre lui et moi.

Puis, pressée de détourner la conversation, elle se hâta d'ajouter :

— J'ai rencontré Garry Fraser au restaurant ce soir et il m'a dit qu'il souhaitait organiser une exposition à la mémoire de Brian. M'autorisez-vous à lui confier les nombreuses photos qui sont en ma possession ?

— Bien sûr ! acquiesça Jean. Voudras-tu que je t'aide à les classer et à choisir celles qui auront le plus de chance de plaire au public ?

— Oui, merci. Je n'osais pas vous le demander.

— J'imagine que tu tiens à ces portraits comme à la prunelle de tes yeux et que ce sera dur pour toi de t'en séparer, mais il est normal que les amateurs de rugby aient envie de les admirer.

— Tout à fait normal.

Honteuse de n'éprouver aucun des sentiments que lui prêtait

Jean, Cassie sortit de la cuisine à reculons et faillit heurter Fran, qui venait d'enfiler le vestibule au pas de charge.

— Il faut que je te parle, Cassandra, lui dit sa belle-sœur en l'entraînant vers le fond du hall.

— De quoi ?

— De mon bébé. Il va naître dans une quinzaine de jours et je voudrais que tu me promettes de l'aimer.

— Que je te promette de l'aimer ! répéta Cassie, interloquée. Tu crois que je serais capable de le détester et de ne pas aller le voir à la maternité ?

— Oui. Je sais que tu as les larmes aux yeux quand on prononce le mot « grossesse » devant toi et que tu regrettes de ne pas avoir encore pu fonder une famille, mais je serais désolée si tu prenais mon enfant en grippe et si tu refusais d'être sa marraine.

— N'aie crainte, je serai très fière de l'avoir pour filleul et très contente de veiller sur lui les soirs où tu iras dîner au restaurant avec ton mari.

— Merci, lança Fran, tout sourire. Tu es une perle.

— Une perle rare et infiniment précieuse, renchérit Sol en sortant du living-room, une flûte de champagne à la main, et en enveloppant Cassie d'un regard admiratif.

7

Cassie lissa nerveusement les plis de sa jupe, puis empoigna le lourd marteau de bronze qui ornait la porte d'entrée d'Alec et le laissa retomber sur le contre-heurtoir en s'efforçant au calme.

— Joyeux Noël ! lança-t-elle à Sol dès qu'il eut ouvert le battant. As-tu réussi à préparer un bon dîner hier ?

— Oui, répondit-il avec un sourire à vous mettre le cœur et les idées sens dessus dessous. Le rôti de dinde que tu m'avais conseillé d'acheter était un délice.

— Comme la belle-mère de Margaret Gardener a été victime d'un malaise juste avant le réveillon, j'ai été obligée de me rendre à son chevet et je n'ai pas eu le temps de passer voir ton père. Pour me faire pardonner, je me suis levée très tôt ce matin et j'ai confectionné le diplomate aux fruits confits dont je t'avais parlé.

— Tu n'aurais pas dû te priver de sommeil à cause d'Alec et de moi.

— Si ! Quand je prends des engagements, j'aime bien les respecter.

— C'est tout à ton honneur.

Fascinée par le regard noyé d'admiration que Sol posait sur elle, Cassie faillit céder à la brusque envie qui lui venait de se serrer dans ses bras et d'échanger avec lui le plus voluptueux des baisers.

— Puis-je entrer ? demanda-t-elle, le cœur agité de soubresauts.

— Mais comment donc ! s'exclama-t-il avant d'ouvrir en grand la haute porte cintrée du vestibule et de s'effacer. Est-ce pour me rappeler quel jour nous sommes que tu as remis ton bonnet de laine, ta doudoune et ton écharpe à pompons ?

— Oui. Connaissant ton allergie aux fêtes de fin d'année, j'ai décidé de ressortir ma tenue de ski malgré la chaleur. Cela te dérange ?

— Au contraire ! Le rouge te va si bien que je te trouve jolie à croquer.

De peur de croiser encore une fois le regard envoûtant de Sol, Cassie enfila le hall, les yeux au ras du plancher, et alla poser son diplomate sur la table de la cuisine.

— Où est ton père ? interrogea-t-elle.

— Dans le living-room. J'ai eu une longue conversation avec son médecin hier matin et, lorsque je lui ai dit que je ne voulais pas obliger Alec à passer le restant de sa vie dans une maison de retraite, il m'a donné le numéro de téléphone d'une infirmière qui a l'habitude de soigner à leur domicile les personnes âgées dépendantes.

— Quand l'appelleras-tu ?

— C'est déjà fait. Après avoir quitté le cabinet du Dr Phillips, j'ai réussi à la joindre et elle a accepté de venir s'occuper d'Alec la semaine prochaine.

« Pourquoi une telle hâte ? faillit demander Cassie à Sol. Parce que tu es impatient de rentrer à Sydney et d'épouser la ravissante jeune femme dont tu es amoureux ? »

Mais, se refusant à poser des questions que seules sa curiosité et une jalousie aussi ridicule qu'intempestive lui avaient soufflées, elle ravala les mots qui lui brûlaient les lèvres et esquissa un sourire.

— Quelle bonne nouvelle ! s'écria-t-elle. Je suis très heureuse d'apprendre que ton père va rester chez lui et que je pourrai continuer à lui rendre visite.

— L'autoriseras-tu à garder Kitty ?

— Oui. Puisque son admission à Sunny Haven est renvoyée aux calendes grecques, je n'ai aucune raison de les séparer l'un de l'autre.

— Merci, mon cœur. Je te revaudrai cela.

— Je n'ai pas besoin de ta gratitude, Sol. Dans cinq ou six

jours, tu auras quitté Schofield et je sais que, sauf cas de force majeure, tu n'y remettras pas les pieds avant des années. Alors, n'essaie pas de me...

— Ah ! tu es déjà là, Cassandra ? coupa Alec en franchissant le seuil de la cuisine dans son fauteuil roulant. Je ne t'attendais qu'à midi.

— Si je suis venue plus tôt que prévu, monsieur Adams, répliqua-t-elle, c'est parce que j'étais impatiente de vous souhaiter un joyeux Noël et de vous montrer le diplomate que j'avais confectionné.

— Tu n'as pas fait les choses à moitié, dis donc ! Combien mesure ton gâteau ?

— Quarante centimètres de diamètre. La dernière fois que je suis allée à Brisbane, j'ai acheté un moule géant dans une boutique spécialisée du centre-ville.

— Jamais Alec et moi n'arriverons à manger toute cette crème et tous ces fruits confits, remarqua Sol avec un petit sourire narquois. Pour qui nous prends-tu, Cassie ? Pour des ogres ?

— Non, pour des fins gourmets qui sauront apprécier mes talents de cordon-bleu, riposta-t-elle impétueusement. Au lieu de te payer ma tête, mets mon chef-d'œuvre au frais et viens m'aider à nourrir mes chatons.

— A vos ordres, mon général ! se moqua-t-il en portant une main à sa tempe et en claquant des talons comme un militaire au garde-à-vous.

Pendant qu'il glissait le diplomate au fond du réfrigérateur, Cassie se débarrassa de son écharpe et de sa doudoune, puis sortit une boîte de croquettes de son sac à bandoulière et quitta la cuisine.

— Où est Kitty ? demanda-t-elle à Sol dès qu'il l'eut rejointe sous la véranda.

— Avec Diabolo, Réglisse et Peppermint. Alec a cru que tu allais le lui reprendre aujourd'hui et a préféré ne pas trop s'attacher à lui.

— Tu ne lui as pas dit que tu avais engagé une infirmière et que personne ne le forcerait à quitter sa maison ?

— Si, mais il ne sait pas que tu as accepté de lui confier Kitty.

De l'air mystérieux d'un illusionniste qui s'apprête à extirper une colombe de son chapeau, Cassie ouvrit la porte de la buanderie et retira de sa poche un long ruban de satin rouge, qu'elle noua délicatement autour du cou du chaton.

— Joyeux Noël, monsieur Adams ! s'exclama-t-elle en regagnant la cuisine et en déposant le petit siamois sur les genoux d'Alec.

— C'est pour moi ? lui demanda le vieil homme d'une voix que l'émotion enrouait.

— Oui. Vous vous entendez tellement bien, Kitty et vous, que je n'ai pas le cœur de vous l'enlever.

— Merci, Cassandra. Je suis gâté ce matin.

— Que vous a offert Sol ?

— Un roman policier.

— Et vous, qu'allez-vous lui donner ?

— Ça, je ne te le dirai pas. Vous, les jeunes, vous voulez toujours qu'on réponde à vos questions en moins d'une minute, mais il y a des moments dans la vie où il faut savoir patienter.

— Le 25 décembre, il est normal que les gens aient hâte d'ouvrir les paquets qu'ils ont trouvés au pied du sapin et d'admirer les cadeaux que leurs amis ont reçus.

— A propos de cadeaux, as-tu vu celui que mon fils t'avait fait ?

— Non. J'ignorais qu'il m'avait acheté quelque chose.

— « Acheté » n'est pas le terme approprié, déclara Sol avant de rabattre sur les yeux de Cassie le bonnet de laine qui lui enserrait la tête et de l'entraîner hors de la cuisine.

— Où m'emmènes-tu ? lui demanda-t-elle d'une voix vibrante de curiosité.

— Au fond du jardin.

— Tu as planqué le mystérieux objet que tu vas m'offrir au milieu des fleurs ?

— Pas exactement. Si j'avais voulu jouer à cache-tampon, j'en aurais choisi un moins encombrant et plus facile à dissimuler.

— Ce n'est pas à cache-tampon que nous sommes en train de jouer, c'est à colin-maillard. Et je ne trouve pas cela très amusant d'être dans le noir complet.

— Patiente encore un peu. Il ne nous reste qu'une dizaine de mètres à parcourir.

De crainte de trébucher contre une motte de terre ou contre

les bordures en ciment des allées, Cassie se cramponna de ses dix doigts au bras de Sol et se laissa guider sous les ombrages.

— Ça y est ! s'exclama-t-il tout à coup. Nous sommes arrivés.

Puis, d'un geste ample, il retira le bonnet de laine qui aveuglait la jeune femme et le lança au pied de l'arbre vers lequel il venait de l'entraîner.

— Tu... tu t'es enfin décidé à me montrer tes talents d'architecte ? bredouilla-t-elle en apercevant au-dessus de sa tête une superbe cabane dont les parois de cèdre rouge se dressaient entre les branches maîtresses de son gros marronnier.

— Oui, acquiesça-t-il dans un sourire. Comme quoi, il suffit d'être patient pour voir ses rêves les plus fous se réaliser.

— Où as-tu trouvé le bois nécessaire à la construction de cette merveille ?

— Dans une scierie de la région. Je suis allé l'acheter hier et j'ai passé l'après-midi à jongler avec mes outils de charpentier.

Sol posa une main sur l'échelle qu'il avait appuyée contre le tronc couvert de mousse du vieil arbre et s'inclina solennellement.

— A vous l'honneur, gente dame ! lança-t-il d'un ton emphatique.

Les yeux brillants d'excitation, Cassie gravit les barreaux et s'engouffra à l'intérieur de la cabane.

— Je n'ai pas respecté les plans que j'avais tracés autrefois, car ils étaient un peu trop fantaisistes, lui dit Sol en la rejoignant et en s'asseyant à côté d'elle sur l'un des bancs qui couraient le long des parois, mais j'espère que le résultat te plaît.

— Il faudrait que je sois difficile pour ne pas le trouver à mon goût, rétorqua-t-elle, éblouie. Quand je vois tout le travail que tu as abattu en quelques heures, j'ai honte de ne pas t'avoir offert de cadeaux ce matin.

— Des cadeaux, tu m'en as déjà fait de fabuleux depuis mon arrivée à Schofield. Alors que je désespérais de pouvoir me réconcilier avec Alec, tu m'as permis de le découvrir sous un nouveau jour et de lui pardonner ses erreurs. Tu m'as également appris à aimer les fêtes de fin d'année, à décorer un sapin et à préparer un excellent réveillon.

— Je n'ai pas eu grand mérite. Comme je suis ton amie, il était normal que je t'aide.

— Si tu crois m'être redevable de quoi que ce soit et que tu tiens à me témoigner ta gratitude, tu n'as qu'à m'embrasser et nous serons quittes.

Brusquement intimidée, Cassie se tourna vers Sol et lui effleura les lèvres d'une caresse furtive, à peine esquissée, qui déchaîna en elle un tumulte d'émotions.

— Merci pour tout, Sol, et joyeux Noël ! jeta-t-elle d'une voix étranglée.

— Te rappelles-tu ce que je t'ai confié au restaurant jeudi dernier ? lui demanda-t-il, le regard énigmatique.

— Non. Que m'as-tu dit ?

— Que je préférais ne pas brûler les étapes et que ce serait à toi de faire le premier pas. Maintenant que tu as pris l'initiative, il n'y a donc plus rien qui m'empêche de te donner un baiser.

— J'ai pris l'initiative parce que tu me l'avais suggéré et que je ne t'aurais pas cru capable d'avoir des arrière-pensées.

— Il est vrai que je t'ai tendu un piège, reconnut Sol, mais personne ne t'obligeait à tomber dedans.

Puis, sans laisser à Cassie la moindre possibilité d'esquive, il l'attira tout contre lui et captura fougueusement les lèvres qu'elle s'efforçait en vain de lui dérober.

Rester lucide quoi qu'il arrive... Montrer à cet arrogant qu'il n'avait aucune chance de la séduire... Ne pas l'autoriser à aller au-delà des limites qu'elle s'était fixées... Les mots s'entrechoquèrent dans la tête de la jeune femme jusqu'à ce que naisse en elle un trouble délicieux, qui lui brouilla les idées et annihila sa volonté. Alors, les paupières closes, le cœur au galop, elle noua ses doigts autour de la nuque de Sol et mêla son souffle à celui, brûlant, qui enflammait son palais.

— Je vais mourir, murmura-t-elle dès que leurs bouches enfiévrées se furent séparées. Mourir de plaisir et d'un trop-plein de bonheur.

— Non, mon ange, tu vas ressusciter et réapprendre à vivre, la détrompa-t-il avant d'écarter d'une main experte les pans satinés du corsage qu'elle portait à même la peau et de dessiner des arabesques de feu dans la douce vallée de ses seins.

Incapable de résister au flot impétueux du désir qui balayait ses ultimes défenses et l'entraînait loin, très loin de la réalité, Cassie se débarrassa de son chemisier et le laissa tomber au pied du banc. Puis, avec une impudeur dont elle aurait eu honte en d'autres circonstances, elle s'assit à califourchon sur les genoux de Sol et, d'un coup de reins, mesura les effets de son audace.

— Si tu continues à te serrer contre moi, lui dit-il, je ne pourrai bientôt plus me maîtriser.

Mais, négligeant l'avertissement, elle empoigna le gros ceinturon en cuir clouté qu'il avait glissé sous les passants de son jean et le déboucla sans l'ombre d'une hésitation.

— Encore un geste et ce sera trop tard, la prévint une nouvelle fois Sol, hors d'haleine. *Trop tard*, tu comprends ?

Les mots, jetés d'une voix saccadée, transpercèrent le joli petit nuage rose où voguait Cassie et la tirèrent de son extase.

— Tout est ta faute, s'écria-t-elle, furieuse de ne pas avoir su se contrôler. Tu n'aurais pas dû me demander de te témoigner ma gratitude et en profiter pour me voler un baiser.

— Je ne t'ai rien volé, mon cœur, riposta-t-il avant de ramasser le chemisier qui gisait à ses pieds et de l'enrouler autour des épaules dénudées de la jeune femme. Je n'ai fait qu'accepter ce que tu m'as donné de ton plein gré.

Puis, dès qu'elle se fut écartée de lui avec une dignité de reine offensée, il se leva nonchalamment et sortit de la cabane en sifflotant.

8

Sol poussa le fauteuil roulant d'Alec jusqu'en haut de l'étroite rampe asphaltée qui menait au hall d'accueil de Sunny Haven, puis franchit le seuil de la maison de retraite d'un pas fébrile et chercha Cassie du regard, mais sans résultat.

— Où peut bien avoir lieu la petite fête que le directeur du foyer a décidé d'organiser cet après-midi ? grommela-t-il, désappointé.

— Dans le réfectoire qui se trouve à gauche, au fond du couloir, l'informa Alec. Quand je suis venu visiter l'établissement le mois dernier, le Dr Phillips m'a montré la salle et m'a expliqué que les pensionnaires avaient l'habitude de s'y réunir à Noël.

— Pourvu qu'on ne nous en interdise pas l'accès à cause de Kitty !

— Tu crois que j'aurais dû le laisser dans ma buanderie avec ses frères ?

— Non. Si tu ne l'avais pas amené à Sunny Haven, il se serait ennuyé de toi et Dieu sait quelles bêtises il aurait faites en ton absence !

Alec regarda le chaton somnoler sur ses genoux et eut un sourire.

— Je suis très reconnaissant à Cassandra de m'avoir permis d'adopter ce petit paresseux, car je n'aurais pas pu rêver d'un plus joli cadeau, lâcha-t-il d'une voix émue. Et elle, comment a-t-elle trouvé la cabane que tu as construite dans son marronnier ?

— Splendide, déclara Sol en enfilant le long corridor qui s'étirait à gauche du hall d'accueil. Quand elle l'a aperçue, elle a été époustouflée.

« Mais je ne suis pas certain qu'elle m'ait pardonné de lui

avoir réclamé un témoignage de gratitude », acheva-t-il au fond de lui-même lorsqu'il ouvrit à deux battants la porte de la salle à manger et qu'il vit Cassie se tourner vers lui, les lèvres pincées.

Vêtue d'une superbe robe de cocktail qui étranglait sa taille de sylphide et accentuait l'élégante minceur de ses formes, elle semblait s'être échappée d'un défilé de mode parisien et, n'eût été la colère qui durcissait ses jolis traits, elle aurait facilement pu détrôner toutes les reines des podiums.

— Avais-tu dit à Cassandra que nous viendrions à Sunny Haven aujourd'hui ? demanda Alec à Sol.

— Non, murmura ce dernier. Quand j'ai dîné au restaurant avec elle jeudi soir, elle m'a parlé de la petite fête que devait organiser le directeur de la maison de retraite le 25 décembre et du coup de main qu'elle allait donner aux membres du personnel pendant la réception, mais je me suis bien gardé de lui proposer mon aide.

— Est-ce pour cela qu'elle a l'air furieuse contre nous ?

— Ce n'est pas contre nous deux qu'elle est furieuse, c'est juste contre moi.

— Que te reproche-t-elle ?

« De lui avoir montré qu'elle avait tort de s'enfermer dans la solitude comme dans un tombeau et qu'un simple baiser pouvait la ramener à la vie », répliqua mentalement Sol en dévorant la jeune femme des yeux et en se promettant de l'embrasser une nouvelle fois avant la fin de la journée.

« Si ce crampon s'imagine que je vais me jeter à ses pieds et le remercier d'être venu à Sunny Haven, il se berce d'illusions », fulmina Cassie lorsqu'elle vit Sol pousser le fauteuil roulant d'Alec le long de l'immense baie vitrée qui ouvrait sur le parc fleuri de la maison de retraite et se diriger vers elle d'un pas conquérant.

— Regardez qui est là, madame Manetti, lança-t-elle à l'une des pensionnaires du foyer qui avait été enseignante à l'école primaire de Schofield. L'un de vos anciens élèves ! Vous rappelez-vous l'époque où Sol Adams et Keith Sinclair se battaient dans la cour de récréation et où vous étiez obligée de les envoyer au piquet pour les empêcher de s'étriper ?

— Bien sûr que oui ! s'exclama son interlocutrice, un large

sourire aux lèvres. Approche, mon garçon, ordonna-t-elle à Sol, et raconte-moi ce que tu as fait depuis que tu as quitté le Queensland.

— Pendant que vous bavardez, tous les deux, je vais aller voir si quelqu'un a besoin d'aide, déclara Cassie avant de pirouetter sur ses talons et de laisser Sol en tête à tête avec Grace Manetti.

Douée d'une mémoire hors du commun en dépit de son grand âge, celle-ci se vantait de connaître par cœur les noms de tous les gens qui étaient nés à Schofield entre le début des années 40 et la fin de sa carrière d'institutrice. Elle prenait un tel plaisir à évoquer le bon vieux temps et à bombarder de questions ceux ou celles qui avaient la malchance de tomber sous ses griffes que Sol n'était pas près de lui échapper.

— J'espère que cela lui servira de leçon et qu'il évitera à l'avenir de m'embrasser contre mon gré, marmonna Cassie en se mêlant à la foule des visiteurs qui avaient envahi la maison de retraite et qui poussaient des « oh ! » et des « ah ! » admiratifs chaque fois qu'un pensionnaire leur montrait la photographie de l'un de ses petits-enfants.

Lorsqu'elle vit Sol s'éloigner de Grace Manetti une heure et demie plus tard, elle sortit tranquillement de la salle à manger et, avant qu'il n'ait pu la rattraper, elle s'engouffra dans l'arrière-cuisine, où la famille Parker au grand complet était en train d'aider le personnel du foyer à préparer le buffet.

— Voilà l'homme de la situation ! s'exclama Tracey dès qu'elle aperçut Sol. Au lieu de rester planté là et de nous regarder trimer, essaie de te rendre utile, ajouta-t-elle avec son habituelle impétuosité. Nous avons du pain sur la planche.

— Voudrais-tu porter ces hors-d'œuvre dans le réfectoire ? demanda Jean à Cassie. Comme il va falloir que j'épluche la salade et que je découpe les pastèques, je n'ai pas le temps de m'en occuper.

— Ne vous inquiétez pas, madame Parker, je ferai moi-même le service, riposta la jeune femme en empoignant le plateau que lui désignait sa belle-mère. Allez, au travail ! glissa-t-elle ironiquement à Sol avant de regagner la salle à manger d'un pas triomphant.

Pendant les trois heures qui suivirent, elle fut tellement accaparée par les invités qu'elle n'eut pas une minute à lui consacrer. « S'il est venu à Sunny Haven dans l'unique but de jouer les séducteurs et de me voler un baiser, il en est pour ses frais », se dit-elle, ravie d'avoir pu lui rendre la monnaie de sa pièce.

— J'ai goûté à ton diplomate ce matin et je l'ai trouvé très bon, déclara Alec lorsqu'elle lui offrit une tranche du gâteau à la vanille et au chocolat qu'avait confectionné l'un des pâtissiers de Schofield. Tu es la meilleure cuisinière que je connaisse, Cassandra.

— Merci, monsieur Adams. Votre compliment me va droit au cœur.

— Puisque c'est Noël et qu'il faut bien marquer le coup, me permets-tu de te donner un conseil ?

— A quel sujet ?

— Au sujet de la vie en général. Quand on est jeune, on tient à sa liberté et on préfère rester seul plutôt que d'y renoncer, mais plus on vieillit, plus la solitude dans laquelle on s'est enfermé devient pesante.

— Si vous regrettez de n'avoir personne avec qui partager vos joies et vos peines, pourquoi ne vous êtes-vous pas remarié après votre divorce ?

— Parce que Pearl m'avait trompé et que je n'ai pas voulu prendre le risque d'épouser une autre femme de peur d'être trahi encore une fois.

— Oh ! je suis désolée. Je… j'ignorais que la mère de Sol vous avait fait souffrir à ce point.

— Lorsqu'elle m'a quitté, je me suis juré de ne pas retomber amoureux et, au lieu de saisir les nouvelles chances de bonheur qui s'offraient à moi, j'ai décidé de noyer mon chagrin dans l'alcool. Maintenant que les années ont passé et que ma fin est proche, je me rends compte que j'ai eu tort de me couper du reste du monde et je n'aimerais pas que tu commettes la même erreur.

Alec caressa le pelage de Kitty d'un air absent, puis leva sur Cassie un regard où se mêlaient remords et tristesse.

— Réfléchis bien à ce que je t'ai dit, lui conseilla-t-il, et ne gâche pas ta vie.

En proie à une soudaine lassitude, émue par les confidences qu'elle venait de recevoir, elle ouvrit l'une des portes-fenêtres qui donnaient sur la terrasse et alla se réfugier au fond du parc.

— Contrairement à Alec, je ne risque pas de vieillir seule et de sombrer un jour dans le désespoir, murmura-t-elle après avoir contourné un vaste plan d'eau et écouté vocaliser au clair de lune les cigales et les grenouilles dont elle avait troublé la quiétude. J'ai des dizaines d'amis à Schofield et, si je ne les déçois pas, aucun d'eux ne me laissera tomber… Aucun, j'en suis persuadée.

— Tu es là, Cassie ? cria Sol en dévalant le sentier sablonneux qui menait à l'étang.

— Oui, jeta-t-elle, irritée de ne pas avoir réussi à lui échapper. Qu'est-ce que tu veux ?

— Te parler. Je t'ai vue sortir de la salle à manger il y a cinq minutes et, comme tu avais passé des heures à me fuir, je me suis dit que le meilleur moyen d'avoir une petite conversation avec toi serait de venir te retrouver dans le jardin.

— Je suis navrée de ne pas avoir pu te tenir compagnie, mais j'ai eu d'autres priorités. Les employés de la maison de retraite avaient besoin de renfort et cela m'a fait plaisir de les aider.

— Inutile de me raconter des bobards ! Je sais que ton principal objectif était de m'éviter pour me punir de t'avoir embrassée.

— Ce n'est pas parce que tu m'as volé un baiser que j'ai décidé de me venger, c'est parce que tu as eu le toupet de me tendre un piège et que tu as abusé de ma naïveté.

Cassie arracha une fleur à l'un des gardénias qui encerclaient le plan d'eau et en chiffonna hargneusement les pétales.

— Il y a dix ans, tu m'as quittée sans un mot d'explication et, maintenant que tu es de retour au pays, tu voudrais que je te laisse tout régenter ? s'écria-t-elle. Eh bien ! tu vas être déçu, car il est hors de question que j'autorise qui que ce soit à me dicter ma conduite… Hors de question, tu as compris ? Désormais, personne d'autre que moi ne pourra modifier le cours de ma vie.

— Personne d'autre que toi *et que Brian*, rectifia Sol d'un ton caustique. De là-haut, il continue à peser sur tes décisions et à t'empoisonner l'existence. Si tu avais réussi à l'oublier, tu cesserais de jouer la comédie aux habitants de Schofield et tu t'efforcerais de réaliser tes rêves au lieu de t'enfermer dans ton rôle de veuve éplorée. Malgré ce que t'ont dit les médecins de l'hôpital et ta gynécologue, tu te battrais pour fonder une famille et tu mettrais au monde de beaux bébés qui feraient ta fierté et celle de ton mari. La semaine dernière, tu m'as avoué que tu t'étais querellée avec Brian avant sa mort et je pense avoir deviné les raisons de cette dispute.

— Ah bon ! Depuis quand as-tu des dons d'extralucide ?

— Depuis la longue conversation que nous avons eue au cimetière. Connaissant l'égoïsme de Brian, je parie qu'il ne voulait pas avoir d'enfant et que tu t'es fâchée contre lui à cause de cela.

Sol encercla les épaules de Cassie et baissa vers elle un regard inquisiteur.

— J'ai vu juste, n'est-ce pas ? lui demanda-t-il.

— Non, tu t'es trompé sur toute la ligne, riposta-t-elle en se dégageant d'une secousse et en allant s'adosser au tronc d'un hêtre pleureur dont le feuillage échevelé par la brise se reflétait dans les eaux limpides de l'étang. Tu te crois très psychologue et très intelligent, mais il y a un tas de choses qui me sont arrivées et dont tu n'as aucune idée. Tu ignores, par exemple, que Brian m'avait poussée du haut de la mezzanine la veille de son décès et que j'avais dû être emmenée aux urgences à 3 heures du matin parce que je m'étais cassé un bras et que mon bébé n'avait pas survécu à cette chute.

— Ton bébé ! répéta Sol, abasourdi. Tu étais enceinte ?

— Eh oui ! confirma Cassie avec un petit rire sans joie. Toi qui te vantes d'être devin, tu ne t'attendais pas à cette révélation, hein ?

— Comment aurais-je pu m'y attendre ? Lorsque tu m'as parlé de tes problèmes de stérilité, tu ne m'as pas dit que tu avais fait une fausse couche.

— Exact ! J'ai également oublié de te préciser que, le lendemain de cette horrible scène, j'avais accusé Brian d'avoir tué notre enfant.

— Avant que tu ne tombes dans l'escalier, était-il au courant de ton état ?

— Non. S'il avait su qu'il allait bientôt être papa, il n'aurait pas osé me frapper. Après son accident de voiture, j'ai été victime d'une grave infection consécutive au curetage que j'avais subi. Quand je suis retournée à l'hôpital, j'étais tellement mal en point que les médecins ont décidé de me garder en observation pendant une semaine, ce qui m'a empêchée d'accompagner les Parker au funérarium et d'assister aux obsèques de Brian.

Le visage sculpté par un rayon de lune, Sol s'approcha de Cassie et lui encercla les poignets.

— Je suis désolé de ce qui t'est arrivé, lui dit-il d'un ton lénifiant. J'étais loin de m'imaginer que tu avais...

— Tais-toi et fiche le camp, hurla-t-elle en le repoussant de toutes ses forces. Je n'ai besoin ni de tes belles paroles ni de ta compassion. La seule chose que je te demande, c'est de ne répéter à personne ce que je viens de te confier. Aucun des habitants de Schofield ne se doute que j'ai fait une fausse couche à cause de la brutalité de Brian et je ne tiens pas à ce qu'ils l'apprennent. Si Jean et Jack découvraient que leur fils m'avait frappée, ils ne s'en remettraient pas. Fran et Tracey ne doivent rien savoir, elles non plus. Elles croient que leur frère était un héros doublé d'un gentleman et je ne vois pas l'intérêt de leur ôter leurs illusions maintenant qu'il est décédé.

Les jambes flageolantes, le cœur lourd comme une chape de plomb, Cassie s'écarta du tronc grignoté par la mousse auquel elle était adossée, puis s'approcha du bord de l'étang et regarda un filet de lune argenter la surface de l'eau.

— Je suis certain que ton bébé aurait été un amour d'enfant, déclara Sol avec une émotion qu'il n'essayait même pas de dissimuler. Il aurait hérité de ton joli sourire, de tes grands yeux violets et de ton extraordinaire générosité. Tes copines l'auraient trouvé tellement mignon qu'elles se seraient battues pour avoir le privilège d'être sa baby-sitter attitrée.

Un amour d'enfant... Etourdie de chagrin à l'évocation du petit garçon ou de la petite fille qu'elle n'avait jamais eu la chance de mettre au monde, Cassie s'effondra sur l'un des nombreux bancs de pierre qui jalonnaient les sentiers du parc et éclata en sanglots.

« Qu'est-ce qui m'a pris de lui parler du passé ? se morigéna Sol en s'élançant vers elle et en lui entourant les épaules d'un bras réconfortant. Au lieu de la harceler jusqu'à ce qu'elle craque, j'aurais dû lui obéir et me taire. »

— Je te demande pardon, mon ange, lui dit-il. Pardon de ne pas avoir deviné que tu avais subi une épreuve encore plus cruelle que l'échec de ton mariage et que la moindre allusion à cette épreuve raviverait ta douleur. Je m'en veux d'avoir manqué de perspicacité et de t'avoir poussée à bout.

Les mots, prononcés d'une voix contrite, agirent sur Cassie comme un vulnéraire.

— Merci, Sol, lâcha-t-elle après avoir essuyé ses yeux humides du plat de la main. Depuis le décès de Brian, je n'avais jamais osé pleurer la mort de mon bébé et cela m'a fait du bien de pouvoir enfin laisser couler mes larmes.

— Si tu as du vague à l'âme un jour et que tu te sens seule, n'hésite pas à m'appeler et je viendrai te remonter le moral.

— Tu me le promets ?

— Je te le jure ! Où que je sois à ce moment-là, je sauterai dans le premier avion à destination du Queensland et je te rejoindrai.

— J'espère que tu tiendras parole, car je n'ai personne d'autre que toi à qui me confier. Tous les gens que je connais ont été des amis de Brian et il m'est impossible de leur expliquer ce qui s'est passé la veille de son accident parce qu'ils me traiteraient de menteuse et qu'ils m'accuseraient de vouloir ternir sa mémoire.

— Tu as tort de leur cacher la vérité. Jean, Jack, Fran, Tracey, Keith, Phillip et Géraldine t'apprécient pour ce que tu es, pas pour ce que tu représentes. Si tu leur disais tout, ils continueraient à t'aimer.

— Bien sûr ! s'exclama Cassie.

Mais il était évident qu'elle n'en croyait pas un mot. Lorsqu'elle était adolescente, elle avait tellement souffert de l'alcoolisme chronique de sa mère qu'elle s'était sentie inférieure à ses camarades de classe et qu'elle avait pris l'habitude de se dévaloriser.

— Tu sais ce qui m'est arrivé hier ? avait-elle jeté à Sol le jour de son dix-huitième anniversaire.

— Non, avait-il répondu, étonné de la voir sautiller de joie autour de lui.

— Brian m'a demandée en mariage et m'a dit que nous nous fiancerions dès la semaine prochaine. Comment l'un des meilleurs rugbymen du Queensland a-t-il pu tomber amoureux de moi qui ne suis ni riche ni célèbre et qui n'ai aucun talent particulier ?

Après avoir regagné Oleander Lane à la fin de la soirée, Sol aida Alec à se coucher, puis alla se déshabiller dans la petite chambre au confort très spartiate où il dormait quand il était enfant et huma l'enivrant parfum d'églantine dont sa chemise était imprégnée.

— J'adore les roses sauvages parce qu'elles cachent de nombreuses épines sous leur jolie corolle et qu'elles ne se laissent pas cueillir par des brutes, lui avait confié Cassie autrefois. Lorsqu'on veut en faire un bouquet, on doit se montrer attentif et délicat. Sinon, on risque d'abîmer leurs pétales et de s'égratigner.

Furieux que Brian se soit permis de rudoyer la jeune femme pendant des années et qu'il l'ait privée du plaisir d'être maman, Sol déboucla son ceinturon avec des gestes saccadés et acheva de se dévêtir en un tour de main.

— Que peut-il bien y avoir là-dedans ? marmonna-t-il à la vue de la boîte enrubannée d'or et d'argent que quelqu'un avait déposée sur son lit.

Intrigué, il empoigna la carte qui était épinglée au bolduc et la lut en silence.

« Cher Sol,

» Je sais que tu as gardé de très mauvais souvenirs de ton enfance, mais j'espère que ce modeste cadeau te rappellera l'un des moments de bonheur que nous avons vécus ensemble et que je n'ai pas oubliés.

» Joyeux Noël !

Alec. »

De plus en plus perplexe, Sol déchira le papier moiré qui bruissait sous ses doigts, puis extirpa du paquet un cadre en bronze qui renfermait le portrait d'un petit garçon hilare et de ses parents.

— Dommage que cette photo n'ait été qu'un leurre ! murmura-t-il en contemplant le cliché et en sentant une vague de tristesse l'envahir.

Un an après avoir posé devant l'objectif, Pearl avait avoué à Alec qu'il n'était pas le père de Sol et l'avait anéanti.

9

— Bonsoir, monsieur Adams, s'écria gaiement Cassie en pénétrant dans la cuisine d'Alec le surlendemain.

— Tu es en avance d'une demi-heure, remarqua-t-il après avoir glissé un œil vers la grosse horloge qui agitait son balancier à l'entrée du vestibule. Qu'as-tu fait de beau aujourd'hui ?

— J'ai fini de peindre les murs de mon living-room et, plutôt que de me mettre à décoller la tapisserie du hall, j'ai préféré venir goûter à votre délicieuse limonade.

— Pas étonnant que tu aies soif ! La température a grimpé de cinq degrés par rapport à hier.

— Vous n'avez pas trop souffert de la chaleur ?

— Non. Je suis resté à l'ombre et j'ai dévoré le roman policier que Sol m'avait acheté.

— Comment l'avez-vous trouvé ?

— Palpitant. Je l'ai lu d'une seule traite et l'intrigue était tellement compliquée que je n'ai pas pu deviner qui était l'assassin.

Cassie saisit le verre que lui offrait Alec et le vida à petites gorgées.

— Où est Sol ? s'informa-t-elle d'un ton qui se voulait détaché.

— En ville. Il est parti il y a vingt minutes et j'ai oublié de lui demander à quelle heure il rentrerait.

— Quand doit-il retourner à Sydney ?

— Je n'en ai aucune idée. Pourquoi me poses-tu cette question ?

— Par simple curiosité. Le jour de son arrivée, il m'a dit qu'il resterait peut-être à Schofield jusqu'au 1er janvier et j'aurais aimé savoir s'il avait changé d'avis.

— Tu n'auras qu'à l'interroger dès qu'il sera de retour et tu seras fixée.

— En attendant qu'il revienne, je vais préparer votre dîner, décréta Cassie avant d'empoigner une casserole et d'allumer la gazinière.

Vivement que Sol soit là ! songea-t-elle en glissant de fréquents coups d'œil vers la porte du vestibule dans l'espoir qu'il ne tarderait pas à la franchir.

Mais, lorsque la julienne de légumes dont raffolait Alec eut fini de mijoter, elle eut beau chercher un prétexte pour s'éterniser chez lui, elle n'en trouva aucun.

— Au revoir, monsieur Adams, lança-t-elle après avoir dressé la table.

Puis, déçue de ne pas avoir pu parler à Sol, elle sortit en flèche de la maison et décida d'aller courir les magasins comme elle le faisait chaque fois qu'elle se sentait déprimée.

A son arrivée au centre-ville, elle tomba sur Margaret Gardener, qui lui posa des questions insidieuses, et ne réussit à lui fausser compagnie qu'au bout de vingt minutes. A peine lui avait-elle échappé que Jane Saunders, une autre cancanière de Schofield, se rua vers elle, les yeux étincelants de curiosité, et lui demanda de but en blanc si elle envisageait d'épouser Sol.

— Non, répondit-elle d'un ton catégorique. Nous ne sommes que des amis, lui et moi.

— Ce n'est pas l'impression que j'ai eue samedi dernier. Lorsqu'il a débarqué à Sunny Haven et qu'il vous a aperçue au fond du réfectoire, il a failli vous sauter dessus et vous embrasser à pleine bouche.

— Oh ! je ne crois pas qu'il se serait permis ce genre d'extravagance, madame Saunders, balbutia Cassie, rougissante.

Puis, au mépris de toutes les règles de la politesse, elle planta là son interlocutrice et s'engouffra dans une librairie, où elle acheta une dizaine de romans.

Quand elle sortit du magasin un quart d'heure plus tard, elle rasa les murs pour éviter d'engager la conversation avec les autres commères de Schofield, qui semblaient s'être donné rendez-vous devant les boutiques du centre-ville, et ne put se soustraire à leur curiosité qu'en se précipitant à l'intérieur d'un snack-bar.

— Apportez-moi un café serré, jeta-t-elle à la serveuse. J'ai besoin d'un remontant.

Et, rompue de fatigue, elle s'effondra sur l'une des chaises garnies de paille qui encerclaient une table ronde.

— Salut ! lui lança Nessa Williams dès qu'elle eut fini de boire son espresso. Je suis ravie de te rencontrer, car j'ai une ou deux petites questions à te poser.

— Le restaurant du club de rugby est fermé ?

— Non, mais j'ai décidé de prendre une soirée de congé et de laisser ma collègue Cheryl accueillir les clients à ma place. J'étais justement en train de lui passer un coup de fil quand je t'ai aperçue au bout de la rue. Alors, je me suis dépêchée d'éteindre mon téléphone et de venir te rejoindre.

— De quoi veux-tu me parler ?

— De Sol Adams. Comment va-t-il ?

— Je ne sais pas. La dernière fois que je l'ai vu, c'était à Sunny Haven, le jour de Noël, et j'ai été tellement occupée à servir les invités que je n'ai pas eu le temps d'avoir une longue conversation avec lui.

— Moi qui pensais que vous étiez très amoureux l'un de l'autre, j'ai du mal à croire que vous n'ayez pas dîné ensemble hier.

— Nous ne sommes *pas* amoureux l'un de l'autre, corrigea Cassie. Il n'y a que de l'amitié entre nous. Une amitié qui remonte à l'époque où nous étions voisins et où nous fréquentions la même école.

— Tant mieux, car cela m'aurait ennuyée de marcher sur tes plates-bandes, déclara Nessa avant de tapoter indolemment ses magnifiques cheveux blonds et de quitter le snack-bar.

— Tu parles ! riposta tout bas Cassie, qui la connaissait trop pour s'en laisser conter.

Lorsque Nessa Williams voulait séduire un homme, elle ne s'embarrassait pas de scrupules. Si une rivale osait se mettre en travers de son chemin, elle n'hésitait pas à lui faire mordre la poussière et à la fouler aux pieds jusqu'à ce qu'elle renonce.

— Qui rêves-tu d'étrangler ? questionna Sol en surgissant du hall d'accueil et en tirant l'une des chaises qui entouraient la table.

— La réceptionniste du restaurant où nous avons dîné jeudi dernier, bredouilla Cassie, étonnée de le voir s'installer en face d'elle. Elle était là il y a cinq minutes et elle m'a tellement agacée que j'ai failli lui tordre le cou.

— Comment s'appelle-t-elle, déjà ?

— Nessa Williams. Est-ce le genre de fille avec qui tu aurais envie de sortir ?

— Non. Pourquoi voudrais-tu que je m'intéresse à une pimbêche qui a le don de te taper sur les nerfs ?

— Parce qu'elle est très jolie et que tous les hommes seraient fiers de l'exhiber à leur bras.

— Tous, sauf moi. Je préfère les brunes aux blondes et je déteste les pots de peinture.

— Pauvre Ness ! lança Cassie, rassérénée. Elle va être terriblement déçue de ne pas pouvoir t'épingler à son tableau de chasse.

— Bah ! elle aura vite fait de débusquer une autre proie, s'exclama Sol après avoir demandé à la serveuse de lui apporter un cappuccino.

Puis, à la vue du gros sac en plastique qui trônait sur la table, il ajouta :

— Qu'y a-t-il là-dedans ?

— Des livres, jeta Cassie, écarlate.

— Quel genre de livres ?

— Des best-sellers que j'ai achetés dans la petite librairie qui se trouve à l'angle de High Street et de Sanderson Road. Comme j'ai croisé les deux pires cancanières de Schofield à mon arrivée au centre-ville, j'ai été obligée de courir me réfugier au fond du magasin et je n'ai pas voulu en ressortir les mains vides.

— Combien d'ouvrages as-tu choisis ?

— Une dizaine.

— Rien que cela ? S'il faut que tu dévalises les boutiques chaque fois que tu es en butte à la curiosité d'une passante, tu vas te ruiner.

Après avoir remercié d'un sourire la serveuse qui venait de

poser une tasse de café mousseux devant lui, Sol empoigna la pochette que Cassie essayait vainement de cacher derrière son dos et en extirpa trois volumes aux titres évocateurs.

— J'ignorais que tu aimais les histoires à l'eau de rose et que tu étais une fervente admiratrice de Georgette Heyer, ironisa-t-il.

— Pourquoi ne le serais-je pas ? riposta-t-elle, piquée au vif. Elle sait camper un récit mieux que personne et son style est très fluide.

— Peut-être, mais ses héroïnes sont des jeunes femmes romanesques qui croient à l'amour avec un grand A et qui ne rêvent que d'une chose : se marier. Tout l'inverse de toi, en somme.

— Ce n'est pas parce que je tiens à rester libre que je dois bannir les comédies sentimentales de ma bibliothèque et n'acheter que des manuels de philosophie. Les livres de Georgette Heyer sont des contes de fées modernes qui m'aident à oublier mon chagrin les jours où je suis triste et qui me permettent de m'évader.

Sol fixa Cassie en silence pendant de longues minutes, puis sortit de la poche revolver de son jean le vieux portrait écorné qu'Alec lui avait offert le soir de Noël et le posa sur la table.

— Rien n'est plus important que la chaleur d'un foyer, déclara-t-il avec une soudaine gravité. A l'époque où cette photo a été prise, mes parents et moi formions une famille unie et, malgré le cauchemar que j'ai vécu après le départ de ma mère, je ne crois pas que l'amour éternel soit une invention de romanciers.

— Pour quelle raison Alec et Pearl n'ont-ils pas réussi à sauver leur couple du naufrage ?

— Parce qu'elle lui a avoué que je n'étais pas son fils.

— Parce qu'elle lui a avoué *que quoi* ? balbutia Cassie, les yeux exorbités.

— Que je n'étais pas son fils, répéta calmement Sol.

— Quand as-tu découvert la vérité ?

— A dix-huit ans. Cela m'a fait un sacré choc, mais je m'en suis remis. La seule chose que je reproche à Alec aujourd'hui, c'est d'avoir demandé le divorce au lieu de chercher à recoller les morceaux.

— Comment aurait-il pu pardonner à Pearl d'avoir trahi sa confiance et de lui avoir infligé une telle humiliation ? Personne, à sa place, n'aurait été capable de garder la tête haute et de remonter la pente.

— Si ! s'exclama Sol en rangeant dans son portefeuille la photographie que contemplait tristement Cassie. Et je te le prouverai.

Puis, le visage impénétrable, il but son cappuccino à grandes gorgées et bondit sur ses pieds.

— A très bientôt, mon ange ! jeta-t-il avant de quitter le snack-bar encore plus vite qu'il n'y était entré.

— Qu'y a-t-il, Cassandra ? s'inquiéta Alec le jeudi suivant. Tu es en colère contre quelqu'un ?

« Oui, faillit-elle lui avouer. Cela fait trois jours que Sol se déguise en courant d'air et j'en ai marre de passer mes soirées à le guetter. Non pas que son sourire et sa voix me manquent, mais, au lieu d'aller se balader en ville à l'heure du dîner, il pourrait m'aider à préparer le repas et me tenir compagnie. Simple question de politesse ! »

— Tu sais ce qui te manque, fillette ? reprit Alec d'un ton affectueux. Un homme à choyer et des enfants à dorloter. Rien de tel que le mariage et la maternité pour remplir une vie.

— Un homme à choyer ! releva Cassie, suffoquée. Puisque vous pensez qu'une femme n'est à sa place que derrière un évier ou un fourneau, je vais vous prouver que vous avez tort d'être aussi phallocrate en vous laissant laver vous-même la vaisselle.

Et, après avoir jeté sur la table de la cuisine le torchon qu'elle tenait à la main, elle sortit de la maison comme une trombe.

— Tout ça, c'est encore la faute de Sol, bougonna-t-elle avant de s'engouffrer à l'intérieur de son vieux break et de démarrer, le pied au plancher. S'il n'était pas rentré de Sydney, personne à Schofield — pas même ces langues de vipère que sont Margaret Gardener et Jane Saunders — ne se serait permis de me poser des questions indiscrètes ni de me pousser vers l'autel.

Ivre de rage, Cassie longea la mairie à une vitesse qu'aucun radar n'aurait pu enregistrer, puis se gara sous les fenêtres de sa villa dans un grincement de freins fatigués et bondit de son siège.

— Salut, Cass ! lança Tracey, qui l'attendait au bas du perron.

A voir ta tête, on dirait que tu rêves de trucider le premier passant que tu auras le malheur de croiser. Qui t'a énervée ?

— Alec Adams. Il m'a fait une réflexion désobligeante et je suis partie de chez lui sans avoir lavé la vaisselle. Cela lui apprendra à jouer les conseillers matrimoniaux !

— Il t'a suggéré de te remarier ?

— Oui, mais parlons d'autre chose, tu veux bien ? Je ne suis pas d'humeur à commenter les « sages » paroles de ce macho.

Cassie franchit le seuil de son vestibule et entraîna Tracey vers la cuisine.

— Pourquoi es-tu venue me rendre visite ce soir ? l'interrogea-t-elle en lui offrant une canette de thé glacé.

— Parce que j'ai des trucs à te montrer.

— Quels trucs ?

— De vieilles photos que j'ai dénichées ce matin dans le grenier de mes parents.

— Qu'ont-elles d'extraordinaire, ces photos ?

— Regarde-les et tu auras la réponse à ta question.

Cassie saisit les petits rectangles de bristol que Tracey avait sortis de sa poche et les contempla, hébétée.

— Ce n'est pas possible, murmura-t-elle. On dirait des portraits de Sol, mais les camionnettes qu'on aperçoit à l'arrière-plan doivent dater des années 70 et les longues jupes bariolées des passantes ne sont plus à la mode aujourd'hui.

— Bravo, Sherlock Holmes ! s'écria Tracey. Tu ferais un excellent détective.

— Qui est le jeune homme qu'on voit sourire sur ces clichés ?

— Mon père. Il avait vingt-cinq ans à l'époque et il venait d'épouser ma mère.

— Tu penses que Sol est son fils ?

— Oui. Ils se ressemblent tellement, tous les deux, que je n'ai aucun doute là-dessus.

— A qui d'autre que moi as-tu montré ces photos ?

— A personne.

— Peut-être vaudrait-il mieux que tu les brûles avant qu'elles ne tombent entre les mains de Fran.

— C'est ce que je me suis dit dès que je les ai trouvées, mais j'ai réfléchi depuis et je crois qu'il est préférable d'en parler d'abord à Sol.

— Quand as-tu deviné qu'il était ton demi-frère ?

— Le soir où tu m'as invitée à dîner avec Keith, Phillip, Géraldine et lui. Lorsqu'il est arrivé chez toi, j'ai eu comme un flash et je me suis rappelé avoir feuilleté un jour de vieux albums poussiéreux. S'il était resté à Schofield ces dix dernières années et que j'avais eu l'habitude de le rencontrer, je n'aurais probablement pas eu ce déclic et il ne me serait pas venu à l'idée d'enquêter.

— Qu'est-ce qui t'a incitée à aller fouiller dans le grenier de tes parents ?

— L'amour de la vérité. Les secrets sont faits pour être divulgués et j'estime qu'il serait malhonnête de garder le silence.

— Malhonnête, mais moins dangereux que de tout révéler et de déclencher un cataclysme.

— Tu connais un moyen d'éviter les heurts et les remous ?

Cassie réfléchit quelques secondes, le front plissé, puis s'octroya un sourire.

— Oui, répondit-elle. J'ai un plan qui devrait permettre à Sol de s'intégrer en douceur dans ta famille.

— En quoi consiste-t-il, ce plan ?

— Patiente un jour ou deux et tu verras bien.

— Quand Alec m'a informé que tu m'attendais en haut de ton marronnier, j'ai cru qu'il se fichait de moi, lança Sol à Cassie en montant la rejoindre dans sa cabane le lendemain matin, à l'aube. Est-ce parce que tu as envie d'un baiser que tu m'as donné rendez-vous ici ?

— Sûrement pas ! le détrompa-t-elle. Si la ravissante architecte dont tu es amoureux t'entendait, elle refuserait de te suivre à l'autel et tu finirais vieux garçon.

— Il n'y a pas de danger que je me fasse plaquer par qui que ce soit, car je n'ai ni fiancée ni petite amie.

— Ce n'est pas ce que tu as affirmé le soir où tu es venu me retrouver au cimetière.

— Que t'ai-je dit ce soir-là ?

— Que tu avais rencontré la femme idéale.

— Et je ne t'ai pas menti. J'ai bel et bien déniché la perle rare.

Sol s'agenouilla en face de Cassie et l'enveloppa d'un regard plus éloquent qu'un long discours.

— Je suis libre comme l'air, ajouta-t-il sans la lâcher des yeux. Ce qui signifie que je suis tout à toi, pour peu que tu veuilles de moi.

— Oh ! je ne demande pas mieux que de t'accorder ma main, Sol, s'exclama-t-elle, le cœur pris de folie, mais il va falloir que tu te montres patient parce que je ne suis pas le genre de fille à...

— ... coucher avec un homme avant de l'avoir épousé ?

— Exactement ! Je préfère observer les convenances, quitte à paraître vieux jeu, plutôt que de brusquer les choses et de m'en mordre les doigts.

— Si tu acceptes d'être ma femme, tu ne le regretteras pas, je te le jure. En aucun cas, je ne me permettrai de te frapper. Quoi que tu dises, quoi que tu fasses, je te respecterai.

— Inutile de me le préciser ! Je sais que tu ne ressembles pas à Brian.

Un sourire tentateur au coin des lèvres, Sol s'installa sur l'un des bancs qui meublaient la cabane, puis attira Cassie sur ses genoux et tissa un voile de caresses à la naissance de sa gorge.

— Je trouve formidable que tu aies des principes, mon amour, chuchota-t-il en poursuivant d'une main fiévreuse sa divine exploration, mais ne pourrions-nous pas abréger nos fiançailles et nous marier dès aujourd'hui ?

— Non, jeta-t-elle dans un souffle. Il faut d'abord que nous réglions deux ou trois points de détail.

— Lesquels ?

— Si tu tiens à ce que je te réponde clairement et posément, lâche-moi. Quand tu me serres dans tes bras, mes idées s'embrouillent et je n'arrive pas à réfléchir.

— Ce que je veux, ce n'est pas que tu te tortures les méninges, au contraire ! C'est que tu perdes la tête et que tu te laisses aller.

— Tu as déjà oublié ce que je t'ai expliqué il y a cinq minutes ? Tant que tu ne m'auras pas passé la bague au doigt, je ne te céderai pas.

— Notre nuit de noces n'en sera que plus mémorable. La

première fois que je te ferai l'amour, tu trouveras l'expérience tellement merveilleuse que tu te la rappelleras jusqu'à la fin de ta vie.

Cassie ploya la nuque en arrière et défia Sol des yeux.

— Je ne serai pas la seule à m'en souvenir, riposta-t-elle avec aplomb. Toi aussi, tu auras l'impression de toucher le ciel ce soir-là.

— Waouh ! s'écria-t-il, le regard enfiévré. Rien que d'y penser, j'en suis tout excité.

Et, d'une voix impatiente, il ajouta :

— Quel genre de détails aimerais-tu régler avant de m'épouser ?

— Des détails pratiques essentiellement. Comme je me plais à Schofield et que j'y ai de nombreux amis, je ne tiens pas à quitter le Queensland pour aller habiter en Nouvelle-Galles du Sud.

— Personne ne t'y obligera. Grâce à internet, je pourrai superviser le travail de mes collaborateurs et diriger mon cabinet à distance. La seule chose que je te demanderai, ce sera de m'accompagner à Sydney chaque fois que je devrai m'y rendre. Y verras-tu un inconvénient ?

— Non, aucun. Je serai ravie de t'aider à décorer les suites nuptiales dont tu m'as parlé.

— Puisqu'il est hors de question que la villa de Brian devienne notre résidence principale, où veux-tu que nous emménagions ?

— Ici, dans la maison que ma mère m'a léguée. Cela nous permettra de veiller sur Alec et de donner un coup de main à son infirmière, le cas échéant.

— Dois-je comprendre que tu aimerais passer ta nuit de noces sous les festons de velours lilas de ton baldaquin ?

— Oui, répondit Cassie, les pommettes enflammées. Rien ne pourrait me plaire davantage que d'y dormir avec toi.

— Je ne pense pas que « dormir » soit le terme adéquat, mon ange, répliqua Sol. Quelles sont les autres choses qui te tiennent à cœur ?

— J'aimerais que les Parker assistent à notre mariage et qu'Alec soit également invité.

— Pas de problème ! Ils seront tous les bienvenus. Tous, sans exception.

— Même Jack ?

— Même lui.

— Je sais qu'il te trouve antipathique, mais, s'il accepte de déposer les armes et de les garder au pied durant la cérémonie, j'en serai très heureuse.

— Il acceptera, n'aie crainte.

— Il ne nous reste donc plus qu'à publier les bans et à patienter jusqu'au 31 janvier.

— Jusqu'au 31 janvier ! répéta Sol, éberlué. Et pourquoi pas jusqu'en décembre de l'année prochaine tant que tu y es ?

— Ce n'est pas moi qui ai fixé ce délai, c'est la loi, précisa Cassie en se levant. Et nous serons obligés de la respecter, que cela te plaise ou non.

— Comment veux-tu que je tienne le coup pendant quatre longues semaines ? Dès que je t'aperçois, je n'ai qu'une hâte : te serrer dans mes bras.

— Il vaudra mieux, alors, que nous évitions les tête-à-tête à partir de maintenant.

— Mille fois mieux, en effet, approuva Sol avant de sauter sur ses pieds et de sortir de la cabane avec précipitation.

Cassie, elle, dut attendre que ses jambes aient cessé de flageoler pour descendre de son marronnier et regagner la terre ferme.

10

Heureux que Cassie ait accepté de l'épouser, Sol quitta Oleander Lane d'un pas léger et alla frapper à la porte des Parker. Deux jours plus tôt, à l'insu de la jeune femme et de tous les autres habitants de Schofield, il avait annoncé à Jean et à Jack ce qu'Alec lui avait révélé le lendemain de son dix-huitième anniversaire : qu'il était le demi-frère de Brian. Et, contrairement à ce qu'il avait redouté, la nouvelle n'avait pas semblé les surprendre.

— Viens dans la cuisine avec moi, Sol, intima Jean en jaillissant du vestibule. Je vais te préparer des toasts et te servir une tasse de café.

— Où est Jack ?

— Sous la douche, mais il ne devrait pas tarder à nous rejoindre. Pourquoi t'es-tu levé aux aurores ?

— Pour pouvoir regarder la nature s'éveiller. A Sydney, ce sont des coups de Klaxon et des crissements de pneus qui me tirent du sommeil chaque matin. Ici, en revanche, il n'y a que les pies qui se permettent de rompre le silence. Quand j'ouvre les yeux à l'aube, je les entends jacasser en haut du vieux marronnier de Cassie et je préfère aller les admirer plutôt que de traîner au lit.

Le visage éclairé d'un sourire, Jean s'approcha de son percolateur et vida le contenu de la verseuse dans un joli mazagran en porcelaine truitée, qu'elle offrit à Sol.

— Vous êtes déjà prête à partir ? lui demanda-t-il en détaillant l'élégant tailleur bleu marine et le chemisier à jabot de dentelle qu'elle avait revêtus.

— Oui, acquiesça-t-elle avec un petit hochement de tête. Les membres de l'association caritative dont je suis la trésorière doivent se réunir aujourd'hui et il faut que je vérifie une dernière fois les comptes avant le début de la séance.

— Je suis désolé d'être arrivé chez vous à l'improviste. Si j'avais su que vous aviez du travail, je ne serais pas venu vous déranger.

— Tu ne me déranges pas, au contraire ! Je suis ravie que tu sois passé à la maison ce matin et très heureuse que tu aies préféré la vérité aux non-dits. Grâce à ton courage et à ta franchise, il n'y aura plus de secrets entre les Adams et les Parker désormais.

Sol s'assit à la table ronde de la cuisine et avala une longue gorgée de café.

— Vous êtes une femme exceptionnelle, déclara-t-il en regardant Jean beurrer les toasts que son grille-pain venait d'éjecter. J'en connais certaines qui, à votre place, auraient refusé de m'adresser la parole.

— Si je t'avais traité de cette façon, j'aurais eu honte de moi. Tu n'es pas responsable des erreurs qu'ont commises ta mère et mon mari.

— Etes-vous en colère contre lui ?

— Bien moins que tu ne l'imagines. Il y a trente et un ans, je l'ai épousé pour le meilleur et pour le pire. Il serait donc déloyal de ma part de lui tourner le dos aujourd'hui à cause d'une vieille histoire sans réelle importance. Dans la vie d'un couple, il y a souvent des frictions. Alors, quand on n'est pas capable de gérer une crise, mieux vaut rester célibataire que de fonder un foyer. Ceux et celles qui quittent leur conjoint au premier écart de conduite ou qui ne lui accordent leur pardon que du bout des lèvres ignorent ce qu'aimer signifie.

— L'amour et la jalousie ne vont-ils pas de pair ?

— Si. Mais, une fois que le mal est fait, il est préférable d'analyser calmement la situation et de sauver ce qui peut l'être que de se laisser aveugler par la colère et de tout saccager dans un accès de fureur.

Jean s'assit en face de Sol et posa devant lui les deux grosses tranches de pain grillé qu'elle avait fini de beurrer.

— Ne sois pas trop dur avec Jack, je t'en prie, lui dit-elle. C'est un homme très généreux et très attentionné qui m'a empêchée de sombrer dans la folie à la mort de Brian. Sans son aide, je ne sais pas comment j'aurais réussi à traverser cette épreuve et à surmonter mon chagrin.

— Loin de moi l'envie de le juger, madame Parker ! se récria Sol. Je ne suis pas revenu à Schofield pour demander des comptes à qui que ce soit. J'ai simplement voulu mettre les choses au point parce que le secret que m'avait révélé Alec m'étouffait.

— Tu as eu raison de faire éclater la vérité, car rien n'est pire que les mensonges et le silence.

— Quand avez-vous découvert que votre mari vous trompait ?

— Quelques semaines après la naissance de Fran. J'étais tellement occupée à pouponner qu'il s'est senti délaissé et qu'il est allé chercher ailleurs ce que je n'avais plus le temps de lui offrir.

— Au lieu de prendre une maîtresse, il aurait dû vous expliquer ce qu'il éprouvait et essayer de se rapprocher de vous.

— C'est vrai, mais les hommes avaient horreur de se plaindre à cette époque-là. Ils préféraient cacher leurs émotions et leurs faiblesses plutôt que de se confier à leur épouse.

— Pourquoi est-ce avec ma mère que Jack a eu une liaison ?

— Parce qu'elle n'était pas très farouche et que seul un saint ou un aveugle aurait pu résister à son...

Jean s'interrompit brusquement et porta une main à ses lèvres.

— Pardon ! lança-t-elle, confuse. Je ne voulais pas insinuer que Pearl était une dévergondée et qu'il était dans ses habitudes de séduire les hommes.

— Il n'y a pas de mal, répliqua Sol. Si elle avait entendu ce que vous venez de dire, elle aurait considéré cela comme un compliment et vous aurait remerciée.

Puis, après avoir bu une nouvelle gorgée de café, il ajouta :

— Qu'avez-vous fait lorsque vous avez découvert que Jack avait une maîtresse ?

— Je me suis barricadée dans la maison et je l'ai laissé dormir à la belle étoile, histoire de lui donner une bonne leçon. Quand je suis descendue le chercher au fond du jardin le lendemain matin, il était tellement persuadé que j'allais engager une procédure de divorce qu'il m'a suppliée à genoux de ne pas le quitter.

— Et vous avez accepté de passer l'éponge sur son aventure avec ma mère ?

— Oui, mais j'ignorais à ce moment-là qu'elle était enceinte de lui.

— Que vous a-t-elle dit après ma naissance ?

— Qu'Alec était ton père.

— Vous n'avez eu aucun doute à ce sujet ?

— Oh, que si ! Chaque fois que je t'apercevais dans la rue ou sous le préau de l'école maternelle, j'essayais de voir à qui tu ressemblais.

— Votre mari savait-il que j'étais son fils ?

— Non. Il se posait les mêmes questions que moi et se torturait l'esprit à longueur d'année. Un jour, comme je ne supportais plus cette incertitude, j'ai demandé à Pearl de tout m'avouer.

— Et que vous a-t-elle répondu ?

— Qu'elle n'avait de comptes à rendre à personne. Je n'ai donc pas insisté.

— Mais vous avez continué à m'observer de loin ?

— Evidemment ! Tu avais à peu près le même âge que Brian et j'aurais voulu que vous soyez amis.

Sol lâcha le toast qu'il venait d'entamer à belles dents et tapota le poignet de Jean d'une main affectueuse.

— Quand je vous ai dit que vous étiez une femme exceptionnelle, jeta-t-il, j'étais sincère. Votre générosité n'a d'égale que votre...

— Salut, fiston ! coupa Jack en pénétrant dans la cuisine. Depuis quand es-tu là ?

— Depuis une demi-heure environ.

— Je vais vous laisser entre hommes, déclara Jean avant de se lever et d'empoigner l'attaché-case qu'elle avait posé au pied du réfrigérateur. Vous pourrez vous débrouiller sans moi ?

— Bien sûr ! s'exclamèrent Sol et Jack à l'unisson.

— Mon Dieu, faites que je réussisse à trouver les mots justes ! murmura Cassie en arrivant chez les Parker dix minutes plus tard et en pressant le bouton de la sonnette avec nervosité.

Maintenant qu'elle avait accepté d'épouser Sol pour l'aider à s'intégrer dans la famille de Brian, il allait falloir qu'elle annonce la nouvelle à ses beaux-parents et qu'elle les convainque de se montrer accueillants.

— Bonjour, Cassandra, lança Jack après avoir ouvert la porte du vestibule. Tu as besoin de quelque chose ?

— Oui, répondit-elle d'une voix dont elle s'efforçait de maîtriser le tremblement. Je voudrais vous parler.

— Ne crois-tu pas qu'il est un peu tôt pour entamer une longue conversation ? Je n'ai pas encore fini de boire mon café et je dois...

— Excusez-moi d'être venue vous déranger à une heure aussi matinale, mais il y a urgence.

— Dans ce cas, entre, je t'en prie.

L'estomac noué, Cassie traversa le hall à la suite de Jack et s'engouffra dans le living-room sans se douter que Sol était en train de prendre son petit déjeuner de l'autre côté de la cloison et qu'il l'avait vue arriver par la fenêtre de la cuisine.

— Vous savez que je vous aime de tout mon cœur, n'est-ce pas ? jeta-t-elle à Jack dès qu'il se fut assis au coin de la cheminée.

— Naturellement ! s'exclama-t-il, l'air étonné. Pourquoi me demandes-tu cela ?

— Parce que ce que j'ai à vous dire est assez délicat et que je n'oserais pas aborder un tel sujet si je ne me considérais pas un peu comme votre fille.

— Tu es bien mystérieuse aujourd'hui ! Est-ce de tes relations avec Fran ou Tracey que tu veux me parler ?

— Non. C'est à cause de Sol que j'ai décidé de venir vous trouver ce matin. J'ai découvert que vous étiez son père biologique et que vous...

— Ah ! tu es au courant, interrompit Jack d'une voix blanche. Qui t'a mise dans le secret ?

— Aucune importance ! L'essentiel est que la vérité ait enfin éclaté.

— Quand tu as appris que j'avais trompé Jean, qu'as-tu pensé ?

— Que vous aviez eu un moment d'égarement et que vous aviez dû le regretter ensuite. Je sais que vous aimez votre femme plus que tout au monde et que vous ne l'auriez pas trahie si Pearl

Adams ne vous avait pas fait du charme. Elle était magnifique et peu d'hommes auraient été capables de lui résister.

— Tu ne me méprises pas, alors ?

— Moi, vous mépriser ? riposta Cassie en s'agenouillant au pied du canapé et en serrant les mains de son beau-père dans les siennes. Jamais de la vie ! Il ne m'appartient pas de vous juger ni de vous reprocher quoi que ce soit. Après mon mariage avec Brian, vous m'avez accueillie à bras ouverts et je vous suis très reconnaissante de l'affection dont vous m'avez entourée.

— Tu es tellement gentille et tellement serviable que je n'ai pas eu à me forcer.

— Sol mérite également que vous l'aimiez. C'est quelqu'un d'extraordinaire qui a beaucoup souffert quand il était enfant et qui a le droit d'être heureux aujourd'hui. Puisqu'il est votre fils et que vous ne pouvez pas le désavouer, il va falloir que vous disiez la vérité à Jean dès que possible et que vous l'aidiez à affronter cette nouvelle épreuve. Au début, elle vous en voudra de l'avoir trompée et refusera de vous pardonner, mais, une fois qu'elle aura appris à mieux connaître Sol, je suis sûre qu'elle le trouvera merveilleux et qu'elle...

— Tiens ! tu es là, Cassandra, interrompit Jean en pénétrant dans le living-room comme une tornade. Je suis venue chercher le livre de cuisine que j'avais oublié de glisser dans mon attaché-case. Marjorie Kellerman m'avait demandé de le lui prêter et, si je ne le lui apporte pas ce matin, elle risque de m'arracher les...

— Cassandra sait que je suis le père de Sol, coupa abruptement Jack.

— Ah ! s'exclama Jean, l'air consterné.

— Vous étiez au courant, madame Parker ? balbutia Cassie avant de se redresser et de tourner vers elle un regard empli de perplexité.

— Oui, confirma sa belle-mère. Quand allons-nous devoir révéler ce secret au reste de la famille et à nos amis ? Dès ce soir, pendant le réveillon, ou après la naissance du bébé de Fran ?

— Le plus tôt possible. Tracey a déjà tout deviné. Il est donc inutile de chercher à la ménager.

— Qu'est-ce qui lui a permis de découvrir le pot aux roses ?

— De vieilles photos qu'elle a trouvées hier au fond de votre grenier.

— Et Fran, est-elle également dans la confidence ?

— Pas que je sache.

— Comment réagira-t-elle, à ton avis ?

— Aussi bien que Tracey, ne vous en faites pas. Une fois que vous lui aurez annoncé la grande nouvelle, dites-lui que je me suis fiancée ce matin et que j'épouserai son demi-frère à la fin du mois prochain.

« Quelle fougue ! Quelle détermination ! », s'extasia Sol en sortant de la cuisine sur la pointe des pieds et en allant coller son oreille à la porte entrebâillée du living-room.

Jamais il n'avait entendu Cassie — ou qui que ce soit d'autre — prendre sa défense avec une telle ardeur et une telle fermeté.

— As-tu parlé de cela à Sol ? lança Jack à la jeune femme.

— Encore heureux ! s'écria-t-elle. Vous ne croyez quand même pas que j'aurais décidé de partager sa vie s'il ne me l'avait pas demandé ?

— Ce n'était pas à vos projets de mariage que je pensais, c'était à ses origines. Sol sait-il que tu es au courant de toute l'histoire ?

— Non. Il m'a juste précisé qu'Alec n'était pas son vrai père et, lorsque je l'ai vu ce matin, je n'ai pas osé lui avouer que Tracey m'avait rendu visite hier soir.

— Es-tu amoureuse de lui, Cassandra ? questionna Jean d'une voix pressante.

Figé dans l'embrasure de la porte, Sol attendit le « oui » enthousiaste qui n'allait pas manquer de mettre un terme à l'interrogatoire, mais rien ne vint. Rien d'autre qu'un petit soupir d'agacement.

— Sol est mon meilleur ami, madame Parker, lâcha Cassie après un long silence. Nous avons grandi ensemble et je...

Refusant d'en écouter davantage, Sol quitta le hall à pas de velours, puis dégringola les marches du perron et traversa le centre-ville avec des gestes de somnambule.

Ce n'est pas parce qu'elle m'aime qu'elle a accepté de m'épouser, pensa-t-il, le cœur au ralenti, *c'est parce qu'elle s'est imaginé que*

Jack hésiterait à m'accueillir au sein de sa famille et qu'elle a voulu lui forcer la main.

— Bonne année, Sol ! s'écria Cassie en le rejoignant sous la véranda des Parker au douzième coup de minuit.

— Bonne et heureuse année à toi, mon ange ! répondit-il avant de choquer sa flûte de champagne contre celle, à moitié vide, de la jeune femme.

— Comment as-tu trouvé le discours qu'a prononcé Jack au début du réveillon ?

— Très sobre et très émouvant. Quand il a déclaré qu'il était mon père, j'ai cru que certains de ses invités allaient pouffer de rire et lui demander s'il n'avait pas abusé du dom pérignon, mais il s'est montré tellement digne et tellement convaincant que personne n'a osé faire la moindre plaisanterie.

— Jean, Fran et Tracey ont été extraordinaires également. Lorsqu'elles sont venues se placer à côté de toi et qu'elles t'ont embrassé à tour de rôle, j'ai failli me mettre à pleurer.

— Alec a été formidable, lui aussi. Au lieu de ronchonner tout seul dans son coin, il m'a apporté son soutien et a même échangé une longue poignée de main avec Jack en signe de réconciliation.

— Tu as dû être étonné de les voir enterrer la hache de guerre ?

— Ça, tu peux le dire ! Vu la rancœur qu'Alec éprouvait contre les Parker depuis le départ de ma mère, je croyais qu'il ne cesserait les hostilités que quand il gèlerait en enfer.

Cassie avala une gorgée de champagne et leva la tête vers les milliers d'étoiles qui, piquées dans le velours du ciel tels des joyaux dans la soierie d'un écrin, ceignaient les toits de Schofield d'un diadème princier.

— Je pensais que Jack allait annoncer nos fiançailles à la fin de son discours, lâcha-t-elle, les yeux rivés au petit nuage iridescent derrière lequel la lune venait de coulisser. Pourquoi ne l'a-t-il pas fait ?

— Parce que je le lui avais demandé, confessa Sol à mi-voix. Ce matin, lorsque tu as accepté de m'épouser, tu croyais que tes beaux-parents refuseraient de m'accueillir chez eux et que notre mariage les obligerait à se montrer moins inflexibles. Si tu avais deviné à ce moment-là qu'ils me considéraient déjà comme un membre à part entière de leur famille, tu ne m'aurais pas accordé ta main. Je préfère donc te délier de ta promesse plutôt que de te passer la bague au doigt contre ton gré. Je te suis très reconnaissant de tout le mal que tu t'es donné ces deux dernières semaines, mais je ne tiens pas à ce que tu me sacrifies ta précieuse liberté. La vie que tu mènes à l'heure actuelle te plaît et je ne voudrais pas que tu regrettes un jour d'avoir dû y renoncer par ma faute.

Cassie regarda une flottille de nuages obscurcir l'horizon et eut l'impression que les étoiles s'éteignaient une à une au firmament.

Sol s'est servi de moi, songea-t-elle, les paumes glacées et le cœur inerte. *Il a fait semblant de m'aimer parce qu'il savait que je le présenterais aux Parker et que je l'aiderais à entrer dans leurs bonnes grâces. Si je n'avais pu lui être d'aucune utilité, il ne lui serait pas venu à l'idée de me demander ma main.*

— Nous allons rester amis, j'espère ? reprit-il, inconscient des pensées qui tournoyaient dans la tête de la jeune femme et des efforts surhumains qu'elle s'imposait pour ne pas fondre en larmes.

— Oui, lâcha Cassie avant de glisser son bras sous celui de Sol et de l'entraîner vers le living-room, où la fête battait son plein.

« Je n'ai pas tout perdu, se dit-elle en s'asseyant au coin de la cheminée, à côté d'Alec, et en regardant les invités valser aux accents fluides du *Beau Danube bleu*. Je suis encore la veuve la plus choyée d'Australie et, comme je ne risque pas de me remarier un jour, personne à Schofield ne me reprochera d'avoir remplacé Brian. »

— Tu avais raison, Cassandra, déclara Alec. Les Parker sont des gens bien et je suis heureux que Sol fasse partie de leur famille.

— Quels que soient les liens qui l'unissent à Jack, c'est vous qui l'avez élevé, monsieur Adams, rétorqua-t-elle. Et cela, il ne l'oubliera jamais.

— Tu sais ce qu'il m'a chuchoté à l'oreille au début du réveillon ? Qu'il avait deux pères à présent et qu'il ne voulait renoncer ni à l'un ni à l'autre.

Alec saisit les doigts de Cassie et les serra très fort entre les siens.

— Que penses-tu de cette drôle de situation ? lui demanda-t-il.

— Que votre fils est doublement chanceux, répondit-elle, le regard brillant de larmes contenues.

— Tu n'es pas encore prête ? s'étonna Tracey en pénétrant dans la chambre de Cassie le lendemain matin et en la voyant fixer le plafond d'un œil morne.

— Prête pour quoi ?

— Pour m'accompagner à Sunny Haven et pour assister au banquet que Sol a décidé d'organiser à l'occasion du Premier de l'an. Est-ce parce que tu as bu trop d'alcool cette nuit que tu as une mine de papier mâché ?

— Non. Je n'ai même pas réussi à vider la flûte que ta mère m'avait offerte.

— Tu n'as donc aucune raison de ne pas venir au foyer avec moi.

— Tu crois que ma présence est nécessaire ?

— Elle n'est pas nécessaire, elle est *indispensable*, rectifia Tracey. Après le discours qu'a prononcé mon père hier soir, toute la ville doit se demander si nous sommes réellement heureux d'accueillir Sol au sein de notre famille et il est important que nous fassions bloc contre ceux qui oseraient douter de notre sincérité. Comme tu as été l'épouse de Brian, les gens te respectent et ont l'habitude de se ranger à ton opinion. Alors, plus tôt tu leur montreras que tu es fière d'être la belle-sœur de Sol, plus vite les mauvaises langues se tairont.

Cassie se leva de son lit en étouffant un bâillement, puis extirpa de sa garde-robe une jupe noire, un chemisier gris à col Claudine, des escarpins anthracite et une ceinture assortie.

— Ce n'est pas à un enterrement que nous allons, c'est à une fête, lui rappela Tracey avant de traverser la chambre en trois enjambées et de se mettre à fourrager dans l'armoire. Voilà la tenue qu'il te faut ! jubila-t-elle, l'index braqué sur un fourreau en jersey céladon que Cassie avait acheté au début de la semaine parce qu'elle avait vu Sol l'admirer dans la vitrine d'un magasin la veille de Noël. Où l'as-tu dénichée ?

— Dans la boutique de mode qui est située à l'angle de

Sanderson Road et de Tucker Avenue, mais tu ne penses pas que je vais avoir l'air endimanchée si je porte ce truc-là aujourd'hui ?

— Non. Tu seras ravissante et tout le monde n'aura d'yeux que pour toi.

Cassie ôta sa nuisette et enfila avec un soupir de résignation la robe que lui tendait sa belle-sœur.

— Superbe ! s'exclama Tracey en la regardant pirouetter devant sa psyché. Lorsqu'il t'apercevra, Sol sera émerveillé.

— Comment l'as-tu trouvé hier soir ?

— Sincère et touchant. Quand mes parents lui ont donné une longue accolade et que les invités ont applaudi des deux mains, j'ai bien vu qu'il avait un mal fou à retenir ses larmes.

— Il faut avouer que ta mère a fait preuve d'une formidable générosité et qu'il y avait de quoi être ému.

— A sa place, je ne crois pas que je me serais montrée aussi compréhensive. L'infidélité conjugale est quelque chose qui me révulse et je pense qu'il faudrait punir très sévèrement les maris volages au lieu de leur chercher des excuses.

— Le jour où tu épouseras l'homme de ta vie, tu seras sans doute plus indulgente envers lui que tu ne l'es envers ton père ce matin. Il paraît que l'amour est un excellent remède contre l'intransigeance et que, grâce à lui, on peut vaincre toutes les difficultés.

— Dans ce cas, qu'attends-tu pour dire à Sol que tu l'aimes ?

Cassie se figea devant son miroir, les yeux écarquillés de stupeur.

— Car tu l'aimes à la folie, n'est-ce pas ? lui demanda Tracey.

— Je... je ne sais pas, bredouilla-t-elle. Je n'ai pas encore réfléchi à la question.

Puis, s'apercevant soudain qu'elle éprouvait à l'égard de Sol bien autre chose qu'une franche camaraderie, elle cessa de nier l'évidence et osa enfin s'avouer ce qu'elle avait refusé jusque-là d'admettre par crainte des commérages : qu'elle était éperdument, passionnément, désespérément amoureuse de son ami d'enfance.

— Oui, je l'aime, confessa-t-elle, la voix haute et claire. Mais j'ai l'impression qu'il se moque pas mal de moi.

— Ce n'est pas en restant ici et en te lamentant sur ton sort que tu pourras en avoir le cœur net, riposta Tracey. Si tu veux découvrir la vérité, allons vite à Sunny Haven.

— Bonjour, ma chère petite, lança Grace Manetti à Cassie lorsque cette dernière pénétra dans le réfectoire de la maison de retraite une heure plus tard. J'étais en train de dire à Sol que, quand je l'avais vu arriver au foyer samedi dernier, il m'avait rappelé quelqu'un. Maintenant que le secret a été éventé, je sais à qui il m'avait fait penser : à ton beau-père. Sol est tout le portrait de Jack Parker au même âge, ce qui n'a rien d'étonnant puisqu'il est son fils naturel. Quel cachottier, ce Jack ! Je ne l'aurais pas cru capable de tromper Jean et d'avoir une liaison avec Pearl Adams.

— Il faut que je vous laisse, madame Manetti, déclara Sol, car j'ai promis aux membres du personnel de les aider à préparer le banquet.

— Raconte-moi ce qui s'est passé hier soir chez les Parker, intima Grace à Cassie dès qu'il se fut éclipsé. Comment Jack a-t-il annoncé à ses amis que sa famille venait subitement de s'agrandir ? Est-il allé droit au but ou ne leur a-t-il appris la nouvelle qu'après avoir tourné autour du pot pendant dix bonnes minutes ? Et Jean, a-t-elle été à la hauteur de la situation ? Je suis sûre que oui, car c'est une femme admirable qui est déjà passée par de rudes épreuves et qui n'a jamais perdu sa dignité.

Assommée par l'intarissable faconde de son ancienne maîtresse d'école, Cassie se laissa tomber dans le fauteuil que lui désignait la vieille dame et essaya de répondre aux mille et une questions qu'elle lui posait.

— Ouf ! s'exclama-t-elle au bout d'une demi-heure, quand elle vit son interlocutrice dodeliner de la tête et s'assoupir. Ce n'est pas trop tôt !

Après avoir quitté son siège sans bruit, elle se faufila à travers la foule des invités qui s'étaient réunis en petits groupes au milieu de la salle à manger et rejoignit Sol à l'entrée de la cuisine.

— Voilà le renfort que vous réclamiez ! lança-t-il aussitôt à Jack, à Jean, à Fran et à Tracey, qui s'activaient autour du plan de travail.

Puis il décocha à Cassie un clin d'œil malicieux et alla tranquillement bavarder avec le directeur de Sunny Haven au fond du réfectoire.

— Aide-moi à laver et à essorer la salade, ordonna Jean à la jeune femme dès qu'elles se retrouvèrent côte à côte devant l'évier.

— Je vous présente mes excuses, madame Parker, murmura Cassie en obtempérant. J'ai eu tort de débarquer chez vous hier matin et de dire à votre mari ce qu'il avait à faire. J'aurais dû me douter qu'il choisirait la meilleure des solutions et qu'il ne chercherait pas à fuir ses responsabilités ni à...

— Ne te reproche rien, Cassandra, coupa Jean. Tu as agi pour le mieux et je suis fière de toi. Maintenant que tous les problèmes sont résolus, j'espère que tu vas enfin te tourner vers l'avenir et vivre ta vie.

11

« J'ai bien fait d'organiser ce banquet », se félicita Sol en regardant les invités déguster le poulet au paprika qu'un traiteur était venu livrer à Sunny Haven au début de la matinée et les salades composées qu'avait préparées le personnel du foyer avec l'aide des Parker.

Pour prouver à Cassie qu'elle avait tort de se dévaloriser et de croire que les habitants de Schofield la respectaient uniquement parce qu'elle était la veuve de Brian, il avait élaboré un plan d'action en cachette de la jeune femme et était impatient de voir si les surprises qu'il lui avait réservées lui plairaient.

« Elle n'a jamais été plus belle ni plus désirable qu'aujourd'hui », se dit-il après avoir caressé des yeux les lèvres sensuelles de Cassie et revécu par la pensée le baiser passionné qu'ils avaient échangé à Noël en haut de son vieux marronnier.

Vêtue d'un fourreau en jersey vert pâle qui moulait ses formes délicates comme une seconde peau, ses longs cheveux bruns noués en un lourd chignon que retenaient des peignes étoilés d'argent, elle était le charme et l'élégance incarnés.

— Ne la laisse pas t'échapper encore une fois, mon garçon, ou tu seras le roi des imbéciles, glissa Grace Manetti à Sol. Je sais que tu as quitté le Queensland il y a dix ans parce que tu étais amoureux d'elle et qu'elle s'était fiancée à Brian Parker.

— Cassie et moi n'étions que des gamins à l'époque, madame Manetti, protesta-t-il en haussant les épaules avec une feinte indifférence. Quand elle a décidé d'épouser Brian, cela ne m'a fait ni chaud ni froid.

— A d'autres ! Tu l'aimais tellement que tu as eu le cœur brisé et que tu as été obligé de t'enfuir avant son mariage pour ne pas mourir de chagrin le jour de la cérémonie. Vous, les jeunes, vous croyez tout le temps que les personnes âgées sont atteintes de myopie galopante et qu'elles ne voient pas ce qui se trame autour d'elles, mais j'ai beau avoir fêté mon quatre-vingt-huitième anniversaire en novembre dernier, j'ai encore bon pied, bon œil et je me suis bien rendu compte que tu rêvais de...

— Veux-tu que j'aille chercher le dessert, Sol ? interrompit Jean après avoir aidé les serveuses du foyer à débarrasser la table.

— Non, pas déjà, répondit-il. Il faut d'abord que je prenne la parole et que le spectacle commence.

— Que se passe-t-il ? marmonna Cassie lorsque Sol se leva de sa chaise et gagna l'estrade qui avait été dressée au fond du réfectoire.

— Chut ! lui intima Helen Crawford, la vieille dame aux boucles argentées et aux joues parcheminées à côté de laquelle elle était assise. Taisez-vous, mon petit, et écoutez.

Etonnée du silence qui s'était fait dans la salle et des regards en coin que lui lançaient les pensionnaires de Sunny Haven, Cassie se raidit sur sa chaise et tirailla les franges de la nappe d'un doigt nerveux.

— Si j'ai décidé d'organiser ce banquet, déclara Sol entre deux crachotements de son microphone, c'est parce que j'avais envie de souhaiter une bonne année à tous les habitants du comté et que je voulais permettre à ceux et à celles qui le désiraient de témoigner leur gratitude à Cassandra Campbell Parker.

Un sourire énigmatique aux lèvres, Sol écarta les pans du rideau qui masquait la moitié de l'estrade et déroula une longue banderole blanche où était écrit en lettres de feu :

« Merci, Cassandra. »

— Lorsque j'ai quitté le Queensland il y a dix ans, Cassie était ma meilleure amie, enchaîna-t-il. Quand je suis revenu à Schofield neuf jours avant Noël, je me suis aperçu que la ville entière chantait ses louanges et que je n'étais plus le seul à lui trouver d'innombrables qualités. Chaque fois que j'avais l'occasion de bavarder avec des gens qui la connaissaient, ils me disaient qu'elle était merveilleuse et que sa générosité n'avait pas de limites. En la voyant se démener du matin au soir pour aider les personnes âgées dépendantes à rester chez elles, pour offrir un toit aux sans-abri ou pour permettre aux associations caritatives dont elle est membre de recueillir des fonds, je me suis rendu compte qu'elle avait réussi mille fois mieux que moi dans la vie et que j'avais tout à apprendre d'elle. Après avoir obtenu mon bac, je suis parti étudier l'architecture à Sydney parce que je rêvais de faire une brillante carrière et de gagner beaucoup d'argent. Cassie, elle, est restée à Schofield et, au lieu d'amasser des fortunes, elle s'est dévouée corps et âme à de nobles causes. J'ai donc demandé à Mme le maire et à ses adjoints de bien vouloir lui décerner le diplôme de citoyenne d'exception en remerciement de son altruisme, de sa droiture et de son inaltérable bonne humeur.

Sol quitta le podium sous une tempête d'applaudissements et tendit son micro à Jack, qui se lança aussitôt dans un long discours à la gloire de Cassie. Puis, dès qu'il eut fini de louer sa gentillesse, ce furent le Dr Phillips et John Rawlins, le directeur de Sunny Haven, qui la félicitèrent pour son abnégation.

— Cassandra croit que je l'aide à tondre sa pelouse parce qu'elle est la veuve de Brian et que je me sens obligé de lui rendre service, jeta à son tour Keith Sinclair, mais elle se trompe. Quand nous étions en terminale ensemble, je la considérais déjà comme une sœur et j'avais l'habitude de me confier à elle. Un matin, je suis allé la trouver dans la cour de récréation et je lui ai dit que j'étais amoureux de la fiancée de l'un de mes coéquipiers. « Que dois-je faire, Cass ? lui ai-je demandé. Trahir mon copain ou essayer de me raisonner ? » Et vous savez ce qu'elle m'a répondu ? Que, si je me montrais déloyal envers mon ami, je le regretterais jusqu'à la fin de mes jours. Alors, j'ai suivi ses conseils et aucun membre du club de rugby n'a pu m'accuser de m'être mal conduit.

Voyant tous les regards se fixer sur elle, Cassie bondit de son siège et rejoignit Keith en haut de l'estrade.

— Je ne pense pas avoir mérité plus d'éloges que n'importe

qui d'autre, lança-t-elle aux invités, mais ce que viennent de déclarer Sol, Jack, Keith, le Dr Phillips et M. Rawlins m'a tellement bouleversée que je suis au bord des larmes. C'est parce que j'ai beaucoup de temps libre et que j'apprécie la compagnie des personnes âgées que je prends plaisir à m'occuper d'elles. Il n'y a donc pas lieu de me remercier ni de me féliciter. Sans l'attachement qu'elles me témoignent, j'aurais l'impression d'être seule au monde et d'avoir raté ma vie.

Après s'être interrompue une seconde, la poitrine haletante, Cassie glissa un œil vers Sol et ajouta sur le ton de la confidence :

— Puisque nous sommes entre nous, je vais vous révéler un secret. Hier matin, Sol m'a demandé de l'épouser et j'ai accepté, croyant qu'il me passerait la bague au doigt le 31 janvier prochain, mais il a changé d'avis pendant le réveillon et m'a déliée de ma promesse.

— Pas possible ! s'écria Grace Manetti. Ce goujat a osé rompre vos fiançailles ?

— Eh oui ! confirma Cassie, amusée de voir les pensionnaires de Sunny Haven décocher à Sol des regards indignés. Il s'est imaginé que je lui avais accordé ma main dans le seul but de faciliter son intégration au sein de la famille Parker. Or, il s'est trompé lourdement. Si je n'avais éprouvé pour lui que de l'amitié, j'aurais refusé de devenir sa femme parce qu'il ne peut pas y avoir de mariage heureux sans amour.

— Ça, c'est vrai, mon petit ! jeta Helen Crawford avec véhémence.

— Tout ce qu'il y a de plus vrai, renchérirent de concert quatre autres résidentes du foyer, que Cassie remercia d'un sourire.

Forte de cet assentiment collectif et encouragée par les signes de tête approbateurs que lui adressaient Fran et Tracey, elle descendit de l'estrade et s'approcha de Sol à pas mesurés.

— J'ignore comment te convaincre de ma bonne foi, lui lança-t-elle, mais je te jure que ce que je viens de te dire est la stricte vérité. Je t'aime à la folie et j'ai hâte de porter ton nom.

Puis, d'un ton menaçant, elle enchaîna :

— Si tu ne me crois pas et que tu refuses de me conduire à l'autel, je t'intenterai un procès pour rupture abusive de fiançailles et je te réclamerai de tels dommages-intérêts que tu regretteras de m'avoir laissée tomber.

— Bien joué, fillette ! s'exclama Grace Manetti pendant que les applaudissements crépitaient autour de Cassie.

— Vas-tu te décider à me redemander ma main, oui ou non ? jeta celle-ci à Sol, agacée de le voir se murer dans son silence.

En guise de réponse, il lui encercla la taille et l'obligea à remonter sur le podium.

— J'aurais dû me douter que cette furie me couperait mes effets, grommela-t-il en prenant l'assistance à témoin.

Alors que des rires fusaient des quatre coins du réfectoire, il déroula la seconde banderole qu'il avait dissimulée derrière le rideau de l'estrade et qui portait l'inscription suivante :

« VEUX-TU M'ÉPOUSER, CASSIE CHÉRIE ? »

Puis, les traits empreints d'une inhabituelle gravité, il mit un genou à terre et extirpa de la poche de son pantalon une magnifique torsade incrustée de diamants.

— Je t'aime comme un fou, mon ange, dit-il en glissant la bague à l'annulaire de Cassie. Me feras-tu l'honneur de devenir ma femme le 1er février prochain ?

— Oui, acquiesça-t-elle d'une voix que l'émotion altérait. Oh oui !

Et, sourde au tonnerre d'applaudissements qui ébranlait les vitres de la maison de retraite, elle offrit ses lèvres à un tendre baiser.

— Tu es sûre de ne rien regretter ? demanda Sol à Cassie en se garant devant le perron de la mairie un mois plus tard et en descendant de sa jeep.

— Sûre et certaine, affirma-t-elle après l'avoir rejoint en haut de l'escalier. Il y a déjà sept cent quarante-quatre heures que je patiente et je suis à bout.

— Tu n'aurais pas préféré que nous laissions les pensionnaires de Sunny Haven organiser notre mariage, comme ils nous l'avaient proposé ?

— Non. Il leur aurait fallu des semaines pour tout planifier et j'en ai assez de compter les jours. Chaque fois que je songe au banquet du Nouvel An, j'ai l'impression que des siècles se sont écoulés depuis.

— Quand ils apprendront que nous nous sommes dit oui à leur insu, les habitants de Schofield nous en voudront de ne pas les avoir invités à la cérémonie.

— Eh bien, tant pis ! Ils n'auront qu'à se consoler en lisant l'article que nous allons faire publier à la une de la gazette.

Les doigts entrelacés, Sol et Cassie pénétrèrent dans le hall d'accueil de l'hôtel de ville et se dirigèrent vers le bureau de Jill Crawford, le maire de Schofield. A peine avaient-ils frappé à la porte du cabinet qu'une sirène se mit à hurler au-dessus de leurs têtes et que Jill sortit de la pièce comme une flèche.

— Que se passe-t-il ? lui demanda Sol. Il y a un incendie au premier étage ?

— Probablement pas, le rassura-t-elle. C'est la troisième fois en l'espace de deux semaines que l'alarme se déclenche sans raison, mais, par mesure de prudence, il vaut mieux que nous quittions le bâtiment et que nous laissions les pompiers vérifier le système de sécurité.

— Dans combien de temps auront-ils terminé, madame Crawford ? interrogea Cassie.

— Dans quatre ou cinq heures, pas avant, répondit Jill, l'air navré. Si vous ne voyez pas d'inconvénient à vous marier ailleurs qu'ici, allons chercher un endroit où nous ne risquerons pas d'être dérangés. Le parc de Sunny Haven est splendide à cette époque de l'année et là-bas, au moins, nous serons tranquilles.

— Très bonne idée ! approuvèrent Sol et Cassie, persuadés qu'ils pourraient échanger leurs alliances au bord de l'étang et s'embrasser loin des curieux.

Mais, lorsqu'ils arrivèrent dans le hall de la maison de retraite, ils furent accueillis par des hourras et par une salve d'applaudissements.

— C'est toi qui les as prévenus ? glissa Cassie à Sol en regardant les pensionnaires du foyer battre des mains avec frénésie.

— Non, la détrompa-t-il. J'ai l'impression qu'on nous a tendu un piège et que nous sommes tombés dedans à pieds joints.

— Tout juste ! confirma Jill. Vous ne vous imaginiez quand même pas qu'il serait facile de garder un secret pareil dans une petite ville comme Schofield ?

Puis, brandissant son écharpe de maire, elle invita les futurs jeunes mariés à aller se poster sous l'arche fleurie qui avait été dressée en leur honneur au centre de la terrasse et les obligea à refréner leur impatience. Au lieu de s'en tenir aux formules consacrées et de les unir en quelques phrases lapidaires, elle émailla son discours de détails pittoresques qui déclenchèrent l'hilarité générale et mirent leurs nerfs à rude épreuve.

— Je t'aime, Cassandra Campbell, murmura Sol à Cassie lorsqu'ils eurent échangé leurs serments sous l'œil ému de Jack, de Jean et d'Alec, découpé l'énorme pièce montée qu'avait confectionnée le meilleur pâtissier de la région et ouvert le bal.

— Adams... Cassandra *Adams*, rectifia-t-elle, le cœur délirant. Crois-tu que les gens s'apercevraient de notre départ si nous nous éclipsions dès maintenant ?

— Non, cela m'étonnerait qu'ils remarquent quoi que ce soit, répondit-il avant de la prendre par le bras et de l'entraîner vers le hall d'accueil.

Mais c'était mal connaître les pensionaires de Sunny Haven. Massés derrière les portes-fenêtres du foyer, ils virent Sol et Cassie s'élancer en direction d'Oleander Lane et esquissèrent des petits sourires entendus.

A Schofield, il était décidément impossible de garder le moindre secret.